VERTRAUEN IN TAYLOR

Die Männer von Silverstone, Buch 2

SUSAN STOKER

Besuchen Sie Susan im Netz!
www.stokeraces.com
facebook.com/authorsusanstoker
twitter.com/Susan_Stoker
bookbub.com/authors/susan-stoker
instagram.com/authorsusanstoker
Email: Susan@StokerAces.com

EBENFALLS VON SUSAN STOKER

Die Suche nach Lexie
Die Suche nach Kenna
Die Suche nach Monica
Die Suche nach Carly
Die Suche nach Ashlyn
Die Suche nach Jodelle

Delta Team Zwei
Ein Held für Gillian
Ein Held für Kinley
Ein Held für Aspen
Ein Held für Jayme
Ein Held für Riley
Ein Held für Devyn
Ein Held für Ember
Ein Held für Sierra

Mountain Mercenaries:
Die Befreiung von Allye
Die Befreiung von Chloe
Die Befreiung von Morgan
Die Befreiung von Harlow
Die Befreiung von Everly
Die Befreiung von Zara
Die Befreiung von Raven

Ace Security Reihe:
Anspruch auf Grace
Anspruch auf Alexis

Anspruch auf Bailey
Anspruch auf Felicity
Anspruch auf Sarah

Die Delta Force Heroes:

Die Rettung von Rayne
Die Rettung von Emily
Die Rettung von Harley
Die Hochzeit von Emily
Die Rettung von Kassie
Die Rettung von Bryn
Die Rettung von Casey
Die Rettung von Wendy
Die Rettung von Sadie
Die Rettung von Mary
Die Rettung von Macie
Die Rettung von Annie

SEALs of Protection:

Schutz für Caroline
Schutz für Alabama
Schutz für Fiona
Die Hochzeit von Caroline
Schutz für Summer
Schutz für Cheyenne
Schutz für Jessyka
Schutz für Julie
Schutz für Melody
Schutz für die Zukunft

Schutz für Kiera
Schutz für Alabamas Kinder
Schutz für Dakota

Eine Sammlung von Kurzgeschichten
Ein langer kurzer Augenblick

KAPITEL EINS

Eagle seufzte frustriert. Er hasste es wirklich, Lebensmittel einzukaufen. Es war eine Aufgabe, die Shawn Archer, dem neu eingestellten Koch von *Silverstone Towing*, zugewiesen worden war, aber er hatte die Woche bezahlten Urlaub bekommen, um Zeit mit seiner Tochter verbringen zu können. Sie hatten es beide nötig nach dem, was sie durchgemacht hatten. Es würde sehr lange dauern, bis der Mann Sandra wieder aus den Augen lassen konnte.

Eagle konnte es ihm nicht verdenken. Wenn seine Tochter entführt worden wäre, würde es ihm schwerfallen, sie ohne ihn etwas tun zu lassen. Es war sehr knapp gewesen mit Ricketts. Der Mann hatte Shawn fast das Wichtigste in seinem Leben genommen.

Aber die Abwesenheit ihres neuen Mitarbeiters bedeutete, dass Eagle wieder den Wocheneinkauf erledigen musste. Er hätte einen seiner Freunde bitten können, es zu tun, und die hätten es auch ohne Probleme gemacht, aber da er immer für *Silverstone Towing* eingekauft hatte, fühlte er sich verpflichtet, es weiterhin zu tun.

Er bog in die Straße ein, in der sich der Lebensmittelladen befand, und fuhr auf den Parkplatz.

Kaum hatte er geparkt, füllte sich der Parkplatz plötzlich mit Polizeifahrzeugen.

Offensichtlich war etwas passiert, und Eagle seufzte erneut. War ja klar, dass er nicht mal einkaufen gehen konnte, ohne dass es irgendeinen Zwischenfall gab.

Er stieg aus seinem Jeep Wrangler aus, froh, dass er auf einem der am weitesten vom Laden entfernten Parkplätze geparkt hatte und nicht mitten im Geschehen war, und wartete ein paar Minuten, bevor er langsam auf das Chaos zuging und die Beamten ihre Arbeit machen ließ. Eagle und seine Teamkameraden kannten viele der Polizisten, die für die Polizei von Indianapolis arbeiteten. Sie arbeiteten zwar nicht zusammen mit ihnen, aber *Silverstone* hatte schon das eine oder andere Mal seine Dienste angeboten.

Als Eagle auf die beiden Polizeibeamten zuging, die ihm am nächsten waren, bemerkte er eine Frau, die allein in der Nähe stand und die Arme um ihren Bauch gelegt hatte. Sie biss sich auf die Lippe ... und der Ausdruck in ihrem Gesicht traf ihn wie ein Schlag in die Magengrube. Es war nicht so, dass er noch nie nervöse oder verängstigte Frauen gesehen hätte. Das hatte er, sowohl in seinem Job bei *Silverstone Towing* als auch beim Militär. Aber diese Frau schien sich zu beherrschen. Sie fühlte sich unwohl, aber er konnte auch Resignation in ihrer Körpersprache erkennen. Als rechnete sie damit, dass sich alle in der Umgebung jeden Moment gegen sie wenden würden.

Das beunruhigte Eagle innerlich zutiefst. Er mochte es nicht, wenn jemand so ... einsam aussah.

Er hatte sie noch nie gesehen. Wenn das der Fall gewesen wäre, hätte Eagle es gewusst. Er erinnerte sich an jeden einzelnen Menschen, den er je gesehen hatte. Sein Gehirn war anders verdrahtet als das der meisten Menschen, und er hatte ein fotografisches Gedächtnis, wenn es um Namen und Gesichter ging. Das war einer der Gründe, warum er für sein Team bei *Silverstone* von so unschätzbarem Wert war. Er hatte Stunden damit verbracht, die Listen der meistgesuchten Personen zu durchforsten, und wenn sie jemals auf jemanden auf den Listen stießen, würde Eagle ihn erkennen.

Die Frau war mittelgroß, wahrscheinlich so um die ein Meter siebzig. Sie trug eine ausgewaschene Jeans, abgewetzte Converse-Turnschuhe und ein langärmeliges T-Shirt. Ihr braunes Haar war lockig und wurde von einem Haarband zurückgehalten, aber selbst das schien die Locken nicht bändigen zu können.

Eagle verspürte den wahnsinnigen Drang, sie zu berühren, um herauszufinden, ob seine Finger sich in den wilden Strähnen verhedderten.

Sie blickte für den Bruchteil einer Sekunde auf und begegnete seinem Blick, und Eagle konnte ein Keuchen kaum unterdrücken. Die Resignation in ihren Augen war noch stärker. Als erwartete sie, von ihm verurteilt zu werden. Ihre Augen waren dunkelbraun – aus dieser Entfernung fast schwarz. Noch während er sie anstarrte, sah er, wie sie sich wieder auf die Lippe biss, sie wirkte verunsichert.

Und merkwürdigerweise gefiel ihm das ganz und gar

nicht. Es gefiel ihm nicht, dass sie nervös war, besonders nachdem sie ihn gesehen hatte. Sie wusste es natürlich nicht, aber er war für sie so gefährlich wie ein Stein. Er tat Frauen nicht weh ... zumindest nicht denen, die keine Kriminellen waren. Und Eagles Gefühl sagte ihm, dass diese Frau ein hartes Leben geführt hatte und weder für ihn noch für andere eine Gefahr darstellte.

»Hey, Eagle!«, rief einer der Polizisten. Eagle erkannte ihn als Emmanuel Brown, einen Beamten, mit dem er in der Vergangenheit zusammengearbeitet hatte. Die Begrüßung riss ihn aus seinen Gedanken und lenkte ihn von der Begutachtung der Frau ab. Er hatte keine Ahnung, wer sie war oder warum sie dort stand ... aber er wollte es herausfinden.

Er wandte sich dem Polizisten zu und nickte ihm kurz zu. »Hey. Was ist denn hier los?«

»Streit auf dem Parkplatz. Offenbar wollten zwei Leute denselben Parkplatz haben, und als der eine in die Lücke fuhr, hat der andere protestiert. Er behauptete, er hätte darauf gewartet. Sie fingen an zu streiten. Der eine zog ein Messer, und jetzt sind beide verletzt. Nachdem sie im Krankenhaus waren, wird gegen beide Anzeige erstattet.«

Eagle pfiff. »Klingt chaotisch.« Er wollte eigentlich nach der Frau fragen, biss sich aber auf die Zunge.

»War es auch. Das Verrückte war, dass nur zwei Parkplätze weiter ein freier Platz war. Ich werde die Leute nie verstehen«, bemerkte Brown mit einem Kopfschütteln.

»Zum Glück gab es viele Zeugen«, fügte ein anderer Polizist hinzu. Auf seiner Dienstmarke stand Nelson. Eagle hatte noch nie mit ihm zu tun gehabt.

»Ach ja?«, murmelte Eagle und ermutigte den Mann weiterzureden.

»Ja. Wir haben Aussagen von fünf Umstehenden, und es scheint klar, dass der Mann, der sauer war, weil er den Platz nicht bekommen hat, mit der ganzen Sache angefangen hat.«

Er konnte es nicht mehr aushalten. Eagle wies auf die Frau, die ihm aufgefallen war. »Ist sie eine Zeugin?«

Beide Beamten sahen zu der Frau hinüber, dann wieder zu ihm.

Officer Nelson nickte. »Ja.«

»Worauf wartet sie?«, fragte Eagle. »Ich sehe hier keine weiteren Zeugen.«

»Die meisten sind schon weg. Wir haben ihre Kontaktinformationen, falls nötig. Aber wir warten auf das Einverständnis des Polizeichefs, sie gehen zu lassen. Sie war vom ersten Moment an dabei, also ist sie die beste Zeugin, aber es gibt ein Problem.«

Der Polizist schnaubte. »Das ist eine Untertreibung. Sie behauptet, sie habe irgendeine Behinderung – ich weiß nicht mehr, wie sie es genannt hat –, bei der sie keine Gesichter erkennen kann. Ich schätze, das ist so was wie bei *50 erste Dates* ... erinnern Sie sich an den Film? Mit Adam Sandler und Drew Barrymore? Der ist zum Totlachen. Jedenfalls ist es blöd, dass sie als Zeugin nicht zu gebrauchen ist. Sie wird nicht in der Lage sein, die beiden Täter bei einer Gegenüberstellung zu erkennen, oder wenn der Mist vor Gericht geht. Also versuchen wir herauszufinden, ob wir ihre Aussage offiziell machen sollen oder ob wir uns auf das stützen, was wir bereits haben.«

Eagle konnte seine Neugierde nicht unterdrücken, als er die Erklärung des Polizisten hörte. Sie konnte keine Gesichter erkennen? Gott, es gab Zeiten, da *wünschte* er sich, er würde Menschen nicht sofort erkennen. »Wie lange steht sie denn schon da?«

Beide Polizisten zuckten mit den Schultern.

Er war im Namen der Frau ein wenig verärgert über die Beamten, achtete aber darauf, dass seine Mimik nichts von dem verriet, was er fühlte. »Kann ich mit ihr sprechen?«

»Natürlich. Wir erwarten in Kürze die Antwort unseres Vorgesetzten und ich gehe davon aus, dass sie dann aus dem Schneider ist. Kein Rechtsanwalt würde sie als Zeugin vorladen wollen. Der Verteidiger würde sie in der Luft zerreißen.«

»Und wie heißt sie?«, wollte Eagle wissen.

»Taylor Cardin.«

Eagle hatte den Namen der Frau noch nie gehört, aber aufgrund seiner einzigartigen Fähigkeit wusste er, dass er ihn nie vergessen würde. »Danke. Passt da draußen gut auf euch auf«, sagte er zu den beiden Männern, bevor er sich umdrehte und auf die Frau zuging.

Taylor hatte ihn bei seinem Gespräch mit den Beamten beobachtet und sah ihn an, als er sich ihr näherte. Sie wartete nicht, bis er zu ihr kam, bevor sie anfing zu sprechen.

»Ich habe der Polizei bereits alles gesagt, was ich gesehen habe.«

»Ich weiß«, sagte Eagle. Er hielt ihr die Hand hin, als er vor ihr stand. »Ich bin Eagle. Mein richtiger Name ist Kellan, aber niemand nennt mich so.«

Die Frau sah auf seine Hand hinunter, griff aber nicht danach. Sie hatte ihre Arme auch weiterhin um sich selbst geschlungen.

Er sprach weiter und ließ seine Hand sinken. »Ich bin kein Polizist. Ich kenne viele von ihnen, da ich für *Silverstone Towing* arbeite, und ich bin ihnen im Laufe der Jahre begegnet. Geht es dir gut?«

Sie starrte ihn einen Moment lang an, bevor sie leise sagte: »Du bist der Erste, der mich das fragt.«

Erschrocken ließ Eagle den Blick über ihre schlanke Gestalt gleiten, um herauszufinden, ob sie verwundet war. »Bist du verletzt?«

Sie schüttelte den Kopf. »Nein.« Sie blickte zu den Polizisten hinüber, dann wieder zu ihm. »Und ich bin nicht wie Drew Barrymore in *50 erste Dates*«, erklärte sie leise, aber bestimmt.

Eagle war überrascht über die Schärfe in ihrem Ton, vor allem in Anbetracht der Tatsache, wie zerbrechlich sie aussah.

Bevor er etwas sagen konnte, fuhr sie fort: »Ich habe Prosopagnosie, auch bekannt als Gesichtsblindheit. Mit meinem Gedächtnis ist alles in Ordnung. Morgen werde ich mich an alles erinnern, was hier passiert ist, ich werde nur nicht in der Lage sein, die Männer zu identifizieren, die daran beteiligt waren.«

Eagle nickte und machte sich eine geistige Notiz, sich über Prosopagnosie zu informieren, sobald er vor einem Computer säße. »Ich habe das gegenteilige Problem. In meinen ganzen sechsunddreißig Jahren habe ich noch nie ein Gesicht oder einen Namen vergessen. Manchmal habe ich Probleme, wenn ich jemanden als Kind getroffen habe und er jetzt erwachsen ist, aber ich habe noch nie einen Namen vergessen.«

»Niemals?«, fragte sie und legte fragend den Kopf schief.

»Niemals«, bestätigte er.

Dann lächelte Taylor.

Und Eagle verschlug es die Sprache. Das Lächeln verwandelte ihr Gesicht. Er hatte sie nicht für etwas Besonderes gehalten, als er sie vorhin gesehen hatte. Sie schien nur durchschnittlich zu sein. Aber als sie lächelte? Verdammt noch mal, ihr ganzes Gesicht leuchtete auf, und es war fast so, als könnte er ein Stück ihrer Seele durchscheinen sehen. Ein bisschen kitschig, und die Leute würden ihn für verrückt erklären, aber das war Eagle egal.

»Wie unwahrscheinlich ist das?«, fragte sie.

»Wie unwahrscheinlich ist was?«, fragte Eagle, immer noch etwas verwirrt.

»Dass wir uns treffen. Ich kann mich an kein Gesicht erinnern und du kannst keins vergessen.«

»Wahrscheinlich ist das Schicksal«, entgegnete Eagle.

Taylor verdrehte die Augen, und er konnte sehen, wie sie ihre Arme etwas entspannte. Die Tatsache, dass er ihr den Stress ein wenig nehmen konnte, bedeutete Eagle sehr viel. Sie war eine Fremde, aber er konnte den lebenslangen Schmerz in ihren Augen sehen. Er hörte es in ihrer Stimme, wenn sie ihm gegenüber ihren Gesundheitszustand verteidigen musste. Es tat ihm wahnsinnig leid.

Er konzentrierte sich so sehr auf Taylor, dass Eagle nicht hörte, wie einer der Polizisten, mit denen er vorhin gesprochen hatte, auf sie zukam. Eagle zuckte überrascht zusammen, als der Polizeibeamte zu reden begann, und konnte im Geiste nur über sich selbst lachen. Er konnte sich nicht erinnern, wann sich das letzte Mal jemand an ihn herangeschlichen hatte.

»Ich habe mit dem Polizeichef gesprochen. Er sagte, wir haben alles, was wir von den anderen Zeugen brauchen. Wenn wir später mit Ihnen sprechen müssen, haben wir ja Ihre Telefonnummer und Adresse«, bemerkte Brown.

Taylor nickte dem Polizisten zu, drehte sich dann um und ging ohne ein weiteres Wort in Richtung des Supermarkts.

Überrascht von ihrem abrupten Aufbruch und irgendwie amüsiert über die Tatsache, dass sie ihm, ohne mit der Wimper zu zucken, den Rücken zugedreht hatte, nickte Eagle dem Polizisten zu und eilte Taylor hinterher.

»Warum hast du es so eilig?«, fragte er, als er aufgeholt hatte und neben ihr ging.

»Ich hasse es, einkaufen zu gehen. Ich scheine immer jemandem zu begegnen, der mich kennt, und es nervt, wenn ich keine Ahnung habe, wer das ist. Ich dachte, wenn ich früher herkomme, könnte ich das verhindern, aber stattdessen bin ich mitten zwischen zwei Idioten geraten, die sich um einen verdammten Parkplatz streiten. Ich bin müde, hungrig und habe es satt, dass die Leute wegen etwas auf mich herabsehen, worüber ich keine Kontrolle habe. Ich werde jetzt meine Lebensmittel besorgen, mich auf den Heimweg machen und ein Dutzend Donuts essen, um zu versuchen, diesen katastrophalen Morgen zu vergessen.«

»Was dagegen, wenn ich mitkomme?«, fragte Eagle.

Auf seine Frage hin blieb Taylor in der Mitte des

Eingangs zum Laden stehen. Sie drehte sich um und sah ihn mit einem Stirnrunzeln an. »Warum?«

»Warum?«

»Ja.«

»Nun, weil ich auch einkaufen muss. Und wie du hasse ich es. Aber nicht, weil die Leute mich erkennen könnten. Sondern weil ich es hasse zu kochen. Ich bin eine Niete darin. Außerdem bin ich für den Einkauf bei *Silverstone Towing* zuständig, und ich kaufe immer das Falsche. Es ist wie ein Spiel für alle, die dort arbeiten, mir zu erzählen, was ich alles vergessen habe zu kaufen oder dass ich Vollkornmehl statt des normalen Mehls mitgebracht habe.« Er zuckte mit den Schultern. »Ich dachte, zwei Leute, die den Lebensmitteleinkauf hassen, könnten es vielleicht gemeinsam durchstehen, indem wir zusammenarbeiten.«

Taylor starrte ihn so lange an, dass Eagle Angst hatte, sie würde sich umdrehen und ihn wie einen Idioten in der Tür stehen lassen. Aber sie holte tief Luft und streckte ihre Hand aus. »Hi. Ich bin Taylor Cardin.«

Eagle nahm ihre Hand in seine und schüttelte sie. »Kellan Trowbridge, aber meine Freunde nennen mich Eagle.« Ihre Handfläche war warm und glatt. Seine war mit Schwielen übersät von der Arbeit auf den Abschleppwagen und von den Einsätzen, auf die er und sein Team gingen.

Sie ließ seine Hand los, und Eagle hätte sie am liebsten sofort wieder ergriffen und hätte sie an sich gezogen, um zu sehen, ob ihr Haar so weich war, wie es aussah. Aber er tat nichts dergleichen. Er fühlte sich zu der Frau hingezogen, aber es war mehr als offensichtlich, dass sie einen Freund brauchte. Es war anmaßend von ihm, das anzunehmen, aber so war es.

»Ich teile meinen Einkaufswagen nicht mit dir«, scherzte sie, als sie auf die Reihe der Einkaufswagen zuging. »Du musst deinen eigenen schieben.«

»Damit habe ich kein Problem«, erklärte Eagle ihr. »Wir haben uns gerade erst kennengelernt – wir können nicht zulassen, dass unsere Lebensmittel so nahe beieinander sind, dass sie sich berühren.«

Sie lachte leise und schüttelte den Kopf, und plötzlich hatte Eagle das unstillbare Bedürfnis, diese Frau kennenzulernen. Er wollte alles über sie wissen. Wie es war, mit Prosopagnosie aufzuwachsen, wer ihre Freundinnen waren, wo sie wohnte, was sie beruflich machte – einfach alles.

Er hatte das seltsame Gefühl, dass es sein Leben verändern würde ... zum Besseren.

»Ich kann dich denken hören«, bemerkte Taylor, als sie durch die Gemüseabteilung gingen.

»Es ist nur ... ich habe ungefähr eine Million Fragen«, gab Eagle zu. »Ich habe noch nie jemanden wie dich kennengelernt.«

»Prosopagnosie ist selten«, erklärte sie. »Nur etwa zwei Prozent der Bevölkerung werden damit geboren. Ich kann keine Gesichter erkennen, nicht einmal mein eigenes. Wenn du mir eine Reihe von Bildern zeigen würdest, darunter auch meins, könnte ich dir nicht sagen, auf welchem Bild ich bin. Ich kann einzelne Merkmale erkennen, zum Beispiel, dass du blaue Augen hast, aber wenn du mir dann zehn Bilder mit blauen Augen zeigen würdest, könnte ich deine nicht erkennen. Aber ansonsten bin ich genau wie jeder andere. Ich kann vernünftige und rationale Entscheidungen treffen, und ich zucke zusammen, wenn jemand Punkte und Streifen bei seinem Outfit mischt.«

»Und ich bin das Gegenteil«, erklärte Eagle ihr. »Ich könnte dir nicht sagen, was modisch ist und was nicht, aber wenn meine Lehrerin aus der zweiten Klasse plötzlich vor uns auftauchen würde, würde ich sie nicht nur erkennen, sondern dir auch ihren Namen nennen können.«

Er griff blindlings nach einem Bündel Bananen, und Taylor streckte die Hand aus und legte eine warme Hand auf sein Handgelenk.

Eagle blickte sie an. Er mochte ihre Hand auf ihm. Ein bisschen zu sehr.

»Die willst du doch nicht ernsthaft kaufen, oder?«, fragte sie mit einem kleinen Stirnrunzeln.

Eagle sah auf das Bündel Bananen hinunter, das er gerade in seinen Einkaufswagen legen wollte, und zuckte mit den Schultern. »Warum nicht? Doch.«

»Nein«, sagte sie entschieden, nahm ihm das Obst aus der Hand und legte es zurück ins Regal. Sie griff nach einem weiteren Bündel und hielt es ihm hin. »Hier. Die sind viel besser.«

»Warum?«, fragte Eagle.

»Du hast gesagt, du kaufst für mehrere Leute ein, richtig?«

»Ja. Es gibt mehr als ein Dutzend Angestellte bei *Silverstone Towing*. Sie arbeiten nicht alle zur gleichen Zeit, aber sie können jederzeit vorbeikommen, um etwas zu essen oder sich zu unterhalten. Auch ihre Familien sind willkommen.«

»Also, wenn du die erste Staude genommen hättest,

wären die Bananen innerhalb von ein oder zwei Tagen schlecht geworden. Wenn du sie etwas grüner nimmst, so wie diese«, erklärte sie und nickte zu den Bananen, die sie ausgesucht hatte, »dann halten sie sich länger. Außerdem ... wer will schon matschige Bananen essen?«

»Darüber habe ich noch gar nicht nachgedacht«, entgegnete Eagle ehrlich.

Taylor schüttelte den Kopf. »Du bist wirklich eine Niete im Einkaufen.«

»Das habe ich dir doch gesagt«, bemerkte Eagle.

»Ich weiß, aber ich dachte, du machst mich nur an oder so.«

Eagle lachte leise. »Leider nicht. Ich meine, ich habe das Gefühl, dass du ziemlich scharfsinnig bist und jede Art von Flirtversuch von mir sofort durchschauen würdest. Aber ich bin tatsächlich eine Niete im Einkaufen. Ich habe einfach nicht die Geduld dafür.«

»Flirten funktioniert bei mir nicht«, erwiderte Taylor in einem sachlichen Ton, als würde sie über das Wetter sprechen.

»Was funktioniert denn?«, platzte Eagle heraus und hätte die Worte am liebsten sofort wieder zurückgenommen, kaum dass er sie ausgesprochen hatte.

»Wenn man mir Zeit gibt und mir mit mehr als nur Worten zeigt, dass ich jemandem vertrauen kann.«

Eagle starrte die Frau neben ihm an. Mit seinen nahezu ein Meter neunzig war er einen guten halben Kopf größer als sie, und er verspürte das Bedürfnis, jeden windelweich zu prügeln, der ihr Vertrauen missbraucht hatte.

Unerklärlicherweise wollte er sich zwischen sie und den

Rest der Welt stellen. Er konnte sich nicht entscheiden, ob er sich sexuell zu ihr hingezogen fühlte, ob ihr Zustand ihn so faszinierte oder ob es einfach daran lag, wie verletzlich sie schien.

Aber eines wusste Eagle auf jeden Fall: Er würde alles tun, um dieser Frau zu beweisen, dass sie *ihm* vertrauen konnte. Wenn das bedeutete, ein Freund zu sein und sonst nichts, dann sollte es so sein. Ihr Vertrauen zu gewinnen schien wichtiger zu sein als alles Körperliche ... zumindest im Moment.

»Du kannst *mir* vertrauen«, versicherte er ihr.

Sie zuckte mit den Schultern. »Das habe ich schon öfter gehört.«

Eagle mochte es nicht, in einen Topf mit den anderen Mistkerlen geworfen zu werden, die sie in der Vergangenheit offensichtlich im Stich gelassen hatten. »Das kannst du aber wirklich«, beharrte er.

»Was steht noch auf deiner Einkaufsliste?«, wollte sie wissen, um das Thema zu wechseln.

Eagle ließ sie gewähren, denn im Moment hatte er keine Ahnung, wie er sie davon überzeugen sollte, dass er einer der Guten war, geschweige denn, warum er das wollte.

Na ja, nicht ganz einer von den Guten. Er hatte das Gefühl, dass er nicht gerade ihr Vertrauen gewinnen würde, wenn er ihr erzählte, dass er und seine Freunde durch die Welt reisten, um sie vom schlimmsten Abschaum der Menschheit zu befreien.

Anstatt ihr zu sagen, was auf seiner Liste stand, zeigte er sie ihr. Da Archer nicht da war, wechselten sich die Ange- stellten beim Kochen ab, und sie hatten eine Liste mit

Dingen erstellt, die er einkaufen sollte, damit sie Mahlzeiten selbst zubereiten konnten. Es war ein heilloses Durcheinander, mit Zutaten, die in keiner bestimmten Reihenfolge auf den Notizblock gekritzelt worden waren, der auf der Küchentheke lag. Meistens fing er beim Einkaufen einfach oben an und arbeitete sich nach unten durch, wobei er mehrmals im Laden zurückgehen musste, um Sachen aus einem Gang zu holen, in dem er bereits gewesen war. Das war lästig und einer der Gründe, warum er diese Arbeit hasste.

»Was ist das?«, fragte Taylor und schielte auf seine Liste.

»Alles, was ich kaufen muss«, antwortete Eagle und sagte ihr damit etwas, das sie offensichtlich schon wusste. »Die Angestellten schreiben auf, was sie brauchen, und ich gehe einkaufen.«

»Verdammt noch mal, was für ein Chaos«, sagte sie zu ihm. »Kein Wunder, dass du es hasst, einkaufen zu gehen.«

Eagle konnte nicht anders – er musste lachen. »Das habe ich auch gerade gedacht.«

»Okay, das Wichtigste zuerst, wir müssen hier Ordnung schaffen«, erklärte Taylor entschlossen, schnappte sich ihren Einkaufswagen und steuerte auf einen leeren Teil der Obst- und Gemüseabteilung zu, abseits von den anderen Kunden. Sie griff in ihre Handtasche und kramte einen Moment lang darin herum, bevor sie einen Stift und eine Quittung herauszog.

»Das ist nicht ideal, aber es wird schon gehen«, murmelte sie. Dann legte sie seine Liste auf ihre Handtasche, die auf dem Kindersitz des Einkaufswagens lag, und beugte sich über die Quittung. Sie hatte den Zettel umgedreht und schrieb auf die leere Rückseite.

»Okay, du brauchst zweimal Muffin-Mix, aber deine Angestellten haben nicht gesagt, welche Sorte, also denke ich, du solltest Blaubeere und Zimt-Rosine nehmen. Wenn sie die nicht mögen, Pech gehabt, sie hätten es angeben müssen. Eier gibt es hier dreimal, wenn du also zwei Dutzend nimmst, sollte das für eine Woche reichen. Und wenn es zu viel ist, halten sie sich bis zum nächsten Mal. Frisches Obst? Welche Sorte? Mensch, die müssen genauer sein. Kein Wunder, dass du das hasst; niemand sagt dir genau, was er will, also kannst du es natürlich nicht richtig machen. Na gut ... wie wäre es mit Äpfeln, Pfirsichen und Trauben? Wenn sie etwas anderes wollen, müssen sie beim nächsten Mal schon etwas genauer sein. Hackfleisch, Hühnerbrust und Krabben ... das ist nicht sonderlich kompliziert.«

Eagle beobachtete Taylor, als sie seine Liste vollständig übernahm. Sie kritzelte wütend auf die Rückseite der Quittung und er konnte sich ein Lächeln nicht verkneifen, als sie beim Schreiben ständig vor sich hin murmelte. Es war, als hätte der Rest der Welt aufgehört zu existieren. Es war verdammt niedlich – aber es machte ihm auch Sorgen.

»Taylor?«, rief eine Stimme, die sie überrascht zusammenzucken ließ.

Eagle drehte sich um und sah eine Frau mittleren Alters auf sie zukommen, die strahlend lächelte.

»Ich dachte mir schon, dass du das bist. Wie geht es dir denn? Ich habe dich schon ewig nicht mehr gesehen«, bemerkte die Frau.

Mit einem Blick auf Taylor erkannte Eagle, dass sie nicht gelogen hatte, was ihren Zustand betraf ... nicht dass er das gedacht hätte. Sie hatte absolut keine Ahnung, wer die Frau war, die sich zu ihnen gesellt hatte und offensichtlich darauf wartete, dass sie sie erkannte.

Zum ersten Mal wurde ihm wirklich bewusst, wie frustrierend und schwierig es sein konnte, jemanden nicht wiederzuerkennen.

Mit einem Lächeln im Gesicht trat er vor und reichte der Frau die Hand. »Ich bin Eagle, ein Freund von Taylor. Ich glaube, wir kennen uns noch nicht?«

Und wie er es erwartet hatte, wandte die Frau ihre Aufmerksamkeit ihm zu. »Oh, hi. Ich bin Wanda Wright.«

»Schön, dich kennenzulernen. Woher kennst du Taylor?«, fragte Eagle, als er ihre Hand schüttelte.

»Wir haben früher im selben Wohnhaus gewohnt«, erzählte die gesprächige Frau freiwillig. »Letztes Jahr bin ich umgezogen, um näher bei meinem Sohn zu sein. Seine Frau hat ihn und die beiden Kinder verlassen, und ich wollte näher bei ihm sein, damit ich ihm helfen kann.«

»Wie geht es Gail und Bobby?«, fragte Taylor leise von hinten.

Eagle ließ die Hand der Frau los und trat einen Schritt zurück.

»Oh, es geht ihnen großartig«, schwärmte Wanda. »Sie blühen in der Schule auf und wachsen wie Unkraut.«

»Und dein Sohn? Geht es ihm gut?«, fragte Taylor.

»Er hatte es eine Zeit lang schwer, aber ich glaube, er hat endlich begriffen, dass die blöde Kuh, die er geheiratet hat, ihm einen Gefallen getan hat, indem sie ihn verlassen hat.

Bei der Scheidung hat er das alleinige Sorgerecht bekommen ... nicht dass sie es angefochten hätte. Sie war mehr mit ihrem neuen zwanzigjährigen Freund beschäftigt, als dass sie sich um die Kinder kümmern wollte. Ihr Pech. Und wie läuft's bei dir?«

Eagle blendete das Gespräch aus und konzentrierte sich darauf, Taylor zu beobachten. Als Wanda sich ihr genähert hatte, war sie angespannt gewesen und hatte ihre Hände zu Fäusten geballt. Aber jetzt wirkte sie entspannt. Die beiden Frauen unterhielten sich über einige von Taylors Nachbarn und beklagten sich darüber, wie schwer es sein konnte, in einer Wohnung zu leben.

»Ich habe genügend von deiner Zeit in Anspruch genommen«, entgegnete Wanda nach einer Weile. »Es war schön, dich wiederzusehen. Ich war froh, näher an meine Enkelkinder heranzukommen, aber es war schade, dich zurücklassen zu müssen.«

»Ich bin froh, dass es dir gut geht«, sagte Taylor.

Wanda lächelte breit und verabschiedete sich von ihr.

Nachdem Wanda ihren Wagen weggeschoben hatte, wandte Taylor sich an Eagle. »Danke.«

»Wofür?«, fragte Eagle und stellte sich dumm.

Taylor runzelte die Stirn. »Weißt du was? Ich hatte keine Ahnung, wer das war, und du hast dich einfach ohne großes Trara eingemischt und sie dazu gebracht, sich vorzustellen.«

Eagle sah ihr in die dunkelbraunen Augen und sagte: »Du kennst mich nicht, und wie du gesagt hast, hast du keinen Grund, mir zu vertrauen. Aber das kannst du durchaus. Ich werde es dir beweisen.«

Sie sagte nichts, wich seinem Blick aber auch nicht aus.

Sie starrten einander einen Moment lang an, bevor er in Richtung der Liste in ihrer Hand nickte. »Ist der Einkauf noch zu retten?«

Taylor seufzte, zuckte mit den Schultern und erklärte dann trocken: »Ich bin mir nicht sicher. Ich dachte wirklich, du wolltest mich mit der Sache, dass du nicht gut im Einkaufen bist, nur anmachen.«

»Das wollte ich nicht. Ich bin wirklich nicht gut darin.«

»Das habe ich schon gemerkt. Ich glaube, ich habe die ursprüngliche Liste nach den Gängen im Laden umorganisiert. Wir müssen vielleicht noch ein bisschen zurückgehen, aber hoffentlich nicht viel. Du solltest deine Mitarbeiter wirklich dazu bringen, eine elektronische Liste zu erstellen. Manche ihrer Handschriften kann ich kaum lesen.«

»Archer wird sich in Zukunft darum kümmern«, versicherte Eagle ihr.

»Archer?«

»Er ist der neue Mitarbeiter. Shawn Archer. Er hat im Moment eine Woche frei, aber wenn er zurückkommt, wird er sich auf jeden Fall um alles kümmern, und diese unordentlichen Listen werden der Vergangenheit angehören. Ganz zu schweigen davon, dass er derjenige sein wird, der einkauft ... Gott sei Dank!«

»Gut. Na, komm schon. Ich bin schon viel länger in diesem verdammten Laden, als ich geplant hatte, und wenn ich dir helfen soll, müssen wir uns beeilen.«

Sie schnappte sich ihren Einkaufswagen und wollte ihn gerade umdrehen, um weiter einzukaufen, als Eagle seine Hand auf ihren Arm legte und sie aufhielt. »Ich danke dir. Dass du mir hilfst. Ich bin Manns genug, um zuzugeben, wenn ich überfordert bin. Ich hätte die Liste irgendwann abgearbeitet, aber bis dahin wäre ich in einer verdammt schlechten Stimmung gewesen. Also danke.«

»Nein, ich danke dir dafür, dass ich einmal in meinem Leben keine Angst davor habe, hier zu sein.«

Und damit löste sie sich von ihm und ging zurück zu den Äpfeln. Da er keine andere Wahl hatte, folgte Eagle ihr ... nicht dass es eine Qual gewesen wäre, sie von hinten zu beobachten.

Taylor konnte sich nicht daran erinnern, wann sie sich jemals in der Öffentlichkeit so entspannt gefühlt hatte. Normalerweise fürchtete sie jeden einzelnen Moment, den sie außerhalb ihrer Wohnung verbringen musste. In ihrem sicheren Bereich war sie Taylor Cardin, hochgebildet, eine gefragte Korrekturleserin und von ihren Fähigkeiten überzeugt. Sie liebte es, Kochsendungen im Fernsehen zu sehen und neue Rezepte auszuprobieren. Sie hatte gute Beziehungen zu ihren Stammkunden und war in E-Mails und in den sozialen Medien witzig und geistreich.

Aber sobald sie aus dem Haus ging, verwandelte sie sich in jemanden, den sie nicht besonders mochte. Schüchtern, unsicher und zurückhaltend.

Sie hatte den Lebensmitteleinkauf so lange wie möglich vor sich hergeschoben, bis sie sich an diesem Morgen endlich auf den Weg in den Laden gemacht hatte. Taylor wusste, dass sie online einkaufen und ihre Einkäufe liefern lassen konnte, aber sie mochte den Gedanken nicht, dass jemand anderes entschied, was sie aß. Sie war wählerisch, was Fleisch, Obst und Gemüse anging. Außerdem ließ sie sich beim Stöbern in den Gängen oft dazu inspirieren, in der Küche etwas Neues auszuprobieren.

Aber sie hasste es, Leuten zu begegnen, die sie kannte. Oder besser gesagt, die *sie* kannten. Das war ihr immer unangenehm. Entweder tat sie so, als würde sie die Person kennen, oder sie musste zugeben, dass sie sie nicht erkannte. Und den Leuten gefiel das nicht. Sie hatte im Laufe der Jahre zu viele Freunde verloren, weil sie einfach nicht wusste, wer sie waren, wenn sie sie sah.

Taylor verdrängte die deprimierenden Gedanken und konzentrierte sich auf den Mann hinter ihr und auf das, was auf dem Parkplatz passiert war.

Sie konnte die Männer, die sich geprügelt hatten, anhand ihrer Kleidung identifizieren, aber sobald sie nach Hause gingen und sich umzogen, würde sie sie nicht mehr von irgendwem sonst unterscheiden können. Taylor war sich bewusst, dass die Beamten Zweifel an ihrem Zustand hatten. Vielleicht dachten sie sogar, sie würde lügen, um nicht aussagen zu müssen, falls es dazu kommen sollte. Sie hatte sich verdammt unwohl gefühlt, als sie vor den anderen Zeugen, die einer nach dem anderen ihrem Tag nachgehen durften, während sie festgehalten wurde, über ihre Behinderung diskutierten und darüber, was sie in ihrem Bericht über sie schreiben sollten.

Sie fühlte sich, als hätte *sie* etwas falsch gemacht, obwohl sie nur versucht hatte, Lebensmittel einzukaufen.

Und dann war Eagle aufgetaucht.

Sie hatte gewusst, dass es Menschen wie ihn gab; in ihrer

Welt nannte man sie *Super-Recognizer*. Menschen, die das Gegenteil von dem hatten, was sie hatte. Sie hatte eigentlich erwartet, dass er sie abblitzen lassen würde, dass sie sich genauso dumm vorkommen würde wie bei dem Polizisten, der sie mit Drew Barrymores Figur in *50 erste Dates* verglichen hatte. Sie hatte nicht vorgehabt, Eagle mitzuteilen, dass sie nicht wie die Frau in dem Film war, aber er hatte nicht einmal mit der Wimper gezuckt.

Sie hatte auch nicht erwartet, dass er sich Wanda vorstellen würde. Er hätte dastehen und zusehen können, wie sie sich quälte, um herauszufinden, wer die Frau war. Aber stattdessen hatte er die Initiative ergriffen, um zu helfen. Sie hatte in dem Moment, in dem er sich vorgestellt hatte, gewusst, dass er es tat, um ihr zu helfen.

Dieses Gespräch war das »normalste«, das sie seit Langem mit jemandem geführt hatte. Sie hatte sich sogar gefreut, Wanda wiederzusehen und zu hören, wie es ihr und ihren Enkelkindern ging. Es hatte für keinen von beiden einen peinlichen Moment gegeben.

Taylor wusste nichts über Eagle, außer dass er offenbar keine Ahnung vom Kochen und Einkaufen hatte. Sie wusste auch, dass er bei *Silverstone Towing* arbeitete, was an sich schon viel über ihn aussagte, denn das Unternehmen war in der Gegend um Indianapolis sehr bekannt. Die Polizeibeamten kannten ihn offensichtlich und sie verstanden sich anscheinend gut mit ihm.

Hmmm, vielleicht wusste sie mehr über den Mann, als sie gedacht hatte.

»Warum zum Teufel gibt es so viele Mehlsorten? Das macht doch keinen Sinn«, brummte er.

Taylor konnte sich ein kleines Lachen nicht verkneifen.

Er drehte sich zu ihr um. »Was? Sieh dir diesen Mist an. Da ist Reihe um Reihe mit verdammtem Mehl. Es ist bescheuert. Allzweckmehl, Kuchenmehl, Brotmehl, Backmehl, Vollkornmehl, glutenfreies Mehl ... Herrgott noch mal.«

Taylor hatte Mitleid mit ihm, griff nach zwei Tüten Allzweckmehl und legte sie in seinen Einkaufswagen. »Es gibt verschiedene Sorten für verschiedene Arten des Backens. Aber weil deine Mitarbeiter nicht genau gesagt haben, was sie wollen, bekommen sie das normale, alltägliche Mehl. Wenn sie etwas anderes wollen, werden sie lernen müssen, genauer zu sein.«

Eagle grunzte nur.

Das war so typisch für einen Mann, dass sie sich ein Grinsen nicht verkneifen konnte.

»Lachst du mich etwa aus?«, fragte er und zog die Augenbrauen hoch.

»Ja«, gab sie ohne Umschweife zu. Und plötzlich merkte Taylor, dass sie Spaß hatte. Zum ersten Mal seit einer gefühlten Ewigkeit amüsierte sie sich in der Öffentlichkeit.

»Bevor ich den Verstand verliere über diesen ganzen Lebensmittelkram und wie kompliziert das Ganze ist, erzähl mir lieber mehr über dich«, befahl Eagle. »Was machst du beruflich?«

Taylor wusste, dass sie ihn abblitzen lassen konnte und er sie das Thema wechseln lassen würde, aber das wollte sie nicht. Sie mochte Eagle. Er war unverblümt, aber er hatte sie auch zum Lachen gebracht. Das kam bei ihr sehr gut an.

»Ich bin Korrekturleserin.«

Er sah sie an. »Du bist was?«

»Korrekturleserin. Ich lese Dinge, die Leute geschrieben haben, und sorge dafür, dass sie keine Fehler enthalten. Kommas, Rechtschreibung, Grammatik, solche Sachen.«

»Bücher?«

»Ja. Und Reden. Und Bedienungsanleitungen für Produkte, und sogar Lehrbücher. Ich korrigiere alles, was du willst.«

»Ich wusste nicht, dass es so etwas gibt«, gab er zu.

»Die meisten Leute wissen das nicht. Aber du würdest dich wundern, wie viele Fehler ich finde. Selbst wenn etwas immer wieder überarbeitet wurde, gibt es immer noch Fehler, die sich einschleichen. Ich kann nicht versprechen, dass ich alles finde, denn ich bin auch nur ein Mensch, aber Dinge wie Homofone gehören zu den Dingen, die den Leuten am schwersten auffallen.«

Als er sie ausdruckslos anstarrte, erklärte Taylor: »Homofone sind Wörter, die gleich klingen, aber unterschiedliche Bedeutungen haben. Sie werden unterschiedlich geschrieben, je nachdem, was sie bedeuten. Zum Beispiel *bellen* und *Bällen* ... das Erste tut ein Hund und das Zweite ist ein rundes Spielzeug. Oder sie können gleich geschrieben werden, aber etwas anderes bedeuten. Zum Beispiel *Bar*. Es könnte sich um eine Theke, eine Kneipe oder bares Geld handeln.«

»Ich habe noch nie darüber nachgedacht ... außer wenn ich ein Buch lese und der Autor *das* verwendet, obwohl er *dass* verwenden müsste, oder *Sie* schreibt statt *sie*.«

»Oder *sieh*, s-i-e-h«, fügte Taylor hinzu.

Eagle brauchte einen Moment, dann lächelte er. »Genau.«

»Ich bin also Korrekturleserin.«

»Ich will ja nicht unhöflich sein, aber ich bin einfach nur neugierig ... wird das gut bezahlt?«

Taylor nahm es ihm nicht übel. »Am Anfang nicht. Ich habe jeden Job angenommen, den ich kriegen konnte, aber nach einer Weile hatte ich den Ruf, sehr pingelig zu sein, was für einen Korrekturleser gut ist. Ich bekam mehr und mehr Aufträge und konnte meine Preise entsprechend erhöhen. Ich habe lange Zeit selbstständig gearbeitet, wurde dann aber von einer Schulbuchfirma eingestellt. Aber ich korrigiere immer noch so gut wie alles. Webseiten, Prospekte, Schilder, Bücher, Reden.«

»Wow, das klingt interessant«, sagte Eagle zu ihr.

Taylor lachte leise. »Das kann es auch sein. Aber manchmal ist es auch wirklich langweilig. Ich erinnere mich, als ich ein Biochemie-Lehrbuch Korrektur lesen musste. Ich dachte, ich würde das Ding nie durchstehen.«

»Und das kannst du von zu Hause aus machen«, bemerkte Eagle mit fast unheimlicher Einsicht.

»Ja. Ich stehe mittlerweile einigen der Leute, für die ich arbeite, ziemlich nahe, aber ich werde nie zu irgendwelchen Buchkonferenzen oder so gehen. Keiner würde verstehen, wie ich online so freundlich und persönlich so unnahbar sein kann. Sie würden denken, ich würde sie ignorieren, und das könnte meinem Geschäft schaden.«

»Ich bin sicher, wenn sie es verstehen würden ...«, begann Eagle.

Taylor schüttelte den Kopf. »Das werden sie nicht. Denk

an deinen besten Freund«, forderte sie. »Jetzt stell dir vor, du stehst ihm gegenüber und hast keine Ahnung, wer er ist, obwohl ihr stundenlang zusammen gesoffen habt, euch über Blödsinn unterhalten habt und das getan habt, was Männer so tun, wenn sie zusammen sind. Wie würdest du dich da fühlen?«

»Es wäre ziemlich heftig«, bemerkte Eagle, ohne zu zögern. »Aber wenn er ein echter Freund wäre, jemand, der sich um mich sorgt und mich so mag, wie ich bin, hätten wir über meinen Zustand gesprochen, und ich schätze, er würde mir von da an immer einfach sagen, wer er ist, und dann könnten wir ganz normal weitermachen.«

»Das ist wirklich leichter gesagt als getan, denn meine Freunde müssen es immer wieder tun, immer und immer wieder.«

»Falsch«, entgegnete Eagle und trat näher an sie heran. Aber Taylor hatte keine Angst davor, dass er in ihren persönlichen Bereich getreten war. Sie vertraute ihm zumindest so weit, dass sie sich sicher war, dass er sie nicht an einem öffentlichen Ort wie dem Müsli-Gang im Supermarkt verletzen würde. »Es ist überhaupt nicht schwer. Wenn jemand eine Behinderung oder ein Leiden hat, mit dem er geboren wurde, so wie du, lernen wahre Freunde, alles zu tun, was nötig ist, um es dem anderen angenehm zu machen. Man passt sich an. Wenn wir uns zum Beispiel sehen, nachdem wir uns getrennt haben, nenne ich dich von nun an Flower, damit du weißt, wer ich bin.«

»Und wer bist du?«

»Ich bin ein Mann, der dich sieht, Taylor. Ich sehe dein Misstrauen und deinen Argwohn, und das gefällt mir nicht, auch wenn ich es verstehe. Weißt du, warum ich Eagle genannt werde?«

»Nein.«

»Weil ich Adleraugen habe. Ich sehe alles. Ich kenne jeden. Und ich sehe *dich*, Taylor. Und mir gefällt, was ich sehe.«

»Du kennst mich doch gar nicht«, protestierte sie.

»Ich weiß, dass du verdammt zäh bist. Das musst du auch sein. Du bist witzig und mitfühlend, aber in der Öffentlichkeit hältst du dein wahres Ich unter Verschluss. Ich würde gern die Taylor kennenlernen, die du bist, wenn du allein bist. Wenn du dir keine Gedanken darüber machen musst, wen du erkennst und wen nicht.«

»Ich bin nichts Besonderes«, erklärte sie ihm.

»Das glaube ich nicht.«

»Meine Mutter hat mich weggegeben, als ich zwei war«, platzte es aus ihr heraus. »Ich glaube, ich habe ständig geweint. Sie konnte nicht damit umgehen, dass ich sie nicht erkennen konnte. Ich bin sicher, dass es für sie einfacher war, sich emotional von mir zu trennen.«

»Das war aber *ihr* Fehler, nicht deiner«, versicherte Eagle ihr. »Und ich hasse es, dass das dein Selbstwertgefühl beeinflusst hat. Du sagst, du seist nichts Besonderes, aber ich bin der festen Überzeugung, dass die Menschen, die es in ihrer Kindheit am schwersten hatten, am Ende die außergewöhnlichsten Erwachsenen sind. Also ... Flower«, wiederholte er, »wenn du mich siehst, werde ich dich so nennen, damit du weißt, dass ich es bin.« Er grinste. »Und ich meine das englische Wort für Blume und nicht den Komparativ von *flau*, also *flauer*«, stellte er klar und sie fand es süß, dass er sie auf das Homofon hinwies. »So wie ich das sehe, bist du wie eine Blume ... eine Nachtkerze. Das ist eine Blume, die nur nachts blüht, im Dunkeln. Du versteckst dich wegen der Art, wie die Leute dich behandeln. Aber du blühst trotzdem. Und ich kann dich nicht einfach als *flauer* bezeichnen.« Er blinzelte. »Also muss *Flower* – also die schöne Blume – stattdessen unser Codewort sein.«

Taylor schluckte schwer und zwang sich, einen Schritt zurückzutreten. Er überwältigte sie. Er sagte all die richtigen Dinge, aber sie hatte das alles schon einmal gehört. Menschen, die ihr sagten, dass ihre Behinderung keine Rolle spiele. Aber letztendlich spielte sie dann *doch* eine Rolle. Freundinnen aus der Grundschulzeit, Jungs, mit denen sie ausgegangen war, sogar ein paar Kunden, denen sie sich geöffnet hatte ... sie alle hatten sie im Stich gelassen.

»Wenn wir deine Liste heute noch abarbeiten wollen, sollten wir uns besser an die Arbeit machen«, sagte sie mit bebender Stimme und ignorierte die ganze Sache mit ihrem neuen Codenamen.

Einen Augenblick lang sah es so aus, als würde Eagle die Sache nicht auf sich beruhen lassen. Aber schließlich nickte er. »Okay, Taylor. Ich kann den Wink mit dem Zaunpfahl verstehen. Du wirst lernen, dass ich nie etwas sage, was ich nicht so meine.« Dann schnappte er sich seinen Einkaufswagen und ging den Gang entlang, wobei er einige Haferflocken und Cheerios hineinwarf.

Sie atmete tief durch und folgte ihm.

Flower.

Der Mann, der vor ihr stand, war noch ihr Untergang.

Klug. Witzig. Rücksichtsvoll. Sie hatte das Gefühl, dass sie in großen Schwierigkeiten steckte.

Brett Williams betrat das Haus, in dem er mit seiner Mutter lebte, und ging direkt in den Keller. Vorfreude strömte durch seine Adern. Es war schon eine Weile her, dass er eine Frau gefunden hatte, die ihn so sehr interessierte wie die, die heute im Supermarkt gewesen war.

Taylor Cardin.

Er hatte mitbekommen, wie sie versuchte, den Polizisten ihre Behinderung zu erklären.

Prosopagnosie.

Er hatte noch nie davon gehört, aber in dem Moment, in dem er in seinen Wagen gestiegen war und es auf seinem Handy nachgeschlagen hatte, wusste er, dass sie die Richtige war.

Sie hatte nicht die Fähigkeit, Gesichter zu erkennen.

Das hieß, wenn sie ihn morgen sehen würde, würde sie nicht wissen, wer er war.

Sie würde nicht wissen, dass er Zeuge der beiden Idioten gewesen war, die sich auf dem Parkplatz miteinander gestritten hatten.

Er würde immer ein völlig Fremder für sie sein.

Aber er wusste, wer *sie* war.

Ungeduld machte sich in seinem Bauch breit. Er könnte so viel Spaß mit ihr haben. Er könnte ihr wochenlang den Verstand durcheinanderbringen ... und sie hätte keine Ahnung, dass er sie im Visier hatte.

Es war fast sieben Monate her, dass er das Hochgefühl verspürt hatte, das sich einstellte, wenn eine Frau ihm völlig ausgeliefert war. Die letzte hatte er fünf Tage lang gehabt, und anfangs hatte es Spaß gemacht, sie psychisch zu quälen. Sie war zu Tode verängstigt gewesen. Er hatte sich unglaublich stark gefühlt, als er sie um ihr Leben betteln sah, als er sie weinen sah, während er sie immer wieder bis zur Bewusstlosigkeit würgte.

Nachdem er ihre Leiche entsorgt hatte, musste er sich verstecken. Um den Polizisten Zeit zu geben, verrücktzuspielen und zu versuchen herauszufinden, wer sie getötet hatte. Aber jetzt, da ihre Ermittlungen ins Leere gelaufen waren, war es wieder an der Zeit.

Er hatte sein nächstes Spielzeug gefunden.

Taylor Cardin.

Er konnte sich viel Zeit lassen, Katz und Maus spielen. Währenddessen würde sie nicht ahnen, dass sie es immer wieder mit einem Serienmörder zu tun hatte.

Brett lächelte voller Vorfreude und betrachtete die Bilder an der Wand in seinem Kellerrefugium. Alte Polaroids von den Frauen, die er getötet hatte. Es waren elf.

Er konnte sich nicht vorstellen, wie es wäre, sich nicht an sie zu erinnern. Er konnte sich an jeden einzelnen Moment mit jeder von ihnen erinnern. Wie sie gebettelt hatten. Wie sie ihm alles versprochen hatten, was er wollte, wenn er sie nur gehen ließe. Jedes kleine Geräusch und jeder Ausdruck. Ihre Gesichter waren in sein Gedächtnis eingebrannt. Er dachte an sie, wenn er sich einen runterholte und wenn er einfach eine gute Erinnerung brauchte, um seine eintönigen Tage zu überstehen.

Und Taylor würde die Nummer zwölf sein.

Bald würde er ihr Bild an seiner Erinnerungswand anbringen können. Taylor würde sich vielleicht nie an sein Gesicht erinnern ... aber er würde sich immer an ihres erinnern.

»Das wird ein Spaß«, flüsterte er den toten Augen zu, die ihn von den Bildern an der Wand anstarrten. »Jetzt muss ich nur noch entscheiden, wo und wie ich mein Spiel mit der kleinen Taylor beginne.«

KAPITEL ZWEI

»Und dann nahm Thomas einen großen Bissen und spuckte alles auf den Tisch. Das brachte Christine und Shane zum Würgen. Leigh holte ihr Telefon heraus und bestellte Pizza«, erzählte Eagle.

Taylor lachte. »Lügst du etwa?«

»Ich schwöre, ich lüge nicht.«

»Wie kann man Spaghetti vermasseln?«, fragte Taylor, als sie sich wieder unter Kontrolle hatte.

Niemand war überraschter gewesen als Taylor, als Eagle sie an dem Abend, nachdem sie sich im Supermarkt getroffen hatten, angerufen hatte. Er hatte sie nach ihrer Nummer gefragt, bevor sie sich auf dem Parkplatz voneinander verabschiedeten, und sie hatte sie ihm zu ihrer eigenen Überraschung, ohne zu zögern, gegeben. Er hatte einfach etwas an sich, das sie faszinierte ... auch wenn sie sich seiner Motive nicht hundertprozentig sicher war. Sie hatten bei diesem ersten Anruf nur etwa zehn Minuten miteinander gesprochen, aber dann hatte er am nächsten Abend angerufen. Und am nächsten. Und am nächsten.

Jetzt waren zwölf Tage vergangen, und sie hatten jeden Abend miteinander gesprochen. Sie freute sich mehr auf ihre Gespräche, als sie zugeben wollte.

»Hey, ich bin ein Profi darin, Gerichte zu vermasseln«, erklärte Eagle lachend. »Und ... ich werde es leugnen, wenn du es jemandem erzählst, aber es kann sein, dass ich manchmal absichtlich Mist baue, damit ich monatelang nicht mehr darum gebeten werde zu kochen.«

»Du bist wirklich schlimm«, bemerkte sie.

»Ich weiß«, entgegnete Eagle.

»Eagle?«

»Ja?«

»Es ist schon lange her, dass ich das Gefühl hatte, einen Freund zu haben. Ich danke dir.« Taylor wusste, dass mehr aus dieser ... was auch immer das war ... werden konnte. Aus dieser Sache zwischen ihr und Eagle. Aber sie musste ihn wissen lassen, dass sie seine Freundschaft zu schätzen wusste. »Ich habe unsere allabendlichen Gespräche bisher sehr genossen.«

»Ich auch«, stimmte er zu. »Durch dich fühle ich mich viel ... normaler.«

»Du fühlst dich normalerweise nicht normal?«, erkundigte sie sich, schenkte sich ein Glas Wein ein und setzte sich in die Ecke ihres Sofas.

»Nein.«

»Warum nicht?«

Er schwieg einen Moment lang, und Taylor war besorgt darüber, was er dachte.

»Ich muss zugeben, als ich angefangen habe, dich anzu-rufen, habe ich es hauptsächlich getan, weil ich neugierig in Bezug auf deinen Zustand war. Ich habe noch nie jemanden getroffen, der das tun kann, was ich kann, und die Tatsache, dass bei dir genau das Gegenteil der Fall ist, ist ausgespro-chen faszinierend. Aber nach diesem ersten Anruf habe ich gemerkt, dass mir Prosopagnosie oder Super-Recognizer oder irgendetwas anderes völlig egal ist. Es hat mir einfach Spaß gemacht, mich mit dir zu unterhalten.«

Sein Eingeständnis brachte sie ein wenig aus der Fassung, aber als er weiterredete, spürte sie, wie sich eine Wärme in ihrem Körper ausbreitete. »Dito«, erklärte sie leise. »Mein Zustand überschattet alles, was ich tue. Ich weiß, dass ich dafür verurteilt werde, auch wenn die Leute es leugnen. Ich gebe zu, es tut ein wenig weh zu wissen, dass du anfangs nur deshalb überhaupt mit mir reden wolltest, aber ich bin ein ziemlich guter Menschenkenner und ich weiß, wenn das dein einziges Interesse gewesen wäre, würdest du mich nicht mehr anrufen.«

»Es tut mir leid. Das war dumm von mir«, erwiderte Eagle.

»Ist schon in Ordnung. Du hast es immerhin zugegeben, und das würden die meisten Menschen nicht tun.«

»Auch wenn wir uns erst seit zwei Wochen kennen, ich bin froh, mit dir befreundet zu sein«, versicherte Eagle ihr. »Und in Anbetracht dessen ... würde ich dir gern etwas über mich erzählen.«

»Okay«, sagte Taylor langsam, nicht gerade begeistert über den plötzlich ernsten Ton in seiner Stimme.

»Nicht am Telefon«, erwiderte er fest. »Wenn ich verspreche, nicht für dich zu kochen, könnten wir uns dann treffen?«

Taylors erster Instinkt war es, Nein zu sagen. Sie mochte die Beziehung, die sie jetzt hatten. Sie telefonierten jeden Abend miteinander. Besprachen ihren Tag. Es war leicht. Entspannt. Würden sie sich persönlich treffen, würde er sich wahrscheinlich darüber aufregen, dass sie ihn nicht erkennen konnte.

»Beurteile mich nicht nach den Mistkerlen in deiner Vergangenheit«, sagte er schroff.

»Woher weißt du, was ich denke?«, fragte sie.

»Weil ich dich kenne.«

Diese vier Worte waren verdammt beängstigend. Denn er hatte recht. Er kannte sie wirklich. Sie hatte sich ihm in ihren Telefongesprächen mehr geöffnet als jedem anderen in ihrem Leben. Sie hatte keine Ahnung, was Eagle an sich hatte, das ihr das Gefühl gab, dass sie ihm alles sagen konnte, aber es fühlte sich gut an. Richtig gut.

»Okay«, erwiderte sie leise und beschloss, dass es besser war, es jetzt zu wissen, wenn ihre Freundschaft ein persönliches Treffen nicht überleben würde, als später, wenn es noch mehr wehtun würde.

Wem wollte sie eigentlich etwas vormachen? Sie hatte das Gefühl, dass der Verlust ihrer nächtlichen Gespräche sehr wehtun würde, auch wenn sie erst seit zwei Wochen befreundet waren.

»Gut. Ich werde dich morgen gegen siebzehn Uhr abholen. Wir fahren zurück zu Silverstone Towing und essen zusammen, was Archer gekocht hat. Dann setzen wir uns hin und unterhalten uns über meine Arbeit. Ich bringe dich nach Hause, wann immer du willst.«

Taylor musste zugeben, dass sie neugierig war. Sie hatte keine Ahnung, was Eagle ihr sagen wollte, aber es klang sehr geheimnisvoll. »Du musst mich nicht abholen«, erwiderte sie. »Ich kann selbst hinfahren.«

»Nein«, widersprach Eagle entschlossen. »Ich fürchte, wenn du allein kommst, wirfst du einen Blick auf das Gelände, drehst dich um und verschwindest wieder ... und nimmst meine Anrufe nicht mehr entgegen.«

»Ist es so schlimm? Ich dachte, du hättest behauptet, *Silverstone Towing* liefe gut.«

»Ja, es läuft gut«, erklärte er ihr. »Wir haben allerdings dafür gesorgt, dass die Gebäude und das Gelände so aussehen, als ginge es uns nicht so gut ... um uns vor jedem zu schützen, der denken könnte, wir wären ein leichtes Ziel für einen Raubüberfall oder anderen Klamauk.«

Taylor war jetzt definitiv neugierig. »Wirklich?«

»Wirklich.«

»Klamauk? Wer benutzt denn noch dieses Wort?«, stichelte sie und war erleichtert, als sie Eagle lachen hörte.

»Ich anscheinend schon. Und ... es gibt noch einen Grund.«

Als er nicht weitersprach, fragte Taylor: »Und der wäre?«

»Ich will dir beweisen, dass dein Zustand mich nicht stört. Dass es mir egal ist, wenn du mich nicht erkennst, wenn du mich siehst. Ich werde unser Codewort benutzen, und wir werden so weitermachen wie während der letzten zwei Wochen. Es ändert sich nichts, Taylor. Ich sehe dich nicht als weniger wert und ich bemitleide dich nicht, verstehst du?«

Taylor hätte gern Ja gesagt, sie wollte ihm glauben. Aber das war ihr schon so oft gesagt worden, und letztlich hatte es trotzdem immer eine Rolle gespielt. Niemand mochte es, wenn man ihn wie einen Fremden ansah. Das Ego der meisten Männer verkraftete das nicht.

»Ich verstehe«, fuhr er fort, als sie nicht reagierte. »Ich muss es dir nur beweisen. Und das kann ich nicht tun, wenn wir uns nicht sehen. Morgen um siebzehn Uhr stehe ich vor deiner Tür.«

»Du weißt doch gar nicht, wo ich wohne«, protestierte sie.

Eagle lachte amüsiert. »Du bist süß.«

»Du weißt, wo ich wohne?«, fragte sie.

»Ja.«

»Will ich wissen, wie du das herausgefunden hast?«

»Das erzähle ich dir morgen. Und jetzt ... sag mir, was du heute gemacht hast. Hast du deine Wohnung verlassen?«

Taylor wollte jetzt wissen, wie er ihre Adresse so einfach herausfinden konnte, aber selbst nach nur zwei Wochen wusste sie, dass Eagle ihr nichts sagen würde, bis er dazu bereit war. So stur war er nämlich. »Das habe ich«, versicherte sie ihm. »Ich musste zum Postamt. Ich habe ein Postfach für meine geschäftlichen Belange, weil es sicherer ist als die Postfächer hier in meinem Haus, und ich musste Projekte sowohl versenden als auch abholen. Ich habe nicht allzu viele Kunden, denen es lieber ist, dass ich ihre Werke tatsächlich ausdrucke, bevor ich sie überarbeite, aber wenn ich damit fertig bin, muss ich sie zurückschicken. So konnte ich beides mit einer Fahrt erledigen, was mir natürlich sehr gelegen kam.«

»Wie ist es gelaufen?«, fragte Eagle.

»Eigentlich ganz gut. Ich bin mit einem Mann ins Gespräch gekommen, während wir in der Schlange warteten. Seine Mutter brauchte Briefmarken, und da sie behindert ist und sie nicht online bestellen wollte, hat er das für sie erledigt.«

»Nett von ihm.«

»War es auch. Natürlich fragte mich der Typ hinter dem Schalter, wie es mir ginge und ob ich neue coole Kunden hätte. Es war mir peinlich, weil ich keine Ahnung hatte, was ich ihm schon erzählt hatte. Ich meine, ich weiß, dass ich mit mehreren Postangestellten darüber gesprochen habe, was ich mache, aber ich wusste nicht, was ich *ihm* gesagt hatte. Also habe ich mich wie üblich vage ausgedrückt und war zum Glück ziemlich schnell fertig.«

»Das ist gut.«

»Ja. Dann habe ich getankt. Auf dem Heimweg habe ich einen Burger gegessen und dann fünf Stunden lang ein Buch über ein Alien mit einer Katalogbraut gelesen.«

»Ich traue mich nicht zu fragen ... war das ein Liebesroman oder ein Science-Fiction-Fantasybuch?«, fragte Eagle.

Taylor lachte. »Liebesroman.«

»Wow. Ich nehme an, sie wurde nicht von dem Alien gefressen?«

»Wie man's nimmt ...«, erklärte Taylor doppeldeutig.

Eagle brach in Gelächter aus. Als er sich wieder unter Kontrolle hatte, bemerkte er: »Nun, ich bin direkt in diese Anspielung hineingelaufen, oder?«

»Allerdings.«

»Klingt, als hättest du einen schönen Tag gehabt.«

»Ja. Was ist mit dir? Was hast du gemacht?«

»Ich hatte morgens ein Treffen mit meinen Freunden und bin dann ein bisschen Abschleppwagen gefahren.«

»Irgendetwas Interessantes?«, fragte Taylor.

»Ein Komplettschaden, einmal Abschleppen, weil jemand ohne Führerschein gefahren ist, und zwei liegen gebliebene Fahrzeuge«, erzählte Eagle ihr.

»Ich finde es faszinierend, dass jemand, der früher bei einer Spezialeinheit beim Militär war und offensichtlich einen guten Adrenalinstoß genießt, sich damit zufriedengeben kann, über die Einzelheiten der Führung eines Unternehmens und den wohl eher langweiligen Job des Herumfahrens zu sprechen«, bemerkte Taylor.

Als Eagle nicht antwortete, befürchtete sie, ihn beleidigt zu haben. »Eagle?«

»Ja, ich höre zu. Es geht um das Gleichgewicht«, erklärte er ihr geheimnisvoll.

Taylor erinnerte sich daran, dass sie den Mann nicht so gut kannte, wie sie es manchmal glaubte, also ließ sie das Thema fallen. »Nun, seit wir uns miteinander unterhalten, versuche ich, mich weniger zurückzuziehen. Ich verlasse meine Wohnung jetzt mindestens einmal am Tag, nur um an die frische Luft zu kommen. Es ist kein Bungee-Jumping oder Fallschirmspringen, aber mehr Aufregung brauche ich in meinem Leben momentan nicht.«

Wieder hatte sie ein seltsames Gefühl, als Eagle eine lange Pause machte, bevor er sagte: »Das freut mich. Nur weil du Prosopagnosie hast, heißt das nicht, dass du nicht rausgehen und alles genießen solltest, was das Leben zu bieten hat.«

»Ich weiß.«

»Gut. Ich werde jetzt Schluss machen. Aber wir sehen uns morgen Nachmittag gegen fünf.«

»Okay. Danke für den Anruf.«

»Danke, dass du rangegangen bist«, erwiderte Eagle.

»Wir sehen uns morgen.«

»Ja, das werden wir«, sagte Eagle zu ihr.

Taylor legte auf, blieb auf dem Sofa sitzen und starrte eine Minute lang ins Leere. An manchen Tagen dachte sie, sie wüsste, wer Eagle war, und an anderen Tagen, wie heute, hatte sie das Gefühl, dass sie nicht das Geringste über ihn wusste.

Eigentlich sollte sie sich Sorgen machen, dass sich ihre Freundschaft so schnell entwickelte. Aber er hatte sie um nichts gebeten. Er hatte nichts getan, was sie nervös gemacht hätte. Er hatte sie nicht gedrängt, sich mit ihr zu treffen, und er hatte nie etwas Unangemessenes getan oder gesagt. Abgesehen von der ungewollten Anspielung heute Abend hatte er auch nichts Sexuelles angedeutet.

Und weil es am Telefon so gut gelaufen war, wollte sie an der Art ihrer Freundschaft nichts ändern. Im Laufe der Jahre hatte sie aufgehört, sich an jemanden heranzutasten, weil es einfach zu sehr wehtat, wenn ihre sogenannten Freunde beschlossen, dass es zu schwierig war, die Beziehung aufrechtzuerhalten.

Und Beziehungen hatte Taylor *völlig* abgeschrieben, seitdem ihr letzter Freund ihr gesagt hatte, es sei anstrengend und deprimierend, ihr jedes Mal sagen zu müssen, wer er war, wenn er sie sah.

Dann war sie eines Morgens verwirrt und desorientiert aufgewacht, weil sie glatt vergessen hatte, dass er bei ihr übernachtet hatte (was etwas darüber aussagte, wie wenig erinnerungswürdig der Sex mit ihm gewesen war), und sie war kurzzeitig ausgeflippt, als sie einen Fremden im Bett gesehen hatte, was das Fass zum Überlaufen gebracht hatte.

Sie hatte versucht, ihm zu versichern, dass sie sich *doch* an ihn erinnerte, sich daran erinnerte, was sie am Abend zuvor im Bett gemacht hatten (auch wenn es nicht so gut gewesen war). Aber er kam nicht darüber hinweg, dass sie nicht gewusst hatte, wer er war.

Sie hoffte wirklich, dass Eagle so dickhäutig war, wie er behauptete.

Taylor wünschte sich auch, sie hätte eine Freundin, mit der sie über Eagle reden könnte, darüber, dass sie sich ihm bereits näher fühlte als irgendjemand anderem in ihrem Leben. Aber sie hatte keine. Sie konnte in dem Diskussionsforum für Prosopagnosie posten, dem sie angehörte, aber sie hatte im Laufe der Jahre festgestellt, dass es eher deprimierend als aufbauend war, die Beiträge dort zu lesen.

Seufzend griff sie nach der Fernbedienung und schaltete den Fernseher ein. Sie schaute sich nicht viele Drama-Sendungen an, weil sie die Charaktere nicht auseinanderhalten konnte, vor allem, wenn sie während einer Folge die Kleidung wechselten. Stattdessen schaltete sie eine Kochsendung ein und lehnte sich zurück in ihre Kissen.

Sie war sowohl voller Vorfreude als auch nervös bezüglich des morgigen Tages und des Wiedersehens mit Eagle.

Sie versuchte, sich zu erinnern, wie er aussah, konnte es aber nicht. Er hatte eine Jeans, schwarze Stiefel und ein hellbraunes Hemd getragen, als sie ihm begegnet war, aber ansonsten hatte sie keine Ahnung, wie er aussah.

Sie hatte auch keine konkrete Vorstellung davon, was ein gut aussehender Mann war. Aber sie wusste, dass der Angestellte, der ihr heute in der Post geholfen hatte, zu viel Eau de Cologne getragen hatte. Und der Typ, der dort Briefmarken für seine Mutter gekauft hatte, trug eine abgewetzte Jeans mit Flecken an den Knöcheln. Seine Schuhe sahen brandneu aus, und er hatte etwas mit Zwiebeln zu Mittag gegessen.

Ihr Geruchssinn war wirklich gut, und sie hatte eine unheimliche Fähigkeit, sich die Kleidung von Menschen zu merken, aber wenn es um ihr Aussehen ging, hatte sie wirklich keine Ahnung. Mehrere Leute hatten ihr gesagt, dass sie hübsch sei, aber das bedeutete Taylor nichts. Wenn sie in den Spiegel schaute, sah sie eine Fremde, die sie betrachtete. Es war ein seltsames Gefühl, eines, das sie niemandem mehr zu erklären versuchte.

Sie konnte nicht umhin, sich zu fragen, ob Eagle vielleicht einer der wenigen war, die es verstehen konnten. Sie hatte den Eindruck, dass er es könnte.

Seufzend wandte Taylor die Aufmerksamkeit wieder dem Fernseher zu. Morgen würde ein langer Tag werden. Sie musste das Korrekturlesen der Alien-Romanze beenden, damit sie mit der gewaltigen Aufgabe beginnen konnte, das sechshundertseitige Lehrbuch über amerikanische Geschichte zu korrigieren, das sie bei der Post abgeholt hatte, während sie ein anderes Manuskript, das sie gerade fertiggestellt hatte, zum Versand aufgegeben hatte. Und die Vorfreude, Eagle zu sehen, war beängstigend. Sie fürchtete sich gleichzeitig davor, ihn wiederzusehen, und freute sich darauf. Sie war ein psychisches Wrack.

Ihr Telefon vibrierte, als eine Nachricht hereinkam, und Taylor bemerkte, dass sie das Handy immer noch in der linken Hand hielt. Sie hob die Hand und lachte, als sie las, was Eagle geschrieben hatte.

Eagle: Mach dir keine Sorgen. Wenn überhaupt, sollte ich derjenige sein, der sich Sorgen macht, nicht du.

Taylor hatte keine Ahnung, worüber *Eagle* sich Sorgen machen sollte, aber sie atmete tief durch. Sie hatte im Laufe der Jahre gelernt, dass es nichts brachte, sich Sorgen zu machen, da es ihre Ängste überhaupt nicht verringerte. Im Gegenteil, sie wurden dadurch nur noch stärker. Was geschehen würde, würde geschehen, und sie würde damit fertigwerden. So wie sie es immer tat.

Sie tippte schnell eine Antwort.

Taylor: Ich mache mir keine Sorgen. Und nun sei still, denn die Heldin wird gleich herausfinden, dass ihr Außerirdischer Dornen an seinem Penis hat, und sich fragen, wie das mit ihnen beiden weitergehen soll.

Sie hatte keine Ahnung, warum sie das geschrieben hatte. Sie hatte das Buch vorhin schon zu Ende gelesen und war im Moment sicher nicht dabei, einen Liebesroman zu lesen, aber sie konnte es sich nicht verkneifen, Eagle zu necken. Es gefiel ihr nicht, dass er sich Sorgen über das machte, was er ihr morgen sagen wollte.

Auf dem Bildschirm erschienen drei Punkte, die ihr anzeigten, dass er gerade eine Antwort tippte. Als sie kam, konnte Taylor nur den Kopf schütteln und vor Lachen schnauben.

Eagle: Dornen? Oh je, als hätte ich nicht bereits einen Minderwertigkeitskomplex. Wie kann ein Normalsterblicher mit Dornen mithalten?

Taylor: Danke, dass du mich zum Lachen gebracht hast. Ich habe ein bisschen Angst vor morgen, aber ich vertraue dir.

Eagle: Für mich ist es das Schönste auf der Welt, diese letzten drei Worte zu lesen. Schlaf schön.

Und die Tatsache, dass sie dafür gesorgt hatte, dass Eagle sich gut fühlte, brachte sie selbst dazu, sich gut zu fühlen.

Taylor legte ihr Telefon auf den Tisch neben sich, trank schnell den Rest von ihrem Wein aus, kuschelte sich unter ihre Decke auf dem Sofa und wandte die Aufmerksamkeit wieder dem Fernseher zu. Sie vertraute Eagle tatsächlich. Er gehörte zu den Guten. Darauf hätte sie ihr Leben verwettet.

Mist. Morgen musste Eagle Taylor sagen, dass er definitiv keiner von den Guten war. Er war nicht unbedingt ein Bösewicht, aber er war sicher keiner von den Guten.

Er hatte sie nicht angelogen. Ihr Zustand hatte ihn fasziniert, und das war anfangs der Grund gewesen, warum er sie angerufen hatte. Aber je besser er sie kennenlernte, desto mehr mochte er sie wirklich. Sie war verdammt klug und viel zu gut für jemanden wie ihn, aber er konnte einfach nicht anders, als sie jeden Abend anzurufen.

Eagle hatte noch nie eine Freundin gehabt. Er hatte im

Laufe der Jahre mit vielen Frauen geschlafen und sogar einmal daran gedacht, eine zu heiraten, aber als er herausgefunden hatte, dass sie mit einem halben Dutzend anderer Männer schlief, hatte er eine lange Pause von Verabredungen gemacht. Er wollte nicht der Typ Mann sein, der allen Frauen wegen einer einzigen misstraute, aber ihr Verrat schmerzte ihn immer noch.

Aber verflucht, er vertraute Taylor. Sie hatte etwas an sich, das ihn faszinierte. Und das hatte nichts mit ihrem Zustand zu tun, obwohl er sich Sorgen um sie machte. Dass sie niemanden erkennen konnte, machte sie auf eine Weise verletzlich, die ihm unangenehm war, und sie schien so abgeschnitten von der Welt. Es war zwar ein selbst auferlegtes Exil, aber trotzdem.

Er hatte sie ermutigt, mehr rauszugehen. Die Leute nicht zu beachten, die aufgrund ihres Zustands negativ über sie denken könnten. Und jetzt, da sie mehr unterwegs war, machte er sich Sorgen, dass es jemand auf sie abgesehen haben könnte. Er hatte viel darüber nachgedacht, wie sie durch ihren Zustand noch verletzlicher werden könnte, als sie es ohnehin schon war ... und das gefiel ihm nicht.

Eagle schüttelte den Kopf und wusste, dass er aufgeschmissen war.

Taylor Cardin war der interessanteste und faszinierendste Mensch, den er seit Ewigkeiten getroffen hatte – und er würde es morgen versauen, wenn er ihr erzählte, was er und seine Teamkameraden bei *Silverstone Towing* noch taten.

Er wollte nicht den gleichen Fehler wie Bull machen. Sein Freund war bis über beide Ohren in Skylar verliebt gewesen, und er hatte ihr vom *Silverstone-Team* erzählt, kurz bevor er auf einen Einsatz ging. Nachdem sie erfahren hatte, was er machte, waren sie alle davon ausgegangen, dass es mit dem Paar vorbei war.

Eagle wollte weiterhin Taylors Freund sein. Verdammt, wenn er ehrlich zu sich selbst war, wollte er mehr als das. Aber wenn sie nicht damit umgehen konnte, dass er die Welt zu einem sichereren Ort machte, indem er Terroristen und andere, die keinen Respekt vor der Menschheit hatten, ausschaltete, war es besser, wenn er es so bald wie möglich erfuhr.

Er hoffte, dass sie damit umgehen konnte, aber er würde es ihr nicht verübeln, wenn sie es nicht konnte. Sie hatte sich bereits gefragt, wie er nach seiner Zeit beim Militär mit einem so »langweiligen« Job zurechtkommen konnte, und morgen würde sie herausfinden, dass ihre Einschätzung, er sei ein Adrenalinjunkie, goldrichtig war. Er liebte die Intensität der Missionen, auf die er mit dem *Silverstone-Team* ging. Er fand es toll, sich in fremde Länder hinein- und wieder hinauszuschleichen. Aber sein Job bei der Abschleppfirma war ein notwendiger Ausgleich zu der anderen Seite seines Lebens.

Eagle hatte mit seinen Freunden nicht darüber gesprochen, dass er Taylor erzählen wollte, was sie machten, aber er wollte dafür sorgen, dass sie sich morgen von ihrer besten Seite zeigten, wenn er ihr das Unternehmen vorstellte.

Sie saßen zu viert im Schutzraum im Keller von *Silverstone Towing*. Sie hatten den Zeitplan besprochen, waren die Berichte der Fahrer der letzten Tage durchgegangen und hatten Archers vorläufigen Mitarbeiterbericht verfasst ... und der war geradezu glänzend. Der Mann war ein Arbeitstier, und allen vier Männern war klar, dass *Silverstone Towing* auf jeden Fall das Nachsehen haben würde, sollte er sie jemals verlassen.

»Was hast du auf dem Herzen?«, fragte Gramps.

Er war der Älteste in der Gruppe, daher auch sein Spitzname, aber mit seinen fünfundvierzig Jahren war er besser in Form als alle anderen. Nichts konnte ihn aufhalten. Gar nichts.

»Du verhältst dich in letzter Zeit seltsam«, fügte Smoke hinzu. »Du gehst früher von der Arbeit weg, lächelst mehr, wirkst ganz entspannt. Irgendetwas ist definitiv im Busch.«

Eagle musste lachen. Smoke war nur zwei Jahre älter als er, benahm sich aber oft wie der Vater des Teams.

»Ich gehe davon aus, es ist eine Frau«, bemerkte Bull und lehnte sich grinsend in seinem Stuhl zurück. »Ich meine, ich gehe jeden Tag früher, damit ich Zeit mit Skylar verbringen kann, wenn sie von der Arbeit nach Hause kommt.«

Sie alle wussten, dass Bull immer noch sehr erschüttert darüber war, dass seine Frau sich bereitwillig von einem Kinderschänder hatte entführen lassen, um eine Schülerin aus ihrer Klasse zu schützen, von der der Mann eine ungesunde Besessenheit entwickelt hatte – und die er vom Schulhof entführt hatte. Jetzt hatte Bull den Zwang, seine Frau, wann immer es ging, im Auge zu behalten – was man ihm nicht verübeln konnte.

»Es ist eine Frau«, gab Eagle zu. »Aber sie ist nur eine Freundin.«

Alle drei zogen fast zeitgleich die Augenbrauen hoch und warfen ihm einen fast identischen skeptischen Blick zu.

»Im Ernst«, protestierte er. »Ich sage nicht, dass ich etwas dagegen hätte, wenn sich die Dinge weiterentwickeln, aber im Moment gefällt mir, was wir haben. Ich habe sie erst ein einziges Mal gesehen.«

»Im Lebensmittelladen«, erklärte Gramps mit fast unheimlichem Scharfblick.

»Die, die keine Gesichter erkennen kann?«, fragte Smoke.

»Das nennt man Prosopagnosie, und ja«, erwiderte Eagle. »Sie ist lustig. Und schlau. Und ich kann mich nicht erinnern, wann ich mich jemals so gern mit einer Frau unterhalten habe wie mit ihr. Sie ist ziemlich erstaunlich. Ich kann mir wirklich nicht vorstellen, wie es wäre, niemanden mehr zu erkennen.«

»Das liegt daran, dass du *jeden* erkennst«, bemerkte Bull trocken.

»Stimmt. Aber denk mal an die Konsequenzen, die sich daraus ergeben. Wenn sie als Kind schikaniert wurde, wusste sie nicht, ob jemand, der ihr auf dem Spielplatz entgegenkam, mit ihr spielen oder sie verprügeln wollte. In der Highschool wusste sie nicht, welche Jungen sicher waren und welche man besser meiden sollte. Und selbst heute, wenn ihr jemand etwas Böses antun wollte, wüsste sie nicht, ob diese Person sie verfolgte oder nicht.« Eagle erschauderte. »Ich kann nicht einmal daran denken, ohne dass ich mich übergeben muss.«

Alle drei seiner Freunde sahen nun besorgt aus.

»So hatte ich das noch gar nicht gesehen«, gab Smoke zu. »Glaubst du, sie ist in Gefahr?«

»Nein. Nichts dergleichen. Sie hat mir nichts von irgendwelchen Leichen in ihrem Keller oder so erzählt.

Tatsächlich lebt sie ziemlich zurückgezogen. Die Menschen haben sie so schlecht behandelt, dass sie nicht mehr gern ausgeht.«

»Wenn du sie also nur einmal gesehen hast, woher weißt du dann so viel über sie?«, wollte Smoke wissen.

»Ich habe jeden Abend mit ihr telefoniert. Zuerst wollte ich nur mehr über ihren Zustand erfahren, aber innerhalb von Minuten hatte sie mich zum Lachen gebracht, und der Gedanke, mit ihr nur über Prosopagnosie zu reden, war schnell verflogen.«

»*Jeden* Abend?«, wollte Gramps wissen.

Eagle nickte.

»Nun, dann ist ja alles klar.«

»Sie kommt morgen hierher«, informierte Eagle seine Freunde. »Ich möchte sie euch allen vorstellen. Aber denkt daran, wenn ihr sie das nächste Mal seht, wird sie sich nicht daran erinnern, wer ihr seid. Sie wird sich daran erinnern, dass sie meine Freunde kennengelernt hat und hier war und all das, aber sie wird euch nicht von jedem anderen unterscheiden können. Stellt euch einfach jedes Mal neu vor, wenn ihr sie seht, und fertig. Macht keine große Sache daraus.«

»Wird sie wissen, wer *du* bist?«, fragte Smoke.

»Wenn ich an ihrer Tür auftauche und sie durch den Spion schaut? Nein. Ich könnte irgendjemand sein.«

»Und wie soll das funktionieren?«, fragte Bull. »Ich meine, ich fände das schon komisch.«

»Stimmt's? Wenn du jemals an den Punkt kommst, an dem es persönlich wird, was ist, wenn sie neben dir aufwacht und rüberschaut und ausflippt, weil sie keine

Ahnung hat, wer du bist und was du in ihrem Bett machst?«, fragte Gramps.

»Ich kenne nicht alle Antworten, aber wie gesagt, ihr *Gedächtnis* ist nicht beeinträchtigt. Sie bekommt nicht über Nacht eine Amnesie. Sie wird sich an meinen Namen erinnern, wer ich bin, worüber wir gesprochen haben. Und wenn wir jemals miteinander schlafen, wird sie sich definitiv daran erinnern, wie sie sich gefühlt hat, als sie mit mir zusammen war. Ich schätze, es muss beängstigend sein, jemanden anzusehen und ihn nicht zu erkennen. Aber sie *kennt* mich trotzdem. Ich muss ihr nur sagen, wer ich bin, und alles wird gut.«

»Vielleicht solltest du anfangen, Parfüm zu tragen, damit sie dich riechen kann«, schlug Smoke vor.

»Ich weiß schon – du könntest immer Zwiebeln essen, und wenn sie dann Zwiebeln riecht, weiß sie, dass du es bist«, neckte Gramps ihn.

»Ich könnte dir ein riesiges *E* in die Stirn ritzen, damit sie dich immer sofort erkennt«, erklärte Bull grinsend.

»Sehr witzig«, erwiderte Eagle, der wusste, dass seine Freunde ihn nur auf den Arm nehmen wollten.

»Aber im Ernst ...«, bemerkte Smoke, »so zu leben muss sehr schwer sein.«

»Ist es auch«, stimmte er zu. »Sie hat mir erzählt, dass sie keine Bilder in ihrer Wohnung hat, weil sie ihr nichts bedeuten. Dass sie sich auf Fotos nicht wiedererkennen kann, wozu sollte sie sie also aufstellen? Das wäre so, als hätte man Bilder von Fremden im Haus.«

Bull pfiff durch die Zähne. »Das ist wirklich schlimm.«

Eagle nickte. »Aber sie braucht dir nicht leidzutun«,

entgegnete er. »Du wirst es sehen, wenn du sie kennenlernst. Sie ist einfach nur großartig. Sie ist immer noch sehr stark; das muss sie auch sein, um es im Leben so weit zu bringen. Ich möchte, dass sie sich hier bei *Silverstone Towing* sicher fühlt.«

»Dafür sorgen wir auf jeden Fall«, entgegnete Gramps entschlossen.

»Ich kann es kaum erwarten, sie kennenzulernen«, bemerkte Smoke.

»Wirst du ihr von unserem Team erzählen?«, wollte Bull wissen.

Sie wussten alle, dass er sich auf ihre Missionen bezog. Sie hatten darüber geredet. Dass das, was sie taten, anderen Menschen nur mitgeteilt werden sollte, wenn es wirklich nötig war. Aber alles in Eagle sagte ihm, dass er Taylor vertrauen konnte, dass sie ihn unterstützen würde. »Ich denke darüber nach«, erklärte er seinem Freund ehrlich.

»Bist du dir bei ihr so sicher?«, fragte Bull.

Eagle hörte keinen Tadel im Ton seines Freundes. »Ja.«

Bull nickte. »Wenn du willst, dass Skylar mit ihr redet, um es ihr zu erklären, ist sie sicher dazu bereit.«

»Meine Beziehung zu Taylor ist nicht so wie die zwischen dir und Skylar, als du ihr von *Silverstone* erzählt hast. Ich habe das im Griff«, erwiderte Eagle, ohne sich seine Bedenken anmerken zu lassen.

Bull sah ihn einen Moment lang an, dann nickte er schließlich. »Okay. Du weißt, dass wir dir alle vertrauen, und ich werde mich nicht einmischen.«

Eagle drehte sich um und starrte Gramps mit einer hochgezogenen Augenbraue unverwandt an.

Der andere Mann hob die Hände. »Hey, sieh mich nicht so an. Ich habe meine Lektion gelernt. Ich werde mich nicht einmischen und ihr etwas erzählen, was sie nicht wissen soll.«

Eagle nickte und blickte dann wieder zu Bull. »Ich hole Taylor um siebzehn Uhr ab und bringe sie hierher. Ich habe schon mit Archer gesprochen, und er wird uns Lasagne machen. Meinst du, Skylar wäre bereit, sich mit ihr zu treffen? Ich glaube nicht, dass die beiden viele Freundinnen haben, und ich vermute, sie werden sich gut miteinander verstehen.«

»Ich bin sicher, das würde sie gern tun«, versicherte Bull ihm. »Ich weiß nicht, ob sie sich verstehen werden oder nicht, aber vielleicht fühlt Taylor sich besser, wenn sie nicht die einzige Frau hier ist, wenn sie uns alle kennenlernt.«

»Leigh arbeitet morgen Abend in der Zentrale, und Christine hat Dienst, sie wird also nicht die einzige Frau sein«, erklärte Eagle.

»Du hast dir das eindeutig gut überlegt«, bemerkte Gramps.

»Ich mag sie«, sagte er. »Ich gebe zu, dass ihr Zustand mich fasziniert hat, aber ich habe inzwischen mitbekommen, dass sie witzig und klug ist und dass man mit ihr gut reden kann.«

»Nun, ich freue mich, dass du dich mit ihr triffst, aber mich wird es nicht als Nächsten erwischen«, erwiderte Smoke. »Ich bin vollkommen zufrieden damit, Single zu sein.«

»Wir sind nicht zusammen. Wir sind nur Freunde«, protestierte Eagle.

»Das sagst du jetzt, weil du es noch nicht ausprobiert hast«, fügte Bull lächelnd hinzu, schob seinen Stuhl zurück und stand auf. »Apropos, es wird Zeit für mich, den Heimweg anzutreten, damit ich meiner Frau ein paar Orgasmen verpassen und dann wilden Sex haben kann.«

Gramps verzog das Gesicht und hielt sich die Ohren zu. »Mensch, sprich in meiner Gegenwart nicht über Sex. Es ist schon so lange her, dass ich glaube, mein Schwanz hat vergessen, wie das funktioniert. Außerdem muss ich mich morgen mit Skylar treffen. Ich will *nicht* an dich nackt denken, wenn ich sie sehe.«

Bull lachte nur. »Wir sehen uns morgen, Leute.«

Die anderen gingen nicht viel später, und Eagle schloss den Schutzraum und ging die Treppe hinauf. In der Garage hingen noch ein paar Fahrer herum, und er sprach mit jedem von ihnen, bevor er zu seinem Wrangler ging.

Er fühlte sich im Moment genauso wie vor der Abfahrt zu einem Einsatz. Er war aufgeregt und ein wenig hibbelig. Er konnte es kaum erwarten, Taylor wiederzusehen. Er war sich nicht sicher, wie sie darauf reagieren würde, vom *Silverstone-Team* zu erfahren, aber er hatte ein gutes Gefühl. Sie war bodenständig und praktisch veranlagt. Wenn jemand einsehen konnte, dass das *Silverstone-Team* dazu beitrug, die Welt zu verbessern, dann war sie es.

KAPITEL DREI

Taylor war nervös.

Was dumm war, denn sie hatte das Gefühl, Eagle ziemlich gut zu kennen. Man konnte nicht zwei Wochen lang mit jemandem reden, ohne ihn wirklich gut kennenzulernen.

Aber er sollte jeden Moment vor ihrer Wohnung sein, und plötzlich war sie sich nicht mehr sicher, ob sie überhaupt versuchen sollte, ihre Freundschaft von einer telefonischen Sache zu einer persönlichen Sache werden zu lassen.

Sie war nicht gut in persönlichen Freundschaften. Sie hatte achtundzwanzig Jahre Erfahrung, die das bewiesen.

Aber hier war sie nun und ging in ihrer Wohnung auf und ab, nachdem sie sich große Mühe gegeben hatte, gut auszusehen. Sie hatte an diesem Morgen geduscht, ihr Haar geföhnt, ein wenig Make-up aufgetragen und eine Jeans angezogen, die ihren Hintern optimal zur Geltung brachte, sowie eines ihrer Lieblingsoberteile ... mit Rundhalsausschnitt, der ihre Vorzüge betonte. Sie würde nie wie ein

Fotomodell aussehen, aber sie wollte trotzdem nicht schlampig aussehen, wenn sie Eagle wiedersah. Oder wenn sie seine Freunde kennenlernte.

Es war offensichtlich, dass die Männer, denen *Silverstone Towing* gehörte, sich nahestanden. Eagle hatte natürlich seine Freunde erwähnt. Bull, Smoke, Gramps und Eagle waren alle zusammen beim Militär gewesen und hatten nach ihrer Entlassung beschlossen, ihre Firma zu gründen, aber das war alles, was sie über die Männer wusste.

»Das ist wirklich keine gute Idee«, flüsterte Taylor nervös in ihrer leeren Wohnung.

Dann zuckte sie zusammen, als es an der Tür klopfte.

Ihr Herzschlag beschleunigte sich. Das war es also. Sie vermutete, dass es Eagle war, der darauf wartete, dass sie die Tür öffnete, aber es konnte auch ein Nachbar, ein Handwerker oder sonst jemand sein. Sie würde buchstäblich keinen Unterschied zwischen ihnen erkennen.

Taylor redete sich ein, dass es kein Weltuntergang sein würde, wenn es zwischen ihr und Eagle nicht klappte, wenn die Verbindung, die sie aufgebaut hatten, nur am Telefon stark war, und ging zu ihrer Wohnungstür.

Sie schaute durch den Spion und sah einen Fremden dort stehen. Obwohl, um ehrlich zu sein, jeder für sie ein Fremder war. Der Mann war groß, wie Eagle, und hatte schmutzig-blondes Haar. Er trug ein dunkelblaues Polohemd, und sie konnte gerade noch ein paar Brusthaare sehen, wo es am Hals aufging. Er war glatt rasiert und hatte blaue Augen.

»Wer ist da?«, fragte sie durch die geschlossene Tür.

»Hey, Flower, ich bin's, Eagle.«

Der Mann hatte keinen identifizierenden Akzent, und es gab buchstäblich nichts an ihm, was sie beim Blick durch den kleinen Spion in der Tür erkennen konnte. Aber dann erinnerte sie sich an sein Versprechen, sie Flower zu nennen, wenn er sie sah. Als sie miteinander telefoniert hatten, war das nicht nötig gewesen.

Taylor lächelte bei der Erinnerung daran, wie verwirrt Eagle gewesen war, als er versucht hatte, Mehl für sein Unternehmen zu kaufen, und öffnete die Tür.

»Hallo«, begrüßte sie ihn etwas schüchtern.

»Hallo, Flower«, antwortete Eagle und wiederholte ihr Codewort. »Ich weiß, dass du dich momentan nicht wohlfühlst, also danke, dass du dich bereit erklärt hast, mit mir bei *Silverstone Towing* zu Abend zu essen.«

»Willst du reinkommen?«, fragte sie und hielt ihre Tür weiter auf.

»Nein. Ich warte hier. Es sei denn, du hast deine Meinung geändert«, entgegnete er und legte besorgt den Kopf schief.

Taylor beruhigte ihn schnell. »Nein, aber ... ich gebe zu, dass ich wegen unserer Verabredung sehr nervös bin.«

»Es wird schon alles gut gehen. Ich hoffe, es ist okay, aber ich habe meinen Freunden von deinem Zustand erzählt. Du musst also keine peinlichen Erklärungen abgeben, wenn du das nicht willst. Aber ich warne dich, sie sind ziemlich neugierig.« Eagle sah ein wenig verlegen aus. »So wie ich, als ich dich kennengelernt habe. Aber sie sind harmlos. Wenn du dich unwohl fühlst, sag es einfach. Sie werden dich in Ruhe lassen und es dir nicht übel nehmen, versprochen.«

Taylor war sich da nicht sicher. Viele Leute waren beleidigt, wenn sie nicht über ihren Zustand sprechen wollte. Sie stellten geradezu unhöfliche Fragen, und wenn sie versuchte, das Thema zu wechseln, reagierten sie gereizt. Gegenüber Eagle gab sie das allerdings nicht zu.

Aber wie sie im Laufe der letzten zwei Wochen festgestellt hatte, schien er ohnehin auf der gleichen Wellenlänge wie sie zu sein.

»Du wirst schon sehen«, erklärte er ihr. »Geh schon. Ich warte hier, während du holst, was du brauchst.«

Nickend schloss Taylor die Tür und ging, um ihre Tasche zu holen. Sie vertraute Eagle, aber ihre Tür nie offen zu lassen war ihr inzwischen zur zweiten Natur geworden. Erst als sie ihre Handtasche geholt hatte und die Tür wieder öffnete, um Eagle zu sehen, der an der Wand gegenüber ihrer Wohnung lehnte – sie erkannte ihn an dem marineblauen Hemd, das er trug –, wurde ihr klar, dass sie wahrscheinlich unhöflich gewesen war.

»Tut mir leid«, sagte sie mit einem kleinen Achselzucken. »Gewohnheit.«

»Finde ich gut«, entgegnete er, stieß sich von der Wand ab und trat auf sie zu.

»Im Ernst, das war unhöflich«, beharrte sie. »Ich hätte die Tür nicht schließen sollen. Es ist nicht so, dass ich dir nicht traue, ich wollte nur ...«

»Taylor, es ist wirklich in Ordnung«, erklärte Eagle nachdrücklich. »Ich bin voll und ganz damit einverstanden. Ich bin nicht beleidigt, und ich bin sogar beeindruckt. Du solltest nie deine Tür offen lassen, auch nicht für jemanden wie einen Lieferanten oder so. Es dauert nur eine Sekunde, bis jemand reinkommt und die Tür abschließt, und schon sitzt man mit jemandem in der Wohnung fest, der einem vielleicht etwas antun will. Unsere Gesellschaft ist zu sehr damit beschäftigt, höflich zu sein und niemanden zu beleidigen, anstatt sich auf ihre eigene Sicherheit zu konzentrieren.«

Genau so fühlte sich Taylor. Die Verbindung, die sie mit diesem Mann hatte, war fast beängstigend. Sie schenkte ihm ein kleines Lächeln. Sie fühlte sich immer noch ein wenig neben der Spur, was für sie normal war. Es dauerte immer ein wenig, bis sie sich in der Nähe von jemandem, den sie bereits kannte, wohlfühlte, denn obwohl er wie ein Fremder aussah, wusste sie, dass er es nicht war.

Natürlich schien Eagle das zu spüren, und er begann keine unangenehme Unterhaltung oder versuchte anderweitig zu beweisen, dass sie ihn kannte. Er machte einfach eine Geste in Richtung Flur und ging neben ihr her, als sie auf die Treppe zusteuerten.

Er schwieg auch, als sie über den Parkplatz zu seinem Wrangler gingen. Er hielt ihr die Tür auf und wartete, bis sie saß, bevor er sie schloss und zurück zur Fahrerseite ging.

Erst als sie auf die Straße bei ihrer Wohnung fuhren, sprach sie. »Also, was wolltest du mir sagen?« Den ganzen gestrigen Abend und den größten Teil des heutigen Tages hatte Taylor sich gefragt, was er ihr wohl mitteilen wollte. Sie war extrem neugierig.

»Nein.«

»Nein was?«, fragte Taylor verwirrt.

»Ich werde dir zuerst mein Geschäft zeigen. Ich stelle dich meinen Freunden vor. Dann werden wir essen. Und dann werden wir mit allen Fahrern, die sich dort aufhalten, ein bisschen quatschen. Ich glaube, Skylar – Bulls Freundin

– wird auch irgendwann vorbeischauen. Und dann, wenn du entspannt bist und dich wohlfühlst, reden wir.«

Taylor nahm an, dass sie sich über Eagle ärgern sollte, weil er ihren ganzen Abend organisiert hatte, ohne sie zu fragen, was sie tun wollte, aber nichts, was er geplant hatte, war unangemessen, also nickte sie einfach. »Okay.«

Sie unterhielten sich den Rest der Fahrt zu *Silverstone Towing*, und als er in eine kurze Einfahrt einbog, konnte Taylor nur überrascht auf das Gebäude vor ihr starren. »Oh je, Eagle, du hattest recht – es sieht aus wie eine Drogenhöhle oder so. Der Stacheldraht oben am Zaun, das hohe Unkraut, die Kameras ... was versteckst du da drin? Drogen? Gold?«

Eagle lachte leise, er war nicht im Geringsten beleidigt. »Als Skylar es das erste Mal gesehen hat, hat sie behauptet, es sähe aus wie das Klubhaus einer Motorradgang.«

»Ja, das auch«, stimmte Taylor zu.

Sie beobachtete, wie Eagle sein Fenster herunterließ und sich hinauslehnte, um mindestens zehn Zahlen in ein Tastenfeld einzugeben. Das Tor vor ihnen öffnete sich überraschend schnell, und als sie nach der Durchfahrt hinter sich blickte, sah Taylor, dass es sich ebenso zügig wieder schloss.

»Es ist nicht klug, ein langsames Tor zu haben«, erklärte Eagle, der offensichtlich sah, wohin sie geblickt hatte. »Das Tor ist mit einem Sensor ausgestattet, der erkennt, wenn ein Fahrzeug hindurchgefahren ist, und das Tor schließt sich automatisch. Zwei Fahrzeuge können nicht gleichzeitig hineinfahren, und das schnelle Schließen des Tores soll verhindern, dass jemand nach einem Fahrzeug unerlaubt hineinschlüpft.«

Taylor nickte, aber das war ehrlich gesagt etwas, woran sie noch nie gedacht hatte. Als sie auf das größte der Gebäude zufuhren, bemerkte sie, dass es zwar *hohes* Unkraut auf dem Gelände gab, aber es schien eher strategisch als unkontrolliert platziert zu sein. Das Gras an den Gebäuden war ordentlich getrimmt, und es gab nirgendwo große Büsche.

Eagle parkte seinen Jeep hinter dem Gebäude, am Ende einer Reihe anderer Fahrzeuge, und blickte sie an, als er den Motor abgestellt hatte. »Und?«, fragte er und sah sie mit einer hochgezogenen Augenbraue an.

»Beeindruckend«, erwiderte Taylor ehrlich. »Und du hast recht, ich wäre wahrscheinlich ausgeflippt, wenn ich allein hierhergekommen wäre.«

Er grinste. »Ja. Wir lassen diesen Ort absichtlich ziemlich heruntergekommen aussehen. Das hilft uns, in dieser Gegend keine unnötige Aufmerksamkeit auf uns zu ziehen.«

»Ihr könntet umziehen«, schlug sie vor.

»Aber die Lage ist perfekt«, entgegnete Eagle. »Wir sind in der Nähe der Umgehungsstraße und der I-65, und wir können auch innerhalb von zehn Minuten in der Innenstadt sein. Außerdem wohnen viele unserer Angestellten nicht weit von hier, und wenn wir umziehen würden, wäre das sehr unbequem für sie.«

Er wandte sich zum Aussteigen, aber Taylor legte ihm eine Hand auf den Arm und hielt ihn zurück. Eagle blickte sich zu ihr um.

»Warum ist das wichtig?«, fragte sie, wirklich neugierig auf seine Antwort.

»Weil unsere Mitarbeiter das Wichtigste an *Silverstone Towing* sind. Ohne sie sind wir nichts.« Und damit stieg Eagle aus dem Wagen.

Taylor schüttelte ungläubig den Kopf. Sie hatte noch nicht viele Geschäftsinhaber getroffen, die sich so sehr um ihre Angestellten kümmerten. Für die meisten ging es nur um das Ergebnis. Um Geld. Wenn es steuerlich sinnvoll war, den Standort zu wechseln, dann wurde das getan, und die Angestellten mussten damit klarkommen. Das äußere Erscheinungsbild des Unternehmens zu verändern, um es an den Standort anzupassen, war ein kluger Geschäftszug. Aber sie hatte das Gefühl, dass es bei der Entscheidung, nicht umzuziehen, mehr um die Mitarbeiter ging als um die Nähe zu den Schnellstraßen.

Ihre Tür öffnete sich und Taylor zuckte überrascht zusammen. Als sie ausstieg, legte Eagle seine Hand unter ihren Ellbogen, um ihr beim Aussteigen zu helfen, und ließ sie los, sobald sie sicher auf ihren Füßen stand. Ihre Haut kribbelte dort, wo er sie berührt hatte.

Er ist nur ein Freund, sagte sie sich. *Beziehungen sind nicht gut für dich, weißt du noch?*

Es war schwer, sich davon zu überzeugen, wenn alles, was Eagle bisher getan hatte, sie zutiefst beeindruckt hatte.

Er tippte eine weitere lange Reihe von Zahlen auf einem Tastenfeld neben der Tür ein und sie öffnete sich mit einem Klicken.

»Ich würde dich ja durch die Vordertür reinbringen, aber dann müssten wir um das ganze Gebäude herumgehen, was blöd wäre. Du bekommst also nicht den vollen Eindruck von diesem Ort, aber ich zeige dir später den Vordereingang.«

Taylor fragte sich, was es mit dem Vordereingang auf sich hatte, aber sie hatte keine Zeit zu fragen, denn Eagle führte sie einen Flur entlang und in einen großen, wunderbar eingerichteten Raum. Die Decke war hoch, und der Raum wirkte äußerst gemütlich und komfortabel.

Im Wohnbereich befanden sich Ledersofas und -sessel sowie ein riesiger Fernseher. Ein köstlicher Geruch lag in der Luft und kam aus der ausgefallensten Küche, die sie je gesehen hatte, die sich an der gegenüberliegenden Wand befand. Es gab zwei riesige Kühlschränke, einen Gasherd mit sechs Flammen und eine Granittheke, unter der mindestens ein Dutzend Hocker standen.

»Willkommen bei *Silverstone Towing*«, erklärte Eagle leise.

Taylor drehte sich mit großen Augen zu ihm um. »Ich ... das ist schwer zu glauben«, stammelte sie.

Eagle lachte leise. »Ich weiß. Das Äußere sieht nach nichts Besonderem aus, aber wir wollten, dass das Innere für jeden Mitarbeiter wie ein zweites Zuhause ist.«

»Das ist euch gelungen. Wow«, stellte Taylor fest.

»Hey, Eagle!«, rief ein Mann, der aus einem Flur auf der anderen Seite des Raumes kam.

»Hey, Robert«, erwiderte Eagle. Dann legte er seine Hand auf Taylors Rücken und drückte sie sanft nach vorn.

Ihr wurde ganz flau im Magen, aber sie zwang sich zu einem Lächeln, als sie auf den Mann zugingen.

Eagle streckte Robert zur Begrüßung die Hand entgegen

und schüttelte sie, dann wandte er sich ihr zu. »Taylor, das ist Robert. Er ist einer unserer Fahrer.«

Robert nickte ihr zu. »Freut mich, dich kennenzulernen.«

»Viel zu tun heute Abend?«, fragte Eagle den Mann.

»Bis jetzt nicht. Ich habe nur eine kurze Pause für das Abendessen eingelegt. Ich war hier, als Archer vorhin die Soße gemacht hat. Ich fand, dass es vorhin gut roch, aber verdammt, jetzt riecht es hier wie in einem italienischen Restaurant.«

Taylor konnte ihm nicht widersprechen.

»Wer ist noch hier?«, fragte Eagle.

»Bull, Smoke und Gramps sind unten in eurem Zimmer; Christine ist in der Zentrale; Jose hat erst in einer Stunde Dienst, aber er macht gerade ein Nickerchen in einem der Zimmer; und ich glaube, Thomas ist auch auf dem Weg, um sich ebenfalls Lasagne zu holen.«

»Joses Baby hat immer noch Koliken?«, vermutete Eagle.

»Ja. Seine Schwiegermutter ist gerade bei ihm zu Besuch. Seine Frau ist mit Freundinnen ausgegangen, um mal rauszukommen, und ihre Mutter hat ihn rausgeschmissen und ihm gesagt, er solle vor seiner Schicht noch etwas schlafen«, erklärte Robert.

»Gut«, entgegnete Eagle mit einem zufriedenen Lächeln.

Taylor konnte nur staunend zuhören.

»Es war schön, dich kennenzulernen«, erklärte Robert. »Aber ich muss noch zu Abend essen, bevor ich wieder zum Dienst gerufen werde. Ich hoffe, wir sehen uns wieder.«

»Das hoffe ich auch«, entgegnete Taylor und sah zu, wie der Mann in Richtung Küche ging.

»Willst du erst einen Rundgang oder möchtest du erst etwas essen?«, fragte Eagle sie.

»Erst mal den Rundgang«, erwiderte Taylor sofort. Sie konnte es kaum erwarten, mehr von dem Gebäude zu sehen.

Eagle lächelte und streckte die Hand aus, um ihr zu bedeuten, dass sie ihm vorangehen sollte. Sie ging durch den großen Raum und in den Flur, aus dem Robert herausgekommen war. Sie warf einen Blick in ein paar der Zimmer und sah sowohl kleine Schlafzimmer als auch Räume, in denen die Leute fernsehen oder Videospiele spielen konnten. Am Ende des Flurs befand sich auch ein großes Badezimmer mit Duschen.

»Ich habe Robert sagen hören, dass Christine in der Zentrale arbeitet, aber ich sehe nur ein Badezimmer ...« Sie brach ab, weil sie nicht wusste, wie sie ihre Frage stellen sollte, ohne respektlos zu sein.

Aber Eagle verstand, was sie wissen wollte, ohne dass sie fragen musste. »Unten gibt es ein privates Bad und eine Dusche für alle, die das Gemeinschaftsbad hier oben nicht benutzen wollen. Wir bemühen uns sehr, hier tolerant und offen zu sein«, erklärte Eagle ihr. »Solange jeder den anderen respektiert, kommen wir alle gut miteinander aus. Wir sind auch gern bereit, bei Bedarf Anpassungen vorzunehmen.«

»Wie die private Dusche«, entgegnete Taylor.

»Ganz genau. Als Leigh gerade frisch hier eingestellt worden war, sagte sie, sie könne auf keinen Fall im selben Raum mit einem Mann pinkeln oder duschen. Sie war in der Vergangenheit überfallen und vergewaltigt worden. Also haben wir eine gesonderte Dusche mit Bad im Erdgeschoss einbauen lassen. Das war die richtige Entscheidung.«

Taylor gefiel das. Nein, sie fand es verdammt gut, wie großzügig Eagle und seine Freunde waren.

»Komm, ich bringe dich nach unten«, erklärte Eagle.

Sie gingen die Treppe hinunter in einen weiteren großen Raum. Dieser sah eher wie ein Ort aus, an den die Leute zum Spielen kamen als zum Entspannen. Es gab bequeme Stühle im Raum, aber auch eine Tischtennisplatte, ein paar Kickertische und Videospiele. Taylor juckte es in den Fingern, an dem Flipperautomaten zu spielen, den sie in der Ecke sah, aber stattdessen folgte sie Eagle quer durch den Raum.

Er lächelte, als er sah, wohin ihr Blick gewandert war. »Ich lasse dich später ein paar Spiele spielen, wenn du möchtest«, versicherte er ihr.

»Ich habe kein Kleingeld«, entgegnete sie.

Sein Grinsen wurde breiter. »Brauchst du auch nicht. Sie sind alle kostenlos.«

Natürlich waren sie das. Taylor hätte es sich denken können. Sie sah ein paar Türen und vermutete, dass es sich bei einer um die Dusche handelte, von der Eagle gesprochen hatte, und bei den anderen vielleicht um ein paar Schränke.

Eagle steuerte geradewegs auf eine sehr beeindruckend aussehende Tür zu, die in der Ecke versteckt war. Anstelle eines Tastenfelds befand sich an dieser Tür eine Art biometrisches Lesegerät. Eagle drückte seinen Daumen auf ein kleines schwarzes Quadrat und sie hörte, wie sich ein Schloss öffnete.

Für einen Moment dachte sie an einen der Liebesromane, die sie gelesen hatte, in denen die Bösewichte das biometrische Schloss überwunden hatten, indem sie dem Wachmann die Hand abhackten, nachdem sie ihn getötet hatten, und sie an das Lesegerät hielten.

Aber ihre unsinnigen Gedanken verflüchtigten sich in dem Moment, in dem sie den großen Raum betrat, in dem drei Männer standen. Taylor schluckte schwer und fühlte sich völlig fehl am Platz. Sie hatte keinen Zweifel daran, dass dies Eagles Freunde waren.

Links stand ein runder Tisch, außerdem gab es Computer, eine kleine Küche und ein Badezimmer im hinteren Teil, das Taylor sehen konnte, weil die Tür offen stand. Sie hatte keine Ahnung, worüber Eagle und seine Freunde in diesem Raum sprachen, aber es war für sie mehr als offensichtlich, dass es sich nicht um einen normalen Treffpunkt handelte.

»Eagle«, rief einer der Männer. Er ging auf sie zu und gab Eagle eine dieser Männerumarmungen, bei denen sie sich gegenseitig kräftig auf den Rücken klopften, anstatt sich zu umarmen.

»Hey, Smoke.« Dann wandte er sich an die anderen und nickte ihnen kurz zu. »Bull. Gramps.«

Die anderen Männer erwiderten den Gruß.

»Leute, das ist Taylor. Taylor, das sind die besten Freunde, die ein Mann je haben kann. Das ist Smoke«, erklärte er und deutete auf den Mann, der sie an der Tür begrüßt hatte. Er war etwa so groß wie Eagle und hatte dunkelbraunes Haar.

»Der lange Lulatsch ist Gramps, und der Typ mit den schwarzen Haaren ist Bull.«

Taylor gefiel es, dass Eagle auf die Merkmale seiner

Freunde hinwies. Sie konnte sich nicht immer merken, welche Haarfarbe die Leute hatten, aber es half ihr sehr, die vier Männer auseinanderzuhalten.

»Hallo«, sagte sie leise und winkte ihnen zaghaft zu.

»Kommt, setzt euch«, bat Gramps an sie und Eagle gewandt.

Taylor tat ihr Bestes, um sich so viel wie möglich über die Männer einzuprägen, während sie auf sie zuging. Gramps war tatsächlich der Größte. Er und Smoke hatten beide kurzes, braunes Haar, was ihr nicht helfen würde, sie zu unterscheiden, aber ihre Größe schon. Bull war auch der Einzige der drei, der keine braunen Haare hatte; auch das würde ihr helfen. Bull trug ein rotes Hemd, was für heute Abend ein Leichtes sein würde, denn die Farbe erinnerte sie an Stierkämpfe und wehende rote Umhänge. Smoke war der Einzige, der eine Cargohose trug, was ihn von den anderen unterschied.

Sie nickte sich selbst zu, ziemlich zuversichtlich, dass sie die vier Männer auseinanderhalten konnte. Aber wenn sie sie wiedersah – falls sie sie wiedersehen sollte –, würde es schwieriger werden, da sie andere Kleidung tragen würden.

»Was hast du dir einfallen lassen?«, fragte Smoke, als sie sich alle an den Tisch gesetzt hatten.

»Was?«, fragte Taylor.

Gleichzeitig bemerkte Eagle ein wenig bedrohlich: »Vorsichtig.«

»Ich habe mich nur gefragt, wie sie uns auseinanderhält«, entgegnete Smoke leichthin.

»War es so offensichtlich?«, fragte Taylor.

Smoke zuckte mit den Schultern. »Wir sind ein aufmerksamer Haufen«, versicherte er ihr.

Da sie keine morbide Neugier in seinem Tonfall hörte und die anderen Männer einfach nur interessiert aussahen, beschloss sie: *Was soll's.* »Für heute Abend sollte es gehen, aber nachdem ihr euch umgezogen habt, werde ich euch nicht mehr von Robert oder Thomas oder sonst jemandem unterscheiden können. Aber Bull trägt Rot, wie ein Stierkämpfer, und hat schwarze Haare; Gramps, du bist der Größte; und Smoke, du hast eine andere Hose an als alle anderen.«

Alle drei Männer nickten zustimmend.

»Sie ist keine verdammte Touristenattraktion«, brummte Eagle.

»Wie hieß die Frau, die vor drei Wochen den Autounfall hatte?«, fragte Bull. »Du weißt schon, die in dem Minivan mit all den Kindern?«

»Meredith Oxgarden. Warum?«, fragte Eagle.

»Hatte sie nicht fünf Kinder dabei?«, fragte Gramps und lächelte.

»Ja. Billy, Carly, Riley, Aaron und Christopher. Noch mal, was hat sie mit all dem zu tun?«, fragte Eagle ungeduldig.

Taylor versuchte, ihr Grinsen zu unterdrücken. Sie wusste, was seine Freunde vorhatten. Sie legte ihre Hand auf Eagles Arm. »Sie sind nur neugierig«, erklärte sie leise. »Es ist schon in Ordnung.«

»Warum fragen sie dann nach Meredith und ihren Kindern?«, fragte er völlig verwirrt.

Taylor lachte leise. »Sie versuchen, damit etwas auszusagen.«

»Nun, es ist ein ziemlich schlechter Versuch, wenn ich es nicht verstehe«, meckerte Eagle.

»Du erinnerst dich an jeden. Ich erinnere mich an niemanden«, entgegnete Taylor und lächelte immer noch. »Wir sind sehr gegensätzlich. Wahrscheinlich ist das für sie faszinierend. Wir sind ein seltsames Paar.«

»Ihr könnt mich mal«, sagte Eagle zu seinen Freunden. »Ich kann nicht glauben, dass ihr diesen Blödsinn nicht schon längst satthabt.«

»Wir werden es nie satthaben«, gab Bull zu.

»Und ihr seid nicht seltsam«, bemerkte Gramps. »Gegensätze ziehen sich an.«

»Wir sind nur Freunde«, sagten Eagle und Taylor wie aus einem Mund.

Bull, Smoke und Gramps grinsten.

Taylor sah Eagle an und konnte sich ein Lachen nicht verkneifen. Er sah so verärgert aus, aber sie fand es urkomisch. Sie wandte den Blick wieder seinen Freunden zu. »Ich weiß, dass Eagle euch von meiner Prosopagnosie erzählt hat. Es geht mir ziemlich auf die Nerven, aber ich kann nichts dagegen tun. Wenn ich Leute treffe, tue ich mein Bestes, um mir Dinge einzuprägen, die mir auffallen. Narben, Tattoos und so weiter. Alles, was mir hilft, sie zu erkennen, wenn ich sie wiedersehe. Ich hatte gehofft, dass wenigstens einer von euch eine riesige Warze oder so etwas im Gesicht hat, damit ich sofort weiß, wer derjenige ist, aber leider seht ihr alle ganz normal aus.«

Smoke keuchte und hielt sich eine Hand vor die Brust. »Normal? Ach, komm schon. Wir sind die attraktivsten

Männer der Welt. Es ist eine Schande, dass du das nicht sehen kannst.«

Alle lachten.

»Aber im Ernst, wir sind an deinem Zustand genauso interessiert wie an dem von Eagle. Daher kommt sein Name, weißt du ... weil er Adleraugen hat. Wenn wir dich deswegen aufziehen, dann nur, weil wir dich mögen, und nicht, weil wir es böse meinen.«

Taylor nickte. Sie mochte diese Männer bereits. Sie kannte sie nicht, aber sie hatten alles richtig gemacht. Sie hatte keine Bedenken dabei, ihnen einen Vertrauensvorschuss zu geben.

»Du hast Eagle also im Supermarkt getroffen?«, fragte Bull. »Er hasst diesen Ort.«

»Ich weiß, er hat es mir erzählt«, entgegnete Taylor.

»Du wurdest bei der Auseinandersetzung, deren Zeuge du warst, nicht verletzt, oder?«, fragte Gramps.

»Nein. Es ging alles so schnell. Der Kerl im Cabrio ist so schnell auf den freien Parkplatz gefahren, dass der Mann, der den Lieferwagen fuhr, nicht einmal die Chance hatte reinzufahren. Er sprang also aus dem Wagen und fing an zu schreien, und dann ging der Kampf los. Es war verrückt.«

»Hat jemand versucht dazwischenzugehen?«, fragte Smoke.

»Nein. Sie haben sich gegenseitig verprügelt, und einer hat ein Messer gezogen«, erzählte Taylor. »Niemand wollte dazwischengehen. Aber ein paar Leute haben es natürlich auf Video aufgenommen. Zum Glück gab es viele Zeugen, sodass sie mich nicht brauchten.«

»Tu das nicht«, bat Eagle sie.

Taylor sah ihn überrascht an.

»Wir haben doch darüber geredet. Nur weil du nicht in der Lage wärst, sie bei einer Gegenüberstellung zu erkennen, heißt das nicht, dass du keine gute Zeugin sein kannst. Du hast sehr detailliert erzählt, was du gesehen hast und was passiert ist. Du hast der Polizei ein klares Bild davon vermittelt, wer den ersten Schlag ausgeführt hat und wer im Unrecht war. Die anderen Zeugen konnten deine Aussage bestätigen. Du solltest nicht denken, deine Aussage sei nichts wert, nur weil du ihre Gesichter nicht erkennen kannst.«

Darüber hatten sie mal am Telefon gesprochen, und Eagle hatte an dem Abend im Grunde dasselbe gesagt. Taylor hatte ihn abgetan, weil sie dachte, er sei einfach nur nett, aber jetzt konnte sie sehen, dass er hundertprozentig glaubte, was er sagte. Und das fühlte sich gut an.

»Und dieser Polizist hat sich danebenbenommen, als er das sagte«, fügte Eagle hinzu.

»Was hat er gesagt?«, fragte Gramps.

»Er hat Taylors Zustand mit dem Film *50 erste Dates* verglichen«, erzählte Eagle seinen Freunden.

Als sie verwirrt dreinblickten, erklärte Taylor schnell: »Ich nehme an, ihr habt den Film nicht gesehen. Drew Barrymore hat eine Krankheit, bei der sie sich morgens an nichts mehr erinnern kann, was am Vortag passiert ist. Also ist jeder Tag ein unbeschriebenes Blatt für sie. Adam Sandler fängt an, mit ihr auszugehen, aber er muss sie jeden Tag aufs Neue kennenlernen, weil sie sich nie an ihn erinnert. Es ist eine Komödie. Aber das ist nicht annähernd mein Problem. Mit meinem Gedächtnis ist alles in Ordnung.

Ich werde mich daran erinnern, wie ich euch kennengelernt habe, wie ich dieses tolle Gebäude gesehen habe und wie ich Lasagne gegessen habe. Aber wenn ihr morgen alle in einer Reihe vor mir stehen würdet, wüsste ich nicht, wer wer ist.« Sie zuckte mit den Schultern. »Dieser Film ist sozusagen der Fluch meiner Existenz.«

»Kann ich mir vorstellen«, erklärte Bull.

»Das ist wirklich Mist«, erklärte Gramps mitfühlend.

»Ich habe Hunger«, warf Smoke schließlich ein.

Taylor lachte.

»Und das sind meine Freunde«, bemerkte Eagle mit einem Seufzer.

»Was denn? Wir riechen schon den ganzen Tag die Lasagne im Ofen«, verteidigte sich Smoke. »Es ist eine Qual.«

»Skylar müsste jeden Moment hier sein«, bemerkte Bull. »Sie ist länger in der Schule geblieben, um die Pinnwände neu zu gestalten.«

»Großartig. Ich will Taylor noch den Kontrollraum zeigen, bevor wir essen. Hoffentlich ist Sky bis dahin da«, bemerkte Eagle und stand auf.

Taylor folgte ihm, ebenso wie die anderen. Sie wollte sich in dem kleinen Raum, den er ihr gezeigt hatte, noch etwas umsehen, aber Eagle legte seine Hand auf ihren Rücken und drängte sie zur Tür. Die Wärme seiner Berührung fühlte sich gut an. Dadurch hatte Taylor ein schlechtes Gewissen.

Eagle war ihr Freund. Das war alles. Er konnte nicht mehr sein. Er würde auch nicht mehr sein wollen.

Sie gingen alle wieder die Treppe hinauf und sie und

Eagle steuerten auf eine Tür zu, während die anderen drei weiter in den großen Raum und zur Küche gingen.

Eagle öffnete die Tür und Taylor sah eine Frau, die vor drei großen Monitoren saß. Sie trug ein Headset und sprach offensichtlich mit jemandem.

»Der Unfall blockiert die rechte Spur, aber du solltest in der Lage sein, den Verkehr zu umgehen, indem du den Seitenstreifen benutzt ... richtig, sag mir Bescheid, wenn du am Unfallort bist.«

Dann drehte sie sich um und lächelte. »Hey.«

»Viel zu tun?«, fragte Eagle.

Die Frau zuckte mit den Schultern. »Nicht mehr als sonst.«

»Christine, das ist Taylor. Du wirst sie hoffentlich ab und zu hier sehen.«

»Hi«, sagte Christine, ihr Lächeln breit und freundlich.

»Hallo.«

»Bist du eine neue Fahrerin?«

Bevor Taylor antworten konnte, erklärte Eagle: »Nein. Sie ist eine Freundin. Sie ist diejenige, die mir beim letzten Einkauf gezeigt hat, welches verdammte Mehl ich kaufen muss.«

»Oh!«, rief Christine aus. »Gott sei Dank warst du da. Eagle ist toll, aber beim Einkaufen ist er eine Niete.«

»Hey, so schlecht bin ich gar nicht«, sagte Eagle.

»Ähm ... doch, das bist du. Es ist gut, dass Archer jetzt hier ist. Hast du schon etwas von seiner Lasagne gegessen? Robert hat mir vor nicht allzu langer Zeit ein Stück gebracht. Ich habe sie so schnell gegessen, dass ich sie quasi inhaliert habe! Archer ist ein Gott in der Küche. Wenn er geht, kündige ich.«

»Hier geht niemand weg oder kündigt«, erklärte Eagle verärgert.

»Ich sage ja nur ... er ist so gut«, sagte Christine zu ihrem Chef.

»Zur Kenntnis genommen«, erklärte Eagle mit einem leichten Kopfschütteln. »Irgendwelche Probleme heute Abend?«

»Nein. Alles ist gut«, entgegnete Christine lässig. »Na los, hol dir was von der Lasagne. Es könnte sein, dass nichts mehr übrig ist, wenn du nicht vor Bull, Smoke und Gramps da bist. Die hatten schon den ganzen Nachmittag Heißhunger auf das Abendessen.«

»Verdammt!«, fluchte Eagle, tat so, als geriete er in Panik, packte Taylors Hand und zerrte sie zur Tür.

Taylor schaffte es, sich umzudrehen und zu sagen: »Ich freue mich, dich kennengelernt zu haben«, als sie zur Tür gezogen wurde.

»Gleichfalls! Guten Appetit!«, rief Christine.

Taylor war zu amüsiert, um zu protestieren, als Eagle sie durch den Flur zog. Als er den großen Raum betrat, brüllte er: »Keine Bewegung!«

Gramps und Smoke waren in der Küche und drehten sich sofort um und starrten Eagle an. Bull stand auf der anderen Seite des Raumes und küsste eine Frau, von der Taylor nur annehmen konnte, dass es seine Freundin Skylar war. Auf Eagles lautes Kommando hin hörten beide allerdings nicht auf, sich zu küssen. An der Kücheninsel saßen zwei Männer, die komischerweise mit ihren Gabeln auf halbem Weg zum Mund erstarrten.

»Hände weg von der Lasagne«, befahl Eagle Smoke und Gramps.

Beide Männer grinsten.

»Entspann dich mal. Egal was Christine euch gesagt hat, es ist genügend da«, erklärte Gramps und drehte sich um, um weiterzuessen. Er ließ das größte Stück Lasagne, das Taylor je gesehen hatte, vor sich auf den Teller plumpsen.

»Das will ich hoffen«, drohte Eagle aus Spaß, während er in Richtung Küche ging. Er hatte ihre Hand nicht losgelassen, und Taylor hatte nicht das Bedürfnis, ihn daran zu erinnern, dass er sie immer noch im Schlepptau hatte. Er wollte nach dem Griff eines Schrankes greifen, als ihm schließlich bewusst wurde, dass er ihre Hand immer noch festhielt. »Tut mir leid«, sagte er ein wenig verlegen und drückte ihre Finger, bevor er sie losließ.

»Ist schon gut«, entgegnete sie leise.

Eagle schnappte sich zwei Teller und machte sich auf den Weg zur Lasagneschüssel. Es war nur noch ein Viertel der Lasagne übrig und Taylor runzelte besorgt die Stirn, als Eagle eine große Portion davon auf einen Teller schaufelte und das meiste vom restlichen Stück auf den anderen.

»Ähm ... ich möchte nicht das letzte Stück nehmen«, erklärte sie.

»Da ist noch eine zweite Lasagne im Ofen«, versicherte Smoke ihr. »Archer hat sehr schnell gelernt, alles doppelt und dreifach zu machen.«

Taylor seufzte erleichtert und sah amüsiert zu, wie Eagle, nachdem er gehört hatte, dass es noch mehr gab, das letzte kleine Stück der köstlich aussehenden Lasagne auf seinen Teller legte. »Ist das genug oder willst du mehr?«, fragte er und deutete mit dem Spatel in Richtung Ofen.

Taylor konnte nicht anders. Sie lachte. »Ich denke, die fünf Kilo Lasagne, die du mir bereits auf den Teller gepackt hast, sind genug.«

Eine Frau stimmte in ihr Lachen ein und Taylor drehte sich um. Bull hatte seinen Arm um die Schultern der Frau gelegt, und sie lehnte sich an ihn. Sie war etwas kleiner, sah aber so aus, als ob sie perfekt zu Bull passte. Sie hatte Kurven, um die Taylor sie beneidete, und schien sich in dem Raum voller dominanter Alphamänner rundum wohlzufühlen.

»Hi, ich bin Skylar«, erklärte die Frau.

»Ich bin Taylor.«

»Es ist wirklich schön, dich kennenzulernen«, bemerkte Skylar.

»Geht mir auch so«, erwiderte Taylor. Eagle hatte ihr ein wenig über Skylar erzählt und wie sie entführt worden war. Taylor sah der Frau nicht all die schlimmen Dinge an, die sie durchgemacht hatte. Sie wusste, dass sie Kindergärtnerin an einer innerstädtischen Schule war und dass sie sowohl von den Schülern als auch vom Lehrkörper geliebt und respektiert wurde.

Taylor beneidete sie. Die andere Frau sah so gefasst und zufrieden aus, etwas, das Taylor überhaupt nicht kannte.

Skylars kastanienbraunes Haar war zu einem Dutt am Hinterkopf zusammengebunden und sie trug ein Pulloverkleid. Es war so klischeehaft und schrie so laut *Kindergärtnerin*, dass Taylor fast lachen musste.

Sie hörte Smoke lachen und sah zu ihm hinüber.

»Ich kann mir denken, wie du dir Sky gemerkt hast«, scherzte er. »Sie zieht sich von Montag bis Freitag so an. Selbst mir fällt es schwer, sie in Jeans und T-Shirt zu erkennen.«

Anstatt sich zu ärgern, grinste Skylar über Smokes Bemerkung. »Ich weiß, ich sehe genau so aus, wie ich bin. Aber die Schule hat eine Kleiderordnung, und nach all den Jahren des Unterrichtens finde ich, dass ich mich in Kleidern und Röcken am wohlsten fühle, wenn ich jetzt unterrichte. Aber an den Wochenenden mag ich meine Jeans.«

»Wenn ich dich an einem Samstag oder Sonntag sehe, erinnere mich bitte daran, wer du bist, damit ich nicht sauer auf Bull werde, weil er einer anderen Frau schöne Augen macht«, entgegnete Taylor, ohne nachzudenken.

Skylar machte große Augen. »Oh verdammt, das habe ich vergessen! Warte mal!« Dann duckte sie sich unter Bulls Arm weg und eilte zu derselben Tür, durch die Taylor und Eagle bei ihrer Ankunft gekommen waren.

»Was ist denn los?«, wollte Eagle wissen.

Bull zuckte mit den Schultern. »Ich hoffe, es macht dir nichts aus, Taylor, aber ich habe ihr von deinem Zustand erzählt. Sie hat mir eine Million Fragen dazu gestellt und dann gesagt, sie hätte eine Idee.«

Eagle brachte ihre beiden Teller zu einem freien Platz an der Küchentheke, während sie auf Skylars Rückkehr warteten. Sie brauchten nicht lange zu warten. Mit einem breiten Lächeln im Gesicht stürmte sie wieder in den Raum.

Sie gab Bull etwas. Dann Smoke, Gramps und den beiden Männern an der Theke, die ihre Lasagne aufgegessen hatten und sich nun entspannt zurücklehnten. Dann ging sie auf Taylor und Eagle zu und hielt jedem von ihnen ebenfalls etwas hin.

»Ich habe über deinen Zustand nachgedacht und darüber, wie schwer es sein würde ... vor allem, eine Gruppe von Leuten kennenzulernen, die du nicht kennst. Ich meine, die du *wirklich* nicht kennst. Als ich Bull das erste Mal traf, fiel es mir schwer, alle, die hier arbeiten, auseinanderzuhalten, und ich habe nicht die gleiche Krankheit wie du. Also habe ich Namensschilder für alle gemacht.« Sie lächelte unsicher. »Ich dachte, das würde es für dich vielleicht einfacher machen. Wenn jeder hier ein Namensschild trüge, müsstest du dich nicht fragen, wer wer ist. Sie sind magnetisch, sodass sie keine Löcher in unsere Kleidung stechen.« Sie sah Eagle an. »Und sie schaden auch nicht den Uniformen. Ich weiß, dass ihr beschlossen habt, keine Namensaufnäher auf den Overalls anzubringen, die jeder anhat, aber ich dachte, zumindest hier könnte man sie tragen?«

Als niemand etwas sagte, sprach Skylar schneller weiter, als wäre sie jetzt unsicher. »Ich kann eine magnetische Tafel an der Tür anbringen. Jeder kann sie dort zurücklassen, wenn er nach Hause fährt, und sie dort abnehmen, wenn er reinkommt. Vielleicht könntet ihr sie sogar bei der Arbeit tragen. Ich meine, Bull hat mich eines Besseren belehrt, als ich nicht angerufen habe, um seine Identität zu bestätigen, als er mit seinem Abschleppwagen auftauchte. Die Disponenten könnten den Anrufern sagen, dass ihr Fahrer ein Namensschild trägt und wie er oder sie heißt.«

Bull trat hinter Skylar und zog sie mit dem Rücken an

seine Brust. Sie runzelte die Stirn, als machte sie sich Sorgen darüber, was die anderen von der Idee halten könnten.

Taylor schaute auf das Namensschild in ihrer Hand. Es war nichts Besonderes. Oval, aus Plastik, schwarz auf der Rückseite mit dem Magneten und weiß auf der Vorderseite, wo ihr Name in schwarzen, fetten Buchstaben aufgedruckt war. Groß genug, um ihn aus einiger Entfernung zu erkennen. Als sie hinübersah, konnte sie Eagles Namen in denselben großen Buchstaben sehen.

Taylor schluckte schwer und spürte, wie ihre Augen brannten. Sie sah wieder auf das Namensschild in ihrer Hand und versuchte, ihre Gefühle unter Kontrolle zu bringen.

Eagle hob ihr Kinn an und zwang sie, ihn anzuschauen. »Taylor?«

Gleichzeitig hörte sie Skylar sagen: »Es tut mir leid. Es war dumm. Ignorier mich einfach. Ich wollte nicht beleidigend sein. Ich dachte nur, es könnte helfen.«

Taylor wollte nicht, dass die andere Frau auch nur einen Moment lang dachte, sie sei beleidigt, und wandte sich ihr zu. Eine Träne löste sich und kullerte ihr über die Wange. »Das ist eine der nettesten Sachen, die je jemand für mich getan hat. Ich danke dir.«

Der Seufzer, den Skylar ausstieß, war nicht nur hörbar, sondern man konnte auch sehen, wie ihr ein Stein vom Herzen fiel. »Puh. Ich wollte nicht zu weit gehen, aber ich konnte mir nicht vorstellen, wie es sich anfühlen würde, ständig von Fremden umgeben zu sein.«

Und genau so war es auch. Wie es sein konnte, dass Skylar das verstand, wusste Taylor nicht, aber es war offensichtlich, dass die Frau mitfühlend und einfühlsam war. Sie hatte den Eindruck, dass sie eine erstaunliche Lehrerin war.

»Und es ist eine gute Idee, dass die Fahrer die Namensschilder auf der Straße tragen«, fügte Smoke hinzu. »Es könnte jedoch eine Weile dauern, bis sie sich daran gewöhnen, sie zu tragen.«

»So schwer ist das nun auch wieder nicht«, erklärte einer der Männer, die an der Küchentheke saßen. »Hältst du uns für Idioten oder so was?« Er lächelte, als er das sagte, sodass Taylor wusste, dass er einen Scherz gemacht hatte.

»Hi, Shane«, begrüßte Taylor ihn, indem sie das Namensschild las, das er an seinem Overall befestigt hatte. »Jose«, sagte sie und nickte dem anderen Mann zu, der sein Schild ebenfalls angebracht hatte.

»Ma'am«, sagten beide und nickten ihr zu.

Es war dumm, sich so zu freuen, weil sie jemanden beim Namen nennen konnte, aber es war buchstäblich das erste Mal in ihrem Leben, dass sie das ohne Vorstellung tun konnte. Jeder musste ihr immer erst sagen, wer er war, bevor sie ihn mit Namen begrüßen konnte.

»Dies ist ein sicherer Ort für alle unsere Mitarbeiter«, bemerkte Gramps leise. »Wir bemühen uns, dafür zu sorgen, dass jeder hier das hat, was er braucht. Du bist da keine Ausnahme.«

»Danke«, flüsterte Taylor.

»Hast du was für uns übrig gelassen?«, fragte Bull, und Taylor war dankbar für den Themenwechsel. Sie war immer noch zu aufgewühlt, um darauf einzugehen, wie viel Skylars Geste ihr bedeutete.

Eagle hielt ihr den Küchenhocker hin und sie setzte

sich darauf, dann überraschte er sie, indem er näher trat. Taylor leckte sich über die Lippen, als sie bemerkte, *wie* nahe er ihr war. Wenn sie sich auch nur einen Zentimeter nach vorn lehnte, konnte sie ihre Wange an seine Brust legen.

»Alles in Ordnung?«, fragte er leise.

Es fühlte sich an, als wären sie die einzigen beiden Menschen in diesem Raum, obwohl Taylor wusste, dass sie von einem halben Dutzend anderer Menschen umgeben waren. »Ja.«

»Und bist du wirklich mit den Namensschildern einverstanden?«

Taylor nickte. »Das wird die Dinge ... vereinfachen.«

»Dann werde ich dafür sorgen, dass jeder sein Namensschild anlegt, sobald er *Silverstone Towing* betritt.«

»Das scheint mir übertrieben, wenn ich nicht weiß, ob ich so oft hier sein werde«, bemerkte Taylor ehrlich.

»Warum nicht?«

Sie runzelte verwirrt die Stirn und zuckte mit den Schultern. »Weil ich hier nicht arbeite?«

»Na und? Viele der Ehefrauen unserer Angestellten verbringen hier Zeit. Und ihre Kinder auch. Du bist eine Freundin von mir, also kannst du gern vorbeikommen, wann immer du willst. Wenn du einen Tapetenwechsel brauchst, kannst du hierherkommen. Wenn du deine eigenen vier Wände satthast, kannst du hierherkommen. Manchmal bin ich lieber bei *Silverstone* als in meiner eigenen Wohnung. Ich bin kein großer Fan von so viel Ruhe. Ich kann nicht versprechen, dass wir Namensschilder für alle Lebensgefährtinnen haben werden, aber wenn jemand für *Silverstone Towing* arbeitet, wird er eins tragen, und du wirst wissen, um wen es sich handelt.«

Taylor hätte am liebsten geweint. »Warum bist du so nett zu mir?«

Eagle zuckte mit den Schultern. »Weil ich dich mag, Taylor Cardin. Dein Zustand macht nicht aus, wer du als Mensch bist. Es ist mir egal, dass du mein Gesicht nicht erkennst. Ich weiß, dass du weißt, wer ich hier bin ...« Er hob ihre Hand und legte sie auf sein Herz. »Und das sage ich nicht leichtfertig. Ich habe dir im Laufe der letzten zwei Wochen mehr über mich erzählt als allen anderen Menschen, außer meinen drei besten Freunden. Und nach heute Abend wirst du das alles wissen. Wenn du immer noch Zeit mit mir verbringen willst, egal ob hier oder sonst wo, du bist immer willkommen, verstehst du?«

Das tat sie nicht, aber Taylor nickte trotzdem.

Eagles Lippen zuckten, als wüsste er, dass sie log, als sie zustimmte. Er trat einen Schritt zurück und Taylor konnte nicht umhin, den Verlust zu spüren.

»Iss, Flower. Wir reden danach.«

Da sie wusste, dass Eagle ihr nichts sagen würde, bevor er nicht bereit dazu war, steckte sie sich ihr neues Namensschild an ihr Oberteil und nahm ihre Gabel in die Hand. Sie schaufelte sich ein Stück der Lasagne in den Mund und schloss verzückt die Augen.

»Lecker, stimmt's?«, fragte Skylar neben ihr.

Ohne auch nur die Augen zu öffnen, nickte Taylor.

»Warte, bis du seine Tamales probiert hast. Die sind noch besser als das hier.«

Sie konnte sich nicht vorstellen, dass etwas noch leckerer

war als das hier. Sie öffnete die Augen und blickte zu Eagle hinüber. Er beobachtete sie mit einem Lächeln auf dem Gesicht. Taylor beschloss, sich auf die Freude über die wunderbare Mahlzeit und die Gesellschaft von Menschen zu konzentrieren, die ihr das Gefühl gaben, willkommen zu sein, wie noch nie jemand in ihrem ganzen Leben, und schob sich ein weiteres Stück Lasagne in den Mund, wobei ein kleines Lächeln ihre Mundwinkel umspielte.

KAPITEL VIER

Eagle überlegte hin und her, ob er Taylor heute Abend von *Silverstone* erzählen sollte. Es war offensichtlich, wie viel Skylars Geste ihr bedeutete, und jetzt, nach dem Essen, war sie entspannt und glücklich. Ihm gefiel der Gedanke nicht, etwas zu tun, was diesen Zustand ändern könnte.

Aber bevor er sich noch mehr an sie band und sie an seine *Silverstone Towing* Familie, musste er erklären, was er und seine Freunde taten.

Das war eine große Sache. Bull, Smoke, Gramps und Eagle hatten einen Pakt geschlossen, niemandem von ihren Missionen zu erzählen. Es sei denn, sie vertrauten diesem Menschen hundertprozentig ... und gingen davon aus, sie könnten den Rest ihres Lebens mit ihm verbringen. Verdammt, sie hatten nicht einmal ihren Familien erzählt, was sie taten. Soweit diese wussten waren sie nur die Besitzer von *Silverstone Towing*. Punkt.

Er hatte das Gefühl, dass er und Taylor schon bald mehr

als nur Freunde sein würden. Wahrscheinlich war es trotzdem noch voreilig, ihr alles zu erzählen, aber Eagle spürte eine Verbindung zu ihr, die er noch nie mit jemandem gespürt hatte. Nicht einmal mit seinen Freunden. Er hatte keine Ahnung, ob er und Taylor jemals eine intime Beziehung haben würden, aber er fühlte ein tiefes Bedürfnis, es ihr zu sagen.

Und das machte ihm eine Heidenangst.

Denn trotz der Tatsache, dass sie einander erst zwei Wochen kannten, war sie ihm wichtig.

Er wollte sie in seinem Leben haben, egal wie.

Und ihr vom *Silverstone-Team* zu erzählen könnte seine Chancen darauf ruinieren.

Aber Eagle war noch nie jemand gewesen, der vor schwierigen Herausforderungen zurückschreckte. Egal ob Einsätze oder Diskussionen.

Sie saßen gerade auf dem Sofa im Obergeschoss. Der Fernseher war leise gestellt, aber niemand schaute wirklich hin. Bull, Skylar, Smoke und Gramps waren alle geblieben, um zu plaudern. Und die Fahrer, die Dienst hatten, kamen und gingen, je nach ihrem Einsatzplan. Sie waren alle entspannt, und Eagle war begeistert, wie gut Taylor mit allen auskam. Sie und Skylar hatten sich über ihre Arbeit unterhalten, und kein einziges Mal war das Gespräch ins Stocken geraten.

Aber es war an der Zeit. Eagle musste das Gespräch mit Taylor hinter sich bringen. Er schob es schon viel zu lange vor sich her.

Er beugte sich vor und fragte leise: »Bist du bereit zu reden?«

Taylor nickte sofort, und er fragte sich, ob sie genauso besorgt darüber war, was er ihr sagen wollte, wie er selbst.

»Wir kommen wieder«, erklärte Eagle seinen Freunden, obwohl er nicht wusste, ob sie zurückkommen würden, um noch weiter Zeit mit ihnen zu verbringen, oder ob es nur darum gehen würde, sich zu verabschieden, bevor er Taylor nach Hause brachte.

Eagle ignorierte die Blicke seiner Freunde und führte Taylor zur Treppe. Er genoss es, sie zu berühren, aber er ließ seine Hand von ihrem Rücken sinken, sobald sie die Treppe hinuntergingen.

Sie gingen schweigend durch den Aufenthaltsraum im Erdgeschoss zum Schutzraum zurück. Er entriegelte ihn mit seinem Fingerabdruck und hielt Taylor die Tür auf. Nachdem sie eingetreten war, stand sie unruhig in der Mitte des Raumes, als wüsste sie nicht, wo sie sich hinsetzen oder was sie tun sollte.

Eagle hielt ihr einen der Stühle am Tisch hin und sie setzte sich sofort. Er nahm den Stuhl neben ihr und redete nicht lange um den heißen Brei herum.

»Ich habe dir erzählt, dass meine Freunde und ich beim Militär waren.«

Taylor nickte.

»Wir waren bei der Spezialeinheit. Bei der Delta Force.«

Sie nickte erneut.

»Weißt du, was das ist?«

Sie sah ihn stirnrunzelnd an. »Natürlich weiß ich das. Ich bin ja nicht doof.«

Eagle lächelte daraufhin ein wenig. »Also, wir wurden auf streng geheimen Missionen in der ganzen Welt eingesetzt. Bei einigen ging es um Geiselbefreiung, bei anderen nur darum, Informationen zu sammeln. Bei wieder anderen sollten wir gefährliche Zielpersonen finden und eliminieren.«

Taylor nickte und wirkte nicht im Geringsten beunruhigt über das, was er ihr bis jetzt erzählt hatte.

Also fuhr Eagle fort. »Was ich dir jetzt erzähle, darf diesen Raum nicht verlassen«, warnte er sie.

»Ich werde niemandem etwas sagen«, entgegnete Taylor ernst. »Wem sollte ich es überhaupt erzählen?«

»Also, unsere letzte Mission war in Pakistan. Wir sollten Fazlur Barzan Khatun, den Anführer der Terroristengruppe Harkat-ul-Mujahideen, finden und ausschalten.«

Sie machte große Augen. »Oh mein Gott, wart das ihr?«, flüsterte sie.

Eagle nickte. »Ja. Khatun und seine Organisation hatten sich für die Tötung von fast fünfzig amerikanischen und britischen Soldaten in Afghanistan im Jahr zuvor verantwortlich erklärt. Er war stolz auf das, was seine Organisation getan hatte, und schwor, das Töten fort-zusetzen.«

Taylor legte ihre Hand auf seinen Arm. »Dann ist es gut, dass er tot ist«, erklärte sie schlicht.

Ihre Worte ließen Eagle hoffen, dass dieses Gespräch gut ausgehen würde. »Ja, das ist es. Während der Mission haben wir eine Besprechung von Khatun unterbrochen. Wir haben alle Anwesenden nebeneinander aufgereiht und festgestellt, dass auch ein anderer bekannter und gesuchter Terrorist anwesend war. Nabeel Ozair Mullah.«

»Du meine Güte!« Taylor keuchte erneut.

»Ja. Er hat versucht, so zu tun, als wäre er nicht Mullah, aber ich wusste sofort, wer er war, als ich ihn gesehen habe.«

»Weil du seinen Namen und sein Gesicht schon mal gesehen hattest.«

Eagle konnte ihren Tonfall nicht deuten, aber er nickte trotzdem. »Ja. Ich studiere vor jedem Einsatz die *Liste der meistgesuchten Personen* des FBI, nur für den Fall.«

Taylor hatte ihre Hand nicht von seinem Arm genommen, und sie drückte ihn sanft. »Das ist fantastisch«, sagte sie leise zu ihm. »Ich meine, was für ein Gewinn für dein Team und dein Land.«

Sie sah ein wenig traurig aus, und das war nicht das, was Eagle wollte. Ganz und gar nicht. »Ich erzähle dir das nicht, damit du dich schlecht fühlst«, versicherte er ihr.

»Ich weiß, und es geht mir gut«, versicherte sie ihm. »Aber es gibt Momente, in denen mir klar wird, wie benachteiligt ich bin.«

»Es gibt mehr im Leben, als Terroristen zu erkennen«, erklärte Eagle ihr.

»Ich weiß. Aber du hast die Fähigkeit, die du hast, offensichtlich aus einem bestimmten Grund. Aus einem sehr guten.«

Eagle presste für einen Moment die Lippen zusammen. Er hatte das, wozu er imstande war, immer für selbstverständlich gehalten. Er hatte nie wirklich darüber nachgedacht ... bis er Taylor kennengelernt hatte und verstand, dass es Menschen gab, die genau das Gegenteil von ihm waren. Das hätte ihm schon viel früher klar werden müssen, aber es war ihm einfach nicht in den Sinn gekommen. Er räusperte sich und fuhr fort.

»Wie dem auch sei, wir haben auch Mullah getötet. Wir hätten ihn auf keinen Fall einfach am Leben lassen können. Die Mudschaheddin hätten ihn befördert, und ich glaube wirklich, dass er schlimmer war als Khatun. Da war einfach etwas in seinen Augen, das deutlich machte, dass er alles an der westlichen Welt hasste und nicht eher zufrieden sein würde, bis er so viele Menschen wie möglich getötet hatte.«

»Ich erinnere mich vage daran, darüber gelesen zu haben«, bemerkte Taylor. »Ich meine, ich verfolge die Nachrichten nicht sonderlich regelmäßig und ich war erst Anfang zwanzig, also war es nicht gerade ganz oben auf meiner Prioritätenliste, aber es gab eine Art großen Aufruhr darüber, dass sie beide getötet wurden, nicht wahr?«

Eagle schnaubte. »Ja, es gab einen Aufruhr, das stimmt«, entgegnete er. »Das Entscheidende war, dass das Militär nicht damit einverstanden war, dass wir Mullah getötet hatten. Unser einziger Auftrag war es, Khatun auszuschalten. Wir hätten eigentlich gar nicht in Pakistan sein dürfen.«

»Wenn du mir sagst, dass du deswegen Ärger bekommen hast, werde ich wütend«, erwiderte Taylor grimmig.

Eagle spürte, wie eine Wärme in ihm aufstieg. Er war es gewohnt, dass man ihm für seinen Dienst beim Militär dankte, aber zu hören, dass Taylor ihn und sein Team vorbehaltlos verteidigte, tat ihm gut. Er legte seine Hand auf ihre an seinem Arm und drückte sie. »Wir wurden zur Rechenschaft gezogen. Unser Delta-Team wurde aufgelöst, und wir sollten getrennt und auf verschiedene Stützpunkte im ganzen Land geschickt werden. Und dann war es uns verboten, uns nach Ablauf unserer Dienstzeit erneut zu verpflichten.«

»Das ist doch Blödsinn«, platzte Taylor heraus. »Ganz im Ernst, sie hätten euch Medaillen und Belobigungen geben sollen. Euch aus dem Militär zu werfen ist lächerlich. Ich meine, das ist so, als würde man dem schnellsten Läufer der Welt sagen, dass er nicht mehr an Wettkämpfen teilnehmen darf, dass er, obwohl er die Olympischen Spiele gewinnen könnte, nicht mehr zugelassen wird. Oder als würde man einem weltberühmten Gehirnchirurgen sagen, dass er keine komplizierten Operationen mehr durchführen darf, die Menschenleben retten, und dass er nur noch eine Hausarztpraxis eröffnen und Leute mit Schnupfen behandeln darf. Mann, das macht mich so sauer, Eagle!«

Eagle konnte sich ein Lächeln nicht verkneifen. Es gefiel ihm, wie leidenschaftlich Taylor reagierte.

»Sag mir, dass ihr Widerspruch eingelegt habt und sie ihre Meinung geändert haben«, forderte sie.

Eagle schüttelte den Kopf. »Das haben wir, aber sie haben ihre Meinung nicht geändert«, erklärte er. Doch bevor sie in eine weitere Tirade ausbrechen konnte, fuhr er fort: »An dem Abend, an dem sie uns das mitgeteilt haben, ertränkten wir unsere Sorgen in einer örtlichen Kneipe, als ein Typ hereinkam. Stell dir das mal vor, wir waren in einer Spelunke voller gefährlich aussehender Männer, und da kommt ein Mann vom FBI in einem strahlend weißen Hemd und einer gebügelten Hose mit blitzblanken schwarzen Schuhen herein. Aber niemand hat den Kerl belästigt. Er wusste über unsere Mission in Pakistan und über die Anhörung Bescheid, die wir an diesem Tag gehabt hatten. Und das bedeutete, dass er gute Beziehungen hatte.

Ich hatte ihn noch nie gesehen, was mich irritierte. Ich

kannte viele der Hauptakteure beim FBI. Ich hatte mir die Mühe gemacht, sie mir einzuprägen. Er sagte, er arbeite für das FBI, und erklärte uns, dass er uns am nächsten Tag aus unserer Verpflichtung gegenüber dem Militär herausholen könne.«

»Was war der Haken?«, fragte Taylor und unterbrach ihn.

Eagle schnaubte erneut. Er hatte nicht damit gerechnet, dass er beim Erzählen dieser Geschichte lachen würde. Nie im Leben. Aber Taylor überraschte ihn ... auf eine gute Art. »Genau das habe ich ihn auch gefragt«, versicherte er ihr. »Der Typ wusste irgendwie, dass Smoke eine Werkstatt von seinem Onkel geerbt hatte, zusammen mit einem Haufen Geld. Er schlug vor, hierher nach Indianapolis zu kommen und es mit *Silverstone* zu versuchen ... während wir weiterhin das tun, was wir am besten können, und zwar mit Hilfe des FBI und der Regierung.«

Als Taylors Gesichtsausdruck sich nicht änderte, fuhr er fort: »Wir haben darüber gesprochen und uns war klar, dass wir niemals eine richtige Werkstatt führen könnten, da keiner von uns sich mit Fahrzeugen auskannte. Smoke schlug vor, ein Abschleppunternehmen daraus zu machen. Das taten wir dann auch. *Silverstone Towing* wurde eröffnet und wir konnten als Team zusammenbleiben. Wir arbeiten mit dem FBI und der Regierung zusammen – inoffiziell, versteht sich. Wir können entscheiden, wen wir uns vorknöpfen und wann.«

Das war's. Er hatte es ihr gesagt. Taylor war nicht aufgestanden und aus dem Raum gestürmt. Das wertete er als durchaus positiv.

»Und?«, fragte sie.

»Und was?«, fragte Eagle.

»Das ist es, was du mir sagen wolltest?«

Eagle war verwirrt. »Ja.«

»Okay.«

»Okay?«, fragte er.

»Ja.« Taylor zuckte mit den Schultern.

»Ich glaube, du hast mich nicht richtig verstanden«, bemerkte Eagle. »Mein Team und ich benutzen diesen Raum, um alles über Terroristen und Drogendealer herauszufinden – die Typen an der Spitze der Organisationen, wie Serienmörder und Sexhändler. Wir entscheiden, wen wir ausschalten wollen, und planen die entsprechenden Missionen. Wir sind Attentäter«, erklärte er unverblümt. Keiner von ihnen mochte diese Bezeichnung, aber er musste Taylor gegenüber absolut klar sein.

Sie beugte sich vor und begegnete seinem Blick, ohne mit der Wimper zu zucken. »Gut«, entgegnete sie. »Jemand muss es tun, und es ist offensichtlich, dass du und deine Freunde sehr gut seid in dem, was ihr tut. Wenn du glaubst, dass ich mich darüber aufrege, dass du die Welt von schrecklichen, furchtbaren Menschen befreist, liegst du falsch. Ich weiß, ich bin nicht gerade weltgewandt, aber ich erinnere mich, dass ich im Nachhinein von all den Gräueltaten gelesen habe, die Khatun und Mullah begangen haben. Sie hatten keine Gewissensbisse, es war ihnen egal, dass die Menschen, die sie getötet hatten, Familien hatten, die sie liebten und am Boden zerstört waren. Meiner Meinung nach haben sie es verdient, getötet zu werden, und ich war den Männern und Frauen beim Militär schon immer dankbar, aber jetzt bin ich es noch mehr.«

Eagle schloss die Augen und senkte den Kopf. Wenn er sich vorgestellt hatte, Taylor zu erzählen, was er tat, war er nie davon ausgegangen, dass sie so reagieren würde. Er hatte gedacht, sie wäre vielleicht verwirrt, besorgt, sogar angewidert, aber sofortige Akzeptanz? Damit hatte er nicht gerechnet.

»Es ist gefährlich, nicht wahr?«, fragte sie leise.

Eagle öffnete die Augen wieder und sah sie an. Er nickte. Er würde sie nicht anlügen.

»Ja, natürlich ist es das«, murmelte sie.

»Ich vertraue Bull, Smoke und Gramps mit meinem Leben«, versuchte er, sie zu beruhigen.

»Weiß Skylar Bescheid?«, fragte sie.

»Ja. Obwohl sie es anfangs nicht gut aufgenommen hat«, erklärte Eagle. »Es fiel ihr schwer, es zu begreifen. Bull wollte es ihr sagen, bevor wir auf einen Einsatz mussten, weil er nicht wollte, dass sie denkt, er würde sie betrügen oder so. Sie flippte irgendwie aus, und Bull war während des Einsatzes völlig fertig. Wir dachten, es sei vorbei mit ihnen, denn wenn Skylar nicht akzeptieren konnte, was er tat, gab es keine Möglichkeit, dass die Beziehung funktionieren würde. Aber ich glaube, sie hat darüber nachgedacht, während er weg war, und beschlossen, noch einmal mit ihm darüber zu reden. Sie liebte ihn zu sehr, um ihn einfach gehen zu lassen, ohne ein längeres Gespräch zu führen. Dann wurde sie entführt ... und plötzlich spielte es keine Rolle mehr.«

Taylor nickte. »Das kann ich verstehen. Du hast gesagt, dass ich es niemandem erzählen darf, und ich verstehe das vollkommen, aber kann ich ... ist es okay, mit Skylar darüber zu reden?«

»Ja«, erwiderte Eagle sofort.

Sie war einen Moment lang still, dann sagte sie: »Ich habe eine Frage, aber ich weiß nicht, wie ich sie stellen soll.«

»Du kannst mich alles fragen«, versicherte Eagle ihr. »Egal was.«

»Warum hast du es *mir* gesagt? Ich meine ... ich bin froh, dass du es getan hast, aber wir sind nicht ... erkläre es mir.«

»Wir sind nicht zusammen«, beendete Eagle den Satz für sie.

Sie nickte.

»Um ehrlich zu sein, ich mag dich, Taylor. Ich könnte mich irren, aber ich glaube, bei uns hat es klick gemacht. Schon als ich dich das erste Mal auf dem Parkplatz gesehen habe, habe ich mich aus irgendeinem Grund zu dir hingezogen gefühlt. Wir sind nicht zusammen ... noch nicht. Ich sage nicht, dass wir jemals ein Paar sein werden, aber bei der Verbindung, die ich zu dir fühle? Es würde mich nicht überraschen, wenn es dazu kommen würde. Aber es muss nicht sein. Selbst wenn wir nur Freunde bleiben, bin ich froh darüber, dich in meinem Leben zu haben. Ich erkläre das nicht besonders gut ...« Er seufzte und verstummte schließlich.

»Doch, das tust du«, versicherte Taylor ihm. »Mir geht es genauso. Ich habe nicht viele Freunde – die meisten können mit meinem Zustand nicht umgehen –, aber wenn ich in deiner Nähe bin und mit dir rede, denke ich nicht einmal darüber nach. Und glaub mir, das will etwas heißen, denn es bestimmt so ziemlich alles, was ich in meinem Leben mache. Ich mag dich auch, Eagle. Sogar sehr. Aber es macht mir Angst, daran zu denken, dass mehr aus uns werden könnte, weil ich nichts tun will, was unsere Freundschaft kaputtmachen könnte. Unsere Gespräche während der letzten zwei Wochen waren jeden Tag mein Höhepunkt.«

»Nichts wird unsere Freundschaft zerstören«, schwor Eagle. »Und jeder in deinem Leben, der dich wegen deines Zustands ausgrenzt, ist ein Idiot. Das ist so, als wollte man nicht mit jemandem befreundet sein, der im Rollstuhl sitzt oder blind ist oder eine andere Krankheit hat. Keines dieser Dinge ist die Schuld des Menschen, der davon betroffen ist. Ich akzeptiere dich so, wie du bist, so wie du mich akzeptierst.«

Eine Träne bildete sich in Taylors Auge und glitt ihr über die Wange. Eagle hob seine Hand und wischte sie mit seinem Daumen weg. »Das sind doch keine Zornestränen, oder?«, fragte er mit einem leichten Stirnrunzeln.

Sie schüttelte den Kopf. »Nein. Ich bin nur … überwältigt. Meine eigene Mutter hat mich zurückgewiesen, als ich keine Bindung zu ihr aufbauen konnte, und seit ich alt genug war, um zu verstehen, was mit mir los war, dachte ich, ich würde für immer allein sein.«

»Erstens ist an dir nichts ›falsch‹. Zweitens, deine Mutter war dumm. Eine Mutter sollte ihre Kinder bedingungslos lieben. Es gab eine Menge Dinge, die sie hätte tun können, um dir zu helfen, selbst als du noch klein warst, aber sie hat es nicht einmal versucht. Vergiss sie.«

Taylor schürzte die Lippen.

»Das Entscheidende ist, dass du unglaublich bist«, fuhr Eagle fort. »Du bist klug und hast meine Freunde und Angestellten bereits um den kleinen Finger gewickelt. Verdammt, Skylar kannte dich nicht einmal und wollte dir mit den Namensschildern das Leben leichter machen. Du warst nicht beleidigt, wozu du jedes Recht gehabt hättest, und hast ihr stattdessen ein gutes Gefühl gegeben, weil sie versucht hat, dir zu helfen. Ich wollte, dass du über das *Silverstone-Team* Bescheid weißt. Nicht *Silverstone Towing* – das ist eine ganz andere Sache. Mein Team und ich sind stolz auf das, was wir tun, und bevor du noch wichtiger für mich wirst, so wichtig, dass ich dich nicht mehr loslassen kann, musste ich es dir sagen.«

»Ich fühle mich geehrt«, erklärte Taylor ihm.

Eagle holte tief Luft und ließ seine Hand von ihrem Gesicht sinken. Er hätte sie am liebsten in seine Arme gezogen, war sich aber nicht sicher, ob sie dafür schon bereit waren. Die Tatsache, dass sie nicht darauf bestanden hatte, dass sie nichts weiter als Freunde waren, ermutigte ihn; es gab ihm Hoffnung für die Zukunft. Für den Moment war es gut, dass sie den gleichen Standpunkt zu vertreten schienen. Sie würden einen Tag nach dem anderen nehmen, und was auch immer zwischen ihnen geschah, würde geschehen.

»Willst du wieder nach oben gehen und nachsehen, ob noch jemand da ist?«, fragte er.

»Eigentlich will ich lieber Flipper spielen«, erwiderte sie mit einem kleinen Lächeln. »Als Teenager war ich wirklich gut darin. Ich habe viel Zeit im Einkaufszentrum verbracht, damit ich nicht zurück in meine Pflegefamilie musste, und ich habe stundenlang gespielt.«

»Du hast schlechte Erfahrungen mit einer Pflegefamilie gemacht?«, fragte Eagle schärfer, als er es beabsichtigt hatte.

»Eigentlich nicht. Es war nicht schlecht ... es war nur auch nicht gut. Ich war einfach nur da. Ich fand es einfacher, nicht zu versuchen, meinen Pflegeeltern oder -geschwistern näherzukommen. Ich wusste, dass sie mich nicht adoptieren würden, ich war einfach zu seltsam.«

»Du bist nicht seltsam«, versicherte Eagle ihr, jetzt wütend. »Hat denn niemand versucht, deinen Zustand zu verstehen?«

Taylor zuckte mit den Schultern.

Er fasste das als ein Nein auf. »Was für Idioten«, murmelte er und stand auf. »Wenn du Flipper spielen willst, dann machen wir das. Aber mach dich auf eine Niederlage gefasst«, stichelte er, um die Stimmung aufzulockern. »Ich bin der ungeschlagene Silverstone-Champion.«

»Schade, dass dein Highscore gleich dahin ist«, neckte Taylor zurück.

»Darauf lasse ich es ankommen«, erwiderte Eagle.

»Willst du wetten?«

Eagle hielt inne und drehte sich wieder zu ihr um. »Das ist eine Kampfansage«, sagte er grinsend.

»Dann zeig mal, was du draufhast«, konterte sie.

Taylor konnte sich nicht daran erinnern, wann sie das letzte Mal länger als bis Mitternacht weggeblieben war. Es war jetzt drei Uhr morgens, und sie lag in einem Sessel im Keller von *Silverstone Towing*, eingekuschelt in einer der weichsten, gemütlichsten Decken, die sie je gespürt hatte. Eagle schlief in einem anderen Sessel gegenüber von ihr.

Sie hatten Flipper gespielt, bis ihr die Finger vom Drücken der Flipperknöpfe wehgetan hatten. Sie und Eagle waren ungefähr gleich gut gewesen. Sie hatte eine Weile gebraucht, um wieder in das Spiel hineinzukommen, aber dann hatte sie Eagle fünfmal geschlagen, und er hatte sie achtmal übertrumpft. Sie hatte sein bestes Ergebnis nicht geschlagen, aber sie hatte keinen Zweifel daran, dass sie es mit ein bisschen mehr Übung schaffen würde.

Nachdem sie vom Spielen müde geworden waren, hatten sie in der Küche nach Resten gesucht, sie nach unten gebracht und den Fernseher eingeschaltet, um sich *Jurassic Park* anzuschauen. Sie waren sich einig, dass die Reihe nach den ersten drei Teilen hätte aufhören sollen. Danach hatten sie einfach geredet. Über alles und nichts.

Eagle hatte ihr von einigen seiner denkwürdigen Abschleppjobs erzählt und ihr sogar von einigen Menschen berichtet, die er und das *Silverstone-Team* während ihrer Einsätze gerettet hatten.

Sie hatte den Eindruck gewonnen, dass sie nur in das Land reisten und böse Jungs töteten, aber in Wirklichkeit hatten sie eine ganze Reihe von Frauen, Kindern und sogar Männern befreit, die von denjenigen gefangen gehalten worden waren, die sie beseitigen wollten. Es war ein sehr aufschlussreiches Gespräch gewesen, und auch ohne genaue Details darüber, um wen es sich handelte und wo das Ganze stattgefunden hatte, war Taylor beeindruckt gewesen.

Verdammt, alles an Eagle beeindruckte sie. An einem Punkt hatte sie ihm gesagt, er sei ein guter Mann, und sie konnte sehen, dass er sich mit ihrer Einschätzung nicht wohlfühlte. Er hatte das Thema gewechselt. Sie hatte sich vorgenommen, ihn auf jeden Fall dazu zu bringen, sich selbst in einem besseren Licht zu sehen.

Während sie Eagle beim Schlafen zusah, studierte sie ihn genau.

Es fiel ihr schwer, bestimmte Merkmale in den Gesichtern anderer Menschen auszumachen. Ihr kam es so vor, als würden sie alle miteinander verschwimmen. Sie hatte es nie verstanden, wenn die Leute jemanden als eine Person mit einem kräftigen Kiefer oder einer markanten Nase beschrieben. Wenn sie Menschen ansah, sah sie einfach eine Nase, einen Mund und zwei Augen.

Als sie Eagle betrachtete, konnte sie erkennen, dass er einen Dreitagebart hatte. Sie wettete, wenn er sich nicht jeden Tag rasierte, könnte er sich in kürzester Zeit einen ziemlich beeindruckenden Bart wachsen lassen. Sein Haar war kurz, und sie fand, dass seine Lippen voll aussahen, aber das konnte sie sich auch nur einbilden.

Taylor wollte nicht schlafen gehen. Sie wollte, dass dieser Tag nie zu Ende ging. Als sie klein war, war sie nie zu Übernachtungspartys eingeladen worden. Sie hatte nie einem der Mädchen aus ihrer Klasse nahegestanden. Aber schließlich fielen ihr die Augen zu und der Schlaf übermannte sie.

Brett Williams saß in seinem Wagen auf dem Parkplatz vor Taylors Wohnung und blickte finster drein. Er wusste, dass sie nicht zu Hause war, da in ihrer Wohnung kein Licht brannte.

»Wo steckst du?«, fragte er laut und trommelte mit dem Daumen auf das Lenkrad.

Er beobachtete seine Zielperson seit zwei Wochen und kannte ihre Gewohnheiten ziemlich gut. Sie ging nicht viel aus, aber er hatte sich bei der Post hinter ihr einschleusen und ein wenig mit ihr reden können. Er wollte ihren Zustand testen – und er war nicht enttäuscht worden.

Er hatte keinerlei Erkennen in ihren Augen gesehen, obwohl sie auf dem Parkplatz des Lebensmittelladens ein paar Worte miteinander gewechselt hatten. Er war geradezu überglücklich gewesen.

Brett konnte nicht aufhören, an all die Möglichkeiten zu denken, wie er sie quälen konnte, sobald er Taylor in sein Kellerversteck gelockt hatte. Er könnte sich als verschiedene Leute ausgeben, ihr vielleicht erzählen, dass sie von einer Sekte gefangen genommen worden war. Und jedes der Mitglieder würde sie sich vorknöpfen. Sie würde denken, sie würde von einem Dutzend verschiedener Leute missbraucht und verletzt. Er konnte es kaum erwarten, sie verrückt zu machen … und auch ihren Körper zu markieren.

Sie hatte helle Haut, die leicht Striemen und blaue Flecke bekommen würde. Brett wusste, wie man jemanden verletzen konnte, ohne ihn zu töten. Ja, Taylor würde das unterhaltsamste Opfer sein, mit dem er bisher gespielt hatte.

Aber dazu war er noch nicht bereit. Er wollte mehr über sie wissen. Und der einzige Weg, wie er das tun konnte, bestand darin, mit ihr zu reden. Sie bei ihren alltäglichen Aktivitäten abzufangen.

Was er allerdings nicht tun konnte, wenn er nicht wusste, wo sie war.

Sie war heute Abend nicht nach Hause gekommen. *Das* machte ihn wütend. Während der zwei Wochen, in denen er ihr gefolgt war, hatte sie sich mit keinem Mann getroffen ... und auch mit keiner Frau, was das betraf. Sie arbeitete von zu Hause; das hatte sie ihm gesagt, als sie im Postamt gewesen waren. Wo zum Teufel könnte sie stecken?

Wenn sie einen Freund hatte, würde das sein Leben noch schwieriger machen. Einmal hatte er mit dem Gedanken gespielt, sie dazu zu bringen, sich in ihn zu verlieben, aber dann beschlossen, dass er nicht das Zeug dazu hatte, sich wie ein liebevoller Freund zu benehmen. Nein, er würde ein Fremder sein müssen, bis er den nächsten Schritt tat.

Als er auf die Uhr sah und feststellte, dass es drei Uhr morgens war, fluchte Brett frustriert. Er musste nach Hause zurückkehren. Seine Mutter war schon seit acht Stunden in ihrem Zimmer eingesperrt. Wahrscheinlich hatte sie bereits eine Sauerei angerichtet, die er beseitigen musste. Es würde nur noch schlimmer werden, wenn er noch länger wegblieb.

»Du kannst dich nicht vor mir verstecken«, flüsterte Brett. »Ich werde dich immer finden. Bald wirst du mir gehören, und ich kann es kaum erwarten, dich schreien zu hören.«

Und damit startete Brett seinen Wagen und verließ den Parkplatz.

KAPITEL FÜNF

Taylor wachte ruckartig auf und blinzelte verwirrt, wobei sie sich umsah. Dann erinnerte sie sich wieder. Sie war bei *Silverstone Towing*. Sie blickte zu dem Stuhl ihr gegenüber, auf dem sie Eagle zuletzt hatte schlafen sehen, und stellte fest, dass er leer war. Sie war allein im Keller, was sie sehr nervös machte. Sie hatte keine Ahnung, wer sich im Gebäude aufhielt, und selbst wenn sie am Abend zuvor jemanden kennengelernt hätte, würde sie heute Morgen nicht wissen, wer es war.

Ein Blick auf die Uhr zeigte ihr, dass es sieben Uhr dreißig war. Sie hatte nur etwa vier Stunden geschlafen und war immer noch erschöpft. Aber sie zwang sich, trotzdem aufzustehen. Es war ja nicht so, dass sie den Tag verschlafen konnte. Eagle und seine Freunde würden vielleicht den Schutzraum hier unten benötigen.

Sie ging in das Badezimmer mit der einfachen Dusche und versuchte ihr Bestes, um vorzeigbar auszusehen. Ihr T-

Shirt war zerknittert und ihr Haar ein einziges Durcheinander, aber sie kämmte es mit den Fingern und beschloss, dass das reichen musste.

Sie atmete tief durch und ging aus dem Bad und die Treppe hinauf. Sie nahm an, dass Eagle nicht gegangen war, da er sie am Abend zuvor hergebracht hatte, aber sie hatte wirklich keine Ahnung. Vielleicht musste er einen Auftrag erledigen.

Als sie den großen Raum betrat und sich umsah, erstarrte Taylor.

An der Küchentheke saßen fünf Männer, die sich alle zu ihr umdrehten, als sie sie eintreten sahen.

Sie erinnerte sich daran, dass Eagle am Abend zuvor Jeans und ein dunkelblaues Polohemd getragen hatte, aber keiner der Männer am Tresen trug etwas, das sie wiedererkannte. Wenn Eagle dort war, musste er sich hier umgezogen haben.

Ein Mann sprang von dem Hocker, auf dem er gesessen hatte, und ging auf sie zu.

Taylor versteifte sich und versuchte ihr Bestes, nicht in Panik zu geraten. Sie zermarterte sich das Gehirn und versuchte, irgendetwas an ihm zu erkennen, das ihr bekannt vorkam, aber sie fand nichts.

Als der Mann noch etwa drei Meter von ihr entfernt war, sagte er leise: »Guten Morgen, Flower.«

Und einfach so fiel die ganze Anspannung von ihr ab.

»Hallo, Eagle«, entgegnete sie leise.

Eagle verringerte den Abstand, beugte sich vor und küsste sie leicht auf die Schläfe, und Taylor atmete tief ein. Er roch sauber, als hätte er kürzlich geduscht. Er sah ihr in

die Augen, hob ihr Kinn mit einem Finger an und fragte:
»Hast du gut geschlafen?«

»Ja. Und du?«

»Wie ein Baby«, erwiderte er.

Irgendetwas fühlte sich heute Morgen anders an
zwischen ihnen, aber Taylor konnte es nicht genau benennen. Sie blickte sich nervös um und bemerkte schließlich,
dass er das Namensschild trug, das Skylar am Abend zuvor
mitgebracht hatte. Sie hatte so panisch versucht herauszufinden, wer er war, als er auf sie zuging, dass sie die Namensschilder ganz vergessen hatte.

»Komm schon, das Frühstück ist fertig. Heute ist
Samstag und Archer arbeitet am Wochenende nicht, aber er
hat uns einen Eierauflauf zum Aufwärmen gemacht. Er
schmeckt unglaublich«, sagte Eagle zu ihr.

Er ergriff ihre Hand und führte sie zu den anderen
Männern.

Taylor wusste, dass sie sich nicht im Geringsten unauffällig verhielt, aber es war ihr egal, und sie sah sich
aufmerksam die Namensschilder der Männer an.

Smoke, Gramps, Shane und Robert.

Es fühlte sich wirklich gut an, den Männern Namen
zuordnen zu können, ohne sie fragen zu müssen, wer sie
waren. Niemand würde die Erleichterung nachvollziehen
können, die sie empfand.

»Guten Morgen«, sagte sie ein wenig schüchtern.

»Ich habe gehört, du hast gestern Abend Eagle beim
Flippern geschlagen«, bemerkte Smoke grinsend. »Gut
gemacht. Jemand musste den Mistkerl mal in seine
Schranken verweisen. Er war schon ganz eingebildet. Keiner

will mehr gegen ihn spielen, denn wenn er gewinnt, wirft er die Arme in die Luft, als wäre er zehn Jahre alt, und führt einen lächerlichen Siegertanz auf.«

Taylor lachte. »Ach, das sollte das darstellen?«, neckte sie ihn. »Ich dachte, er hätte einen epileptischen Anfall von den blinkenden Lichtern oder so.«

»Hey«, beschwerte sich Eagle.

Alle anderen lachten laut und lange.

»Sie hat es dir gezeigt«, erklärte Robert.

»Ja, du hättest das gemeine Grinsen auf ihrem Gesicht sehen sollen, als sie mich zum ersten Mal geschlagen hat«, konterte Eagle. »Ich schwöre, sie sah genauso aus wie Wednesday aus der Addams Family. Da habe ich Angst bekommen, und das hat mich aus dem Konzept gebracht.«

Taylor lachte. Sie wusste, dass er nur Spaß machte.

Das Frühstück war köstlich. Sie wusste nicht, ob es an den feinen Gewürzen lag, die der wunderbare Archer in die Eier getan hatte, oder ob es an der Gesellschaft lag. Taylor wusste nur, dass sie sich in der Gegenwart von Menschen, die sie gerade erst kennengelernt hatte, noch nie so wohlgefühlt hatte.

Als sie gerade fertig waren, steckte ein Mann den Kopf durch die Tür und rief: »Robert und Shane ... es gibt was für euch zu tun. Smoke, Gramps, Eagle ... arbeitet ihr heute?«

»Braucht ihr uns?«, fragte Smoke.

Der andere Mann zuckte mit den Schultern. »Es würde nicht schaden. Wenn Robert und Shane weg sind, haben wir noch zwei weitere Jobs, die auf uns warten. Sie sind nicht dringend, aber ...«

»Wir können unser Treffen auf heute Nachmittag verschieben«, erwiderte Gramps. »Ich bin dabei.«

»Ich auch«, erklärte Smoke.

»Ich muss Taylor nach Hause bringen, aber ich bin so schnell wie möglich wieder da«, meldete sich Eagle zu Wort.

»Danke, Leute«, entgegnete der andere Mann und verschwand wieder im Flur, offensichtlich, um in die Zentrale zurückzukehren.

»Es war sehr nett, dich kennenzulernen«, sagte Robert zu Taylor, während er seinen Teller in den Geschirrspüler stellte.

»Geht mir auch so«, stimmte Shane zu und folgte Robert durch den Raum in Richtung Tür.

Taylor wandte sich an Eagle. »Ich kann mir ein Taxi rufen, wenn du bleiben musst.«

»Nein«, entgegnete er und räumte ohne Eile den Geschirrspüler ein.

»Aber wenn du zur Arbeit musst ...«

»Taylor«, unterbrach Smoke sie, »es ist alles in Ordnung. Es tut niemandem weh, wenn er zwanzig Minuten länger auf einen Abschleppdienst warten muss. Unsere Disponenten wissen sehr gut, was ein Notfall ist und was warten kann. Wir *müssen* nicht arbeiten, aber dadurch haben unsere Mitarbeiter ein wenig mehr Luft. Sie können sich etwas zu essen holen oder einfach ein paar Minuten ausruhen. Es macht uns nichts aus, mit anzupacken. Zum Teufel, als wir *Silverstone Towing* gegründet haben, sind wir auch immer selbst gefahren. Es ist in Ordnung.«

Taylor spürte, wie ihr Respekt für die Männer wuchs. Sie mochte sie bereits, und jetzt konnte sie sehen, dass sie ihre

Verantwortung sehr ernst nahmen. Das gefiel ihr sogar noch mehr.

»Trotzdem«, entgegnete sie, »ich hatte nicht vor, hier zu schlafen. Ich brauche eine Dusche, und zu Hause wartet ein Lehrbuch auf mich, das sich nicht von selbst korrigiert.«

Gramps ging zu ihr hinüber. »Falls Eagle es noch nicht gesagt hat, du bist hier jederzeit willkommen. Es spielt keine Rolle, ob er hier ist oder nicht. Wenn du einen Tapeten-wechsel brauchst oder flippern willst, komm einfach vorbei.«

»Danke«, entgegnete Taylor und fühlte sich überwältigt.

»Dem schließe ich mich an«, scherzte Smoke, kam zu ihr und umarmte sie.

Taylor fühlte sich vor den beiden Männern wie ein Zwerg, aber sie hatte keine Angst vor ihnen oder ihrer Größe.

»In Ordnung, das reicht jetzt«, beschwerte Eagle sich.

Sowohl Smoke als auch Gramps grinsten, ließen aber von ihr ab.

Eagle stapfte heran, nahm ihre Hand und zog sie von seinen Freunden weg.

Taylor lachte, drehte sich um und winkte. »Schön, euch kennengelernt zu haben.«

»Gleichfalls«, riefen beide Männer.

Eagle blieb an der Hintertür stehen, nahm sein Namensschild ab und hängte es an den metallenen Türrahmen. Taylor hatte vergessen, dass sie ihres auch noch trug. Da es ihr widerstrebte, es abzunehmen, zuckte sie innerlich mit den Schultern und hängte ihres an den Türrahmen. »Das Leben wäre viel einfacher, wenn jeder ständig ein Namensschild tragen müsste«, bemerkte sie wehmütig.

Eagle drehte sie so, dass sie ihn ansah, und wartete, bis sie aufschaute, bevor er sprach.

»Du bist wunderbar«, erklärte er sanft. »Lass dir von niemandem etwas anderes einreden. Die Leute, die dich meiden, weil du sie nicht auf den ersten Blick erkennst ... das sagt mehr über sie aus als über dich. Es hat alles mit dem Ego anderer Leute zu tun. Nur weil du mich in einer Gruppe von Männern nicht erkennen kannst, heißt das noch längst nicht, dass du mich nicht magst. Ein wahrer Freund kümmert sich nicht um so einen Mist. Echten Freunden geht es darum, mit dir gemeinsam Spaß zu haben. Dass du sie ihre Sorgen vergessen lässt, wenn du in der Nähe bist. Sie kümmern sich darum, ob du einen schönen Tag hattest und ob du gesund und munter nach Hause gekommen bist.«

Taylor hätte am liebsten geweint. Seine Worte bedeuteten ihr die Welt. »Danke«, entgegnete sie leise.

»Du musst mir nicht dafür danken, dass ich dein Freund bin«, erklärte er ihr. »Ich sollte mich bei dir bedanken. Der gestrige Abend hätte ganz anders verlaufen können. Es bestand eine sechzigprozentige Chance, dass du über das, was ich dir erzählt habe, entsetzt gewesen wärst und verlangt hättest, dass ich dich augenblicklich nach Hause bringe und dich nie wieder anrufe. Ich hätte es dir auch nicht verübelt.«

Taylor sah ihn stirnrunzelnd an. »Warum hast du es mir dann gesagt, wenn du dachtest, dass ich damit nicht umgehen kann?«

»Weil ich wusste, dass unsere Freundschaft nur noch stärker werden würde, *wenn* du damit klarkommst.«

Dann fiel ihr etwas ein. »Geht es bei deinem Treffen heute Nachmittag darum, auf eine Mission zu gehen?«

Eagle zuckte mit den Schultern. »Wir haben ständig Besprechungen – wir versuchen, auf dem Laufenden zu bleiben, was im Land und in der Welt vor sich geht. Wir bekommen aktuelle Informationen von unserem Kontaktmann beim FBI und besprechen, wohin wir als Nächstes auf eine Mission gehen sollten.«

Taylor schluckte. Sie hatte akzeptiert, was er und seine Freunde taten, aber jetzt wurde ihr klar, wie gefährlich es war. »Musst du bald auf einen Einsatz?«

Eagle beugte sich zu ihr hinunter, bis seine Stirn auf der ihren ruhte. »Ich weiß es nicht. Und das sage ich nicht nur so. Aber ich werde nicht verschwinden, ohne dir Bescheid zu sagen. Ich werde dir nicht sagen können, wohin ich gehe oder hinter wem wir her sind, aber ich werde nicht einfach losziehen und verschwinden.«

»Okay«, entgegnete Taylor.

Sie mochte es, sich ihm auf diese Weise nahe zu fühlen. Er roch immer gut. Sauber. Und das brachte sie dazu, darüber nachzudenken, dass sie wahrscheinlich nicht ganz so frisch roch. Sie zog sich zurück. »Ich sollte wahrscheinlich den Heimweg antreten und duschen.«

Eagle ließ sie nicht weit kommen. Er beugte sich hinunter und vergrub seine Nase in ihrem Haar.

Sie versteifte sich. »Eagle?«

»Kümmere dich nicht um mich«, murmelte er in ihr

Haar. »Ich bleibe einfach hier stehen und atme dein Vanille-Shampoo ein.«

Sie grinste. »Das ist das Zeug, mit dem ich versuche, meine Locken zu bändigen«, erklärte sie ihm. »Nicht mein Shampoo.«

»Ich liebe dein Haar«, erklärte er ihr, richtete sich auf und führte eine Hand zu ihrem Kopf. Er zog an einer ihrer Locken und sah zu, wie sie sich wieder kringelte. »Ich weiß, dass dir das nichts bedeutet, und ehrlich gesagt liebe ich das an dir sogar noch mehr ... aber du bist wunderschön.«

Die Leute hatten ihr schon früher gesagt, dass sie hübsch war. Dass ihre Haare toll waren, dass ihr Gesicht schön war. Es war ihr ziemlich egal gewesen. Aber als Eagle es ihr jetzt sagte, bekam sie eine Gänsehaut auf den Armen. »Danke«, entgegnete sie etwas schüchtern. »Du riechst immer sehr gut.« Sie zuckte zusammen. In ihrem Kopf hatten diese Worte irgendwie besser geklungen, doch jetzt, da sie sie ausgesprochen hatte, klangen sie irgendwie lahm.

Er lächelte. »Das schönste Kompliment, das ich je bekommen habe«, erwiderte er.

Taylor verdrehte die Augen. »Schon klar.«

»Im Ernst. Wenn du im Gegenzug gesagt hättest, dass ich gut aussehend bin, hätte ich gewusst, dass du mir etwas vormachst, denn ich glaube nicht, dass du eine Ahnung hast, was gut aussehend wirklich ist. Ich meine, ich könnte das Gesicht eines Trolls haben, und du würdest es nicht wirklich bemerken. Aber deine anderen Sinne benutzen, um mir zu sagen, dass du etwas an mir magst? Ich weiß, dass du es aufrichtig meinst, und das bedeutet mir sehr viel.«

Sie konnte sich nicht einmal über seine Worte aufregen.

Er hatte ja recht. Sie wusste zum Beispiel intellektuell und durch das Lesen von Posts in den sozialen Medien, dass Henry Cavill angeblich unwiderstehlich schön sein sollte, aber Taylor fiel nur auf, wie in seiner beliebten paranormalen Fernsehserie sein langes Haar aussah, als müsste es ständig gewaschen werden, und wie ungepflegt er wirkte. In ihrem Zustand konnte sie mit *gut aussehend* wenig anfangen. Für sie kam es nur darauf an, wie jemand sie behandelte.

Und natürlich wie er roch.

Sie starrten sich einen Moment lang an, dann nahm Eagle sie erneut an die Hand. Er öffnete die Tür und sie folgte ihm hinaus auf den Parkplatz. Er hielt ihr die Tür seines Wranglers auf und schloss sie, nachdem sie eingestiegen war. Sie fuhren in einem angenehmen Schweigen zurück zu ihrer Wohnung. Nachdem er auf dem Parkplatz ihres Wohnhauses geparkt hatte, wandte er sich zu ihr um.

»Bitte nimm dir zu Herzen, was Gramps gesagt hat. Du bist bei *Silverstone Towing* jederzeit willkommen. Ich weiß, dass du ein introvertierter Mensch bist, aber wir sagen das nicht nur aus Höflichkeit. Glaube mir, wir laden nicht jeden ein, mit uns abzuhängen.«

»Danke. Ich bin mir nicht sicher, ob ich mich ohne dich dort wohlfühlen würde, aber ich weiß die Einladung trotzdem zu schätzen«, versicherte Taylor ihm.

»Ich bin sicher, du kannst Skylar anrufen und sie würde mitkommen«, gab Eagle zu bedenken.

Taylor nickte. »Ich mag sie. Sie ist nett.«

»Sie ist sehr nett«, stimmte Eagle zu. »Und ... wenn du jemals Fragen zu unseren Missionen hast, kannst du dich an sie wenden, wenn du denkst, du kannst nicht mit mir darüber reden.«

»Okay.«

»Ich bringe dich hoch«, erklärte Eagle und schnallte sich ab.

»Das ist nicht nötig«, protestierte Taylor.

»Doch, ist es«, beharrte er und öffnete seine Tür.

Taylor stieg auf ihrer Seite aus und so trafen sie sich vor dem Jeep. »Ich bin erwachsen«, versicherte sie ihm. »Ich gehe schon seit Langem allein zu meiner Wohnung.«

»Ich weiß. Aber ich würde mich besser fühlen, wenn ich wüsste, dass ich dich sicher und wohlbehalten bis hierher gebracht habe. Tu mir den Gefallen.«

Dagegen konnte sie nichts einwenden. Sie gingen zusammen in das Wohnhaus und die Treppe hinauf. Sie schloss ihre Wohnungstür auf ... und wurde sofort nervös. »Willst du reinkommen?«, fragte sie.

Er lächelte zu ihr hinab. »Nein, Flower, ich muss zurück zu *Silverstone Towing*. Aber ich komme ein andermal mit rein.«

»Okay«, stimmte sie zu. »Sei vorsichtig da draußen.«

»Das bin ich immer«, erklärte er. Dann beugte er sich zu ihr hinunter.

Taylor hielt den Atem an, als er sich ihr näherte. Doch anstatt sie zu küssen, berührte er mit seinen Lippen ihre Schläfe. »Einen schönen Tag noch«, sagte er leise und richtete sich auf. »Schließ die Tür sofort hinter mir ab.«

Sie konnte nur nicken. Dann war er im Flur. Er zog eine Augenbraue hoch, als sie einfach nur dastand. Taylor zwang sich, sich in Gang zu setzen und die Tür zu schließen. Sie schob den Riegel vor und hörte seine Schritte auf dem Flur.

Sie atmete tief durch, schloss die Augen und lehnte sich gegen die Tür.

Was war nur los mit ihr? Sie hätte nicht erwarten dürfen, dass er sie küsst. Und sie hätte auf keinen Fall enttäuscht sein sollen, als er es nicht getan hatte.

»Reiß dich zusammen«, sagte sie laut. Er war wahrscheinlich der beste Freund, den sie je gehabt hatte. Sie wollte nichts tun, was das kaputt machen könnte, auch wenn er angedeutet hatte, dass in Zukunft vielleicht mehr aus ihnen werden könnte. Und ein Kuss würde die Dinge zwischen ihnen definitiv ändern. Oder etwa nicht?

Taylor war so verwirrt. Aber sie war schon immer praktisch veranlagt gewesen. Sich zu viele Gedanken über die Situation zu machen würde nichts daran ändern. Also stieß sie sich von der Tür ab und machte sich auf den Weg in ihr Schlafzimmer. Sie würde duschen und sich an die Arbeit machen, das Geschichtsbuch zu korrigieren, das sie neulich bei der Post abgeholt hatte. Wenn sie etwas so Trockenes und Fachliches wie diesen Text zu korrigieren hatte, lockerte sie die Monotonie gewöhnlich dadurch auf, dass sie gleichzeitig eine kürzere Rede oder einen Liebesroman korrigierte. Das half ihrem Gehirn, konzentriert zu bleiben. Und heute musste sie Eagle und *Silverstone* aus ihrem Kopf bekommen. Zumindest eine Zeit lang.

In kurzer Zeit war so viel passiert. Sie hatte nie erwartet, jemanden kennenzulernen, der ihr so schnell so wichtig werden würde. Wenn sie klug wäre, würde sie etwas auf Abstand zu Eagle gehen, aber Taylor wusste, dass sie das nicht tun würde. Sie freute sich darauf, jeden Abend mit ihm zu reden, selbst wenn sie nur darüber sprachen, wie ihr Tag gewesen war. Und jetzt, da er sich geöffnet und ihr vom *Silverstone-Team* erzählt hatte, etwas, das nur eine Handvoll Leute wusste? Da war es ihr geradezu unmöglich, ihn auf Distanz zu halten.

Sie hatte keine Ahnung, was Eagle in ihr sah, aber sie hoffte und betete, dass er sich nicht nur amüsierte. Ihr war nicht klar gewesen, wie sehr sie einen Freund brauchte, und Eagle aufzugeben könnte sie einfach brechen.

Es war ein seltsames Gefühl, jemanden zu vermissen. Eagle hatte noch nie eine so enge Verbindung zu jemandem gespürt wie zu Taylor. Nachdem er sie in ihrer Wohnung abgesetzt hatte, war er zurück zu *Silverstone Towing* gefahren und hatte mit der Arbeit angefangen. Er hatte ein paar Stunden gearbeitet, dann hatte er sich mit seinem Team in der Zentrale getroffen und sie hatten die Informationen besprochen, die sie von Willis erhalten hatten.

Aber den ganzen Tag über hatte Eagle immer wieder an Taylor denken müssen. Was machte sie wohl gerade? Hatte sie zu Mittag gegessen? War sie ordentlich weitergekommen mit dem neuen Lehrbuch, mit dem sie an diesem Tag beginnen wollte?

Eagle war immer schon ein Einzelgänger gewesen. Er war mit Frauen ausgegangen, aber er hatte nie das Gefühl gehabt, ständig mit ihnen reden zu müssen, ständig mit ihnen zusammen sein zu wollen. Er vermutete, dass ihn das zu einer Art Kerl machte, aber keine der Frauen, mit denen er ausgegangen war, schien das gestört zu haben. Alles war immer zwanglos gewesen. Was auch immer die Verbindung war, die er mit Taylor hatte, sie fühlte sich alles andere als zwanglos an.

Er hatte sie küssen wollen, als er sie zu Hause abgesetzt hatte. Sie richtig küssen. Aber in letzter Minute hatte er sich gezwungen, ihr nur beiläufig mit den Lippen über die Schläfe zu streichen. Er wollte das, was sie hatten, auf keinen Fall zerstören. Taylor brauchte dringend einen Freund, und er wollte beweisen, dass er einer für sie sein konnte. Die Leute, die sie in der Vergangenheit gekannt hatte, waren Vollidioten gewesen, weil sie sich von ihrem Zustand hatten abschrecken lassen.

Was sollte es also, wenn sie ihn nicht an seinem Aussehen erkennen konnte? Er hatte die Panik in ihren Augen gesehen, als er an diesem Morgen bei *Silverstone Towing* auf sie zugegangen war. Aber in dem Moment, in dem er sie Flower genannt hatte, war die ganze Unsicherheit von ihr abgefallen. Wenn sie nicht mehr brauchte als ein Codewort, das sie wissen ließ, wer er war, dann war das einfach. Warum sich sonst niemand die Mühe gemacht hatte, ihr auf diese Weise zu helfen, war ihm ein Rätsel.

Aber das war in der Vergangenheit. Er hatte gesehen, wie gerührt sie von Skylars Geste gewesen war. Namensschilder waren eine gute Idee. Sie könnte jeden auf den ersten Blick erkennen und wäre nicht darauf angewiesen, dass die anderen sich ständig erneut vorstellen.

Eagle würde alles tun, um ihr Vertrauen zu stärken und ihr der beste Freund zu sein, der er sein konnte. Er würde das nicht vermasseln, indem er seine Gefühle für sie zwischen sie kommen ließ ... zumindest nicht in naher Zukunft.

Mit diesem Gedanken im Hinterkopf entspannte er sich auf seinem Sofa und griff zu seinem Handy. Er tippte auf ihre Nummer und wartete darauf, dass sie abnahm.

»Hey, Eagle.«

»Hi. Ich wollte nur mal hören, wie dein Tag war«, bemerkte er. Er hörte, wie die Musik im Hintergrund leiser wurde.

»Er war gut.«

»Was hast du gemacht?«

Während der darauffolgenden anderthalb Stunden sprachen sie über alles Mögliche. Sie erzählte ihm, dass sie mit dem Geschichtslehrbuch angefangen hatte und dass sie nur langsam vorankam. Als sie ihn nach dem Treffen mit seinem Team fragte, war es ein gutes Gefühl, ihr ehrlich sagen zu können, worüber sie gesprochen hatten. Er erzählte keine Einzelheiten, aber als er erklärte, dass sie aus erster Hand Berichte über einige der Frauen gelesen hatten, die in Amsterdam zur Prostitution gezwungen worden waren, hatte sie sehr mitfühlend reagiert.

Obwohl Prostitution dort legal war, arbeiteten viele der Frauen, die in den Bordellen zu finden waren, gegen ihren Willen und waren gezwungen, täglich mit Dutzenden von Männern Sex zu haben, um ihre Familien vor den bösen Kriminellen zu schützen, die sie erpressten. *Silverstone* wollte den Mann oder die Männer finden, die auf höchster Ebene verantwortlich dafür waren. Nicht die Freier und Zuhälter.

Im Vergleich zu den Köpfen der sexuellen Sklaverei-Ringe waren sie kleine Fische.

Er und Taylor führten eine lange Diskussion darüber, was getan werden könnte, um den Frauen zu helfen, die sich zu einem Gespräch über das Für und Wider der Legalisierung von Prostitution entwickelte. Sie brachte einige gute Argumente vor, an die er und sein Team noch nicht gedacht hatten. Eagle wusste, dass Taylor klug war, aber mit ihr ein intellektuelles Gespräch über ein ausgesprochen kontroverses Thema zu führen war befriedigender, als er erwartet hätte.

»Was hast du morgen vor?«, fragte Eagle sie.

»Das Gleiche wie heute. Allerdings muss ich ein bisschen die Wohnung verlassen.«

»Und was machst du?«

Eagle war überrascht, als Taylor ihm nicht sofort antwortete.

»Es ist nur ... etwas, das ich jeden Sonntag mache«, entgegnete sie.

Er war nicht glücklich über die vage Antwort, aber er sagte sich, dass es trotz der täglichen Gespräche noch immer viele Dinge gab, die er nicht über sie wusste. »Cool. Es ist okay, wenn du es mir nicht sagen willst, du musst mir nicht alles über dein Leben erzählen.«

»Das ist es nicht, es ist nur ... es ist etwas, das ich vor etwa einem Jahr angefangen habe, und zuerst hatte ich gemischte Gefühle dabei, aber jetzt fühlt es sich wie eine Berufung für mich an.«

»Ich hoffe, du erzählst mir irgendwann mal davon, aber

glaub nicht, dass ich hier sitzen und schmollen werde, weil du es nicht sofort tust.«

Sie lachte leise. »Ich kann mir nicht vorstellen, dass du wegen irgendetwas schmollst. Außer vielleicht, dass du beim Flippern nicht gewinnst.«

Und schon hatte sie das Thema zufriedenstellend gewechselt. Eagle ließ es auf sich beruhen, da er nicht wollte, dass sie sich im Geringsten unwohl fühlte, während er sich mit ihr unterhielt. »Ich glaube immer noch, dass du in der letzten Runde geschummelt hast.«

»Wie hätte ich schummeln können?«, fragte sie. »Im Ernst, du bist einfach ein schlechter Verlierer.«

»Okay, das stimmt wahrscheinlich«, gab Eagle zu.

Sie lachte wieder. »Eagle?«

»Ja, Tay?«

»Unsere täglichen Telefonate gefallen mir.«

Er wusste genau, wovon sie sprach. »Mir auch. Es ist so leicht, mit dir zu reden.«

»Finde ich auch.«

»Ich werde das Gespräch jetzt beenden. Es ist schon spät«, bemerkte Eagle und schaute auf die Uhr, überrascht darüber, wie viel Zeit vergangen war. Er hatte noch nie gern telefoniert, aber von Taylor konnte er einfach nicht genug bekommen.

»Okay. Danke, dass du mich deinen Freunden vorgestellt hast.«

»Klar doch. Und sie sind jetzt auch deine Freunde.«

Sie kommentierte das nicht, und Eagle wusste, dass sie mehr Zeit mit ihnen verbringen musste, um sich wirklich wohlzufühlen.

»Soll ich morgen Abend anrufen?«, fragte er.

»Das fände ich schön«, versicherte sie ihm.

»Pass morgen gut auf dich auf bei dem, was du tust.«

»Das werde ich. Du auch.«

»Immer«, sagte Eagle zu ihr. »Schlaf gut.«

»Bis dann.«

»Bis später.« Eagle legte auf und saß einfach auf seinem Sofa, lächelte und ließ sich ihr Gespräch mindestens fünf Minuten lang durch den Kopf gehen. Widerwillig gab er zu, dass er lieber den Rest seines Lebens damit verbringen würde, nur mit ihr befreundet zu sein, wenn eine Beziehung das Risiko bedeutete, auseinanderzugehen und sie für immer zu verlieren.

Es hatte sechsunddreißig Jahre gedauert, aber Eagle hatte endlich eine Frau gefunden, deren Glück er über sein eigenes stellen würde. Es fühlte sich beängstigend an, aber trotzdem auch unglaublich richtig.

Taylor Cardin wusste es noch nicht, aber von diesem Moment an würde ihr Leben viel besser werden. Er würde es sich zur Aufgabe machen, ihr zu zeigen, wie schön das Leben sein konnte. Wegen der Mistkerle in ihrer Vergangenheit hatte sie sich abgeschottet und ihr Herz geschützt. Das war jetzt vorbei.

Eagle nickte. Er würde vielleicht nie die Art von Beziehung mit ihr haben, die er sich wünschte, aber wenn Taylor ihr Leben lebte, ohne Angst davor zu haben, was andere über sie denken oder sagen könnten, konnte Eagle im Gegenzug seinen Frieden damit schließen. Sie war ein erstaunlicher Mensch, und die Welt brauchte mehr Menschen wie sie. Sich in ihrer Wohnung zu verstecken und

Angst zu haben, anderen zu begegnen, die sie kannte, aber nicht erkannte, war falsch.

Er würde dafür sorgen, dass diejenigen, die sie kannten, ihren Umgang mit ihr änderten. Er würde dafür sorgen, dass sie lernten, ihr von vornherein zu sagen, wer sie waren. Er würde dafür sorgen, dass alle sie so sahen wie er.

Nachdem er seine Entscheidung getroffen hatte, machte Eagle sich mit leichterem Herzen bettfertig. Er konnte es kaum erwarten, seine Blume erblühen zu sehen.

KAPITEL SECHS

Mehr als zwei Wochen später räumte Taylor nach ihrem einfachen Abendessen auf, als sie feststellte, dass sie den ganzen Tag nichts von Eagle gehört hatte, was höchst ungewöhnlich war. Sie hatten weiterhin täglich miteinander telefoniert oder sich Nachrichten geschickt, und alle paar Tage oder so hatte er sie überredet, aus ihrer Wohnung herauszukommen. Er war mit ihr in den Zoo gegangen, sie hatten eine Fahrradtour gemacht, sie hatte mit ihm bei *Silverstone Towing* Zeit verbracht. Eines Abends hatte er sie sogar in Bulls Wohnung mitgenommen, wo sie mit seinen Freunden und Skylar Zeit verbracht hatten.

Anfangs hatte sie gezögert, aber dann hatte sie sich auf seine spontanen Einladungen gefreut. Schließlich hatte er auch eingewilligt, mit in ihre Wohnung zu kommen, und sie hatte ihnen eines Abends etwas zu essen gemacht. Nichts Ausgefallenes – Hühnchen aus dem Ofen mit Gemüse –, aber er hatte ihr gesagt, dass ihre Kochkünste mit denen von Archer mithalten konnten.

Vor Kurzem hatte sie den Mann kennengelernt, der bei *Silverstone* so köstlich kochte. Shawn Archer war ein großer Mann, dessen Lachen den ganzen Raum zu erfüllen schien. Es machte Taylor einfach glücklich, es zu hören. Sie hatte auch seine Tochter kennengelernt, ein aufgewecktes kleines Mädchen namens Sandra.

Alles in allem hatte nicht nur Eagle sie in seine Welt eingeladen, sondern auch alle seine Freunde hatten sie mit offenen Armen empfangen. Es war ein tolles Gefühl.

Aber zum ersten Mal seit einem Monat hatte sie heute kein einziges Mal mit Eagle gesprochen. Das überraschte sie. Sie hatte ihm eine Nachricht geschickt und keine Antwort erhalten. Sie hatte ihn auch angerufen und eine Nachricht hinterlassen, aber er hatte sie nicht zurückgerufen.

Sie haderte mit sich selbst und nahm schließlich ihr Handy und rief Skylar an.

»Hey, Taylor. Ist alles in Ordnung?«

»Ja, mir geht's gut. Aber ich habe den ganzen Tag noch nichts von Eagle gehört. Ich wollte fragen, ob du weißt, ob alles in Ordnung ist.«

»Oh, ich bin sicher, dass es ihm gut geht. Sie sind nicht auf einer Mission, falls du dir deswegen Sorgen machst.«

An diese Möglichkeit hatte Taylor gar nicht gedacht. »Oh, nein, er hat mir gesagt, dass er mir Bescheid gibt, wenn sie zu einem Einsatz aufbrechen müssen. Ich habe nur ... es ist wahrscheinlich nichts. Ich habe mich einfach daran gewöhnt, mit ihm zu reden. Ich bin sicher, dass ich morgen von ihm hören werde.«

»Ich rufe mal Carson an«, entgegnete Skylar. »Er ist immer noch drüben im Laden. Er hat vorhin angerufen und gesagt, dass sie bis zum Hals in den Vorbereitungen einer Mission stecken.«

»Oh, okay. Ich bin sicher, er ist nur beschäftigt«, entgegnete Taylor. »Du brauchst sie meinetwegen nicht zu stören.«

»Das macht doch nichts«, erwiderte Skylar sanft. »Und es ist nicht seine Art, sich nicht bei dir zu melden. Ich werde sehen, was ich herausfinden kann, und dich entweder zurückrufen oder Carson sagen, dass Eagle anrufen soll, okay?«

Taylor wollte sie überzeugen, die Sache auf sich beruhen zu lassen, obwohl sie *wirklich* mit Eagle sprechen wollte. Sie hatte plötzlich das Gefühl, dass etwas nicht stimmte ... aber das war dumm, nicht wahr? Sie waren nicht zusammen und Eagle konnte tun, was er wollte. Er war erwachsen. Er konnte es sicher nicht gebrauchen, dass sie an ihm herummeckerte und ihn bei der Arbeit störte.

Aber sie wurde trotzdem das Gefühl nicht los, dass etwas nicht stimmte.

»Danke, Sky. Ich weiß das zu schätzen.«

»Kein Problem. Wir sprechen uns bald wieder. Gehst du dieses Wochenende zu *Silverstone Towing*?«

»Ich weiß es noch nicht«, erklärte Taylor ihr. Es war Donnerstag, und sie und Eagle hatten noch nicht über ihre Wochenendpläne gesprochen. Es war albern, aber sie hatte die letzten beiden Samstage mit ihm verbracht, also hatte sie einfach erwartet, auch diesen mit ihm zu verbringen. Aber das war anmaßend von ihr. Vielleicht hatte er andere Pläne ... oder eine Verabredung.

Sie hatte sich geweigert, in Eagle etwas anderes als einen Freund zu sehen, aber es wurde immer schwieriger. Sie mochte den Mann. Und zwar sehr. Er war ihr unter die Haut gegangen, und jedes Mal, wenn er sie berührte, wollte sie mehr.

»Nun, ich bin sicher, wir sehen uns bald wieder«, erklärte Skylar.

»Das hoffe ich«, entgegnete Taylor. Und das tat sie wirklich. Sie mochte die andere Frau nämlich sehr. Sie war unterhaltsam und hatte eine so positive Lebenseinstellung, besonders in Anbetracht dessen, was sie durchgemacht hatte. Und die Geschichten, die sie über ihre Kindergartenkinder erzählte, waren urkomisch.

»Tschüss.«

»Tschüss.« Taylor legte auf und biss auf ihren Fingernagel, während sie auf und ab ging. Eagle brauchte sich natürlich nicht bei ihr zu melden. Aber ihre Besorgnis blieb bestehen.

Zwanzig Minuten später klingelte ihr Telefon, aber es war Bull, nicht Eagle.

»Hallo?«

»Hey, Taylor, hier ist Bull. Ich habe mit Sky gesprochen und sie sagte, du hättest wegen Eagle angerufen.«

»Das habe ich. Ist alles in Ordnung? Ich meine, ich bin wahrscheinlich paranoid, aber ich habe heute noch nicht mit ihm geredet, was ungewöhnlich ist.«

Bull seufzte. »Wir haben heute einen Fall überprüft, und das hat ihn verärgert«, erklärte er nach einem Moment. »Die meiste Zeit können wir uns Polizeiberichte und Nachrichtensendungen ansehen und uns emotional dagegen wappnen, aber irgendetwas an dem Fall, mit dem wir uns heute beschäftigt haben, hat ihn wirklich mitgenommen.«

Taylor wurde es schwer ums Herz. »Wo steckt er?«

»Er hat gesagt, er will nach Hause«, entgegnete Bull.

»Ich fahre einfach mal hin und sehe nach, ob es ihm gut geht«, erwiderte Taylor.

»Ich bin mir nicht sicher, ob das eine gute Idee ist. Vielleicht solltest du ihm etwas Zeit lassen«, gab Bull zu bedenken.

Taylor glaubte das keineswegs. Wenn man mit seinen Gedanken allein war, schienen sie immer schlimmer zu werden. Sie musste das wissen. Sie hatte die meiste Zeit ihres Lebens allein verbracht und all die gemeinen Dinge immer wieder Revue passieren lassen, die die Leute zu ihr und über sie gesagt hatten. Nach dem letzten Monat mit Eagle wusste sie, dass allein die Tatsache, sich mit jemandem darüber zu unterhalten, so viele dieser schlechten Gedanken beseitigen konnte. Selbst wenn er nicht reden wollte, konnte sie sich wenigstens zu ihm setzen. Versuchen, ihn zum Lachen zu bringen. Irgendetwas.

»Okay«, sagte sie zu Bull und es war beiden klar, dass das eine Lüge war. »Danke, dass du mich angerufen hast, um mir Bescheid zu sagen.«

»Du fährst zu ihm rüber, oder?«, fragte er.

Taylor presste die Lippen zusammen und antwortete nicht.

»Gut. Aber wenn er etwas Unangemessenes sagt, nimm es nicht persönlich. Er ist nicht er selbst.«

»Ich werde schon nicht gleich zusammenbrechen, wenn

er rumschreit«, erwiderte Taylor. »Wenn er seine Emotionen rauslassen muss, dann bin ich da, um ihn aufzufangen.«

»Wenn du mich nicht in einer Stunde anrufst, komme ich vorbei und sehe nach dir«, warnte Bull sie.

»Das ist nicht nötig«, protestierte sie.

»Ist es doch. Eagle ist einer meiner besten Freunde, aber du bist jetzt auch meine Freundin. Ich werde nicht zulassen, dass er dich misshandelt oder als Blitzableiter benutzt, nur weil er frustriert ist.«

Und jetzt hätte Taylor am liebsten geweint. »Danke.«

»Du brauchst mir nicht zu danken. Schreib mir einfach eine Nachricht oder ruf mich an und lass mich wissen, dass es euch beiden gut geht. Ich gebe dir eine Stunde, weil ich großzügig bin ... und ich glaube, du könntest genau das sein, was er braucht. Aber lass dir von ihm *nichts* gefallen. Hast du mich verstanden?«

»Verstanden.«

»Gut. Und Taylor? Danke schön.«

»Bis später«, sagte sie zu ihm und war schon so gut wie auf dem Weg nach draußen.

»Bis später«, entgegnete er.

Taylor schlüpfte in ihre Schuhe und schnappte sich ihre Handtasche, bevor sie zur Tür ging. Sie war schon zweimal in Eagles Wohnung gewesen, also musste sie nicht lange über den Weg nachdenken. Stattdessen dachte sie darüber nach, was sie ihm sagen sollte. Wie sie ihm helfen konnte. Sie hatte keine Ahnung, worum es in dem Fall ging, aber es musste schlimm sein, wenn Eagle so ausrastete.

Sie fuhr auf den Parkplatz vor seinem Haus und eilte durch die Eingangshalle. Er wohnte in einem ziemlich sicheren Gebäude, aber der Mann am Empfang nickte ihr nur zu, als sie vorbeiging. Taylor hatte keine Ahnung, ob es sich bei ihm um den Mann handelte, den Eagle ihr zuvor vorgestellt hatte, aber sie hatte keine Zeit, sich zu bedanken, dass er sie nicht aufgehalten hatte.

Im Fahrstuhl drückte sie den Knopf für den ersten Stock und wartete ungeduldig darauf, dass der Aufzug hochfuhr. Sie stürmte praktisch den Flur entlang und holte tief Luft, bevor sie an Eagles Tür klopfte.

Einen Moment dachte sie, dass er nicht reagieren würde, aber dann öffnete sich die Tür und ein großer Mann stand vor ihr.

Er sagte nichts, sondern schaute sie nur an.

»Eagle?«, fragte Taylor unsicher. Sie wusste, dass es Eagle sein sollte, aber ehrlich gesagt hätte es jeder sein können, der da in der Tür stand.

Er seufzte. »Ja, Flower, ich bin's.«

Taylor atmete tief durch die Nase ein und entschied plötzlich, wie sie mit der Situation umgehen wollte. Sie nickte und schob sich an einem überraschten Eagle vorbei. Sie zog ihre Schuhe aus, ließ ihn so wissen, dass sie vorhatte, eine Weile zu bleiben, und ging in die Küche. Sie sah eine Flasche Jack Daniel's auf dem Tresen und zuckte zusammen. Eagle war kein großer Trinker; dass er die harten Sachen herausgeholt hatte bedeutete, dass er sich wirklich richtig mies fühlte.

Sie öffnete ein paar Schränke, bis sie fand, was sie suchte. Sie brachte einen Topf zum Spülbecken und begann, ihn mit Wasser zu füllen.

»Was machst du da?«, fragte er ein wenig angriffslustig.

»Ich mache dir Abendessen«, antwortete Taylor ruhig.

»Ich bin nicht hungrig.«

»Schade für dich. Ich schon«, entgegnete sie und gab sich dabei große Mühe, kein Mitgefühl zu zeigen. In Wahrheit war sie sich nicht sicher, ob sie etwas essen konnte, so wie sich ihr Magen drehte, aber sie würde sich Mühe geben.

»Warum bist du hier?«

Daraufhin sah Taylor auf und begegnete seinem Blick. »Weil du mich brauchst«, erklärte sie schlicht.

Sie war sich nicht sicher, was sie von ihm erwartet hatte, aber es war nicht, dass er ihr den Rücken zudrehte und in sein Wohnzimmer ging, um sich aufs Sofa zu setzen.

Sie zuckte mit den Schultern und beschloss, dass es besser war, wenn er sie ignorierte, als wenn er sie hinauswarf, und fuhr fort, ein einfaches Nudelgericht zuzubereiten. Er hatte Rinderhackfleisch und eine Dose mit Soße. Er hatte keine Spaghetti, aber andere Nudeln würden genauso gut funktionieren.

Während der dreißig Minuten, die die Zubereitung der Mahlzeit dauerte, sagte er kein Wort, aber nachdem sie alles aufgetischt, den Tisch gedeckt und ihm gesagt hatte, dass das Essen fertig sei, stand er auf und kam zu ihr an den Tisch.

Sie seufzte erleichtert, weil sie ihn nicht zum Essen zwingen musste – nicht dass sie wusste, wie sie es hätte anstellen sollen –, und setzte sich neben Eagle. Er nahm eine Gabel in die Hand und fing lustlos an zu essen, aber immerhin aß er.

Sie nahm sich einen Moment Zeit, um ihre Hand auf seinen Oberschenkel unter dem Tisch zu legen und sanft zu drücken. Sie wollte ihn wissen lassen, dass sie für ihn da war. Er brauchte kein verdammtes Wort zu sagen, und sie würde trotzdem für ihn da sein.

Er erstarrte, aber Taylor ignorierte das, nahm ihre Hand von seinem Oberschenkel und griff nach ihrer Gabel. Sie aßen schweigend, aber sie hätte schwören können, dass Eagle etwas weniger angespannt wirkte. Er half sogar, das Geschirr in die Küche zu bringen, als sie fertig waren, aber anstatt sie die Teller in die Spülmaschine stellen zu lassen, nahm er ihre Hand und zog sie nicht gerade sanft ins Wohnzimmer. Er setzte sich auf das Sofa und zog sie neben sich.

Taylor kuschelte sich sofort an ihn. Eagle schnappte sich mit einer Hand eine Decke von der Lehne des Sofas und deckte sie zu. Erst dann begann er zu sprechen.

»Es tut mir leid, dass ich nicht angerufen habe.«

»Ist schon okay«, erwiderte Taylor. »Ich bin nicht deine Mutter – du musst mir nicht sagen, wo du bist oder wann du einen schlechten Tag hast.«

»Aber als Freund hätte ich wenigstens eine Nachricht schreiben sollen.«

Taylor nickte zustimmend. Das hätte er tun sollen. Aber sie hatte nicht vor, ihm das übel zu nehmen. »Ich habe mir Sorgen um dich gemacht.«

Sie hörte, wie er tief durch die Nase einatmete, bevor er sagte: »Im umgekehrten Fall wäre ich nicht sehr glücklich darüber gewesen, wenn du mich nicht angerufen hättest, weil du einen schlechten Tag hattest.«

Taylor antwortete nicht. Sie war sich nicht sicher, wie sie reagieren sollte. Seit sie Eagle getroffen hatte, hatte sie keinen einzigen schlechten Tag mehr gehabt. Aber wenn sie einen gehabt hätte, wäre er der erste Mensch gewesen, mit dem sie hätte darüber reden wollen, dessen war sie sich ziemlich sicher.

»Ich habe in meinem Leben schon viel Schreckliches gesehen«, begann er. »Babys, die mit abgetrenntem Kopf tot im Dreck liegen. Frauen, die so missbraucht wurden, dass sie nur noch wandelnde Zombies sind. Männer, die so schwer gefoltert wurden, dass sie nicht mehr als Menschen zu erkennen sind. Ich habe mehr Arten gesehen, jemanden zu töten, als du dir überhaupt vorstellen kannst. Verbrennen, erstechen, lebendig begraben, erschießen, köpfen, erhängen, verhungern lassen, jemandem das Herz herausschneiden, während er noch lebt … egal was, ich habe es gesehen.«

Taylor erschauderte, unterbrach ihn aber nicht.

»Aber ich werde es *nie* verstehen. Ich werde nie verstehen, wie jemand so viel Hass empfinden kann, dass er jemand anderen absichtlich quälen will. Wir verfolgen den Fall eines Serienmörders in Albuquerque. Er hat es auf Prostituierte abgesehen. Er tötet sie, nimmt sie mit in die Wüste und vergräbt sie in flachen Gräbern. Das ist eigentlich nichts Neues. Männer töten Prostituierte schon seit Jahrhunderten. Sie haben das Gefühl, dass sie nicht vermisst werden oder dass sie irgendwie ›weniger‹ wert sind, was natürlich Blödsinn ist. Wie dem auch sei … die Behörden glauben, dass er schon eine Weile nicht mehr getötet hat. Sie dachten, er sei entweder umgezogen oder gestorben. Aber wir haben heute die Akte einer eins-null-sieben bekommen, die vor Kurzem außerhalb der Stadt gefunden wurde.«

»Einer eins-null-sieben?«, fragte Taylor leise.

»Ja, das ist der Polizeicode für eine Leiche. Sie war

schwanger. Im achten Monat. Der Mörder hat ihr das Baby aus dem Körper geschnitten. Die Polizei vermutet, dass die Mutter dabei noch lebte ... und dass er sie möglicherweise gezwungen hat, dabei zuzusehen, wie er ihr Baby erwürgt hat. Dann zwang er das Opfer, ihr eigenes Blut zu trinken, bevor er sie sexuell missbrauchte und tötete. Ich meine ... denk mal darüber nach«, bemerkte Eagle mit einer so gequälten Stimme, dass Taylor am liebsten geweint hätte. »Sie war blutüberströmt, weil er ihr *Baby* aus dem Leib herausgeschnitten hat, sicherlich unter allergrößten Schmerzen, und dann hat er sie *vergewaltigt*.« Eagle schüttelte den Kopf und schloss die Augen. »Ich kann mir nicht vorstellen, was ihr durch den Kopf gegangen sein muss – und das ist es, was mir zu schaffen macht. Was hat sie gedacht? Hat sie sich gefragt, warum ihr niemand zu Hilfe gekommen ist? Warum er es auf sie abgesehen hatte? Ob er ihr und ihrem toten Kind noch mehr unaussprechliche Dinge antun würde, wenn er fertig damit war, sie zu vergewaltigen?«

Tränen flossen über Taylors Wangen. Seine Worte waren entsetzlich, daran bestand kein Zweifel, aber sie sorgte sich mehr um die absolute Qual, die Eagle offensichtlich empfand.

»Ich will ihn finden. Ihm so viel Schmerz zufügen, wie er seinen Opfern zugefügt hat«, erklärte Eagle. »Aber die Polizei hat nicht genügend Informationen, um ihn aufzuspüren. In der heutigen Zeit ist es fast unglaublich, dass die Beamten ihn nicht finden können. Er muss bezahlen, Taylor. Ich will ihn bezahlen lassen, aber das kann ich nicht, wenn ich nicht weiß, wer er ist.«

Sie vergrub ihren Kopf an seiner Brust und versuchte, ihre Tränen zu verbergen. Sie wusste nicht, was sie sagen sollte, damit er sich besser fühlte, also blieb ihr nichts anderes übrig, als ihn zu umarmen.

»Er könnte jeder sein. Er könnte der Kerl im Supermarkt sein, der deine Sachen für dich einpackt. Er könnte der nette Typ mittleren Alters sein, der nebenan wohnt. Der Mann, von dem alle denken, er sei ruhig und introvertiert. Ich brauche nichts weiter als seinen Namen und sein Gesicht, und ich werde ihn zur Strecke bringen. Er wird sich nicht vor mir verstecken können«, versicherte Eagle ihr mit brechender Stimme.

Dann, als hätte er gerade gemerkt, dass er nicht allein war, legte er seine Arme um Taylor. Sie versuchte, ihr Schluchzen unter Kontrolle zu halten, aber es war sinnlos. Eagle hob ihr Kinn mit seiner Hand an und fluchte, als er die Tränen in ihrem Gesicht sah.

»Verdammt. Es tut mir so leid. Ich hätte nichts sagen sollen. Jetzt wirst du Albträume von diesem ganzen Mist haben.«

Taylor schüttelte den Kopf. »Ich weine nicht wegen dem, was du gesagt hast«, erklärte sie ihm ganz ehrlich. »Ich weine, weil du dich so schlecht fühlst. Ich weiß nicht, was ich sagen soll, damit du dich besser fühlst.«

Er starrte sie einen Moment lang an, bevor er zugab: »Du musst gar nichts sagen. Schon die Tatsache, dass du hier bist, hilft mir bereits.«

Taylor verdrehte die Augen. »Oh ja, ich sehe schon, wie sehr es hilft.«

Seine Lippen zuckten amüsiert. Er lächelte zwar nicht

gerade, aber zumindest blickte er nicht mehr ganz so düster drein. »Das tut es wirklich. Wenn du nicht gekommen wärst, hätte ich wahrscheinlich die ganze Flasche Whisky getrunken. Du hast mir etwas zu essen gemacht, und jetzt hältst du mich im Arm. Dich in meinen Armen zu halten erinnert mich daran, dass die Welt nicht nur schlecht ist. Aber es erschreckt mich zu Tode, dass es Menschen gibt, die einem anderen Menschen so etwas antun können. Ich begreife es einfach nicht.«

Er wischte ihr sanft mit seinen Daumen über die Wangen, bevor er ihren Kopf wieder an seine Brust legte. Dann überraschte er sie, indem er sich auf den Rücken legte und sie mit sich zog. Sie war zwischen ihm und der Rückenlehne des Sofas eingeklemmt, aber es gab keinen Ort, an dem Taylor lieber sein wollte.

Sie bewegte ihre Hand so, dass sie unter ihrer Wange ruhte, und sie lagen beide ein paar Minuten lang schweigend da.

»Sonntags gehe ich ins Pflegeheim für Demenzkranke«, erklärte sie leise. »Ich weiß nicht, warum ich dir das nicht schon früher gesagt habe. Es ist keine große Sache. Ich arbeite dort jede Woche ein paar Stunden ehrenamtlich. Ich spüre eine Verbindung zu den Bewohnern. Ich besuche Woche für Woche dieselben Leute, und doch erinnern sie sich nicht an mich. Jedes Mal wenn ich auftauche, bin ich eine Fremde für sie.«

Eagle strich ihr sanft über das Haar, wobei seine Finger sich in ihren Locken verfingen.

»Ich erkläre immer, warum ich da bin, wenn ich ankomme, denn ich erkenne nie die Person, die am Schalter arbeitet, und ich weiß, dass die Mitarbeiter wahrscheinlich verärgert sind oder hinter meinem Rücken über mich lachen, weil sie wissen, wer ich bin, weil ich schon so oft da war. Ich finde das schlimm, aber nicht für mich, sondern für die Bewohner. Lachen die gleichen Mitarbeiter auch über sie? In ein solches Heim gesteckt zu werden ist eine meiner größten Ängste. Von Fremden umgeben zu sein, die sich nicht die Mühe machen, sich mir vorzustellen, wenn sie in mein Zimmer kommen. Dass sie mir den Kittel herunterziehen, um mein Herz abzuhören oder was auch immer, und ich nicht weiß, ob derjenige wirklich ein Arzt ist oder ein Perverser, der sich nur einen Spaß daraus machen will, einer alten Frau auf die Brüste zu starren.

Es ist albern, ich weiß, aber das sind die Dinge, über die ich nachdenke. Also gehe ich jeden Sonntag hin. Ich erzähle jedem, mit dem ich zusammensitze, wer ich bin und warum ich dort bin. Das scheint sie zu beruhigen, auch wenn sie sich nicht an mich erinnern. Manchmal unterhalten wir uns über etwas, an das sie sich aus ihrer Vergangenheit erinnern, aber manchmal sitzen wir auch einfach nur schweigend da.«

Taylor kam sich dumm vor, immer weiterzuerzählen, aber nachdem Eagle sich ihr gegenüber geöffnet hatte, hatte sie das Bedürfnis, das Gleiche zu tun. Und sie erzählte ihm eine ihrer größten Ängste, etwas, das sie noch nie jemandem mitgeteilt hatte.

»Der Missbrauch älterer Menschen ist eine abscheuliche Realität«, erklärte er leise. »Und ich stelle mir vor, dass es noch schlimmer ist, wenn die Patienten niemandem mitteilen können, was ihnen widerfährt, oder sich nicht wirklich daran erinnern können. Diese Männer und Frauen können sich glücklich schätzen, dich an ihrer Seite zu haben.«

»Ich tue eigentlich gar nichts«, protestierte Taylor.

»Falsch. Du tauchst Woche für Woche auf. Du kümmerst dich um sie, und die Mitarbeiter wissen das. Ich würde gern glauben, dass sie nicht absichtlich gemein zu dir sind, und dass du regelmäßig da bist, zeigt, wie sehr du dir Gedanken machst. Ich bin stolz darauf, dein Freund zu sein.«

Taylor begann, dieses Wort zu hassen. *Freund.* Aber heute Abend ging es um ihn, nicht darum, was sie für ihn empfand ... und dass sie wusste, dass sie sich mit der Tatsache abfinden musste, dass sie wahrscheinlich nie *mehr* als Freunde sein würden.

»Willst du wissen, was ich glaube, was diese Frau gedacht hat?«, fragte Taylor.

Eagle versteifte sich und zeigte damit, dass er verstand, was sie meinte. »Ja.«

»Ich glaube, sie war jenseits jeglichen Schmerzgefühls«, erklärte Taylor fest. »Man kann nicht so verletzt werden wie sie und nicht dissoziieren. Ihre Nerven waren wahrscheinlich durchtrennt, und sie hat nichts von dem gespürt, was er mit ihr gemacht hat. Wahrscheinlich fühlte sie sich, als würde sie schweben. Ich wette, wenn sie die Augen schloss, spürte sie, wie die Seele ihres Babys zu ihr rief, und sie war erleichtert, dass sie zu ihrem Kind ins Jenseits gehen konnte.« Taylor weinte wieder, aber sie hörte nicht auf. »Wer auch immer sie getötet hat, war wahrscheinlich sauer, dass er ihre Gedanken nicht in Besitz nehmen konnte. Er wollte, dass sie Angst hat, dass sie um ihr Leben bettelt, aber ich wette, sie hat sich geweigert. Sie hat ihm nicht die Genugtuung gegeben. Menschen wie diese wollen, dass ihre Opfer Angst haben. Um Macht über sie zu haben. Aber ich schätze, sie hat ihm diese Genugtuung nicht gegeben.«

Taylor redete immer weiter und hörte gar nicht mehr auf. Sie hatte keine Ahnung, was die arme Frau gedacht oder gefühlt hatte, aber sie wollte glauben, dass sie, nachdem ihr ein Kind aus dem Leib geschnitten worden war, danach nicht mehr viel empfunden hatte.

»Danke«, flüsterte Eagle.

»Ich weiß, dass es das nicht besser macht, aber ...«

»Doch, das tut es«, unterbrach Eagle sie. »Ich will ihn immer noch finden und töten. Aber es hilft.«

Taylor nickte, ihren Kopf an seine Seite gepresst.

Ihr letzter Gedanke war, wie angenehm Eagles Brust sich anfühlte. Sie hatte in der Vergangenheit auf Männern geschlafen, aber keiner von ihnen hatte ihr das Gefühl gegeben, so sicher zu sein, wie sie sich in diesem Moment fühlte.

———————

Eagle spürte, wie Taylors Handy in ihrer Gesäßtasche vibrierte. Sie schlief fest an ihn gepresst, und er wollte sie nicht wecken. Er zog es langsam heraus und sah, dass sie eine Nachricht von Bull bekommen hatte.

Bull: Alles in Ordnung? Du hast fünf Minuten, um zu antworten, oder ich bin auf dem Weg zu euch.

Er hätte sauer auf seinen Freund sein sollen, aber stattdessen empfand er nur Dankbarkeit dafür, dass Bull sich Sorgen um Taylor machte. Er legte ihr Telefon auf den Tisch neben dem Sofa und tastete blind nach seinem eigenen

Handy. Nachdem er es gefunden hatte, entsperrte er es und tippte eine schnelle Nachricht an seinen Freund.

Eagle: Tay geht's gut, Ehrenwort. Sie schläft fest an mich gepresst, also kann ich nicht anrufen. Werde es euch allen morgen erzählen. Danke, dass du sie geschickt hast ... und dass du auf sie aufpasst.

Bulls Antwort kam sofort.

Bull: Alles in Ordnung?

Eagle: Nein, aber das wird wieder.

Bull: Das war heute wirklich heftig.

Eagle: Allerdings.

Bull: Meld dich einfach, wenn du etwas brauchst.

Eagle: Mach ich.

Eagle legte das Handy zurück auf den Tisch und blickte auf die Frau in seinen Armen hinunter. Er bedauerte, was er ihr heute Abend erzählt hatte. Jetzt hatte sie all diese Bilder im Kopf. Er hätte es besser wissen müssen. Eagle hatte schon viel Schlimmes gesehen, aber das bedeutete nicht, dass er es mit Taylor teilen musste.

Aber sie war nicht ausgeflippt.

Wenn Eagle an den Abend zurückdachte, konnte er sich ein Lächeln nicht verkneifen. Sie war offensichtlich nervös gewesen, aber sie war hereingestürmt, hatte seine Küche übernommen und war einfach für ihn da gewesen. Sie hatte ihn nicht angefleht, mit ihr zu reden, ihr zu sagen, was los war. Sie hatte ihn einfach in die Arme genommen und ihn gehalten.

Und er liebte sie.

Es war erst ein verdammter Monat vergangen, aber er liebte sie schon jetzt. Sie hatten sich nicht geküsst, hatten nicht mehr getan, als ab und zu Händchen zu halten, und er konnte sich schon jetzt nicht mehr vorstellen, Taylor *nicht* in seinem Leben zu haben.

Sie gab ein niedliches Schnarchgeräusch von sich und drückte sich an ihn, um es sich bequemer zu machen. Eagle wusste, dass er sie aufwecken und nach Hause bringen sollte, aber das wollte er nicht. Er wollte sie weiter im Arm halten. Wollte ihr Haar in seinem Nacken spüren und ihren Atem an seiner Brust. Wenn dies das einzige Mal war, dass er sie die ganze Nacht lang festhalten konnte, wollte er nicht darauf verzichten.

Er beugte sich zu ihr hinunter und küsste sie auf den Kopf. »Du bist wunderbar, Flower«, flüsterte er.

Zu seiner Überraschung murmelte sie: »Du auch«, bevor sie wieder verstummte.

Grinsend legte Eagle den Kopf zurück und tat sein Bestes, um sich zu entspannen. Schließlich gestand er sich ein, dass er, als er den Bericht über die Frau in New Mexico gelesen hatte, nur an eines gedacht hatte ... was, wenn diese Frau Taylor gewesen wäre? Es war dumm. Sie war keine Prostituierte, war nicht schwanger. Aber allein der Gedanke, dass jemand ihr so etwas antun, ihr wehtun könnte, ließ ihn ausrasten.

Er drückte sie fester an sich und schwor sich im Stillen, so lange wie möglich mit dem *Silverstone-Team* weiterzumachen. Er wollte dafür sorgen, dass Menschen wie seine Taylor in Sicherheit waren, und das ging nur, indem er dafür sorgte, dass diejenigen, die andere verletzen wollten, nie die Möglichkeit dazu bekamen.

KAPITEL SIEBEN

Die Dinge zwischen Taylor und Eagle hatten sich seit dem Abend geändert, an dem sie in seiner Wohnung aufgetaucht war. Sie war am nächsten Morgen aufgewacht, und er hatte sie zuerst mit »Guten Morgen, Flower« begrüßt. Dann hatten sie weitergemacht wie zuvor, und keiner von beiden hatte erwähnt, dass sie die ganze Nacht auf ihm geschlafen hatte.

Aber irgendetwas war trotzdem anders, auf eine gute Art. Eagle rief sie nie wieder nicht an. Sie sprachen immer weniger über oberflächliche Dinge. Obwohl er immer noch wissen wollte, was sie machte.

»Wie war dein Tag?«, fragte er, nachdem sie an diesem Nachmittag seinen Anruf angenommen hatte, nicht allzu lange, nachdem sie die Nacht in seiner Wohnung verbracht hatte.

»Ich denke, er war in Ordnung. Ich bin in die Bibliothek gegangen, um zur Abwechslung mal dort Korrektur zu lesen, und bin dort in ein langes Gespräch mit einem Typen geraten.«

»Worüber?«, fragte Eagle.

»Über amerikanische Geschichte. Er sah sich das Lehrbuch an, das ich gerade korrigiere, und wir kamen auf den Bürgerkrieg zu sprechen. Es war interessant, und er war nett.«

»Das ist schön. Willst du heute Abend vorbeikommen?«

»Ja«, entgegnete sie, ohne zu zögern.

»Gut. Ich sollte gegen halb fünf zu Hause sein. Ich kann auf dem Weg noch etwas zum Abendessen holen«, erklärte er.

»Nicht nötig«, entgegnete sie. »Ich kann uns etwas kochen.«

»Nein. Du hast uns die letzten beiden Male etwas gekocht.«

»Das ist keine große Sache«, erklärte Taylor ihm. »Ich koche gern.«

»Lass mich dich verwöhnen«, bat Eagle.

Wie konnte sie da widersprechen? »Okay. Na gut.«

»Soll ich vorbeikommen und dich abholen?«, fragte er.

»Nein. Ich kann selbst zu dir rüberfahren. Ich beende noch dieses letzte Kapitel und mache dann für heute Feierabend. Ich will aber noch ein paar andere kleinere Arbeiten erledigen, bevor ich vorbeikomme.«

»Okay. Aber schick mir eine Nachricht, wenn du losfährst, damit ich weiß, wann ich dich ungefähr erwarten kann.«

»Mache ich. Eagle?«

»Ja?«

»Ist heute alles gut gelaufen ... du weißt schon, auch in Gesprächen über Missionen und so?« Es war eine Woche her, seit er seinen kleinen Zusammenbruch gehabt hatte, und sie wollte sich davon überzeugen, dass es ihm wirklich gut ging.

»Ja. Ich erzähle es dir, wenn du hier bist. Es sieht so aus, als würden wir relativ bald aufbrechen.«

Taylors Herz setzte einen Schlag aus. Sie versuchte, ihre Stimme so unbekümmert wie möglich klingen zu lassen. »Tatsächlich?«

»Mach dich nicht verrückt«, beruhigte er sie sanft, und sie merkte, dass er sie besser einschätzen konnte als jeder andere in ihrem Leben, selbst am Handy.

»Unmöglich«, erwiderte sie. »Ich weiß, du und deine Freunde seid Supermänner und so, aber ich werde mir in jedem Moment, in dem ihr nicht hier seid, Sorgen machen. Damit musst du dich einfach abfinden.«

»Ich mag es nicht, dir Sorgen zu bereiten, aber ich muss zugeben, dass es sich irgendwie gut anfühlt«, gab Eagle zu.

Da. Genau das. Wenn Eagle *solche* Dinge sagte, hatte sie das Gefühl, als hätte sich etwas Entscheidendes zwischen ihnen geändert. Aber dann war er wieder der Kumpel, der er immer gewesen war. Das war verdammt verwirrend.

»Und nur fürs Protokoll, du hattest zwei Tippfehler in den Texten, die du mir heute geschickt hast. Ich dachte, als Korrekturleserin wärst du immun gegen so was.«

Jup. Und sofort neckte er sie wieder.

»Ja, du weißt ja, ich muss dich auf Trab halten«, erwiderte sie.

Er schmunzelte. »Das tust du. Wir sehen uns später, Flower. Fahr vorsichtig.«

»Bis später«, entgegnete sie und wiederholte damit, was er zu ihr gesagt hatte, als sie ihm das Gleiche gesagt hatte. Sie legte auf und schloss die Augen.

Sie hatte sich bis über beide Ohren in ihren besten Freund verliebt und wusste nicht, wie sie damit umgehen sollte.

Sollte sie ihm sagen, dass sie zu mehr bereit war, und damit riskieren, dass die Dinge zwischen ihnen unangenehm wurden?

Nein. Das konnte sie nicht tun. Sie musste einfach über ihre Verliebtheit oder Vernarrtheit oder was auch immer es war hinwegkommen. Sie wollte ihn nämlich auf keinen Fall ganz aus ihrem Leben verlieren.

Taylor zwang sich, sich auf das Lehrbuch vor ihr zu konzentrieren, und gab sich Mühe, um Eagle zumindest für eine Weile aus ihren Gedanken zu verdrängen.

Um zehn Minuten nach fünf verließ Taylor ihre Wohnung und fuhr zu Eagles Apartment. Sie stand an einer Ampel, als ihr Wagen plötzlich nach vorn ruckte und sich der Sicherheitsgurt für den Bruchteil einer Sekunde schmerzhaft gegen ihre Brust spannte.

Einen Moment lang war sie verwirrt, dann wurde ihr klar, dass jemand von hinten in sie reingekracht war.

»Verdammt«, murmelte sie. Als sie sich umsah, sah sie einen Mann in einem Cadillac älteren Modells. Der Wagen war dunkelbraun und sah aus, als hätte er seine besten Tage hinter sich. Da sie sich nicht mit Fahrzeugen auskannte, konnte sie nicht einmal erraten, welches Baujahr er hatte.

Er sprang aus dem Wagen und eilte auf sie zu. »Es tut mir so leid«, erklärte er und lehnte sich in ihren Wagen hinunter. »Ich habe eine Versicherung! Wenn Sie auf diesen Parkplatz fahren wollen«, er zeigte auf ein Einkaufszentrum rechts von ihnen, »können wir Informationen austauschen. Nochmals, es tut mir wirklich leid, ich habe weggesehen, um meine Musik leiser zu stellen, und habe falsch eingeschätzt, wo Sie sich befinden.«

Seufzend nickte Taylor, und als die Ampel auf Grün schaltete, fuhr sie auf die rechte Spur und auf den Parkplatz des Einkaufszentrums.

Als sie sich umsah, stellte sie fest, dass mehrere Leute in der Nähe waren. Dort, wo sie sich jetzt befand, war sie nicht in Gefahr. Sie stieg aus ihrem Kia Rio aus und sah sich den Schaden an.

Verdammt. Ihre hintere Stoßstange hielt kaum noch am Metallrahmen. Sie sah den Cadillac hinter sich herfahren und bemerkte, dass er eine Schramme an der vorderen Stoßstange hatte, aber sie konnte ehrlich gesagt nicht sagen, ob diese von dem Zusammenstoß mit ihr stammte oder schon vorher da gewesen war.

Der Mann stieg noch einmal aus dem Wagen und kam zu ihr hinüber. »Es tut mir wirklich leid«, erklärte er mit einem Kopfschütteln. »Ich fühle mich furchtbar. Zumal mein Wagen nicht einmal einen Kratzer hat.«

»Der stammt nicht von dem Zusammenstoß mit mir?«,

fragte Taylor und zeigte auf den leichten Schaden an seiner vorderen Stoßstange.

Er zuckte zusammen. »Nein. Das ist der Wagen meiner Mutter, und sie hatte vor nicht allzu langer Zeit einen kleinen Unfall. Ich schwöre, dieser Wagen bringt Unglück. Ich bin nur heute damit losgefahren, weil mein eigenes Fahrzeug in der Werkstatt ist. Ich hätte zu Hause bleiben sollen.«

Taylor hatte Mitleid mit dem Kerl. Er sah völlig am Boden zerstört aus. »Das ist schon in Ordnung. Ich bin sicher, der Schaden ist nicht so schlimm, wie er aussieht. Stoßstangen sind dafür gedacht. Ich meine, ihr einziger Zweck ist es, einen Aufprall abzufangen, nicht wahr?«

Die Miene des Mannes hellte sich auf. »Ja, vielleicht haben Sie recht. Wenn Sie mir Ihre Versicherungsdaten geben, werde ich noch heute Nachmittag dort anrufen und die Sache in Ordnung bringen.«

»Sollten wir nicht die Polizei rufen?«, fragte Taylor.

»Das könnten wir«, stimmte der Mann zu. »Und Sie haben jedes Recht dazu. Aber ich würde es wirklich zu schätzen wissen, wenn wir das unter uns regeln würden. Ich bin schon öfter wegen Geschwindigkeitsübertretungen aufgefallen ... ich sollte wirklich lernen, langsamer zu fahren, und ich habe so viele Punkte auf meinem Führerschein, dass ich ihn mit Sicherheit verlieren werde, wenn ich jetzt auch noch dafür verwarnt werde. Meine Mutter ist krank, und ich bin der Einzige, der sie zu ihren Arztterminen fahren kann.«

Taylor wusste, dass der Mann ihr Schuldgefühle einredete, aber sie musste zugeben, dass es funktionierte. »Das mit Ihrer Mutter tut mir leid.«

»Danke. Oh, übrigens, ich bin Thanatos.«

»Wie bitte?«, fragte Taylor.

»So heiße ich. Thanatos. Aber ich nenne mich Than, weil es weniger langatmig ist.«

Taylor schenkte ihm ein kleines Lächeln. »Ich bin Taylor.«

»Freut mich, dich kennenzulernen, Taylor, aber natürlich nicht unter diesen Umständen. Ich meine es ernst, wenn du mir deine Daten gibst, rufe ich deine Versicherungsgesellschaft an und kümmere mich um die Sache. Ich würde dir einfach Bargeld geben, damit ich die Versicherung nicht einschalten muss, aber ich habe nicht genügend Geld. Die Kosten für die Medikamente meiner Mutter treiben mich noch in den Ruin. Aber ich schwöre, dass ich meine Versicherung voll bezahlt habe.«

Taylor seufzte und nickte. »Okay. Gib mir einen Moment Zeit.« Sie ging zur Beifahrerseite ihres Wagens und öffnete die Tür. Than fing an, ihr auf die Nerven zu gehen. Er drückte ganz schön auf die Tränendrüse. Taylor beugte sich vor, um im Handschuhfach nach ihren Papieren zu suchen. Mittlerweile wollte sie einfach nur noch weg von dort.

Nachdem sie gefunden hatte, wonach sie gesucht hatte, stand sie auf und drehte sich um – und keuchte, als sie fast in Than hineinkrachte. Er stand etwa einen halben Meter von ihrem Wagen entfernt.

»Tut mir leid. Ich wollte dich nicht erschrecken.«

Taylor wünschte, sie wäre besser im Lesen von Gesichtsausdrücken. Sie konnte nicht erkennen, ob er es ernst meinte oder nicht, und sein Tonfall war auch keine Hilfe. Sie ging um ihn herum, um nicht mehr zwischen ihm und ihrem Wagen eingeklemmt zu sein. »Hast du ein Stück Papier, auf das ich meine Daten schreiben kann?«, fragte sie.

»Oh, ich kann einfach ein Foto davon machen, das ist einfacher«, entgegnete Than und hielt ihr die Hand hin, damit sie ihm ihre Versicherungspapiere gab.

Taylor zögerte einen Moment, dann gab sie sie ihm. Er machte schnell ein Foto mit seinem Handy und reichte ihr das Papier zurück.

»Ich rufe gleich morgen früh an«, versicherte er ihr. »Ich werde alles in Ordnung bringen.«

»Das weiß ich zu schätzen.«

»Kommst du meinetwegen jetzt zu irgendwas zu spät?«, fragte er.

Taylor fühlte sich jetzt ein wenig unbehaglich. Sie war sich nicht sicher, ob sie wirklich Small Talk mit dem Kerl machen wollte, der in sie hineingefahren war, aber sie wollte auch nicht unhöflich sein. »Ich bin auf dem Weg zu meinem Freund«, erklärte sie ihm. Dann log sie und sagte: »Meinem festen Freund.« Wenn Than wüsste, dass sie mit jemandem zusammen war, würde er sich vielleicht ein wenig zurückhalten.

»Oh, es tut mir wirklich leid, dass ich in dich hineingefahren bin. Ich hoffe, er ist mir nicht böse.«

Es war seltsam, so etwas zu sagen. »Nein, er wird nicht böse. Ich meine, solche Dinge passieren eben«, erklärte Taylor achselzuckend.

»Danke, dass du so locker damit umgehst. Du bist wirklich nett«, bemerkte Than.

»Danke«, antwortete Taylor und fühlte sich immer unbehaglicher.

»Verdammt, ich wollte nicht, dass du dich unwohl fühlst«, bemerkte Than, dem ihr Unbehagen anscheinend aufgefallen war, und trat einen Schritt zurück.

»Ist schon gut«, erwiderte Taylor.

»Dein Freund ist doch kein großer Bodybuilder, der mich aufspüren und verprügeln wird, oder?«

Taylor lächelte daraufhin. »Nein. Er arbeitet bei *Silverstone Towing*, also bin ich sicher, dass er jemanden kennt, zu dem ich meinen Wagen bringen kann, damit er möglichst schnell repariert wird.«

»Ah, das ist gut. Heutzutage kann man niemandem mehr trauen.«

Taylor nickte.

»Dann lasse ich dich jetzt mal in Ruhe. Ich werde von jetzt an vorsichtiger sein. Jemand anderes wäre nicht so nett gewesen wie du, Taylor.«

Than nickte ihr höflich zu, dann drehte er sich um und ging zurück zu seinem Cadillac. Sie ging um die Vorderseite ihres Kia herum und nickte ihm zu, als er hinter ihr wegfuhr und verschwand.

Als er weg war, wurde Taylor klar, dass sie sich sein Kennzeichen hätte aufschreiben sollen ... oder zumindest seinen vollständigen Namen und seine Telefonnummer, damit sie sich bei ihm melden konnte, falls sie nichts von ihrer Versicherung hörte. Seufzend und einfach nur erleichtert, dass die ganze Begegnung vorbei war, stieg sie wieder in ihr Fahrzeug.

Sie wollte Eagle anrufen und ihm sagen, was passiert

war, aber sie ging davon aus, dass sie ihn sowieso in zehn Minuten oder so sehen würde. Außerdem konnte er jetzt auch nichts mehr machen. Ihr Wagen war fahrtüchtig, und sie war nicht verletzt.

Taylor kam bei Eagles Wohnhaus an und ging in die Eingangshalle. Dort stand ein Mann, und als sie auf ihn zuging, sagte er: »Hey, Flower.«

Überrascht, aber erfreut, Eagle in der Eingangshalle zu sehen, lächelte sie. »Hey.«

»Alles in Ordnung?«, fragte er.

»Ja, warum?«

»Du hättest bereits vor einer Viertelstunde hier sein sollen. Ich habe mir Sorgen gemacht. Ich habe dir eine Nachricht geschrieben, aber keine Antwort bekommen.«

Taylor war überrascht. Er lenkte sie in Richtung Treppenhaus, während sie sich unterhielten. »Es tut mir wirklich leid. Ich habe deine Nachricht nicht gehört, sonst hätte ich geantwortet. Und ich bin spät dran, weil mich jemand von hinten angefahren hat, als ich an der Ampel stand.«

Sie hatten gerade den Treppenabsatz im ersten Stock erreicht, als Eagle innehielt. »Was?«

»Jemand ist von hinten in mich reingefahren ...«

»Ich habe dich gehört«, unterbrach er sie. Er legte seine Hände auf ihre Schultern. »Alles in Ordnung?«

»Ja, mir geht's gut.«

»Verdammt, Taylor. Warum hast du mich nicht angerufen?«

Taylor runzelte die Stirn. »Weil es nur ein Unfall mit Blechschaden war. Es war keine große Sache.«

»Komm schon, darüber sollten wir nicht im Treppenhaus reden«, erklärte Eagle, packte ihre Hand und zog sie praktisch den Flur entlang zu seiner Wohnung.

Sie wollte darauf hinweisen, dass sie nicht diejenige war, die angehalten und darauf bestanden hatte, darüber zu diskutieren, warum sie so spät dran war, bevor sie überhaupt in seiner Wohnung angekommen waren. Aber sie hielt den Mund, als er die Tür aufschloss und ihr zu verstehen gab, dass sie ihm nach drinnen folgen sollte.

Ein wenig irritiert über seine Reaktion – und seine Annahme, dass sie mit einem kleinen Blechschaden nicht alleine klarkam –, tat Taylor ihr Bestes, um sich nicht über ihn zu ärgern.

Sobald sich die Tür hinter ihm schloss, sprach Eagle. »Bist du sicher, dass es dir gut geht? Tut dein Nacken weh? Müssen wir in die Notaufnahme? Was ist passiert? Hast du einen Polizeibericht bekommen?«

Taylor hob eine Hand. »Eine Frage nach der anderen«, erklärte sie in einem hoffentlich unbeschwerten Ton. »Mir geht's gut. Mein Nacken wird morgen wahrscheinlich ein bisschen wehtun, aber das ist nichts, was ein paar Aspirin nicht beheben könnten. Ich stand mit meinem Wagen an der Ampel und der Kerl ist wahrscheinlich nur Schritttempo gefahren, wenn überhaupt. Wie ich schon sagte, stand ich an einer roten Ampel und er fuhr mit seinem großen Cadillac in mich hinein. Wir sind von der Straße abgefahren und er hat meine Versicherungsdaten fotografiert, da sein Fahrzeug nicht beschädigt war.«

Eagle starrte sie einen Moment lang an, ein Muskel in seinem Kiefer zuckte.

»Was?«, fragte Taylor.

»Du weißt doch, dass Männer so einen Blödsinn machen, um an Frauen heranzukommen, oder?«

Taylor spürte, wie ihre Frustration stieg. »Was hätte ich denn tun sollen, Eagle? Den Unfall ignorieren? Das ist gegen das Gesetz. Außerdem waren wir nicht mitten im Nirgendwo. Es gab jede Menge Leute und Geschäfte in der Nähe.«

»Gib mir seine Daten, und ich werde ihn überprüfen lassen«, erklärte Eagle und streckte seine Hand aus.

Taylor verschränkte die Arme. Sie fühlte sich in die Defensive gedrängt, weil er wegen eines einfachen Unfalls so übertrieben unausstehlich war. »Ich habe seine Daten nicht.«

»Was? Warum nicht? Stehen die nicht im Polizeibericht?«

»Es gibt keinen Polizeibericht, weil wir die Polizei nicht gerufen haben. Mein Wagen war nicht so beschädigt, nur die Stoßstange. Die muss ersetzt werden. Er hat meine Versicherungsdaten fotografiert und gesagt, er würde seine Versicherung anrufen und sich darum kümmern. Ich brauchte seine Informationen nicht.«

»Um Himmels willen!«, explodierte Eagle, drehte ihr den Rücken zu und marschierte weiter in seine Wohnung.

Taylor folgte ihm langsam und beobachtete, wie er nervös auf und ab ging. Als er sich ihr zuwandte, verspannte sie sich.

»Hast du ihn überhaupt nach seinem Namen gefragt?«

»Ja«, sagte sie zu ihm. »Er heißt Thanatos. Er wird kurz Than genannt.«

»Wie lautet sein Nachname?«

Sie hielt inne.

»Verdammt! Du weißt ihn nicht, oder? Thanatos könnte sogar ein erfundener Name sein. Er ist zu albern, um echt zu sein«, erklärte Eagle genervt. »Mein Gott, Taylor, er wird seine Versicherung nicht anrufen – und du hast deine Daten, ohne zu zögern, an einen völlig Fremden weitergegeben. Steht deine Adresse in deinen Papieren?«

Jetzt kam Taylor sich dumm vor ... und es gefiel ihr nicht, dass Eagle dafür sorgte, dass sie sich noch schlechter fühlte, als sie es ohnehin schon tat. Sie presste die Lippen zusammen.

»Und du würdest ihn nicht wiedererkennen, wenn du ihn wiedersehen würdest«, fuhr Eagle fort. »Wahrscheinlich lacht er sich jetzt gerade kaputt. Freut sich, dass er eine so leichtgläubige Frau erwischt hat, dass sie nicht einmal die Polizei gerufen hat. Und er könnte direkt in deine Wohnung kommen, da du ihm deine Adresse gegeben hast, und du würdest nicht wissen, dass er es war. Er könnte dir wehtun oder dich ausrauben, und du könntest der Polizei nie etwas sagen! Gott, wie konntest du nur so dumm sein?«

Es dauerte einen Moment, bis seine Worte sie trafen, doch dann schmerzten sie sehr. Und zwar so sehr, dass Taylor sich am liebsten übergeben hätte.

Zum ersten Mal, seit sie ihm begegnet war, hatte Eagle ihr das Gefühl gegeben, sie sei weniger wert. Er hatte ihr ihren Zustand vorgehalten und sie klein gemacht. Und es tat umso mehr weh, weil sie davon überzeugt gewesen war, dass er ihr Freund war. Dass er sie nie verurteilen würde, egal was passierte.

Wieder einmal hatte sie sich jemandem geöffnet, in der Hoffnung, dass *dieses* Mal alles anders sein würde, nur um daran erinnert zu werden, dass ihre Prosopagnosie sie immer zu einer Ausgestoßenen machen würde. Jemand, über den man sich lustig macht, dem man das Gefühl gibt, eine Ausgestoßene zu sein.

Taylor wusste, dass sie in Tränen ausbrechen würde, wenn sie versuchte, etwas zu sagen, und machte auf dem Absatz kehrt, um zur Tür zu gehen.

»Wo willst du hin?«, fragte Eagle.

Taylor antwortete nicht, sondern öffnete einfach die Tür und wollte auf den Flur hinaustreten.

Eagle hielt sie auf, indem er ihren Arm festhielt. »Taylor? Wir müssen noch weiter darüber reden.«

Und das machte sie so wütend, dass sie ihre Trauer zurückdrängte und die Wut in ihr aufstieg. »*Wir* haben ja überhaupt noch nicht darüber geredet. Nur *du*. Ich habe es verstanden, Eagle, ich bin dumm. Und nicht nur das, ich werde anscheinend in meinem Bett ermordet, weil ich einen Bösewicht nicht erkenne, bevor es zu spät ist. Danke für deinen Vertrauensbeweis und dafür, dass du mich wissen lässt, was du *wirklich* fühlst.« Sie riss ihren Arm aus seinem Griff und ging ein paar Schritte in den Flur, dann drehte sie sich abrupt wieder um.

»Ich dachte, du wärst anders. Dass du mich wirklich um meinetwillen magst. Aber du bist genau wie alle anderen – du kannst nicht über meinen Zustand hinwegsehen. Ich kann vielleicht keine Gesichter erkennen, aber ich erkenne einen Vollidioten, wenn ich einen sehe!«

Und mit diesem Abschiedsgruß drehte Taylor sich wieder um und ging so schnell sie konnte, ohne zu laufen, den Flur hinunter.

Aber es brach ihr das Herz, als sie im Treppenhaus ankam ... und er nicht hinter ihr hergekommen war.

Kaum schloss sich die Tür hinter ihr, fiel die erste Träne.

Eagle hatte ihr gerade das Herz gebrochen, und sie war sich nicht sicher, ob sie jemals darüber hinwegkommen würde. Ob sie jemals über *ihn* hinwegkommen würde.

Eagle starrte auf die geschlossene Tür, das Adrenalin floss immer noch durch seine Adern, und er fuhr sich mit der Hand durch die Haare.

Was war gerade passiert?

Als er gehört hatte, dass Taylor einen Unfall gehabt hatte, war er fast ausgerastet. Es gefiel ihm ganz und gar nicht, dass er nicht da gewesen war, dass sie ihn nicht angerufen hatte.

Er erinnerte sich kaum noch daran, was er gesagt hatte, aber er würde ihre Worte an *ihn* nie vergessen.

Er hatte sich *wirklich* wie ein Vollidiot benommen, aber er hatte sich solche Sorgen um sie gemacht. Er hatte zu viele Fotos von Tatorten gesehen, auf denen Frauen zu sehen waren, die nicht auf ihre Sicherheit geachtet hatten. Bilder von verstümmelten und gequälten Frauen, die dem falschen Menschen vertraut hatten. Und der Gedanke, dass Taylor so enden könnte, brachte ihn um den Verstand.

Er musste ihr nachgehen, sich entschuldigen, versuchen zu erklären, aber wenn er ihr jetzt folgte, würde sie ihm nicht zuhören. Nicht dass er es ihr hätte verübeln können.

»Verdammter Mist!«, fluchte er und fühlte sich schrecklich. Er hatte es vermasselt. Und wie. Jetzt war vielleicht nicht der beste Zeitpunkt, um mit ihr zu reden, aber er konnte nicht bis morgen warten, um sich zu entschuldigen.

Er ging zum Küchentisch hinüber, wo er sein Handy liegen gelassen hatte, nachdem er Taylor vorhin eine Nachricht geschrieben hatte, und nahm es in die Hand.

Schnell tippte er eine Nachricht. Er hatte sich vorgenommen, sich kurzzufassen, aber als er einmal angefangen hatte zu tippen, konnte er nicht mehr aufhören. In seiner Entschuldigung waren wahrscheinlich einige Tippfehler, aber er machte sich nicht die Mühe, sie zu korrigieren.

Eagle: Es tut mir leid. Ich habe es nicht so gemeint, wie es sich angehört hat. Ich habe mir nur solche Sorgen um dich gemacht. Ich habe anscheinend Mist gebaut und es dir nicht richtig verständlich gemacht. Ich hätte dich umarmen und sagen sollen, dass ich mich freue, dass es dir gut geht. Du bist nicht dumm. Verdammt, du bist klüger als jede andere, die ich kenne. Ich bin derjenige, der dumm war. Bitte verzeih mir, lass mich alles richtigstellen. Ich mag dich, wie du wirklich bist, Flower, und ich sehe dich als den stärksten Menschen, den ich kenne. Ich bin ein Mistkerl. Bitte lass mich wissen, dass du gut nach Hause gekommen bist.

Er drückte auf Senden und machte die Augen zu. Ihm war buchstäblich schlecht. Er kannte Taylors Vergangenheit. Er wusste, wie sie sich fühlte, wenn man sie wegen ihres Zustands heruntermachte, und er hatte genau das getan. Zu seiner Verteidigung sei gesagt, dass er ausgeflippt war, weil er sich Sorgen gemacht hatte, aber das war sicher nicht der Eindruck, den er erweckt hatte.

Er fing wieder an, auf und ab zu gehen. Was, wenn sie

sich weigerte, jemals wieder mit ihm zu sprechen? Was, wenn sie beschloss, dass sie ihn überhaupt nicht mehr in ihrem Leben haben wollte?

Eagle war normalerweise kein Mann, der in Panik geriet. Seine Erfahrung als Delta hatte diese Emotion aus ihm herausgetrieben – aber jetzt war er in Panik.

Er *brauchte* Taylor in seinem Leben. Er konnte sich nicht vorstellen, nicht jeden Tag mit ihr zu sprechen.

Irgendwie musste er das in Ordnung bringen, aber im Moment wusste er nicht wie.

»*Verdammt noch mal!*«, schrie er und ließ sich in einen seiner Sessel fallen. Er hielt sein Handy fest umklammert und betete, dass sie ihm bald zurückschrieb und ihn wissen ließ, dass sie sicher zu Hause angekommen war.

Brett saß in seinem Keller und starrte auf das Bild mit den Versicherungsdaten von Taylor Cardin. Er hatte so viel Spaß an diesem Nachmittag gehabt. Er schmunzelte über den Namen, den er ihr genannt hatte. Thanatos. Sie hatte wahrscheinlich keine Ahnung, dass es »der, der den Tod bringt« bedeutet. Brett fand, dass es angemessen war.

Es war an der Zeit, seinen Einsatz zu erhöhen.

Er hatte noch viele weitere »zufällige« Begegnungen mit seiner Taylor im Sinn.

Er war definitiv alles andere als glücklich darüber, dass sie einen Freund hatte. Das würde die Dinge für ihn ein bisschen schwieriger machen. Er war davon ausgegangen, dass es niemandem auffallen würde, wenn sie verschwand. Dass er genügend Zeit haben würde, um mit ihr zu spielen und ihre Leiche dann in einem der vielen Nationalparks in Indiana zu vergraben. Aber wenn der Kerl, mit dem sie sich traf, eine Vermisstenanzeige aufgab, könnte das seine Zeit, alles mit ihr anzustellen, was er vorhatte, drastisch einschränken.

Nein. Verdammt.

Taylor gehörte *ihm*.

Keiner würde wissen, dass er etwas mit ihr zu tun hatte. Sie würde ihn ihrem Freund nicht beschreiben können. Er hatte sie ein- oder zweimal mit einem Mann gesehen, aber aus irgendeinem idiotischen Grund hatte er nie vermutet, dass sie zusammen waren. Er würde einfach vorsichtiger sein müssen, dafür sorgen, dass er nie von dem Mann gesehen wurde und dass er nur mit Taylor zu tun hatte, wenn sie allein war.

Brett würde keine Probleme bekommen.

Er wusste, dass es an diesem Wochenende kein Problem geben würde, wenn er im Pflegeheim für Demenzkranke auftauchte, das sie jeden Sonntag besuchte. Sie war immer allein. Sie blieb drei Stunden, dann ging sie. Er hatte den ekelhaften Ort Anfang der Woche bereits selbst besucht und sich ein Bild von der Lage gemacht.

Das war nur ein weiterer Schritt, um die kleine Taylor zu verwirren. Er konnte es kaum erwarten, sie wissen zu lassen, wie oft sich ihre Wege gekreuzt hatten, wenn sie erst einmal in seinen Fängen war.

Brett blickte hinter sich auf die Pritsche, die er für sie aufgestellt hatte, und lächelte. Er konnte sich Taylor dort in seinen Fesseln vorstellen. Sie würde weinen und ihn anflehen, sie gehen zu lassen – das taten sie alle –, und er würde sie in dem Glauben lassen, dass das sein Plan war, aber er würde sie auf keinen Fall freilassen.

Er konnte fast spüren, wie er seine Hände um ihren Hals legte, wie ihr der Atem ausblieb. Wie sie die Augen aufriss, während er sie würgte – sie würde sich unter ihm winden, aber sie würde nicht entkommen können. Er würde das Leben aus ihr herauswürgen – und es ihr dann wieder einhauchen. Er würde dafür sorgen, dass sie wusste, dass er die volle Kontrolle über sie hatte. Sie würde sich fürchten ... und er würde es in vollen Zügen genießen.

Bretts Schwanz wurde steif. Er stand von seinem Schreibtisch auf und ging zu der Pritsche hinüber, um sich hinzulegen. Er öffnete den Reißverschluss seiner Hose und holte seinen Schwanz heraus, drehte den Kopf und betrachtete seine Bilder, während er masturbierte. Die elf Gesichter der anderen Frauen, mit denen er gespielt hatte, blickten ihn von der Wand an. Bald würde er Opfer Nummer zwölf haben. Taylor. Ihr würde klar werden, was auf sie zukam, wenn sie diese Bilder sah, und er würde sich an ihrem Schreck erfreuen.

Der Schreck, den seine Gäste erlebten, machte ihn scharf. *Er* entschied, wie lange sie leben und wann sie sterben sollten. Nichts war besser, als diese Art von Macht zu haben. In seinem wirklichen Leben hatte er keine, also würde er sie hier in seiner Kellerwelt ausüben.

Seine Erregung über das, was kommen würde, war zu groß, um darüber nachzudenken, und Brett kam fast sofort in seine Hand.

»Donald?«, hörte er seine Mutter von oben rufen.

Er stieß einen angewiderten Seufzer aus. Donald war sein Vater, der schon seit über zwei Jahrzehnten tot war. Er hasste es, dass seine Mutter so erbärmlich war. Aber er konnte sie nicht umbringen. Erstens würde es ihm keine Genugtuung verschaffen; sie würde nicht einmal verstehen, was passiert war. Und zweitens brauchte er ihre Sozialhilfe und ihre Invalidenrente.

Er würde die alte Schlampe so lange wie möglich am Leben erhalten, und in der Zwischenzeit würde er sich seinen Spaß holen, wo er ihn bekommen konnte.

Nachdem er den Reißverschluss seiner Hose geschlossen hatte, wischte Brett seine Hand an der Pritsche ab und stand dann auf, da ihm der Gedanke gefiel, dass seine Taylor auf seinem Sperma lag. Mit einem zufriedenen Grinsen ging Brett die Treppe hinauf, um sich um seine Mutter zu kümmern. Er würde ihr ein paar Medikamente geben, um sie zu betäuben, dann könnte er wieder nach unten kommen und darüber fantasieren, Taylor wiederzusehen.

KAPITEL ACHT

Taylor konnte am nächsten Morgen kaum die Augen öffnen. Sie waren zu geschwollen, weil sie die ganze Nacht geweint hatte. Sie war nur ab und zu eingedöst und war immer wieder aufgrund von Albträumen aufgewacht.

Sie beugte sich vor, nahm ihr Telefon in die Hand und las Eagles Nachricht noch einmal durch ... und wusste, dass sie überreagiert hatte. Ja, seine Worte hatten sie verärgert, aber anstatt es zuzugeben und mit Eagle wie eine Erwachsene zu reden, hatte sie Dinge gesagt, die sie nicht so gemeint hatte, und war dann weggelaufen, als wäre sie zehn Jahre alt.

Sie hatte sich auch geweigert, ihm zurückzuschreiben und ihm mitzuteilen, dass sie gut zu Hause angekommen war. Aber jetzt, nachdem der Tag angebrochen war, fühlte sie sich nicht mehr so, als hätte sie irgendwie »gewonnen«, sondern nur noch extrem schlecht. Schuldig, dass er sich vielleicht die ganze Nacht Sorgen um sie gemacht hatte, und sie schämte sich, dass sie so reagiert hatte, anstatt ihm zu erklären, wie sehr er ihre Gefühle verletzt hatte.

Ihr Kopf tat weh, und Taylor wusste, dass sie heute nicht viel arbeiten würde, bis sie alles in ihrer Macht Stehende getan hatte, um die Sache mit Eagle wieder in Ordnung zu bringen. Sie quälte sich aus dem Bett und machte sich auf den Weg zu ihrer Dusche. Sie konnte ihm zurückschreiben, aber sie wollte mit ihm von Angesicht zu Angesicht sprechen. Sie wollte ihm persönlich sagen, wie sehr seine Worte sie verletzt hatten, ihn aber auch wissen lassen, dass sie ihm verzieh.

Sie brauchte Eagle in ihrem Leben. Sie würde ihm eine zweite Chance geben, weil sie wirklich glaubte, dass es ihm leidtat, was er gesagt hatte.

Nach der Dusche fühlte Taylor sich ein wenig besser. Sie zog sich eine Jeans und ein altes, bequemes Sweatshirt an. Sie bürstete ihr Haar und ignorierte, dass ihre Locken mehr denn je außer Kontrolle zu sein schienen.

Sie machte sich auf den Weg in die Küche und holte unterwegs ihr Handy heraus. Ihr Plan war es, zu frühstücken und sich dann zu Eagles Wohnung zu begeben. Wenn er nicht da war, würde sie zu *Silverstone Towing* fahren, um ihn dort zu suchen.

Sie hatte gerade ihren Kühlschrank geöffnet, als es an ihrer Tür klopfte.

Wie erstarrt stand sie da, wagte kaum zu atmen und musste immer wieder an Eagles Worte vom Vorabend denken. War der Kerl, der sich selbst Thanatos nannte, gekommen, um ihr wehzutun, wie Eagle gesagt hatte? Es war ein absurder Gedanke, aber jetzt, da seine Worte gefruchtet hatten und sie sich eingestehen konnte, wie dumm sie sich gestern *tatsächlich* verhalten hatte, war Taylor wie gelähmt.

Es war zu früh für Besuch. Sechs Uhr dreißig morgens war nicht gerade eine Uhrzeit, zu der die meisten normalen Menschen bei jemandem auftauchten.

Sie starrte auf die Tür auf der anderen Seite des Zimmers, als würde sie sich auf magische Weise auflösen und sie würde einem Axt schwingenden Mörder gegenüberstehen, und zuckte zusammen, als das Telefon, das sie noch in der Hand hielt, vibrierte.

Sie schaute schnell nach unten, bereit, es auf lautlos zu schalten, weil sie befürchtete, dass derjenige, der auf der anderen Seite der Tür war, die Vibrationen auf unerklärliche Weise hören konnte.

Stattdessen blinzelte sie, sie war überrascht über die Nachricht, die gerade angekommen war.

Eagle: Ich bin's, Flower. Ich stehe vor deiner Tür. Bist du wach? Lass mich rein. Bitte.

Was machte Eagle so früh am Morgen hier? Verdammt, war etwas nicht in Ordnung? War er etwa kurz davor, zu einer Mission aufzubrechen? Taylor würde sich nie verzeihen, wenn das der Fall war und sie sich so kindisch geweigert hatte, sich mit ihm zu treffen. Sie hatte sowieso schon beschlossen, ihn aufzusuchen und mit ihm zu reden.

Sie machte den Kühlschrank zu, eilte zu ihrer Wohnungstür und spähte durch den Spion. Es war eine dumme Angewohnheit – denn sie erkannte ja sowieso niemanden, der dort stand. Aber der Mann hatte keine blutige Axt in der Hand und er fuhr sich immer wieder mit der Hand durch die Haare, genau wie Eagle es immer tat.

Sie ließ die Kette an der Tür und öffnete sie. »Eagle?«

»Ja, Flower, ich bin's. Können wir reden?«

Ohne ein Wort zu sagen, schloss sie die Tür, nahm die Kette ab, öffnete sie wieder und bedeutete Eagle hereinzukommen.

Er ließ die Schultern hängen und sah so müde aus, wie sie sich fühlte.

Kaum hatte sie die Tür geschlossen, sagte Taylor: »Es tut mir leid.«

Er sagte genau dasselbe zur selben Zeit.

Sie sahen sich einen Moment lang an, dann, als hätten sie es im Voraus geplant, traten sie näher und legten ihre Arme umeinander.

Es fühlte sich so gut an, in Eagles Armen zu liegen, vor allem weil sie sich der Tatsache bewusst war, dass sie ihn fast verloren hätte.

»Es tut mir leid«, wiederholte er in ihrem Haar. »Ich habe mich wie ein Vollidiot benommen, und du hattest jedes Recht, mich darauf hinzuweisen.«

Taylor schüttelte den Kopf, löste sich aber nicht aus seiner Umarmung. Er fühlte sich zu gut an. »Nein, ich hätte bleiben und mit dir reden sollen. Und mich nicht wie ein verwöhntes Kind benehmen, indem ich dich beschimpfe und einfach weglaufe.«

Es war Eagle, der sich zuerst zurückzog. »Nein, du hattest recht. Lass dir nie wieder so einen Blödsinn von mir gefallen. Nenn mich einen Vollidioten, geh weg, tu, was du tun musst, aber bleib nicht einfach stehen und lass es geschehen, dass ich dich mit meinen Worten verletze.«

Nachdem sie schwer geschluckt hatte, gab Taylor zu: »Du hast mich tatsächlich verletzt.«

»Ich weiß«, erklärte Eagle, ohne zu zögern. »Und deshalb habe ich die ganze Nacht kein Auge zugemacht. Ich habe mir meine Worte und deinen Gesichtsausdruck immer wieder vorgestellt. Ich hätte dir genauso gut eine reinhauen können. Das werde ich mir nie verzeihen.«

»Nun, das wirst du aber müssen«, entgegnete Taylor nachdrücklich. »Denn du hattest auch recht. Ich war dumm. Ich habe dem Kerl meine Adresse gegeben, ohne ihn nach seinem Nachnamen zu fragen, sein Kennzeichen zu notieren oder irgendetwas anderes über ihn in Erfahrung zu bringen. Das ist bereits für eine normale Frau ziemlich idiotisch, aber für mich ist es das erst recht.«

»Du *bist* eine normale Frau«, beharrte Eagle.

Taylor schüttelte den Kopf. »Das bin ich nicht. Und das ist in Ordnung. Ich bin anders, und es hat lange gedauert, bis ich mich damit abgefunden habe, aber es ist, wie es ist. Mein Gehirn wird sich nicht auf magische Weise selbst reparieren. Ich werde nicht eines Tages aufwachen und dich oder irgendjemand anderen wiedererkennen. Als ich klein war, habe ich viele Therapien durchlaufen, aber nichts davon hat je funktioniert. Ich muss mehr auf meine Umgebung achten. Nicht jeder ist so nett wie du und deine Freunde. Ich werde versuchen, mich zu bessern.«

Eagle starrte sie so lange an, dass Taylor begann, nervös zu werden. »Eagle?«

Er schüttelte nur den Kopf. »Ich versuche nur zu verstehen, wie du so nachsichtig sein kannst«, entgegnete er. »Ich hatte erwartet, dass du mich stundenlang auf Knien kriechen lassen würdest, bevor du mir auch nur die Tür aufmachst.«

»Du hast mich verletzt«, versicherte Taylor ihm, »aber wir kommen darüber hinweg. Das machen Freunde doch so, oder?«

Er runzelte leicht die Stirn, es war so flüchtig, dass es im nächsten Moment schon wieder verschwunden war. »Stimmt«, erwiderte er in einem Ton, den Taylor nicht deuten konnte.

»Ich will dich nicht verlieren«, gab sie zu. »Ich habe dich gern in meinem Leben. Ich rede gern mit dir und schlage dich unheimlich gern beim Flippern. Ich mag deine Freunde, und ich habe die größte Hochachtung vor dem, was du tust. Wenn ich mich von allen abwenden würde, die mich jemals verletzt haben, wäre ich noch einsamer als jetzt. Ich muss anfangen zu verzeihen und aufhören, nachtragend zu sein.«

»Als du nicht auf meine Nachricht geantwortet hast, bin ich gestern Abend hierhergefahren«, gab Eagle zu. »Ich musste mich vergewissern, dass du sicher nach Hause gekommen bist. Ich sah deinen Wagen auf dem Parkplatz und in deiner Wohnung brannte Licht. Erst dann dachte ich, ich könnte einschlafen, aber stattdessen sah ich immer wieder dein Gesicht, und das Wissen, wie sehr ich dich verletzt habe, hat dafür gesorgt, dass ich nicht einschlafen konnte.«

»Du bist den ganzen Weg hierhergefahren?«, fragte Taylor ungläubig.

»Das bin ich.«

»Wow, okay, das ist wahrscheinlich eine der nettesten Sachen, die je jemand für mich getan hat.«

Er stieß einen Atemzug aus. »Wenn das das Netteste ist, dann muss ich mich wohl mehr anstrengen.«

Sie lächelten einander an und Taylor fühlte sich, als wäre ihr eine schwere Last von den Schultern genommen worden.

»Wie fühlst du dich heute Morgen?«, fragte er. »Abgesehen davon, dass du müde bist und Kopfschmerzen hast?«

»Woher weißt du, dass ich Kopfschmerzen habe?«

»Weil du die Augen beim Licht in der Küche zusammenkneifst. Und deine Augen sind geschwollen, also ist es offensichtlich, dass ich dich gestern Abend zum Weinen gebracht habe.«

Es war erstaunlich, wie gut er sie einschätzen konnte. »Ich habe ein paar rezeptfreie Tabletten genommen«, erklärte sie ihm. »Das wird schon wieder.«

»Tut dein Nacken weh?«

»Nicht so sehr, wie ich dachte«, entgegnete Taylor ehrlich. »Aber ich bin am Verhungern. Ich habe gestern Abend nichts gegessen.«

»Ich auch nicht. Deshalb habe ich auf dem Weg hierher beim *Dancing Donut* angehalten.«

Taylor lächelte glücklich. »Das hast du? Ich liebe dieses Café!«

»Ich weiß«, erwiderte Eagle. »Gib mir zwei Minuten, um zu meinem Wagen zu gehen und die Schachtel zu holen. Ich bin gleich wieder da.«

Und bevor sie ihm anbieten konnte, mit ihm zu gehen, war Eagle schon weg.

Mit einem glücklichen Seufzer und wahnsinnig erleichtert ging Taylor in die Küche und holte zwei Gläser. Sie schenkte den beiden Orangensaft ein und setzte die Kaffeemaschine in Gang. Als sie damit fertig war, war Eagle wieder da.

Er hatte nicht nur eine Schachtel, sondern zwei, und Taylor verdrehte die Augen, als er sie abstellte. »Du meine Güte, Eagle, wie viele Donuts hast du denn gekauft?«

»Zwei Dutzend. Ich dachte mir, wenn du keinen davon magst, kann ich sie später zu *Silverstone Towing* bringen.«

»Oh, kommt gar nicht infrage. Ich darf sie *alle* behalten«, erklärte Taylor. Sie liebte Donuts. Sie versuchte, sich von ihnen fernzuhalten, weil sie sich einfach nicht beherrschen konnte. Und das *Dancing Donut* war ihre absolute Lieblingsbäckerei.

Eagle lachte leise und trat einen Schritt von den Schachteln zurück, wobei er die Hände abwehrend hob. »Es liegt mir fern, mich zwischen eine Frau und ihre Donuts zu stellen.«

»Und vergiss das bloß nicht«, stichelte Taylor und zeigte mit dem Finger auf ihn.

Eagle streckte die Hand aus und zog sie noch einmal zu sich heran. Er schlang einen Arm um ihre Taille und vergrub die andere im Haar in ihrem Nacken. Sie blickte zu ihm auf.

»Danke, dass du mir verziehen hast«, sagte Eagle ernst. »Ich schätze deine Freundschaft, und es hat mich wirklich fertiggemacht, dass ich so schreckliche Dinge zu dir gesagt habe.«

Taylor leckte sich über die Lippen und sie sah, wie sein Blick zu der Bewegung glitt, bevor er zu ihren Augen zurückkehrte. Sie wollte so sehr, dass er sie küsste, aber sie wollte auch nichts tun, was ihren Waffenstillstand verletzen könnte. »Du bist kein Vollidiot«, erklärte sie ihm.

»Doch, aber ich bin froh, dass du mich nicht für einen hältst«, erwiderte er.

»Willst du ... willst du eine Weile hierbleiben?«, fragte sie zögernd. »Ich denke, jetzt, da die Dinge zwischen uns wieder in Ordnung sind, könnte ich etwas Arbeit erledigen. Ich wollte den Vormittag damit verbringen, dich aufzusuchen, um mich zu entschuldigen und die Dinge wieder in Ordnung zu bringen. Aber jetzt kann ich etwas arbeiten, und vielleicht können wir später eine Runde flippern gehen, wenn du nicht arbeiten musst?« Sie war sich bewusst, dass sie plapperte, aber sie konnte nicht anders. In seinen Armen hatte sie Angst, etwas zu sagen oder zu tun, das ihn wissen ließ, wie sehr sie mehr als nur eine Freundin sein wollte.

»Du wolltest mich aufsuchen?«, fragte er.

Taylor nickte.

»Ich würde gern bleiben«, sagte er. »Ich kann auf deinem Sofa ein Nickerchen machen, während du arbeitest, wenn das in Ordnung ist.«

»Es ist mehr als in Ordnung«, versicherte sie ihm.

»Fährst du dieses Wochenende ins Pflegeheim für Demenzkranke?«, fragte Eagle aus heiterem Himmel.

Taylor blinzelte. Er hatte sie nicht losgelassen, also

konnte sie ihre Verwirrung nicht verbergen. »Ich hatte es eigentlich vor – warum?«

»Ich dachte, ich könnte vielleicht mitkommen.«

Taylor runzelte die Stirn und ihr wurde vor Nervosität ganz flau im Magen. »Ähm ... ich bin mir nicht sicher. Es ist ... es ist eine sehr persönliche Angelegenheit, Eagle.« Sie hasste es, ihn zurückzuweisen, aber aus irgendeinem Grund war sie nicht bereit, sich ihm gegenüber so zu öffnen. Die Männer und Frauen, die sie besuchte, waren ihr so ähnlich, und das machte sie verletzlich.

»Es ist okay«, entgegnete er und sie hatte ein noch schlechteres Gewissen, weil er so verständnisvoll war.

»Ich will nur ... ich will nicht sagen, dass wir nicht zusammen hingehen können, aber ...« Sie verstummte. Sie war sich nicht sicher, warum es ihr so widerstrebte, dass er sie an diesem Wochenende begleitete.

»Ich verstehe das. Gestern Abend hast du an mir gezweifelt. Ich werde das wiedergutmachen, Flower. Ich schwöre es dir. Ich werde dich dazu bringen, mir wieder zu vertrauen, und wenn es das Letzte ist, was ich tue.«

Dann beugte er sich vor, küsste sie sanft auf die Stirn und ließ sie los. Er hob den Deckel der obersten Donut-Schachtel an, nahm sich einen Donut, biss kräftig hinein und ging auf das Sofa zu.

Taylor holte tief Luft. Sie würde nicht weiter darüber nachdenken. Eagle war hier, sie hatten einander verziehen. Und sie hatte Donuts. Und ein Tag, der mit Donuts begann, war immer ein guter Tag.

Sie brachte Eagle ein Glas Orangensaft und eine Tasse

Kaffee, und er nahm beides mit einem Lächeln entgegen. »Danke.«

»Gern geschehen.«

»Wenn es dich stört, dass ich hier bin, sag es mir einfach.«

»Nein! Das tut es nicht«, erwiderte Taylor sofort. »Es gefällt mir, dich hier zu haben. Als du heute Morgen geklopft hast, habe ich mich selbst erschreckt, weil ich mir vorgestellt habe, dass ein Mann mit einer riesigen Axt vor der Tür steht.«

Eagle zuckte zusammen. »Es tut mir leid.«

»Nein, du brauchst dich nicht zu entschuldigen. Du hattest recht«, entgegnete Taylor entschlossen. »Diesem Mann meine Adresse zu geben war wirklich dumm. Ich werde deshalb für eine Weile besonders vorsichtig sein müssen. Es war richtig von dir, mich darauf hinzuweisen ... und wir haben einander ja verziehen. Ich bin froh, dass du hier bist, Eagle. Ich schwöre es.«

»Okay. Ich werde einfach ein Nickerchen machen. Du machst in der Zwischenzeit dein Ding, und wenn du willst, dass ich gehe, sag mir Bescheid.«

»Ich will nicht, dass du gehst«, versicherte sie ihm, und sie war fast davon überzeugt, dass er die Sehnsucht in ihrer Stimme hören konnte, aber er nickte nur, steckte sich den letzten Bissen Donut in den Mund und ließ sich auf das Sofa fallen, wo er den Kopf auf das Rückenpolster legte.

Mit dem guten Gefühl, dass Eagle da war, ging Taylor zu ihrem Esszimmertisch und schlug das Lehrbuch für amerikanische Geschichte auf. Sie war fast am Ende angelangt. Das war auch gut so, denn sie hatte ihr nächstes Projekt erhalten, ein dreihundertseitiges Manuskript, das jemand veröffentlichen wollte.

Sie lächelte wie eine Närrin, konnte sich aber nicht dazu überwinden, damit aufzuhören. Beim Aufwachen hatte sie sich so beschissen gefühlt, aber jetzt kam sie sich vor wie im siebenten Himmel. Sie und Eagle waren wieder Freunde – alles andere erschien ihr unbedeutend.

Später an diesem Nachmittag brachte Eagle Taylor zu *Silverstone Towing*. Archer hatte zum Wochenende Hackbraten für alle gemacht, und so hatten sie ein wunderbares spätes Mittagessen und spielten gerade Flipper, als Bull, Smoke und Gramps auftauchten.

»Wir müssen reden«, bemerkte Bull in einem Tonfall, von dem Eagle wusste, dass die Kacke am Dampfen war.

Er drehte sich zu Taylor um, aber sie winkte ihn bereits in Richtung des Schutzraumes. »Geh. Ich komme schon klar.«

»Bist du sicher?«

»Eagle, ja. Mit mir ist alles in Ordnung. Ich werde nach oben gehen und sehen, wer noch hier ist, und etwas Zeit mit denjenigen verbringen. Wenn alle bei der Arbeit sind, werde ich fernsehen oder so. Vielleicht mache ich auch ein Nickerchen, weil ich letzte Nacht nicht gut geschlafen habe. Ich will damit sagen, du bist nicht rund um die Uhr für meine Unterhaltung zuständig. Ihr habt zu arbeiten, also macht das.«

Eagle konnte einfach nicht anders, als seinen Arm um

ihre Schultern zu legen und sie einen Moment lang an sich zu drücken. »Danke für dein Verständnis, Tay.«

»Hey, ich werde euch Superhelden, die ihr die Welt rettet, nie in die Quere kommen. Geht und macht euer Ding.«

Und damit nickte Eagle und ging auf seine Freunde zu. Als die Tür des Schutzraumes sich geschlossen hatte, fragte er: »Was gibt's?«

Bull schnappte sich einen Stuhl, setzte sich und zog einen Stapel Papiere zu sich herüber. »Du weißt von der Situation in Timor-Leste, die wir beobachten?«

»Ja, was ist damit?«, fragte Eagle, als er und die anderen um den Tisch herum Platz nahmen.

»Es ist an der Zeit, sich damit zu befassen«, antwortete Gramps.

»Der Anführer der Rebellen, die letztes Jahr den Putsch begonnen haben, ist der Regierung von Timor-Leste schon seit Monaten ein Dorn im Auge«, referierte Bull. »Alle dachten, nachdem die meisten Rebellen gefasst oder getötet worden waren oder aufgegeben hatten, würde der Widerstand erlahmen. Aber es gibt noch eine Fraktion, die nicht aufgegeben hat. Und deren Mitglieder haben ihre Taktik in der Hauptstadt geändert. Anstatt die Behörden zu tyrannisieren, nehmen sie jetzt Zivilisten ins Visier.«

»Was meinst du mit ›ins Visier nehmen‹?«, fragte Eagle. »Sie haben die Zivilisten doch schon immer belästigt, oder?«

»Ja, aber erinnerst du dich an die Amerikanerin, die sie als Geisel gehalten und gezwungen haben, für sie zu kämpfen? Die Freiwillige des Friedenskorps?«, fragte Gramps.

»Ja. Eines Tages tauchte sie einfach in Südkalifornien

wieder auf, und es wurde viel darüber spekuliert, wie sie den Rebellen entkommen konnte. Wir nahmen alle an, dass eine Spezialeinheit sie dort rausgeholt hatte«, erklärte Eagle.

»Richtig. Denn sie hat sich nie öffentlich dazu geäußert. In dem Interview, das sie dem FBI gegeben hat – von dem Willis uns Kopien besorgt hat –, hat sie genau erklärt, wozu sie gezwungen und was mit ihr gemacht wurde. Aber es war eine relativ kleine Gruppe, und wir dachten alle, die Rebellen würden schließlich aufgeben und sich in die Provinz zurückziehen. Offenbar versuchen sie, ihre Armee wiederaufzubauen. Sie schlachten Familien ab und zwingen Ehefrauen und Kinder zum Kämpfen. Die Geschichten, die aus der Gegend kommen, sind entsetzlich«, bemerkte Bull.

»Und Willis will, dass wir uns darum kümmern und der Schlange den Kopf abschlagen«, schloss Eagle.

Seine drei Freunde nickten. »Der Anführer ist in Dili, der Hauptstadt. Wir haben Informationen darüber, wo die Terroristen sich versteckt halten. Willis glaubt, wenn wir ihn ausschalten, werden seine Anhänger den Willen zum Kampf verlieren. Ich bin der gleichen Ansicht«, entgegnete Smoke.

»Das sind wir alle«, bemerkte Gramps mit einem Nicken.

»Wann brechen wir auf?«, fragte Eagle, in dem der Zorn aufstieg bei dem Gedanken an all die unschuldigen Männer, Frauen und Kinder, die in einen Machtkampf verwickelt waren, den die Rebellen zwangsläufig verlieren würden.

»Wir wollten nur sichergehen, dass wir alle einverstanden sind, uns um die Angelegenheit zu kümmern«, erklärte Smoke. »Wir müssen den Grundriss der Stadt noch etwas genauer studieren und die Logistik für die Ein- und

Ausreise regeln, aber ich schätze, wir können in zwei Tagen aufbrechen.«

Sonntag. Es war gut, dass Taylor nicht wollte, dass er mit ihr ins Pflegeheim für Demenzkranke ging. Eagle musste zugeben ... es tat weh zu wissen, dass sie ihn nicht dabeihaben wollte, aber er verstand es. Jetzt war er froh, dass sie nicht zugestimmt hatte, denn so hätte er jetzt sein Wort brechen und sie enttäuschen müssen, weil er nicht mitkommen konnte.

»Ich werde bereit sein«, versicherte er zuversichtlich.

»Gut. Jetzt lasst uns den Grundriss der Stadt durchgehen«, sagte Gramps und breitete einen großen Plan auf dem Tisch aus.

Drei Stunden später verließen Eagle und der Rest seines Teams den Schutzraum und machten sich auf den Weg nach oben. Die Sonne ging gerade unter und bei *Silverstone Towing* hatte ein Schichtwechsel stattgefunden. Als er sich umsah, entdeckte er Taylor nicht in dem großen Aufenthaltsraum.

»Sie schläft«, sagte Leigh. »Ich schwöre, diese Frau kann einen Tornado verschlafen. Als die Angestellten vorhin hier waren, ging es hier ziemlich laut zu, aber obwohl die Tür zu dem Zimmer, in dem sie eingeschlafen ist, offen war, hat sie sich nicht bewegt.«

Eagle wusste, das lag daran, dass sie nach einer schlaflosen Nacht erschöpft war. Er hatte an diesem Morgen ein schönes Nickerchen gemacht, während sie gearbeitet hatte, aber sie war offensichtlich nach einem langen Abend und Tag endlich eingeschlafen.

»Danke, Leigh«, sagte er zu ihr und freute sich, dass sie das Namensschild trug, das Skylar mitgebracht hatte. Sie hatte Namensschilder für alle Angestellten gemacht, und niemand hatte sich darüber beschwert, sie zu tragen. Selbst in Taylors Abwesenheit hatten sich alle angewöhnt, ihr Namensschild zu tragen, wenn sie zur Tür hereinkamen.

Er ging leise den Flur entlang und fand das Zimmer, in dem Taylor schlief. Sie lag auf der Seite und hatte einen Arm ausgestreckt, als würde sie nach etwas greifen. Den anderen hatte sie unter das Kissen gesteckt.

Eagle fand es schrecklich, sie wecken zu müssen, aber er wollte sie nach Hause bringen. Am liebsten hätte er sie in *seine* Wohnung, in sein Bett gebracht, aber da sie sich nach ihrem ersten Streit gerade erst wieder versöhnt hatten, dachte er, dass es besser war, wenn er sich ihrem Tempo anpasste.

Er liebte sie so sehr. Dass er sie durch seine unbedachten Worte fast verloren hätte, hatte ihn noch mehr mitgenommen, als er erwartet hatte.

»Taylor«, sagte er sanft und setzte sich in die Beuge ihrer Beine. Sie rollte sich ein wenig zu ihm, rührte sich aber nicht. »Flower, wach auf«, flüsterte er, legte seine Hand auf ihre Schulter und schüttelte sie leicht.

Ihre Augen bewegten sich und ihre Lider öffneten sich einen Spaltbreit.

»Hey, Flower, ich muss dich nach Hause bringen.«

»Bist du fertig mit deiner Besprechung?«, fragte sie schläfrig.

»Ja.«

»Ist es gut gelaufen?«

»So gut, wie es eben möglich war«, antwortete Eagle ehrlich.

»Ihr werdet abreisen?«

Er blinzelte und nickte angesichts ihrer schnellen Auffassungsgabe. »Ja.«

»Wann?«, fragte sie.

»Sonntag. Wahrscheinlich ziemlich früh morgens.«

»Das ist ja schon in zwei Tagen«, beschwerte sie sich.

Eagle hätte am liebsten gelächelt, weil es offensichtlich war, dass sie noch schläfrig war, aber er nickte nur. »Stimmt.«

»Na ja, schade. Ich weiß, dass ich vorhin Nein gesagt habe, aber du hast mich überrumpelt. Ich hätte nichts dagegen, wenn du mit mir das Pflegeheim für Demenzkranke besuchst«, erklärte sie ihm. »Ich glaube, ich würde mich weniger verletzlich fühlen, wenn du dort wärst. Ich brauche immer den Rest des Sonntags, um mich wieder normal zu fühlen. Nun, normal für meine Verhältnisse. Aber ich glaube, wenn du bei mir wärst, könnte ich das Gefühl des Unwohlseins schneller überwinden.«

Ihre Worte bedeuteten ihm sehr viel. »Kann ich es auf ein anderes Mal verschieben?«, fragte er.

»Natürlich.« Taylor stemmte sich auf eine Hand hoch. Er saß immer noch neben ihr und hinderte sie daran, ihre Beine über den Rand der Matratze zu schwingen. »Ich bin bereit zu gehen, wenn du willst.«

Eagle strich ihr sanft das Haar aus dem Gesicht.

»Eagle?«, fragte sie zögernd.

Er nahm einen tiefen Atemzug und zwang sich, sich in Bewegung zu setzen. Er stand auf und reichte ihr die Hand. »Komm, Flower, treten wir den Heimweg an.«

Sie ergriff seine Hand und ließ sich von ihm aufhelfen. »Ich habe mit einigen deiner Mitarbeiter gesprochen und sie sagten, ich solle meinen Wagen zu *Stanley Automotive* bringen. Er sei der Beste in der Gegend.«

»Da haben sie recht. Ich kümmere mich morgen darum.«

»Das ist nicht nötig. Ich kann das selbst erledigen«, entgegnete sie. »Du hast wahrscheinlich eine Menge zu tun, um dich auf die neue Mission, an der du teilnimmst, vorzubereiten.«

Sie hatte recht. Sie hatten wirklich viel zu tun, aber er konnte sich die Zeit nehmen, ihren Wagen zu Stan zu bringen. »Das ist kein Problem, Tay.«

»Okay. Danke, ich weiß das zu schätzen.«

»Stan hat einen Leihwagen, den du benutzen kannst, während er an deinem arbeitet. Aber ich denke, es wird nicht lange dauern, die Stoßstange zu ersetzen ... solange nichts anderes beschädigt wurde. Wenn ich nicht zurück bin, wenn er fertig ist, ruft er dich an, und du kannst den Wagen abholen. Hast du genügend Geld, um die Kosten zu decken?«, fragte er ein wenig zögerlich.

»Ja, habe ich. Ich nehme an, du glaubst nicht, dass Thanatos sich darum kümmern wird?«

Eagle zuckte zusammen.

»Nein, du brauchst nicht zu antworten«, sagte sie, bevor er den Mund aufmachen konnte. »Das wird er nicht. Das ist eine Lektion, die ich gelernt habe.«

»Es tut mir leid, dass du es auf die harte Tour lernen musstest.«

Taylor zuckte mit den Schultern. »Weißt du, wie lange du weg sein wirst?«, fragte sie.

»Leider nicht. Ich möchte nicht einmal schätzen, denn ich möchte nicht, dass du dir Sorgen machst, wenn wir bis dahin nicht zurück sind.«

»Ich verstehe das. Es gefällt mir nicht, aber ich verstehe es«, erwiderte Taylor. »Aber du passt doch auf dich auf?«

»Ja«, beruhigte er sie. »Das tun wir immer. Wir gehen nie unnötige Risiken ein. Schließlich wollen wir auf keinen Fall, dass einer von uns verletzt oder getötet wird. Wir werden vorsichtig sein, Taylor, versprochen.«

»Gut.« Dann trat sie an ihn heran, legte ihren Kopf an seine Brust und umarmte ihn ganz fest. »Ich werde mir Sorgen um dich machen, egal was du sagst«, gab sie zu.

Eagle erwiderte ihre Umarmung und genoss es, wie sie sich in seinen Armen anfühlte. Sie waren in letzter Zeit ziemlich zärtlich geworden, und seit sie sich gestritten und heute Morgen wieder versöhnt hatten, berührten sie sich noch mehr. Nicht dass er sich darüber beschweren würde.

»Ich sage dir Bescheid, sobald wir zurück sind«, versicherte er ihr.

»Gut.« Sie machte sich von ihm los. »Also gut, treten wir den Heimweg an. In meiner Wohnung steht ein Donut, der auf mich wartet.«

»Unglaublich, wie viele du heute Morgen schon verdrückt hast«, neckte Eagle sie.

»Sie sind meine größte Schwäche – ich kann ihnen einfach nicht widerstehen. Und wenn du mir weiterhin zwei

Dutzend davon bringst, wie heute Morgen, dann wiege ich bald vierhundert Kilo, also vergiss das nicht.«

Eagle folgte ihr, als sie den Flur hinunterging, und konnte nicht umhin, seinen Blick auf ihren Hintern zu richten. Er war rund und wunderschön ... und er hatte sich schon ausgemalt, wie er sich in seinen Handflächen anfühlen würde, wenn sie ihn ritt.

Wenn sie dachte, sie sei alles andere als perfekt, hatte sie sich leider getäuscht. Er würde ihr für den Rest ihres Lebens Donuts bringen, wenn es bedeutete, dass ihr Hintern so aussah wie jetzt.

»Hast du mich gehört?«, fragte sie, als sie den großen Raum durchquerten.

»Ich habe dich gehört«, versicherte Eagle ihr.

»Dieses Lächeln macht mich nervös«, sagte Taylor zu ihm.

»Das sollte es nicht. Ich habe nur dein Bestes im Sinn«, erwiderte Eagle.

Taylor verdrehte die Augen, lächelte aber.

Nachdem er sie nach Hause gebracht und zu ihrer Wohnung begleitet hatte und selbst ebenfalls nach Hause gefahren war, begann Eagle zu überlegen, wie er zu mehr für sie werden konnte als nur einem Freund. Ihm fiel nichts Narrensicheres ein, aber er hatte etwas Zeit, darüber nachzudenken.

Er würde alles in seiner Macht Stehende tun, um die Freundschaft mit Taylor aufrechtzuerhalten, auch wenn er ihre Beziehung auf die nächste Stufe bringen wollte. Er hatte das Gefühl, dass es das Beste wäre, was er je in seinem Leben getan hatte. Und er konnte es kaum erwarten.

KAPITEL NEUN

Taylor wollte nicht darüber nachdenken, wohin Eagle und seine Freunde unterwegs waren oder was sie dort tun würden. Nun ... sie wusste, was sie tun würden, aber das machte sie nur noch nervöser. Intellektuell war ihr klar, dass sie sehr gut darin sein mussten, sich in fremde Länder zu schleichen und Verbrecher auszuschalten, aber tief in ihrem Herzen machte ihr die Vorstellung Angst.

Vorhin hatte sie überlegt, ob sie überhaupt ins Pflegeheim für Demenzkranke gehen sollte. Eigentlich wollte sie nur im Bett liegen und sich die Decke über den Kopf ziehen, aber wenn sie die Heimbewohner nicht besuchte, wer dann? Es gab einen Mann, der außer ihr keine Besucher hatte. Und eine andere Frau sah ihre Kinder nur einmal im Monat. Zugegeben, beide erinnerten sich nicht an ihre Familien – und auch nicht an sie –, aber Taylor wusste, dass sie ein schlechtes Gewissen hätte, wenn sie nicht hinging.

Zum hundertsten Mal wünschte sie sich, Eagle würde

mit ihr kommen. Sie wusste nicht, was sie sich dabei gedacht hatte, ihn nicht dabeihaben zu wollen. Sie hatte das Gefühl, dass er ihr den Besuch so viel leichter gemacht hätte. Er hatte eine Art, die ganzen Selbstzweifel in ihrem Kopf zu durchbrechen und sie davon zu überzeugen, dass ihr Zustand im Vergleich zu allem anderen im Leben keine Rolle spielte. Sie wollte das gern glauben.

Hier war sie also. Außerhalb des Heims, in dem Leihwagen, der ihr zur Verfügung gestellt worden war, während ihr eigener Wagen repariert wurde.

Es war immer beängstigend, sich vorzustellen, wie ihre Zukunft aussehen könnte. Vor einem Monat war dies möglicherweise noch ihre Zukunft gewesen. Wenn sie alt war, würde sie in ein Heim kommen und von Fremden gepflegt werden müssen. Denn die Krankenschwestern und Ärzte, die in dem Heim arbeiteten, würden tatsächlich Fremde für sie sein. Jeder einzelne Mensch, der ihr Zimmer betrat, würde immer ein Fremder sein.

Aber jetzt, da sie Eagle kennengelernt hatte, begann sie, einen Hoffnungsschimmer zu spüren, dass sie ihn vielleicht, nur vielleicht, an ihrer Seite haben würde, wenn sie alt war ... und diese Zukunft schien ihr weitaus weniger beängstigend. Natürlich war das lächerlich; nur weil jemand dein Freund war, hieß das nicht, dass er es immer bleiben würde. Oder dass dieser Freund einem beistehen würde, wenn man es am meisten brauchte. Diese bittere Erfahrung hatte sie mehr als einmal gemacht.

Aber sie hatte keinen Zweifel daran, dass Eagle seine Versprechen hielt. So war er nun einmal. Es war Teil seiner Persönlichkeit.

Taylor atmete tief durch, öffnete die Wagentür und stieg aus. Sie musste ins Gebäude gehen. Sie hatte zu Hause ziemlich viel Arbeit liegen; sich in ein langweiliges Lehrbuch zu vertiefen war genau das Richtige, um sich davon abzulenken, wie sehr sie Eagle vermisste und sich zu fragen, ob es ihm gut ging.

Taylor betrat das Pflegeheim und der Geruch des Ortes schlug ihr direkt entgegen. Er war nicht schrecklich ... sie war schon an Orten gewesen, an denen es schlimmer roch als hier, aber er war trotzdem stark. Antiseptisch, nach dem Bleichmittel, mit dem die Böden und Oberflächen gereinigt wurden, und ein schwacher Geruch von Urin. Einige der Bewohner waren nicht gehfähig und machten deswegen unweigerlich ins Bett.

Sie ging auf die Rezeption zu. »Hallo, ich bin Taylor Cardin, und ich bin als ehrenamtliche Mitarbeiterin hier.«

Die junge Frau, die dort saß, blickte von ihrem Telefon auf. »Hi. Ich weiß, dass du es bist, Taylor. Du kommst jede Woche hierher.« Sie klang leicht verärgert. Taylor hatte den Angestellten von ihrer Prosopagnosie erzählt, aber sie schien sich nicht daran zu erinnern oder es war ihr egal, dass Taylor sie nicht erkennen konnte.

Die Angestellte griff nach einem Besucherausweis und reichte ihn weiter. »Hier, bitte sehr. Du kennst ja die Regeln.«

Und das war's.

Taylor war sauer. Im Interesse der Sicherheit der Bewohner sollte sich die Person, die am Empfang arbeitete, ein wenig mehr darum kümmern, wen sie vorließ, und etwas weniger um die sozialen Medien. Da sie wusste, dass es nichts nützen würde, wenn sie etwas sagte, steckte sie sich das Namensschild an ihre Bluse und ging den Flur zu ihrer Rechten hinunter. Sie würde erst einmal nachsehen, wie es Mr. Clarkson ging. Er war der Mann, der keine Familie hatte und nie Besuch bekam.

Sie las die Namen an den Türen und stellte erleichtert fest, dass Mr. Clarkson seit letzter Woche, als sie dort gewesen war, nicht verlegt worden war. Manchmal passierte das und sie musste nach ihren Lieblingsbewohnern suchen. Einmal hatte sie auch den Fehler gemacht, den Namen an der Tür nicht zu überprüfen, und dreißig Minuten lang mit einer Frau gesprochen, die sie für jemand anderen hielt. Das war wie eine Verwechslungskomödie – Taylor dachte, die Frau sei eine andere Bewohnerin, und die Bewohnerin dachte, Taylor sei jemand aus ihrer Vergangenheit.

Als sie die Tür aufstieß, schluckte Taylor schwer, als ihr der Geruch entgegenschlug. In den einzelnen Zimmern war er immer stärker. Aber sie hatte sich schon daran gewöhnt. Mr. Clarkson saß auf der Bettkante und blickte auf den Boden. Er trug einen Krankenhauskittel anstelle seiner üblichen Flanellhose und seines T-Shirts.

»Hallo, Mr. Clarkson«, begrüßte sie ihn leise. »Es ist schön, Sie zu sehen.«

»Ellen?«, sagte er und seine Augen leuchteten auf, als er zur Tür blickte.

Taylor wusste, dass Ellen seine Frau gewesen war. Sie war vor ein paar Jahren gestorben, aber Mr. Clarkson hielt jeden, der durch die Tür kam, für seine lang vermisste, geliebte Frau.

»Was sitzt du denn da so herum?«, fragte Taylor, wohl wissend, dass es besser war, nicht zu leugnen, dass sie seine

Frau war, da er sowieso nicht wissen würde, wer sie war, wenn sie ihren Namen sagte.

»Ellen, wo bist du gewesen? Ich habe dich vermisst!«, erklärte Mr. Clarkson und streckte seine Hand aus.

Taylor ging hinüber und nahm sie in ihre. Seine Haut war von Altersflecken übersät und sein Griff war schwach, aber sie bemerkte kaum etwas davon. Sie bemerkte jedoch, dass sein Handrücken völlig zerschrammt war, und es tat ihr weh, ihn zu betrachten. Es war offensichtlich, dass ihm irgendwann einmal eine Infusion hatte gelegt werden müssen, seit sie ihn das letzte Mal gesehen hatte. Er sah noch zerbrechlicher aus als sonst. Und die Tatsache, dass er nicht seine normale Kleidung trug, war ein weiterer Grund zur Sorge.

»Warum legst du dich nicht hin?«, schlug Taylor vor.

»Verlass mich nicht«, flehte Mr. Clarkson und drückte ihre Hand fester und seine Augen wurden groß.

»Das werde ich nicht«, beruhigte Taylor ihn. »Komm schon, leg dich hin, mir zuliebe.«

Er tat es und es gelang ihm, ihre Hand die ganze Zeit über festzuhalten.

Taylor zog einen Stuhl an das Bett und stützte ihre Ellbogen auf die Matratze. »Wie ist es dir ergangen?«, fragte sie.

»Nicht gut, nicht gut«, erwiderte Mr. Clarkson. Dann erzählte er immer wieder, wie schrecklich die Arbeit in letzter Zeit gewesen sei und wie ihre Kinder sich benommen hätten. Taylor saß einfach nur da und hörte zu, wobei sie ab und zu die passenden mitfühlenden Geräusche machte, damit er wusste, dass sie da war.

Während all der Monate, in denen sie ihn besucht hatte, hatte Taylor erfahren, dass er eine ziemlich tragische Vergangenheit hatte. Eines seiner Kinder war bei einem Verkehrsunfall ums Leben gekommen und er hatte keinen Kontakt zu seiner Tochter. Sie war tablettensüchtig und lebte derzeit ohne feste Bleibe irgendwo in Los Angeles. Er hatte keine Geschwister, und nachdem seine Frau gestorben war, gab es niemanden, der sich zu Hause um ihn kümmern konnte. Er war im wahrsten Sinne des Wortes ganz allein auf der Welt, und das tat Taylor im Herzen weh.

Eine Stunde später ließ sie ihre Hand aus Mr. Clarksons schlaffen Fingern gleiten, beugte sich vor und küsste ihn auf seine faltige Stirn, da er eingeschlafen war. Sie war sich nicht sicher, ob sie im Leben der Menschen, die sie besuchte, etwas bewirkte, aber sie wollte gern daran glauben.

Der Rest ihrer Besuche war kürzer. Mrs. Allen war nicht in der Stimmung zu plaudern, Mr. Lloyd war zu aufgewühlt, um Besuch zu empfangen, und eine zierliche Frau, die von ihrer Familie den Spitznamen *Little Mama* erhalten hatte, interessierte sich nur für die Pralinen, die Taylor mitgebracht hatte, und hatte ansonsten keine Zeit für ein Gespräch.

Ihre Besuche waren immer sehr anstrengend, und bevor sie nach Hause fuhr, setzte Taylor sich auf einen kleinen Platz außerhalb des Gebäudes. Das Pflegeheim war ein riesiges Bauwerk mit langen Gängen und vielen Zimmern, und in der Mitte hatten die Architekten einen schönen Innenhof angelegt, einen Garten, in dem die Bewohner sitzen konnten, ohne dass das Personal Angst haben musste, dass sie das Gelände verlassen würden. Es gab ein paar

Bewohner, die den Sonnenschein genossen, aber Taylor achtete darauf, nicht in ihrer Nähe zu sitzen. Sie brauchte eine Auszeit, um auf andere Gedanken zu kommen, bevor sie nach Hause in ihre einsame Wohnung zurückkehrte.

Taylor wünschte sich, Eagle wäre zu Hause, damit sie ihn anrufen konnte, und seufzte, als sie sich auf eine Bank setzte.

Sie hatte erst ein paar Minuten dort gesessen, als jemand aus der Nähe fragte: »Es ist nicht leicht, nicht wahr?«

Als sie aufblickte, sah sie einen Mann neben sich stehen. Erschrocken, weil sie ihn nicht hatte kommen hören, nickte Taylor.

»Ich bin Jim. Jim Warton«, erklärte der Mann und hielt ihr seine Hand hin.

Da Taylor nicht unhöflich sein wollte, streckte sie die Hand aus und schüttelte sie. Vielleicht bildete sie sich das nur ein, aber sie hätte schwören können, dass der Mann ihre Hand ein bisschen zu lange festhielt, als es sich aus Höflichkeit geziemte. Als er sie losließ, wischte sie sich heimlich die Handfläche an ihrer Jeans ab und überlegte, wie sie sich aus dem Gespräch herauswinden konnte.

»Darf ich mich setzen?«, fragte Jim.

Sie seufzte im Geiste und wusste, dass sie sich nun nicht mehr vor einem Gespräch drücken konnte, also nickte sie.

Er setzte sich neben sie, und erst jetzt bemerkte Taylor, wie klein die Bank war. Sie konnte die Wärme seiner Hüfte an ihrer spüren ... und das war ihr äußerst unangenehm.

»Es ist schwer, geliebte Menschen so zu sehen, nicht wahr?«, fragte er.

Taylor nickte.

»Sind Sie hier, um ein Elternteil zu besuchen?«, fragte er.

»Nein. Ich arbeite als Ehrenamtliche«, erklärte Taylor ihm.

»Wirklich? Wow, das ist wirklich nett von Ihnen. Die meisten Leute wollen mit einem Ort wie diesem nichts zu tun haben. Sie haben Angst vor den alten Leuten, die sich seltsam verhalten und sich an nichts mehr erinnern können.«

Aus irgendeinem Grund empfand sie seine Worte als beleidigend. »Sie sind nicht seltsam«, verteidigte sie sie. »Die meisten stecken nur in der Vergangenheit fest und sind verwirrt, wo sie sind und warum sie nicht bei ihren Familien sein können.«

»Sie haben recht«, erwiderte Jim sofort. »Es tut mir leid, ich wollte nichts anderes behaupten.«

Er klang nicht sehr aufrichtig, aber Taylor sprach ihn nicht darauf an. Stattdessen fragte sie: »Warum sind Sie hier?«

»Ich suche nach einem Platz für meine Mutter«, erklärte er ihr. »Ich habe mich bis jetzt zu Hause um sie gekümmert, aber es wird immer schwieriger, sowohl für sie selbst als auch für mich. Wir sind schon seit Langem nur zu zweit, und ich will sie eigentlich nicht in ein Heim stecken, aber sie ist zu Hause nicht glücklich.«

»Das tut mir leid«, entgegnete Taylor, und das tat es auch. Sie empfing immer noch seltsame Schwingungen von dem Mann, aber sie hatte Mitgefühl mit jedem, der versuchte, sich um einen geliebten Menschen mit Demenz oder Alzheimer zu kümmern.

»Danke. Sie versucht immer, abzuhauen und aus dem

Haus zu kommen, und das macht mir eine Heidenangst. Sie denkt, sie sei eine Gefangene. Als sie das letzte Mal rauskam, erzählte sie allen, die sie sah, dass ich ein schrecklicher Sohn sei, und fragte, ob sie stattdessen bei ihnen leben könne.«

Auf Taylors Armen bildete sich eine Gänsehaut. Die Bewohner konnten ziemlich verrückte Dinge sagen, aber meistens beruhte ihr Geschwafel auf Erinnerungen an Dinge, die in ihrem Leben tatsächlich passiert waren.

Der Grund, warum Eagle am vergangenen Abend so wütend auf sie gewesen war, wurde ihr in diesem Moment besonders deutlich vor Augen geführt. Er war um ihre Sicherheit besorgt gewesen. Weil sie einem völlig Fremden ihre Adresse gegeben hatte. Es hatte wehgetan, als er sie als dumm bezeichnet hatte, aber genau das war sie gewesen. Und ihr wurde klar, dass sie sich irgendwie in eine weitere potenziell gefährliche Situation gebracht hatte.

Oh, sie ging nicht davon aus, dass der Mann neben ihr sie packen und versuchen würde, sie zu entführen; das wäre unmöglich, da der Innenhof keinen Zugang von außen hatte. Er war auf allen vier Seiten von den Mauern des Gebäudes umgeben. Aber trotzdem.

Sie saß mit einem Fremden zusammen, den sie niemals würde identifizieren können. Er trug eine normale Jeans und ein unscheinbares weißes T-Shirt. Er könnte buchstäblich fast jeder sein. Er hatte keinerlei charakteristische Merkmale. Als sie durch die Nase einatmete, um sich zu beruhigen, stellte sie fest, dass er wie das Pflegeheim roch. Nach Bleiche und Urin. Sie fragte sich, ob das daran lag, dass er zu Besuch war, oder an der Mutter, um die er sich zu Hause kümmerte.

»Tut mir leid, das klingt sehr anstrengend«, entgegnete sie vorsichtig und bemühte sich, ihren Körper nach rechts zu verlagern, damit sie ihn nicht mehr berührte.

»Ist es auch«, stimmte Jim zu. »Also bin ich hierhergekommen, um mir den Ort anzusehen. Sie arbeiten hier als Ehrenamtliche ... was denken Sie? Wie ist das Personal? Die Sicherheit? Sind die Bewohner glücklich und gut umsorgt?«

Sie hatte keine Lust mehr zu reden. Sie wollte gehen. Aber Taylor konnte auch unmöglich unhöflich sein. Das lag ihr einfach nicht. »Einige der Mitarbeiter könnten aufmerksamer sein«, erwiderte sie ehrlich. »Aber die Bewohner scheinen einigermaßen zufrieden zu sein.«

»Hmmm, das ist gut. Und was ist mit Ihnen? Sind *Sie* glücklich, Taylor?«

Okay, das war's. Sie war fertig mit diesem Gespräch. Sie hätte ihn höflich begrüßen und dann sofort gehen sollen, als sie merkwürdige Schwingungen gespürt hatte.

»Das bin ich«, erklärte sie und stand auf. »Es tut mir leid, aber ich muss jetzt gehen. Ich hoffe, Sie finden, was Sie für Ihre Mutter suchen. Es hat mich gefreut, Sie kennenzulernen.« Ohne ihm Zeit für eine Antwort zu lassen, drehte sie sich um und stürmte praktisch zur nächsten Tür.

Als sie die Tür erreichte, blickte sie zurück und bemerkte, dass Jim neben der Bank stand. Er sah, dass sie ihn anblickte, hob eine Hand und winkte ihr zu.

Aber es war das seltsame kleine Lächeln auf seinem Gesicht, das sie erschaudern ließ.

Taylor erwog, einen anderen Bewohner zu besuchen,

nur um sich vor Jim zu verstecken, damit er sie nicht auf dem Parkplatz oder so erwischte, aber sie beschloss, einfach den Heimweg anzutreten. Sie ging zur Rezeption und gab ihren Besucherausweis ab. Mit einem weiteren Blick über die Schulter, ohne den unheimlichen Jim zu sehen, eilte Taylor zu ihrem Leihwagen und verriegelte von innen alle Türen. Sie sah kein Zeichen von Jim, als sie den Parkplatz verließ, und seufzte erleichtert, als sie auf die Straße fuhr.

»Die Tatsache, dass Eagle nicht da ist, hat dich paranoid gemacht«, sagte Taylor laut, als sie etwas zu schnell zu ihrer Wohnung zurückfuhr. »Es ist alles in Ordnung. Der Mann wollte nur freundlich sein.«

Wie immer, wenn sie versuchte, sich die Gesichtszüge des Mannes ins Gedächtnis zu rufen, konnte sie sie nicht alle gleichzeitig scharf stellen, um ein zusammenhängendes Gesicht zu sehen.

Als sie ein kleines Mädchen und in Therapie war, hatte einer ihrer Therapeuten ihr gesagt, sie solle zeichnen, was sie sah, wenn sie andere Menschen anschaute. Also hatte sie der Aufforderung Folge geleistet und ein Bild ihrer letzten Pflegemutter gezeichnet. Sie hatte sie sehr groß gemalt und dem Strichmännchen ein hellrosa Kleid angezogen, da die Frau gern sehr helle Kleidung trug. Sie hatte ihr lange schwarze Haare gemalt und lange rote Fingernägel an jeder Hand. Aber in dem Kreis, den sie für den Kopf der Frau gezeichnet hatte, war nichts zu sehen. Keine Augen. Keine Nase. Kein Mund. Auf diese Weise war es einfacher, denn es war zu schwierig, alle Merkmale, die sie sah, einzeln zuzuordnen.

Und das war es, was sie in diesem Moment in ihrem

Kopf sah, als sie versuchte, sich an den Mann zu erinnern. Eine große, bedrohliche Gestalt ohne Gesicht. Es war beängstigend gewesen, als sie fünf Jahre alt war, und jetzt war es genauso beängstigend.

Nachdem sie auf dem Parkplatz ihres Wohnhauses geparkt hatte, schloss Taylor die Augen und rief sich Eagle ins Gedächtnis. Auch sein Gesicht war leer, aber sie konzentrierte sich auf andere Merkmale. Sein frischer, sauberer Geruch. Die Art und Weise, wie sich seine Armmuskeln anspannten, wenn er Flipper spielte. Wie er immer mit der Hand durch sein Haar fuhr, wenn er frustriert war oder intensiv nachdachte. Der Klang seines Lachens, wenn er sie neckte. Wie er dieses kleine, sexy Geräusch in der Kehle machte, wenn er etwas aß, das ihm schmeckte.

Sie würde ihn vielleicht nicht auf einem Foto erkennen, aber Taylor hatte keinen Zweifel daran, dass sie, wenn sie fünf Minuten mit Männern verbracht hätte, die die gleiche Größe und den gleichen Körperbau wie Eagle hatten, an seinem Verhalten und seinem Geruch erkennen würde, welcher von ihnen er war.

Aber fünf Minuten waren zu lang. Sie hasste es, nicht sofort erkennen zu können, wer er war. Wie konnte sie jemanden, der ihr so viel bedeutete, nicht erkennen?

Als sie merkte, dass ihre Gedanken immer düsterer wurden, atmete sie tief durch und stieg aus ihrem Wagen. Sie war auf halbem Weg zu ihrem Gebäude, als sie plötzlich stehen blieb, weil ihr etwas einfiel.

Jim hatte sie Taylor genannt.

Sie hatte sich absichtlich nicht vorgestellt, als sie ihm die Hand geschüttelt hatte. Eagles Ausbruch hatte ihr klargegemacht, dass es nicht klug war, so viele Informationen über sich selbst preiszugeben, wenn sie jemanden kennenlernte, also hatte sie dem Mann ihren Namen nicht genannt.

Woher hatte er ihn also gewusst?

Der Besucherausweis war allgemein gehalten, es stand kein Name darauf.

Vielleicht hatte er gehört, wie einer der Angestellten sie beim Namen genannt hatte, als sie im Gebäude gewesen war, aber sie hatte an diesem Tag eigentlich nicht mit dem Pflegepersonal gesprochen.

Ein Schauer durchlief sie und Taylor sah sich nervös um. Sie sah niemanden, der auf dem Parkplatz lauerte, aber sie wurde das Gefühl nicht los, beobachtet zu werden. Sie hatte keine Ahnung, was für einen Wagen Jim fuhr. Er könnte im Moment jeder sein. Er beobachtete sie. Verfolgte sie.

Kopfschüttelnd stellte Taylor fest, dass sie dummerweise mitten auf dem Parkplatz stand und sich damit zu einem leichten Ziel für jeden machte, der ihr vielleicht etwas antun wollte. Sie hasste es, wie paranoid sie sich vorkam, und zwang sich, ruhig zur Tür zu gehen.

Sie war für heute fertig. Sie würde den Rest des Tages eingeschlossen in ihrer Wohnung verbringen, sicher vor jedem, der ihr etwas antun wollte. Auch wenn ihr kein einziger Grund einfiel, warum *ihr* jemand etwas antun sollte. Sie war ein Niemand.

Erst als sie die Wohnungstür hinter sich abgeschlossen hatte, konnte Taylor tief durchatmen. Sie fühlte sich in ihrer Wohnung sicher. Und normalerweise lebte sie gern allein, das hatte sie schon immer getan. Aber zum ersten Mal gefiel es ihr nicht. Sie wünschte sich, das Telefon in die Hand nehmen und Eagle anrufen zu können. Schon allein seine Stimme zu hören würde sie beruhigen, ihr versichern, dass sie nur paranoid war.

Aber tief in ihrem Inneren hatte sie das Gefühl, dass Eagle ihre Ängste nicht abtun würde. Er würde sie ernst nehmen. Sie hasste es, dass er nicht da war, und betete, dass der Einsatz, auf dem er und seine Freunde waren, bald zu Ende sein würde.

Brett beobachtete, wie Taylor in der Mitte des Parkplatzes stehen blieb und sich umsah, als könnte sie sehen, was immer es war, das sie offensichtlich nervös gemacht hatte.

Er war hinter ihr auf den Parkplatz gefahren und hatte einige Reihen entfernt geparkt. Sein Gespräch mit ihr war genau so verlaufen, wie er es sich gewünscht hatte. Er hatte es sogar geschafft, sie zu berühren.

Ihre Haut war extrem weich, und Brett konnte es kaum erwarten, seine Spuren darauf zu hinterlassen. Mit seinem Messer über ihre Handflächen zu fahren und zu sehen, wie sich das Blut dort sammelte. Er hatte es auch geliebt, die Wärme ihres Beins an seinem zu spüren, obwohl er kein Verlangen hatte, sie sexuell zu berühren. Er genoss einfach das Gefühl, wenn die Haut seines Spielzeugs von warm zu kalt wechselte.

Er wollte sie unter sich haben, seine Hände um ihre Kehle legen, das Leben aus ihr herauswürgen und sie dann wieder zu sich bringen. Wieder und wieder und wieder.

Sein Rekord lag bei acht. Achtmal hatte er dieselbe Frau

getötet, ihr das Leben ausgesaugt und sie dann wiederbelebt.

Mit Taylor würde er diesen Rekord brechen. Allein bei dem Gedanken daran bekam er einen Steifen.

Er wollte sie so lange wie möglich behalten. Er konnte es kaum erwarten zu sehen, wie das Leben aus ihren Augen wich, um sie dann wiederzubeleben und zu beobachten, wie die Angst und die Panik zurückkehrten, wenn sie sich daran erinnerte, wo sie war und was geschah. Und er freute sich darauf, so zu tun, als wäre er ein Haufen verschiedener Männer. Einer würde sadistisch sein und mit seinem Messer ihre schöne Haut aufritzen. Ein anderer würde der Mann sein, der sie erwürgte. Wieder ein anderer würde der nette Kerl sein.

Brett wollte hören, wie sie um Gnade bettelte, wie sie dem »netten Kerl« schwor, dass sie niemandem erzählen würde, was passiert war, wenn er ihr half, den »anderen Männern« zu entkommen.

Sie würde buchstäblich keine Ahnung haben, dass er ihr einziger Entführer war.

Die Möglichkeiten, sie zu quälen, waren endlos, und er war unglaublich dankbar, dass er sie gefunden hatte. Brett wusste, dass Taylor nicht ausreichen würde. Er würde andere wie sie finden müssen.

Er hatte endlich das perfekte Opfer gefunden ... und seine Zeit zum Spielen war gekommen.

KAPITEL ZEHN

Taylors Handy vibrierte mit einer eingehenden Nachricht, und in der Hoffnung, es könnte Eagle sein, der ihr mitteilte, dass er zurück war, griff sie schnell danach. Es fiel ihr schwer, sich auf das Manuskript zu konzentrieren, das sie versuchte zu korrigieren, und sie freute sich über jede Ablenkung.

Skylar: Hi, Taylor, hier ist Skylar. Ich habe mich gefragt, ob du Lust hast, mit mir zum Mittagessen zu gehen.

Taylor war überrascht, von ihr zu hören. Erstens, weil es nicht Wochenende war und Skylar eigentlich auf der Arbeit sein sollte. Und zweitens, weil sie die Frau zwar wirklich mochte und sie ihre Handynummern ausgetauscht hatten, aber sie hatten sich bisher nur bei *Silverstone Towing* getroffen.

So nervös sie auch war, Skylar näherzukommen, alles war besser als das, was sie im Moment tat ... in ihrer Wohnung zu sitzen und sich Sorgen um Eagle zu machen.

Taylor: Sehr gern!

Skylar: Fantastisch. Gehen wir zu *Rosie's Diner*? Das ist ganz in der Nähe von *Silverstone Towing*.

Taylor: Ich glaube, ich bin schon mal daran vorbeigefahren. Um wie viel Uhr?

Skylar: Jetzt sofort? :) Ich bin am Verhungern. Aber wir können uns auch später treffen, falls du noch zu tun hast.

Taylor: Nein, wir können uns sofort treffen. Ich bin in ungefähr fünfzehn Minuten da.

Skylar: Alles klar, ich besorge uns einen Tisch.

Es gefiel Taylor nicht, es ansprechen zu müssen, aber sie wusste, dass sie es tun musste.

Taylor: Sehr gut, aber bitte denk daran, dass ich dich nicht erkenne und also auch nicht weiß, wer es ist, der da auf mich wartet.

Skylar: Ich hatte eigentlich vor, dich direkt an der Tür abzufangen, wenn du ins Restaurant kommst.

Taylor atmete erleichtert auf.

Taylor: Vielen Dank.

Skylar: Das ist doch selbstverständlich. Bis gleich!

Taylor gab das Daumen-nach-oben-Emoji ein und stieß sich von ihrem Esstisch ab, dann eilte sie in ihr Schlafzimmer, um sich eine Jeans und ein schöneres Oberteil anzuziehen. Wenn sie arbeitete, trug sie meist weite Hosen und T-Shirts. Sie zog ihre widerspenstigen Locken im Nacken zu einem unordentlichen Dutt zusammen und schnappte sich ihre Handtasche, bevor sie losging.

Auf dem ganzen Weg zum Restaurant sagte Taylor sich immer wieder, dass Skylar wirklich zu ihr kommen würde, wenn sie das Restaurant betrat. Es war immer stressig, jemanden zum Ausgehen zu treffen, weil sie buchstäblich keine Ahnung hatte, ob derjenige schon da war oder ob sie zuerst eintraf. Es war für alle unangenehm. Zumindest fühlte es sich für Taylor so an.

Nachdem sie geparkt hatte, atmete sie tief durch und machte sich auf den Weg zur Tür des Restaurants. Sie hatte nicht einmal Zeit, sich umzusehen, bevor sie eine Frau auf sich zukommen sah. Taylor wusste, dass es sich nicht um Skylar handelte, denn diese Frau war älter.

»Bist du Taylor?«, fragte die Frau.

Taylor nickte.

»Großartig! Ich bin Rosie. Mir gehört der Laden hier. Skylar hat mich gebeten, nach dir Ausschau zu halten. Sie sagte, ich würde dich sofort erkennen, weil du so tolle Locken hast. Und sie hat recht – sie sind wunderschön. Komm, Skylar ist hier drüben.«

Taylor entspannte sich. Rosie hatte etwas an sich, bei dem sie sich sofort wohlfühlte, was eine ziemliche Leistung war, denn Taylor fühlte sich generell nicht wohl unter vielen Menschen.

Rosie führte sie zu einem Tisch im hinteren Teil des kleinen Restaurants, und eine Frau stand auf und lächelte, als sie sich näherten.

»Hallo, Taylor, ich bin Skylar«, begrüßte die Frau sie strahlend.

Taylor schätzte die lockere Art, mit der sie ihr mitteilte, wer sie war, ohne eine große Sache daraus zu machen. Zu ihrer eigenen Überraschung umarmte Taylor sie kurz. »Danke, dass du mich eingeladen hast.«

»Danke, dass du gekommen bist«, erwiderte Skylar.

»Es riecht fantastisch hier drin«, stellte Taylor fest.

»Das liegt daran, dass Rosie ein Genie in der Küche ist«, antwortete Skylar und lächelte die ältere Frau an, die immer noch neben ihnen stand. »Obwohl ich sagen muss, dass Shawn ihr dicht auf den Fersen ist.«

»Das ist doch der Typ, der als Koch für *Silverstone* engagiert wurde, oder?«, fragte Rosie.

»Ja. Und im Ernst, er sollte sein eigenes Restaurant haben, so gut ist er.«

»Warum versucht er es dann nicht?«, erwiderte Rosie.

Skylar zuckte mit den Schultern. »Ich weiß es nicht.«

»Sag ihm, wenn er einen Rat braucht oder Fragen zur Gründung eines eigenen Restaurants hat, helfe ich ihm gern.«

»Ich richte es ihm aus«, entgegnete Skylar strahlend.

»Gut. Wie geht es Bull und dem Rest der Jungs?«

Skylars leichtes Lächeln wirkte ein wenig gezwungen, aber Taylor hatte das Gefühl, dass sie die Einzige war, die das bemerkte. »Es geht ihnen allen gut. Sie sind wie immer beschäftigt.«

»Sag ihnen, dass ich sie schon viel zu lange nicht mehr gesehen habe und dass sie ihren Hintern hierher bewegen sollen«, forderte Rosie. Es war nicht zu übersehen, wie sehr sie die Männer von *Silverstone* mochte. Taylor konnte es ihr nicht verübeln.

»Das werde ich«, versicherte Skylar ihr.

»Gut. Dann lasse ich euch jetzt mit dem Mittagessen allein«, erklärte Rosie. »Lasst es euch schmecken.«

»Danke«, sagten Taylor und Skylar wie aus einem Mund. Dann setzten sie sich beide.

»Tut mir leid, dass ich dich nicht an der Tür abgeholt habe. Als ich hier ankam, wollte Rosie wissen, warum ich allein bin und wo Bull ist. Sie hat so viele Fragen gestellt, dass ich dich als Ausrede benutzt habe, um sie abzulenken. Sie hat mir angeboten, dich an den Tisch zu bringen, also habe ich zugestimmt.«

»Das ist mehr als in Ordnung. Sie scheint sehr nett zu sein.«

»Das ist sie wirklich«, versicherte Skylar ihr. »Bull hat mich zu unserer ersten Verabredung hierher ausgeführt.«

»Wirklich?«, fragte Taylor.

»Ja. Mir war dieser Ort viel lieber als irgendein schickes Lokal.«

»Finde ich auch«, bemerkte Taylor.

Sie wurden von der Kellnerin unterbrochen, die an ihren Tisch kam. Sie sagten ihr, was sie trinken wollten, und sie entgegnete, dass sie gleich zurückkäme, um ihre Essensbestellung aufzunehmen. Taylor sah sich die Speisekarte an und Skylar gab ihr einige Empfehlungen, versicherte ihr aber, dass alles lecker sei. Sie entschied sich für ein einfaches BLT-Sandwich mit Pommes frites, und Skylar wählte einen Hamburger mit Salatbeilage.

Als die Kellnerin ein zweites Mal gegangen war, stützte Skylar sich mit ihren Ellbogen auf den Tisch und fragte lächelnd: »Also ... was läuft da zwischen dir und Eagle?«

Taylor verschluckte sich fast an dem süßen Tee, von dem sie gerade einen Schluck genommen hatte. Aber Skylar sah so unschuldig und aufgeregt aus, dass sie es nicht übers Herz brachte, unhöflich zu sein und ihr zu sagen, sie solle sich um ihre eigenen Angelegenheiten kümmern. Außerdem, war es nicht das, was Freundinnen taten? Tratschen und über ihr Liebesleben reden? Taylor war sich nicht ganz sicher, da sie noch nie eine echte Freundin gehabt hatte, aber sie wollte Skylar nicht vergraulen.

Langsam setzte sie ihren Tee ab und zuckte mit den Schultern. »Wir sind Freunde«, erklärte sie der anderen Frau.

Skylar schaute skeptisch. »Freunde?«

»Ja.«

»Aber er hat dir von *Silverstone* erzählt«, bemerkte Skylar mit leiser Stimme.

Taylor nickte.

Skylar setzte sich aufrechter hin. »Dann verstehe ich das nicht. Ich meine, ich dachte, die Jungs hätten sich darauf geeinigt, niemandem zu erzählen, was sie tun, es sei denn, sie sind bereit, den Rest ihres Lebens mit diesem Menschen zu verbringen.«

Auf Taylors Armen bildete sich eine Gänsehaut. Sie hatte keine Ahnung von diesem kleinen Detail gehabt. »Nun, er hat mir gesagt, dass es nichts ist, was sie der Welt verkünden, und dass seine Familie nichts davon weiß, aber er sagte, er vertraue mir.«

Skylar starrte sie einen langen Moment an, bevor sie nickte. »Ich verstehe.«

»Wirklich?«, fragte Taylor. »Weil ich es nicht tue.«

»Ich weiß natürlich nicht alles über die anderen Jungs«, entgegnete Skylar, »aber Bull hat mir ein bisschen was erzählt. Ich weiß, dass Eagle sich schon lange nicht mehr ernsthaft mit jemandem getroffen hat. Er und die anderen haben sich sehr darauf konzentriert, sowohl das *Silverstone-*

Team als auch *Silverstone Towing* erfolgreich zu machen. Aber ich kann mir gut vorstellen, dass er einen Blick auf dich geworfen und entschieden hat, dass du die Richtige für ihn bist.«

Taylor schüttelte den Kopf. »So ist es nicht«, protestierte sie, aber tief in ihrem Inneren fühlte es sich wunderbar an zu wissen, dass Skylar dachte, Eagle würde sie mehr als nur als Freundin mögen.

»Ach?«, fragte Skylar. »Wie oft hast du ihn gesehen oder mit ihm gesprochen, seit ihr euch kennengelernt habt?«

Taylor errötete. »So ziemlich jeden Tag.«

»Stimmt. Typen wie Eagle – und Bull, Smoke und Gramps übrigens auch – sind ziemlich direkt. Sie führen Frauen nicht an der Nase herum und sagen ehrlich, was sie meinen. Wenn du jeden Tag mit Eagle redest, dann nur, weil er dich *mag*.«

»Glaubst du wirklich?«, fragte Taylor schüchtern.

»Ich bin fest davon überzeugt«, versicherte sie ihr selbstbewusst. »Die Frage ist, ob du ihn auch magst. Ich meine, würdest du in Betracht ziehen, mit ihm zusammen zu sein?«

»In Betracht ziehen? Verdammt, ich träume davon«, gab Taylor zu.

Skylar strahlte. »Worauf wartest du dann noch?«

»Ich will nur … ich will ihn nicht als Freund verlieren.«

»Das wirst du auch nicht.«

»Das kannst du nicht wissen. Im Moment läuft es wirklich gut zwischen uns. Locker, entspannt.«

»Vorspiel«, erklärte Skylar mit leuchtenden Augen.

»Was?«

»Es ist eine Art Vorspiel. Ihr tastet euch aneinander

heran. Ihr lernt, was der andere mag und was nicht. Ihr tänzelt umeinander herum. Ich habe das Gefühl, dass sich die Dinge in eurer Beziehung ändern werden, wenn ihr es am wenigsten erwartet.« Ihre Stimme wurde leiser und sie grinste, als sie sagte: »Und dann wird es heiß hergehen.«

Taylor konnte sich ein Kichern nicht verkneifen. »Ich bin mir nicht sicher, ob ich so gut im Bett bin.«

»Das macht doch nichts. Ihr könntet beide totale Jungfrauen sein, aber wenn man mit dem richtigen Menschen zusammen ist, macht Erfahrung nicht den geringsten Unterschied. Als ich das erste Mal mit Bull geschlafen habe, war es magisch. Es war nicht im Geringsten peinlich, und du meine Güte, Mädchen, was für Gefühle er in mir auslöst ...« Sie verstummte und bekam einen albernen Gesichtsausdruck.

Taylor wusste, dass es ihr wahrscheinlich unangenehm sein sollte, dass sie so früh in ihrer Freundschaft über Sex und Beziehungen sprachen, aber stattdessen sorgte Skylars Ehrlichkeit dafür, dass Taylor sie nur noch mehr mochte. »Ich freue mich für dich«, sagte sie.

»Danke. Ich finde es auch toll. Ich will damit nur sagen, dass es etwas bedeutet, wenn Eagle dir vom *Silverstone-Team* erzählt hat. Es ist keine Nebensächlichkeit. Deshalb habe ich mich gefragt, ob es dir genügt, mit ihm befreundet zu sein, oder ob du mehr willst.«

»Du wolltest sehen, ob es mir ernst mit ihm ist, nicht wahr?«, fragte Taylor mit einem kleinen Lächeln.

»Na ja ... irgendwie schon. Ich mag Eagle und die anderen Jungs. Ich will nicht, dass sie verletzt werden.«

»Ich mag sie auch«, erklärte Taylor. »Wenn Eagle mich

morgen fragen würde, ob ich seine Freundin sein will, wäre ich begeistert.«

»Fantastisch«, sagte Skylar.

»Und ... ich muss sagen ... ich mag dich auch«, fuhr Taylor fort, fest entschlossen, das durchzustehen, auch wenn es sich merkwürdig anfühlte. »Es ist schwer für mich, Freunde zu finden, und ich weiß es zu schätzen, was du mit den Namensschildern gemacht hast. Das macht die Sache wirklich einfacher, wenn ich in der Firma bin. Aber vor allem hast du mir nicht eine Million lästige Fragen über meinen Zustand gestellt, und es war heute total angenehm mit dir. Nicht viele Menschen sind auf Anhieb so verständnisvoll.«

»Das ist doch dämlich«, erklärte Skylar mit einem Hauch von Verärgerung in ihrem Ton. »Ich meine, ernsthaft. Wenn du blind wärst, würde ich dir helfen, dich zurechtzufinden. Wenn du taub wärst, würde ich tun, was ich kann, damit du verstehst, was die Leute sagen.«

»Aber mein Zustand ist anders. Er ist schwieriger zu verstehen, weil so viele Menschen noch nie davon gehört haben. Die meisten denken, dass ich mir das nur einbilde.«

»Ich habe im Laufe der Jahre mit vielen Kindern mit den unterschiedlichsten Behinderungen gearbeitet«, entgegnete Skylar. »Und dabei habe ich gelernt, sie niemals zu unterschätzen. Schließlich wollen sie nichts anderes, als dass man ihnen die Chance gibt, das zu tun, was alle anderen Kinder auch tun. Die Gesellschaft hat noch einen langen Weg vor sich, was Diskriminierung und die Gleichbehandlung aller angeht.«

Taylor nickte. »Da hast du allerdings recht.«

Die beiden Frauen lächelten einander an. Dann hob Skylar ihr Glas. »Auf die Freundschaft.«

»Auf die Freundschaft«, wiederholte Taylor und stieß mit Skylar an.

»Außer wenn es um unsere Männer geht«, fügte Skylar hinzu.

Taylor lachte. »Darauf stoße ich an.«

Die Unterhaltung während des restlichen Essens war leicht und unbeschwert, und Taylor hatte sich in ihrem ganzen Leben noch nie so wohl mit einer anderen Frau gefühlt. Als Skylar ein paar Fragen über ihren Zustand stellte, hatte sie nicht das Gefühl, dass sie nach pikanten Details fischte, sondern dass sie einfach nur ehrlich versuchte, ihn zu verstehen. Sie sprachen über *Silverstone Towing* und darüber, welch großartige Arbeit die vier Männer geleistet hatten, um es zu einem der besten Unternehmen in der Umgebung von Indianapolis zu machen, sowohl für die Kunden als auch für die Mitarbeiter.

Als sie mit ihrer Mahlzeit fertig waren und Skylar nach der Rechnung fragte, teilte die Kellnerin ihnen mit, dass diese bereits beglichen worden sei. »Ein Mann, der vorhin hier war, hat bereits für euer Mittagessen bezahlt.«

Skylar sah verwirrt aus. »Um wen handelte es sich?«

»Ich weiß es nicht«, gab die Kellnerin zu. »Ich habe ihn noch nie gesehen. Aber er kam nicht lange nach euch. Er hat ein paar Tassen Kaffee getrunken und dann gebeten, für euer Mittagessen zu bezahlen.«

»Wow, das ist fantastisch. Er hat dir nicht gesagt, dass du uns etwas ausrichten sollst?«, fragte Skylar.

»Nein. Er hat einfach bezahlt und ist gegangen.«

»Gut, in Ordnung. Danke.«

»Nichts zu danken. Bleibt, solange ihr wollt – wir haben nicht so viel zu tun, also wird euer Tisch nicht gebraucht«, erklärte die Kellnerin ihnen.

»Danke«, entgegnete Skylar mit einem Lächeln. Als die Kellnerin gegangen war, wandte sie sich an Taylor. »Ich glaube nicht, dass mir das schon einmal passiert ist.«

»Normalerweise würde ich dir zustimmen, aber als ich mir neulich einen Hamburger holen wollte, hat der Typ im Wagen vor mir mein Mittagessen bezahlt. Ich habe gelesen, dass so etwas schon anderen Leuten passiert ist, aber ich habe es selbst noch nie erlebt.«

»Cool«, sagte Skylar.

»Ja ...« Aber Taylor fühlte sich jetzt auf unbestimmte Art unwohl.

Warum sollte ein Fremder für ihre Mahlzeiten bezahlen? Es waren noch andere Leute in dem Restaurant und aßen. Warum ausgerechnet *sie*? Und wie groß war die Wahrscheinlichkeit, dass jemand zweimal in so kurzer Zeit für sie bezahlte, vor allem wenn es noch nie zuvor passiert war?

Und natürlich musste sie dabei an den Mann im Pflegeheim für Demenzkranke denken ...

In letzter Zeit waren ihr so viele seltsame Dinge passiert, dass sie sich langsam unwohl fühlte.

Sie und Skylar unterhielten sich noch eine Weile, bevor Skylar sagte: »Danke, dass du mit mir zu Mittag gegessen hast. Ich habe mir einen Tag von der Arbeit freigenommen – einen Tag der geistigen Gesundheit, wenn man so will – und ich wollte ihn nicht damit verbringen, nur in meiner Wohnung zu sitzen und traurig zu sein.«

»Wie oft geht das *Silverstone-Team* auf Missionen?«, fragte Taylor.

»Nicht sehr oft«, erklärte Skylar ihr. »Ich meine, zum Glück gibt es nicht so viele Zehner auf der Welt.«

»Zehner?«, fragte Taylor.

»Ja. Bull hat mir erklärt, was das *Silverstone-Team* so macht. Auf der Bösewicht-Skala von eins bis zehn verfolgen sie nur die Neuner und Zehner. Den Rest überlassen sie der Polizei und anderen Strafverfolgungsbehörden.«

»Wodurch zeichnet sich eine Neun oder eine Zehn aus?«, fragte Taylor.

»Nun, ich dachte, der Typ, der Sandra und mich entführt hat, musste eine Elf gewesen sein. Er war ein Pädophiler, der schon einmal im Gefängnis war, weil er einen anderen Menschen missbraucht hatte. Und er hatte Sandra schon wer weiß wie lange beobachtet, bevor er sie schließlich entführt hat.«

Taylor lehnte sich fasziniert vor. Sie hatte davon gehört, dass Skylar entführt worden war, kannte aber nicht alle Einzelheiten und wollte auch nicht danach fragen. »Hattest du Angst?«, fragte Taylor.

»Ich war zu Tode verängstigt«, gab Skylar zu. »Aber ich wusste ganz genau, dass Bull nicht eher ruhen würde, bis er entweder herausgefunden hatte, wo ich war, oder, falls ich getötet wurde, bevor er mich erreichen konnte, dafür sorgen würde, dass der Mann bezahlt.«

Taylor erschauderte. »Du meine Güte.«

»Ja. Zu meinem Glück kam er von seiner Mission nach Hause und trommelte die Truppe zusammen. Aber Sandra war die wahre Heldin bei meiner Rettung. Wenn sie nicht so mutig gewesen wäre, allein aus dem Haus zu fliehen, hätte Jay Ricketts mich bestimmt umgebracht. Aber zurück zum eigentlichen Thema. Ich hielt meinen Entführer für eine Zehn. Aber Bull hat mir gesagt, dass er in Wirklichkeit eher eine Drei oder eine Vier auf der Bösewicht-Skala war.«

»Wow«, entgegnete Taylor und machte große Augen.

»Ja, ich war auch schockiert. Bull hat mir erklärt, dass das *Silverstone-Team* sich nicht um Dreier und Vierer kümmert. Wenn sie das täten, wären sie nie zu Hause, sondern ständig auf irgendwelchen Einsätzen.«

»Das ist eine ziemlich gute Erklärung. Und vernünftig – sonst würden sie zu viel Aufmerksamkeit auf sich ziehen und könnten verklagt werden oder man würde ihnen vorwerfen, dass sie Selbstjustiz üben oder so«, überlegte Taylor.

»Ich denke schon. Macht es mich zu einem schlechten Menschen, wenn ich zugebe, dass ich froh bin, dass mein Entführer getötet wurde, während er im Gefängnis auf seinen Prozess wartete?«

»Wurde er das?«, fragte Taylor erstaunt.

»Ja. Ich hätte kein Problem damit gehabt, gegen ihn auszusagen, auch wenn es Mist gewesen wäre. Aber wir haben vor nicht allzu langer Zeit erfahren, dass er eines Tages auf dem Gefängnishof niedergestochen wurde. Die Wärter taten ihr Bestes, um ihn von den übrigen Insassen fernzuhalten, aber eines Tages brach eine Schlägerei aus und in dem darauffolgenden Tumult wurde er erstochen. Niemand hat zugegeben, es getan zu haben, und die Video-überwachung war keine Hilfe, da auf dem Hof ein völliges Chaos herrschte. Eine große Gruppe von Männern hatte sich zusammengerottet, und als der Staub sich verzogen hatte, lag Jay tot im Dreck«, erzählte Skylar. »Das *Silverstone-Team* hat ihn also nicht umgebracht, aber jemand anderes hat dafür gesorgt, dass ein kranker Mann wie Jay nie wieder ein anderes Kind verfolgen und verletzen kann.«

»Da bin ich aber froh«, bemerkte Taylor mitfühlend.

»Ich auch«, flüsterte Skylar.

»Geht es dir gut?«, fragte Taylor, streckte ihre Hand aus und legte sie auf Skylars Unterarm.

Die andere Frau lächelte. »Mir geht es gut. Ich gebe zu, dass ich manchmal noch ein paar Albträume habe, aber Bull ist fast immer da, damit ich mich sicher fühle ... und um mich abzulenken ... wenn du verstehst, was ich meine.«

Taylor lächelte. »Ich bin froh, dass du ihn hast.«

»Ich auch. Aber trotzdem ... ich habe jede Menge Krankheitstage übrig, weil ich erstaunlich gesund bin, toi, toi, toi, und der Schulleiter hat nichts dagegen, dass die Lehrer sich freinehmen, um sich um ihre psychische Gesundheit zu kümmern, wenn wir die Zeit haben und wirklich eine Pause brauchen. Ich hoffe nur, dass die Jungs bald nach Hause kommen. Ich vermisse Bull sehr.«

»Glaubst du, es wird leichter? Dass du ihn mit der Zeit weniger vermissen wirst?«, fragte Taylor.

»Nein«, erwiderte Skylar, ohne zu zögern. »Ich werde Bull immer vermissen und mir Sorgen um ihn machen, wenn er nicht da ist, aber ich würde ihn nie bitten aufzuhören. Ich habe endlich begriffen, dass das, was er tut, wichtig ist. Es macht mich nervös, aber das heißt nicht, dass ich nicht stolz auf ihn bin.«

Taylor fühlte sich nicht im Geringsten unwohl bei dem,

was Eagle tat. Sie war froh, dass er und sein Team die Welt zu einem sichereren Ort machten. Von klein auf hatte sie die hässliche Seite der Menschen kennengelernt. Und obwohl Tyrannen und Ignoranten nicht in dieselbe Kategorie fielen wie die »Zehner«, die das *Silverstone-Team* jagte, konnte sie kein Mitleid mit jemandem aufbringen, der Dinge tat, für die er später im Leben durch sein Karma büßen musste.

Skylar lächelte. »Das hat Spaß gemacht. Danke noch mal, dass du dich mit mir getroffen hast.«

»Danke, dass du mich gefragt hast«, sagte Taylor zu ihr.

»Wir müssen mehr Zeit zusammen verbringen.«

»Das fände ich schön.«

»Toll. Vielleicht können wir mal zusammen einkaufen gehen? Du kannst mich davon abhalten, meinen gesamten Einkaufswagen im Supermarkt zu füllen, wenn ich nur Bodenreiniger oder so brauche.«

Taylor lachte. »Geht es dir auch so? Ich weiß nicht, was es ist, das mich dazu bringt, zu viel Geld auszugeben und Dinge zu kaufen, die ich nicht brauche. Ich bin mir nicht sicher, ob ich diesbezüglich eine große Hilfe bin.«

Skylar grinste. »Gut, dann können wir ins Einkaufszentrum gehen, als wären wir wieder vierzehn.«

»Klingt gut.« Und das tat es tatsächlich. Taylor konnte sich nicht erinnern, wann sie sich mit einer anderen Frau so entspannt gefühlt hatte.

Sie standen auf und Skylar legte einen Zwanzigdollarschein auf den Tisch.

»Ich dachte, unsere Mahlzeiten wären bezahlt?«, fragte Taylor.

»Sind sie auch, aber ich versuche immer, ein großes

Trinkgeld zu geben. Als Bull mich das erste Mal hierherbrachte, gab er der Kellnerin ein sehr großzügiges Trinkgeld, und ich beschloss, dass ich das auch tun würde. Kellner und Kellnerinnen arbeiten wirklich hart und müssen sich viel Mist von den Gästen gefallen lassen.«

Taylor nickte und griff nach ihrer Handtasche.

»Du brauchst nicht noch mehr dazulassen, ich habe für uns beide genug gegeben«, protestierte Skylar.

Taylor ließ einen weiteren Zwanziger auf den Tisch fallen. »Ist schon gut. Ich tue gern etwas Nettes für andere. Es gibt nicht genügend Freundlichkeit auf der Welt – das weiß ich aus erster Hand.«

Skylar nickte und hakte sich bei Taylor unter. »Ich wusste gleich, als ich dich kennengelernt habe, dass ich dich mögen würde, und ich freue mich für dich und Eagle.«

Als sie zum Ausgang gingen, blieb Taylor still. Sie wollte mehr darüber erfahren, warum Skylar dachte, dass Eagle sie mochte, aber das fühlte sich ein bisschen zu sehr nach Pausenhoftratsch an. Sie hatte keine Ahnung, ob Skylar recht hatte, aber sie hoffte es. Im Moment würde sie die Dinge einfach abwarten, und vielleicht würde einer von ihnen irgendwann den Mut aufbringen, den ersten Schritt zu tun.

Rosie rief ihnen zum Abschied hinterher, und als sie draußen waren, versprach Skylar, sich zu melden. Ehe sie sichs versah, war Taylor auf dem Weg nach Hause und so glücklich wie schon lange nicht mehr. Sie vermisste Eagle immer noch und sehnte sich danach, mit ihm zu sprechen, aber sie fühlte sich nicht mehr ganz so allein wie früher. Skylar war unglaublich, und viel stärker, als sie aussah.

Der Gedanke daran, was Skylar überlebt hatte, ließ Taylor erneut erschaudern. Sie glaubte nicht, dass sie in einer Situation, in der es um Leben und Tod ging, auch nur annähernd so stark sein könnte wie Skylar. Aber zum Glück führte sie ein langweiliges Leben als Korrekturleserin und kam nicht mit so vielen Menschen in Kontakt. Sicherlich niemandem, der ihr etwas antun wollte, oder?

Taylor spürte das gleiche Unbehagen wie im Restaurant, aber sie verdrängte es. Sie hatte einen schönen Tag gehabt und wollte ihn sich nicht von schlechten Gedanken ruinieren lassen. Sie würde nach Hause zurückkehren, das Manuskript, das sie vorhin begonnen hatte, zu Ende lesen und beten, dass Eagle hoffentlich bald wieder zurückkommen würde.

KAPITEL ELF

»Verdammt«, fluchte Eagle, während er auf dem Flugzeugsitz herumrutschte.

»Alles in Ordnung?«, fragte Gramps zum gefühlt hundertsten Mal.

»Ja, ich habe mich nur falsch bewegt«, entgegnete Eagle.

»Soll ich mir den Arm noch mal ansehen?«, fragte Smoke.

Nein, es war nicht nötig, dass sein Freund seinen verdammten Arm noch einmal untersuchte.

Eagle war wütend. Wütend darüber, dass er es geschafft hatte, sich anschießen zu lassen. Die Kugel hatte den muskulösen Teil seines Oberarms gestreift. Er hatte geblutet wie ein abgestochenes Schwein, aber er hatte Glück gehabt. Sechs Zentimeter weiter links, und sie wäre durch sein Herz gegangen.

Einer der Rebellen in Timor-Leste hatte einen Glückstreffer gelandet. *Er* hatte nicht so viel Glück gehabt, denn

Eagles Kugel war das Letzte, was er auf dieser Welt gespürt hatte. Aber jetzt musste Eagle mit einem schmerzenden Arm zurechtkommen und seine Freunde waren extrem besorgt um ihn, als läge er in den letzten Zügen.

»Es geht mir gut«, versicherte er Bull, Smoke und Gramps. »Es ist nicht mein erster Streifschuss und wird auch nicht mein letzter sein. Es tut weh. Es tut ordentlich weh. Aber ich werde es überleben.«

»Wenn du mehr Antibiotika oder Schmerzmittel brauchst, sag mir Bescheid«, bat Gramps ihn. »Ich kann mehr besorgen, wenn wir zu Hause sind.«

»Mach ich«, versicherte Eagle ihm. Er wusste, dass er zum Arzt gehen sollte, aber eine Schusswunde würde einen Polizeibericht nach sich ziehen, und das *Silverstone-Team* versuchte alles in seiner Macht Stehende, um diese Art von Aufmerksamkeit zu vermeiden. Sein Arm würde eine Weile wehtun, aber die Schmetterlingspflaster würden ihren Zweck erfüllen, ebenso wie die Riesenmenge Antibiotika, die Gramps ihm verabreicht hatte.

Momentan wollte Eagle nur eines, und das war, Taylor wiederzusehen. Es war schon acht Tage her, dass er sie gesehen oder mit ihr gesprochen hatte. Er war innerlich nervös. Er wollte unbedingt wissen, wie es ihr ergangen war. Wie ihre Woche gewesen war. Er wollte wissen, ob sie überhaupt bei *Silverstone Towing* gewesen war oder ob sie sich in ihrer Wohnung verkrochen hatte, wie sie es früher getan hatte, bevor er sie kennengelernt hatte.

Ihre Mission war gut gelaufen. Sie hatten den Anführer der Rebellen ausfindig gemacht, und auch wenn sie ihn nicht so leise ausschalten konnten, wie sie gehofft hatten, so hatte er doch eine Kugel in den Kopf bekommen. Sie alle hofften, dass die verbleibenden Rebellen das Interesse an ihrem offensichtlich aussichtslosen Kampf verlieren und sich eines Nachts davonmachen würden. Es würde eine Weile dauern, bis das geschah, aber das *Silverstone-Team* und Willis vom FBI würden die Situation im Auge behalten.

Alles in allem war es ein weiterer erfolgreicher Einsatz gewesen, aber anstatt sich über einen gelungenen Einsatz zu freuen, konnte Eagle es kaum erwarten, zu Taylor zu kommen.

Ging es Bull so mit Skylar? Er hatte mit seinem Freund noch nicht darüber gesprochen, wie es für ihn war, aber er hatte das Gefühl, dass ein Gespräch zwischen ihnen mehr als überfällig war.

Eagle liebte Taylor. Daran hatte er keinen Zweifel. Aber er wusste nicht, was sie für *ihn* empfand.

Drei lange Stunden später landete ihr kleines Privatflugzeug endlich in Indianapolis. Eagle nahm sein Handy heraus, schaltete es ein – und seufzte erleichtert, als er all die Nachrichten sah, die Taylor ihm während seiner Abwesenheit geschickt hatte. Er hatte ihr gesagt, dass er keinen Empfang haben und nicht in der Lage sein würde, Nachrichten, E-Mails oder Anrufe zu lesen oder zu beantworten, aber sie hatte ihm trotzdem geschrieben.

Taylor: Du fehlst mir, und dabei bist du erst seit einem Tag weg. Oh Mann!

Taylor: Ich war heute wieder im Pflegeheim für Demenzkranke und es war in Ordnung, aber warum übe ich eine magische Anziehungskraft auf merkwürdige Leute aus? Mir ist nichts passiert, aber wieso kann ich eines Tages nicht jemanden wie Chris Hemsworth kennenlernen? lol

Taylor: Heute habe ich meinen Wagen aus der Werkstatt zurückbekommen und ich muss sagen, mein Kia hat mir gefehlt!

Taylor: Wie kann es sein, dass mir lauter geistreiche Dinge einfallen, die ich dir gern sagen würde, und zwar ausgerechnet immer dann, wenn du nicht da bist?

Taylor: Heute war ich bei *Silverstone Towing*, und ich sage es dir nur ungern ... aber ich habe deinen Rekord geschlagen. :)

Taylor: Es ist zwei Uhr morgens und ich bin aufgewacht, weil ich einen Albtraum hatte, in dem du angeschossen wurdest und sterbend auf dem Boden liegst. Du kommst besser lebend zurück, Eagle, sonst bin ich nämlich wirklich sauer.

Eagle blinzelte und betrachtete erneut die letzte Nachricht. Dann sah er nach, wann sie sie geschrieben hatte. Er seufzte erleichtert, dass sie anscheinend doch keine hellseherischen Fähigkeiten hatte, da sie die SMS zwei Tage, bevor er tatsächlich angeschossen wurde, geschrieben hatte. Er las weiter.

Taylor: Seit du weg bist, gehe ich nicht viel unter Leute, weil mir aufgefallen ist, dass du dafür sorgst, dass ich mich in Sicherheit fühle. Und jetzt, da du nicht da bist, habe ich Angst vor meinem eigenen Schatten. Ich habe das Gefühl, wirklich schwach zu sein, und das gefällt mir ganz und gar nicht.

Taylor: Shawn hat heute ein unglaubliches Hühnchen im Schongarer gemacht. Ich habe beschlossen, ihn euch zu klauen und in meiner Wohnung einzusperren, damit er jeden Abend für mich kocht.

Taylor: Übrigens, ich habe gerade ein Blatt gelocht ...

Taylor: Aber das nur am Rande.

Taylor: HAHAHAHAHAHAHAHA!

Taylor: Wenn du nicht bald nach Hause kommst, werde ich noch verrückt. Mir ist erst jetzt, da du weg bist, aufgefallen, wie sehr es mir fehlt, mich mit dir zu unterhalten.

Taylor: Du fehlst mir, Eagle. Ich hoffe, es geht dir gut, egal wo du bist.

Taylor: Danke, dass du die Welt zu einem sichereren Ort machst.

Eagle amüsierte sich über ihre willkürlichen Nachrichten. Aber er fand es auch toll, dass sie offensichtlich jeden Tag genauso gern mit ihm sprach wie er mit ihr. Sie verstanden sich so gut, dass es sich falsch anfühlte, nicht miteinander reden zu können. So hatte er sich noch nie bei jemand anderem gefühlt.

Er musste Taylor sehen ... und zwar *sofort*.

Er schickte ihr schnell eine Nachricht.

Eagle: Ich bin wieder daheim, Flower. Und schon auf dem Weg zu dir. Ich weiß, dass es spät ist, aber ich will dich unbedingt sehen.

Er hoffte, dass sie noch nicht schlief, und freute sich, als er die drei tanzenden Punkte auf dem Bildschirm sah, die ihm zeigten, dass sie ihm antwortete.

Taylor: OMG!! JUHU!!! Für dich ist es nie zu spät! Ich bleibe wach!

Er grinste über all die Ausrufezeichen, die sie benutzt hatte. Aber er musste zugeben, dass er sich freute, dass sie es genauso wenig erwarten konnte, ihn zu sehen, wie er sie. Nachdem er versprochen hatte, die anderen morgen anzurufen und ihnen mitzuteilen, wie es seinem Arm ging, fuhr Eagle mit dem Shuttlebus zum Parkplatz, auf dem sein Wagen stand.

Er fuhr viel zu schnell zu Taylors Wohnung, nahm immer zwei Stufen auf einmal und stand, ehe er sichs versah, vor ihrer Tür. Zwei Komma zwei Sekunden, nachdem er geklopft hatte, hörte er Taylor fragen, wer da sei.

»Ich bin's, Flower. Eagle.«

Sie riss die Tür auf – und er hatte sie noch nie so schön gesehen. Ihr Haar war durcheinander, überall standen Locken ab. Sie trug eine lockere rosa-gelbe Hose und ein Trägerhemd. Er wusste, dass sie in T-Shirt und Unterwäsche schlief, denn sie sagte, dass sie sich beim Schlafen in allem, was um ihre Beine gewickelt war, gefangen fühlte. Sie war barfuß und Eagle bemerkte, dass sie sich irgendwann während der letzten Woche die Fingernägel hellrosa lackiert hatte.

»Komm her!«, rief sie, streckte die Hand aus und packte sein Hemd von vorn.

Eagle lächelte und ließ sich von ihr in die Wohnung ziehen. Sie schlug die Tür zu, legte dann den Riegel und die Kette vor und drehte sich zu ihm um.

»Ist alles in Ordnung mit dir? Wie war die Mission? Habt ihr den Kerl gefunden, hinter dem ihr her wart ... oder war es eine Frau? Wie auch immer, ich nehme an, ihr wart erfolgreich, was großartig ist – ein Mistkerl weniger, um den man sich Sorgen machen muss. Wie war eure Reise? Seid ihr irgendwo hingeflogen oder gefahren? Hast du einen Jetlag?

Willst du eine Tasse Kaffee? Oder vielleicht willst du einfach nur schlafen. Hast du bei *Silverstone Towing* angehalten? Hast du Hunger?«

Eagle lachte leise. »Atme erst mal durch, Taylor. Ich kann deine Fragen nicht beantworten, wenn du nicht durchatmest und mir zwischen den einzelnen Fragen einen Moment Zeit lässt.«

Sie errötete. »Tut mir leid, ich bin nur so erleichtert, dass du zu Hause bist. Ich weiß, du hast mir gesagt, ich solle mir keine Sorgen machen, dass du und die anderen wisst, was ihr tut, aber ich konnte nicht anders. Und ich habe dich vermisst. Ich schwöre, ich hatte keine Ahnung, wie sehr ich mich daran gewöhnt hatte, dass du da bist, um dich mit mir zu unterhalten.«

»Ich habe dich auch vermisst«, erklärte Eagle ihr.

Zu seiner Überraschung warf sie sich an seine Brust und schlang ihre Arme um ihn.

Eagle konnte sich das schmerzhafte Grunzen nicht verkneifen, das bei dieser impulsiven Umarmung aus seiner Kehle drang.

Natürlich hatte sie ihn gehört. Erschrocken wich sie zurück und blickte zu ihm auf. »Was ist los? Habe ich dir wehgetan?«

»Alles in Ordnung«, versicherte er ihr sanft.

Taylor ließ den Blick über sein Gesicht wandern, seine Brust hinunter – und blieb an seinem linken Arm hängen. Er hielt ihn vorsichtig, um zu vermeiden, dass er sich erneut stieß.

Sie griff nach seiner Jacke. Langsam und vorsichtig schob sie sie ihm von den Schultern, ohne zu beachten, dass sie mit einem dumpfen Schlag auf dem Boden landete. Er trug ein kurzärmeliges Hemd und der Verband war unter dem linken Ärmel deutlich sichtbar.

Ohne ein Wort zu sagen, ergriff sie seine rechte Hand und zerrte ihn durch die Wohnung, den Flur hinunter und in ihr Schlafzimmer. Eagle war noch nie in ihrem persönlichen Bereich gewesen, und er atmete tief ein und genoss die Tatsache, dass alles nach Vanille roch.

Sie ließ ihm keine Zeit, ihr Schlafzimmer genauer zu betrachten, bevor sie ihn ins Badezimmer zog. Es war nichts Besonderes, nur eine Badewannen-Dusch-Kombination und ein Waschbecken mit einer überraschend großen Ablagefläche links davon. Die Toilette befand sich rechts neben dem Waschbecken.

Sie drehte ihn so, dass er mit dem Rücken zum Spiegel stand, und drückte ihm eine Hand auf die Brust. »Bleib hier«, befahl sie.

Eagle schmunzelte über ihre Nachdrücklichkeit.

Sie bückte sich, um in den Schrank unter dem Waschbecken zu schauen, und Eagle gab sich Mühe, nicht darauf zu achten, dass sie zu seinen Füßen kniete und dass sie, wenn sie auf die Knie käme, die perfekte Höhe hätte, um ihm die Hose auszuziehen und ...

Er schüttelte den Kopf und wiederholte: »Mir geht es gut, Taylor, wirklich.«

»Wie auch immer«, murmelte sie. »Du warst wahrscheinlich in der Wildnis irgendeines Landes mit mehr Keimen als Menschen. Und ich bin sicher, du hast dir nicht die Zeit genommen, um dich medizinisch versorgen zu lassen.« Sie stand auf und hielt einen handelsüblichen Erste-Hilfe-

Kasten in der Hand. »Ich will mir deinen Arm ansehen«, erklärte sie und blickte ihn streng an.

»Das ist nicht nötig«, versicherte er ihr. »Gramps ist schlimmer als eine Glucke. Und Smoke ist fähiger als die meisten Ärzte, die ich kenne. Sie haben sich um die Wunde gekümmert und mich eine Million Antibiotika-Tabletten schlucken lassen.«

»Gut. Ich will sie trotzdem sehen.«

»Sie sieht aber ziemlich schlimm aus«, warnte Eagle, gerührt darüber, dass sie sich so große Gedanken um ihn machte. Ihre Sorge fühlte sich anders an als die seines Teams.

»Was ist passiert?«

»Ein Streifschuss«, entgegnete Eagle unverblümt.

Sofort wurde Taylor blass.

Eagle fluchte und bewegte sich schnell, bevor sie ihm gegenüber ohnmächtig wurde. Er packte sie an der Taille, drehte sich um und hob sie hoch, sodass sie auf der Ablagefläche neben dem Waschbecken saß, und ignorierte dabei den Schmerz in seinem Arm. Er schob sich zwischen ihre Beine und fuhr ihr mit den Händen in die Haare auf beiden Seiten ihres Kopfes. »Atme tief durch, Flower. Es war nur ein *Streifschuss*. Er ging ganz knapp vorbei. Hat keine Knochen oder irgendetwas Wichtiges getroffen.«

»Du wurdest *angeschossen*«, flüsterte sie und ihre braunen Augen sahen riesig in ihrem Gesicht aus.

»Ein Streifschuss«, wiederholte er.

»Hast du ihn getötet?«, fragte sie.

Eagles Lippen zuckten amüsiert. »Ja.«

»Gut«, entgegnete sie grimmig.

Er konnte nicht anders, als ihre Lippen anzustarren, als sie mit der Zunge darüberfuhr.

»Eagle?«, fragte sie.

Eagle wusste, dass er wahrscheinlich einen Fehler machte, aber er konnte nicht anders und senkte den Kopf.

Er ließ ihr genügend Zeit, um zu verstehen, was er vorhatte, und als sie sich nicht zurückzog oder ihn fragte, was zum Teufel er zu tun gedachte, und stattdessen eine Hand in seinen Nacken legte, schloss Eagle die Augen und tat, was er seit Wochen tun wollte.

Er küsste sie.

Und zwar intensiv.

Er hatte es langsam angehen wollen. Um sie davon zu überzeugen, dass er mehr als ein Freund sein konnte. Um sie davon zu überzeugen, dass sie gut zusammen sein würden. Aber Taylor machte jede Chance zunichte, sich zu beherrschen, als sie ihn geradezu verschlang. Ihre Hand legte sich fester um seinen Nacken und sie neigte den Kopf, damit er sie besser küssen konnte. Sie stöhnte tief in ihrer Kehle, worauf sein Schwanz sofort einsatzbereit wurde.

Für einen ersten Kuss war es nicht perfekt. Ihre Zähne stießen aneinander und sie legten mehr Enthusiasmus als Finesse an den Tag, sie waren beide verzweifelt. Aber er hatte noch nie etwas Perfekteres gespürt als Taylors Lippen auf seinen.

Er zog sie an den Rand der Ablage, bis er seinen Schwanz fordernd zwischen ihre Schenkel pressen konnte. Taylor stöhnte erneut auf und schlang ihre Beine um seinen Hintern, dann hakte sie ihre Knöchel zusammen, als wollte sie ihn nie wieder loslassen.

Ihre Zungen lieferten sich ein Duell, schmeckten und lernten den Mund des jeweils anderen kennen. Gott, Eagle war noch nie so schnell erregt gewesen. Taylor schien in seinen Armen zu glühen und es war fast so, als wollte sie ihren Körper mit seinem verschmelzen.

Ohne auch nur an seinen Arm zu denken, hob Eagle sie hoch, wobei er seinen guten Arm unter ihren Hintern und den anderen um ihren Rücken legte.

Sie löste ihren Mund von seinem und keuchte: »Eagle! Dein Arm!«

»Ist schon in Ordnung«, hauchte er und legte seine Lippen erneut auf die ihren. Er konnte nicht aufhören, sie zu küssen. *Wollte* nicht aufhören, sie zu küssen. Jetzt, da sie diese Grenze überschritten hatten, wollte er nie wieder nur mit ihr befreundet sein.

Innerhalb kürzester Zeit war er an ihrem Bett. Da er wusste, dass sein Arm es ihm nicht erlauben würde, sich über ihr abzustützen, drehte Eagle sich um und setzte sich. Taylor setzte sich rittlings auf ihn, und als er nach hinten rutschte und sich hinlegte, war sie direkt bei ihm und küsste ihn die ganze Zeit.

Schließlich zog sie sich etwas zurück und sah auf ihn herab. Ihre Lippen waren geschwollen und ihre Wangen gerötet. Er wünschte sich nichts sehnlicher, als sie zu nehmen.

»Machen wir einen Fehler?«, fragte sie unsicher.

»Nein«, entgegnete er sofort. »Ich kann ehrlich sagen, dass ich mir nie etwas mehr gewünscht habe, als tief in dir zu sein.«

»Ich will dich nicht verlieren«, gab sie zu bedenken.

»Du wirst mich nicht verlieren«, entgegnete er nachdrücklich.

Ihre Brustwarzen waren hart und Eagle sehnte sich danach, ihr das Oberteil auszuziehen und daran zu saugen. Er hatte sich ausgemalt, wie sie aussehen würde – aber er würde nichts tun, wenn sie es nicht ebenfalls voll und ganz wollte.

Er führte seine Hände wieder zu ihrem Gesicht und strich mit dem Daumen über ihre Wangen. »Du warst die Erste, an die ich gedacht habe, als die Kugel dieses Mistkerls mich gestreift hat. Ich habe mir Sorgen gemacht, was mit dir passieren würde, wenn ich nicht nach Hause käme. Der Schmerz war so stark – nicht von meiner Wunde, sondern von den Qualen, die du dann empfinden würdest. In diesem Moment wusste ich, dass ich aufhören muss herumzualbern und dir sagen muss, was ich für dich empfinde.«

Er hielt inne.

»Und das wäre?«, flüsterte sie.

»Ich bin verrückt nach dir. Und das schon seit sehr langer Zeit. Ich mag alles an dir, Taylor.«

»Mein Zustand wird sich nicht verbessern, Eagle. Ich werde dich nie wiedererkennen.«

»Du musst mich nicht in einer Menschenmenge erkennen, Flower. Ich werde immer zu dir kommen. Du wirst mich daran erkennen, wie ich dich ansehe. Du wirst mich an meinem Geruch erkennen – glaub nicht, dass ich nicht bemerkt habe, dass du bei jeder Gelegenheit an mir riechst«, neckte er sie. »Du wirst wissen, dass ich es bin, weil ich es dir *sagen* werde. Ich werde es nie satthaben, und ich werde dir kein schlechtes Gewissen machen für etwas, worauf du keinen Einfluss hast.«

Ihre Augen füllten sich mit Tränen. »Bist du auch wirklich nicht nur eine Einbildung?«

»Ich bin real. Und ich gehöre dir ... wenn du mich willst.«

»Ich will dich«, erklärte Taylor sanft. »Das tue ich schon lange, aber ich dachte, du hättest beschlossen, dass wir nicht mehr als Freunde sein können.«

»Ich wollte dich nicht unter Druck setzen«, gab Eagle zu.

»Ich habe dich vermisst«, entgegnete Taylor. »Ich wollte unzählige Male zum Handy greifen und mit dir reden.«

»Ich habe dich auch vermisst. Aber jetzt bin ich wieder da, und wir können uns wieder über alles unterhalten ... morgen.«

Sie grinste. »Oh, weil du müde bist und jetzt schlafen willst, was?«

Eagle schnaubte. »Ich bin nicht müde. Und ich will auch nicht schlafen. Aber mit meinem kaputten Arm ... das wird anders laufen, als ich es mir wünsche.«

Und schon war die Besorgnis in ihrem Blick wieder da. »Oh! Ich hatte noch gar nicht die Gelegenheit, mir deinen Arm anzuschauen. Vielleicht sollten wir ...«

»Du kannst ihn dir später ansehen. Im Moment will ich, dass du dir nimmst, was du haben willst«, erklärte Eagle ihr unverblümt. »Ich kann mich nicht über dir abstützen und es dir besorgen, also musst du bei unserem ersten Mal die Kontrolle übernehmen.«

Er konnte Taylor ansehen, dass sie unsicher war ... aber

er sah auch das erregte Funkeln in ihren Augen. »Die Vorstellung gefällt dir«, bemerkte er. Es war keine Frage.

»Ja«, gab sie zu.

»Wie wär's, wenn du zuerst dein Oberteil ausziehst, damit ich sehen kann, woran ich unzählige Nächte gedacht habe?«, schlug er vor.

Taylor lachte. »Ich dachte, ich hätte die Kontrolle«, antwortete sie und griff nach dem Saum ihres T-Shirts.

Eagle wollte etwas erwidern, aber plötzlich war er sprachlos.

Da sie schon bettfertig war, als er an ihre Tür geklopft hatte, trug sie keinen BH, und in dem Moment, in dem sie sich das T-Shirt über den Kopf zog, hob er die Hände und umfasste ihre wunderschönen Brüste.

Sie hatte kleine Warzenhöfe und Brustwarzen, aber die Brüste selbst waren mehr als eine Handvoll. »Verdammt«, bemerkte er leise.

Daraufhin wölbte Taylor den Rücken und presste sich in seine Hände. Eagle ließ die Finger zu ihren Brustwarzen wandern und zwickte sie leicht. Er wurde mit einem lauten Stöhnen belohnt. Taylor setzte sich aufrecht auf ihn und wölbte ihren Rücken noch weiter. »Eagle«, flüsterte sie. Er war sich nicht sicher, ob es ein Protest oder eine Ermutigung war weiterzumachen.

»Du bist so verdammt perfekt«, sagte er. Dann schlang er seine rechte Hand um ihren Rücken und zog sie wieder nach unten. Er beugte den Kopf, nahm eine ihrer Brustwarzen in den Mund und saugte kräftig daran.

»Oh verdammt!«, stieß Taylor aus und streckte eine Hand aus, um sich abzustützen. Sie beugte sich über ihn, ihre herrlichen Brüste hingen herunter, während er an einer Brustwarze saugte, dann an der anderen.

Als Eagle spürte, wie sie sich zu winden begann, wurde ihm klar, dass keiner von ihnen ein langes Vorspiel überstehen würde. Er leckte sie noch einmal, bevor er seinen Kopf nach hinten kippte, um ihr ins Gesicht zu sehen. »Zieh deine Hose aus«, befahl er.

Er hatte vorgehabt, sie das Tempo bestimmen zu lassen, die Kontrolle übernehmen zu lassen, aber es lag einfach nicht in seiner DNA, so dazuliegen und sich von jemand anderem alles vorschreiben zu lassen. Er brauchte mehr von ihr. Er wollte ihren nackten Körper an seinem eigenen spüren. Er brauchte sie einfach.

Sie rutschte von ihm herunter und stellte sich auf wackelige Beine, während sie ihre Baumwollhose und Unterwäsche von ihren Beinen schob. Eagle öffnete seine Jeans und schob sie herunter, während sie neben ihrem Bett stand und ihn anstarrte, als er sich ihr zum ersten Mal zeigte. Er hätte sich am liebsten das Hemd vom Leib gerissen, musste sich aber die Zeit nehmen, seinen linken Arm vorsichtig aus dem Ärmel zu schieben, bevor er das Kleidungsstück über seinen Kopf zog.

Sie blieben beide stehen, wo sie waren, und sahen einander lange an.

Taylor war in jeder Hinsicht perfekt. Perfekt für *ihn*. Eagle wusste, dass sie nach den Schönheitsstandards der Gesellschaft nicht perfekt war, aber das war ihm egal. Ihre Schenkel waren etwas stämmig und ihr Bauch war nicht flach. Sie hatte sich die Schamhaare gestutzt, was verdammt sexy war. Ihre Brüste bewegten sich mit jedem erregten

Atemzug, und er konnte es kaum erwarten, sie an ihm zu spüren. Sie zu schmecken. Zu spüren, wie sie seinen Schwanz in ihren heißen, feuchten Falten aufnahm.

Eagle war kein eitler Mann, aber er war sich seines guten Aussehens bewusst. Er arbeitete hart, um seinen Körper in Topform zu halten. Das musste er auch; sein Leben und das seiner Freunde hing davon ab, dass er laufen, springen, kämpfen und einfach stärker sein konnte als andere.

Und er liebte den Ausdruck des Verlangens in Taylors Gesicht, als sie ihren Blick langsam über ihn streifen ließ. Im Moment befand sich ihr Blick auf seinem Schwanz, und er konnte nicht anders, als nach unten zu greifen und ihn zu streicheln, voller Vorfreude darüber, was der Abend für sie bereithielt.

»Komm her«, sagte er nach einem Moment und streckte ihr seine rechte Hand entgegen.

Taylor leckte sich erneut über die Lippen und kroch langsam zurück auf das Bett. Sie rutschte links neben ihn und er grinste. Mit der Kraft seines guten Arms zog er sie wieder auf sich, bis sie wieder auf seinem Bauch lag. Er spürte, wie die Spitze seines Schwanzes ihren Hintern berührte, und sie stöhnten beide auf.

»Du bist wunderschön«, flüsterte sie.

Eagle wusste, dass er wie ein Verrückter grinste, aber es war ihm egal. »Ich glaube, das ist mein Text.«

Sie zuckte mit den Schultern. »Dafür mag ich Donuts zu sehr.«

»Was mich betrifft, kannst du sie weiter essen. Mir gefällt dein Aussehen, und ich liebe es, wie du dich anfühlst.«

Sie bewegte sich, und der köstlichste Duft stieg ihm in

die Nase. Eagle atmete tief ein und lächelte, als sie wieder errötete. »Du riechst verdammt gut«, erklärte er ihr. Dann, plötzlich, schob er ihren Körper nach oben, seinem Gesicht entgegen, seine Hand auf ihrem Hintern.

»Oh!«, rief sie aus und rutschte auf den Knien nach vorn, um nicht auf ihn zu fallen.

»So ist es gut. Komm hier hoch«, sagte er, den Blick zwischen ihre Beine gerichtet. Er konnte ihre Nässe an seiner Brust spüren, als sie sich an seinem Körper hochbewegte.

Eagle ließ seinen linken Arm vorsichtig sinken und griff an die Rückseite ihres Oberschenkels. Mit der rechten Hand fasste er ihre Pobacke und zog sie genau dorthin, wo er sie haben wollte. An seinen Mund.

Ihr Geruch war jetzt stärker und er konnte es kaum erwarten, sie zu vernaschen. Er wollte sehen, ob er sie mit der Zunge zum Orgasmus bringen konnte. Er hatte das noch nie zuvor getan, nicht in dieser Position, und er war so erregt, dass er spürte, wie ein Lusttropfen aus seinem unglaublich steifen Schwanz quoll.

»Ich ... ich weiß nicht so recht«, bemerkte sie.

Eagle hätte sich sofort zurückgezogen, wenn sie es wirklich gewollt hätte, aber er glaubte nicht, dass das tatsächlich der Fall war. Sie war einfach nur nervös. Er spielte die Mitleidskarte aus. »Ich habe Angst, dass ich mir den Arm verletze, wenn ich das anders mache«, sagte er zu ihr.

Das war eine verdammte Lüge. Er konnte seinen Arm im Moment nicht einmal mehr spüren, aber seine Worte zeigten Wirkung, denn Taylor nickte.

Aber er wollte sicher sein, dass sie es auch wirklich

wollte. Er hätte es sich nie verziehen, wenn er sie gegen ihren Willen zu irgendetwas drängte. »Wenn du möchtest, höre ich sofort auf«, erklärte Eagle leise.

Sie machte große Augen. »Das würdest du?«

Eagle biss die Zähne zusammen und zwang sich, ihr in die Augen zu sehen und nicht auf die weichen rosa Falten, die nur darauf warteten, dass er in sie eintauchte. »Ja.«

»Wenn du jetzt aufhörst, würde ich dir wehtun«, entgegnete Taylor schließlich mit einem kleinen Lächeln. »Aber gib nicht mir die Schuld, wenn du da unten erstickst.«

Er lachte. »Was für eine Art, den Löffel abzugeben«, witzelte er, dann zog er sie herunter und begann, sie zu lecken.

Ihr Geschmack explodierte auf seiner Zunge. »Verdammt«, murmelte er und fühlte sich überwältigt von der Intensität seines Begehrens. Dann schloss er die Augen und machte sich an die Arbeit, um dafür zu sorgen, dass seine Frau die ganze Sache genauso genoss wie er.

KAPITEL ZWÖLF

Taylors Erfahrung damit, von einem Mann geleckt zu werden, war alles andere als groß. Tatsächlich war es nur ein Mann. Und nur einmal. Und sie waren dabei beide nervös gewesen. Und es war ziemlich offensichtlich, dass der Typ, mit dem sie damals zusammen gewesen war, ihren Geschmack nicht gerade genoss und der Erfahrung auch sonst nichts abgewinnen konnte, weshalb sie sich extrem geschämt hatte.

Aber von dem Moment an, in dem Eagle seinen Mund zwischen ihre Beine legte, war es mehr als offensichtlich, dass ihm ausgesprochen gefiel, was er da tat. Er war nicht zögerlich, fing nicht zaghaft an. Nach dem ersten Lecken benahm er sich, als wäre er ein Verhungernder und sie die einzige Nahrung, die er brauchte, um zu überleben. Er leckte ihre Muschi, schob seine Zunge in sie hinein und schlürfte dann die Säfte, die ihm sicher über das ganze Gesicht liefen.

Dann legte er seine Lippen auf ihre Lustknospe und saugte daran.

Taylor zuckte zusammen und sie spürte, wie sich seine Hand auf ihrem Hintern anspannte, um sie an Ort und Stelle zu halten. Sie nahm die Hände hoch, stützte sich an der Wand ab und stöhnte. Sie dachte nicht mehr daran, dass irgendetwas an dieser Sache peinlich war, sondern genoss einfach nur. Er leckte abwechselnd ihre Klitoris und besorgte es ihr mit der Zunge. Gerade als sie dachte, dass sie zum Orgasmus kommen würde, änderte er das, was er tat. Es war zum Verrücktwerden, und Taylor fühlte sich, als würde sie gleich aus der Haut fahren.

Sie begann, wie von selbst ihre Hüften zu bewegen, und versuchte, seiner Zunge zu folgen, um mehr Druck auf ihre Klitoris zu bekommen.

»Gefällt dir das?«, fragte Eagle, und Taylor konnte die Wärme seines Atems an ihrer Haut spüren. Sie keuchte und nickte.

»Das ist gut. Weil es mir verdammt noch mal sehr viel Spaß macht«, murmelte Eagle. »Ich könnte die ganze Nacht so weitermachen.«

»Bitte«, flüsterte sie mit einem langen Seufzer.

»Willst du zum Orgasmus kommen?«

»Oh Gott, ja! Bitte!«

»Ich liebe es, dich betteln zu hören, Flower, aber du musst mich nie um etwas anflehen.«

Dann hob er den Kopf und saugte sich noch einmal an ihrer Klitoris fest. Taylor wurde klar, dass er sie die ganze Zeit über immer heißer gemacht hatte. Seine Zunge fühlte sich wie ein Vibrator an ihrer empfindlichen Lustknospe an, und sie wollte, dass er sowohl aufhörte als auch heftiger weitermachte.

»Eagle ...«, stöhnte sie.

Als Antwort saugte er fester.

Mehr brauchte Taylor nicht, um einen Orgasmus zu bekommen, wie sie ihn noch nie erlebt hatte. Es fühlte sich an, als würde sich jeder Muskel in ihrem Körper zusammenziehen. Sie zitterte und bebte, und sie war sich sicher, dass sie sogar einen Moment lang das Bewusstsein verlor.

Als sie wieder zu sich kam, saß sie auf Eagles Oberkörper. Sie erinnerte sich nicht daran, dass sie sich dorthin bewegt hatte, aber vielleicht hatte er sie ja heruntergezogen, damit sie ihn nicht wirklich erstickte. Einen Moment lang war es ihr peinlich, bis Eagle sprach.

»Du bist so verdammt schön«, bemerkte er und leckte sich über die Lippen.

Taylor sah, dass sein Kinn und seine Wangen von ihrem Saft glänzten – und sie war wieder ein wenig beschämt. Doch dann packte Eagle ihre Hüfte mit seiner Hand und begann, sie an seinem Körper hinunterzuschieben.

»Ich brauche dich«, sagte er leise.

Ja, sie brauchte ihn auch. Taylor griff zwischen ihre Beine und nahm seinen Schwanz in die Hand, wobei sie genoss, wie er bei ihrer Berührung scharf einatmete.

»Kondom«, hauchte er.

»Wo?«, fragte Taylor.

»In der Brieftasche in meiner Hose.«

Es war lächerlich, dass sie etwas enttäuscht war, weil er so vorbereitet war. Sie sollte sich eigentlich ausgesprochen darüber freuen, dass er sie schützen wollte. Sie nahm nicht

die Pille, und sie hatten bisher nicht über sexuell übertrag-
bare Krankheiten gesprochen.

Sie beugte sich vor und griff nach seiner Hose, die nicht
ganz auf dem Boden gelandet war, als er sie vorhin ausge-
zogen hatte, sodass sie in Reichweite lag. Sie war froh, etwas
zu tun zu haben, um ihre Gefühle vor ihm verbergen zu
können.

Zumindest hatte sie gedacht, dass sie das konnte.

Sie öffnete seine Brieftasche und fand das Kondom
darin. Sie untersuchte die Verpackung und versuchte, das
Gefühl der Euphorie wiederzuerlangen, das sie noch vor
einem Moment nach ihrem Höhepunkt gehabt hatte.

Aber Eagle nahm ihr das Kondom aus der Hand und zog
sie zu sich heran. Taylor legte ihre Hände auf die Matratze
rechts und links neben seinen Schultern, um das Gleichgewicht zu halten.

»Sieh mich an, Tay«, befahl er.

Zögernd tat sie, wie geheißen.

»Das Kondom ist seit zwei Wochen in meiner Brieftasche. Das war's. Normalerweise trage ich Kondome nicht mit
mir herum wie ein notgeiler Student. Aber ich kenne mich.
Ich will dich schon verdammt lange, und obwohl ich nicht
wusste, dass es heute Abend passieren würde, weiß ich
schon lange, dass ich es will. Ich war seit Jahren mit
niemandem mehr zusammen. Und das wollte ich auch
nicht. Bis ich dich kennengelernt habe.«

Taylor schloss erleichtert die Augen.

»Taylor«, sagte er.

Sie öffnete ihre Augen wieder.

»Ich kann nicht versprechen, dass ich mich nie wie ein

Idiot benehmen werde. Ich werde dich wahrscheinlich oft zur Weißglut bringen. Ich neige dazu, zu viel über die Arbeit nachzudenken, und ich vergesse dabei die kleinen Dinge, wie den Müll rauszubringen und die Post reinzuholen. Aber ich kann dir versprechen, dass ich dir nie absichtlich wehtun werde. Ich würde nichts tun, was dich in Gefahr bringen könnte. Und mit dir ohne Gummi zu schlafen, bevor wir über Verhütung oder Kinder gesprochen haben, könnte dich in Gefahr bringen. Ganz zu schweigen davon, dass ich mich testen lassen will, damit du den Beweis hast, dass ich gesund bin.«

Taylor schluckte schwer. »Das bin ich auch. Und ich nehme keine Verhütungsmittel.«

Er nickte. »Dieses Kondom war immer für dich gedacht, das schwöre ich dir.«

»Ich glaube dir.« Und das tat sie tatsächlich.

»Gut. Und jetzt hoch mit deinem Hintern.«

Gehorsam setzte Taylor sich auf.

»Ganz nach oben auf die Knie«, befahl Eagle. »Und rutsch ein Stück zurück.«

Sie beschloss, dass sie es irgendwie mochte, wenn er so dominant war. Sie ging auf die Knie und wurde rot, als sie spürte, wie nass ihre Innenschenkel waren. So feucht war sie noch nie gewesen.

Er verschlang sie langsam mit seinem Blick, angefangen bei ihrem Kopf über ihre Brüste, ihren Bauch hinunter bis zu ihrer Muschi. Dann spürte sie, wie er mit seinen Händen ihre Muschi berührte, und sie erschauderte. Sie war sich bewusst, dass er das Kondom überzog, aber sie konnte den Blick nicht von seinen Augen abwenden.

Er griff noch einmal nach ihrer Hüfte. »Lass mich in dich eindringen«, bat er sie.

Taylor schaute nach unten und sah seinen steifen, mit dem Kondom bedeckten Schwanz, der sich in Richtung seines Bauchnabels wölbte. Sie nahm ihn in ihre Hand und genoss es, wie er bei ihrer Berührung zuckte.

»Verdammt noch mal«, fluchte Eagle.

Taylor rutschte auf ihren Knien nach vorn, bis sie über ihm war. Sie benutzte die Spitze seines Schwanzes, um sich selbst einen Moment lang zu streicheln und ihre Nässe auf ihm zu verteilen. Es gefiel ihr, wie lang sein Schwanz war. Er war nicht besonders dick, aber sie hatte das Gefühl, dass es allein aufgrund seiner Länge schwer sein könnte, ihn ganz in sich aufzunehmen.

»Tu es«, drängte Eagle.

Taylor drückte seinen Schwanz an ihre Muschi und begann, langsam auf ihm nach unten zu gleiten.

Sie stöhnten beide bei diesem Gefühl auf.

Sie hielt inne, als er bis zur Hälfte in ihr war. Es war schon eine Weile her, dass sie mit jemandem geschlafen hatte, und der Druck, den er tief in ihr ausübte, war ein wenig schmerzhaft.

»Lass dir Zeit«, keuchte Eagle, und sie war dankbar, dass er nicht die Kontrolle übernommen und einfach rücksichtslos in sie eingedrungen war.

Er ließ seine Hand zwischen ihre Körper gleiten und streichelte mit dem Daumen ihre immer noch empfindliche Klitoris.

Taylor zuckte und nahm etwas mehr von ihm in ihren Körper auf.

»So ist es richtig«, ermutigte Eagle sie. »Lass dir Zeit. Ich könnte die ganze Nacht hier liegen und deinen schönen Körper anstarren. Deine Muschi ist so eng um meinen Schwanz, und ich habe in meinem Leben noch nie etwas Erotischeres gesehen.«

Und damit war es um sie geschehen. Taylor stöhnte bei seinen heißen Worten und ließ sich nach unten sinken, wobei sie ihn ganz in sich aufnahm.

»Verdammt, das fühlt sich so gut an«, fluchte Eagle. »Du bist so heiß und eng, dass du meinen Schwanz praktisch zerquetschst.«

Taylor fühlte sich extrem ausgefüllt, aber auf eine gute Art. Sie hätte schwören können, dass sie ihn an ihrem Gebärmutterhals spüren konnte. Es war ein wenig unangenehm, aber nicht so sehr, dass sie das Gefühl hatte, aufhören zu wollen.

Sie würde jetzt nicht aufhören – auf keinen Fall. Es war fast unglaublich, dass Eagle tatsächlich in ihr war. Damit hatte sie nicht gerechnet, als sie vorhin die Tür geöffnet hatte, aber sie hätte nicht glücklicher sein können.

»Nimm dir so viel Zeit, wie du brauchst«, erklärte Eagle.

Taylor blinzelte und stellte fest, dass sie ganz still auf Eagle gesessen hatte, während sie in Gedanken versunken war. Langsam erhob sie sich von ihm, dann ließ sie sich wieder nach unten fallen.

Eagle sprach nicht, aber der intensive Blick der Ekstase auf seinem Gesicht sprach Bände. Taylor wollte ihm gefallen. Er hatte sie erregt, und jetzt war er an der Reihe. Sie war noch nie beim Sex zum Höhepunkt gekommen, und sie bezweifelte, dass sie es jetzt tun würde. Aber sie wollte, dass Eagle die Sache genoss.

Also begann sie, sich zu bewegen. Sie bewegte sich auf und ab, spannte ihre inneren Muskeln an, während sie sich aufrichtete, und tat alles, was sie konnte, um ihm ihr gemeinsames erstes Mal schön zu machen.

»Du strengst dich zu sehr an«, schimpfte Eagle.

Taylor hörte auf, sich zu bewegen, und sah zu ihm hinunter. »Was?«

»Du strengst dich zu sehr an«, wiederholte Eagle. »Lass dich gehen. Tu, was sich gut anfühlt.«

»Alles fühlt sich gut an«, protestierte sie.

»Vertraust du mir?«, wollte Eagle wissen.

Taylor wurde klar, dass sie etwas falsch machen musste, wenn er mitten im Sex so normal mit ihr sprechen konnte. Sie biss sich auf die Lippe und nickte.

»Lehn dich ein wenig vor und stütze deine Hände auf meiner Brust ab«, befahl Eagle.

Zweifelnd tat Taylor, was er verlangte.

»Jetzt heb deine Hüften an, nur ein wenig. Da, stopp. Genau so. Ist es so bequem?«

»Ja.«

»Gut. Und jetzt bleib so. Egal was passiert. Verstanden?«

»Aber ...«

»Kein Aber – beweg dich nicht«, fiel Eagle ihr ins Wort.

Taylor hatte keine Ahnung, was er vorhatte. Wie sollte sie es ihm besorgen können, wenn sie sich nicht bewegte?

Aber sie hatte keine Zeit, sich darüber Gedanken zu machen, denn sie spürte erneut seine Finger an ihrer Lustknospe.

Keuchend zuckte sie erneut zusammen.

»Beweg dich nicht, Flower. Ich meine es ernst«, schalt Eagle sie.

Sie erstarrte.

Er hörte nicht auf, seine Finger zu bewegen. Er strich damit intensiv über ihre Klitoris ... und innerhalb von Sekunden war sie wieder kurz davor, zum Orgasmus zu kommen.

»Eagle!«, stöhnte sie.

»So ist's richtig. Verdammt, ich liebe es, wenn du dich gegen meinen Schwanz presst. Das fühlt sich so verdammt gut an. Komm an meinem Schwanz, Tay. Ich will es spüren.«

Sie hätte sich nicht zurückhalten können, zum Orgasmus zu kommen, selbst wenn ihr Leben davon abgehangen hätte. Sie explodierte so heftig, während er ihren Körper wie ein Instrument spielte.

In dem Moment, in dem sie zum Höhepunkt kam, packte Eagle ihre Hüften und stieß tief in sie hinein. Der Schock, als sein Körper auf den ihren traf, sorgte dafür, dass sie aufschrie. Aber er hörte nicht auf. Er hielt sie immer noch fest und besorgte es ihr heftig und schnell. Mit seinem langen Schwanz stieß er wieder und wieder in sie.

Taylor konnte nicht anders, als ihre Beine weiter zu öffnen, sie wollte mehr. Der neue Winkel erlaubte es ihm, noch tiefer in sie einzudringen, und ihr Orgasmus wollte kein Ende nehmen, während er es ihr besorgte. Niemals zuvor hatte es sich so angefühlt.

Es dauerte nicht sehr lange, bis Eagle unter ihr stöhnte. Er packte ihre Hüften noch fester und zog sie nach einem extrem heftigen Stoß nach unten, wobei er sie fest an sich drückte.

Fasziniert beobachtete Taylor, wie er schwer schluckte, dann öffnete er den Mund und kam mit einem lang gezogenen Stöhnen zum Orgasmus. Sie waren beide verschwitzt und Taylor konnte tatsächlich spüren, wie sein Schwanz in ihrem Körper zuckte.

Es dauerte einige Augenblicke, aber schließlich stieß Eagle einen gewaltigen Atemzug aus, so als hätte er ihn die ganze Zeit angehalten. Taylor brach auf ihm zusammen, als hätte sie keine Knochen mehr im Leib. Sie konnte spüren, wie sich sein Brustkorb mit jedem Atemzug hob und senkte, und sein Herz schlug schnell unter ihrer Wange.

»Heiliger Strohsack«, flüsterte sie.

Eagle lachte leise. Sie spürte, wie er mit der Hand über ihr Haar strich. »Du machst mich völlig fertig«, scherzte er.

Taylor hob den Kopf. »Ich dachte, du hättest gesagt, ich darf das Sagen haben?«

Er lächelte verlegen. »Das hatte ich auch vor, aber ich konnte den Gedanken nicht ertragen, dass du unsicher bist. Und als ich gespürt habe, wie du an meinem Schwanz gekommen bist, konnte ich mich nicht mehr zurückhalten. Tut mir leid.«

»Es muss dir nicht leidtun«, entgegnete sie sofort und legte ihre Wange wieder an seinen Oberkörper. »Das war unglaublich. Ich habe noch nie ...« Ihre Stimme brach ab.

»Nie was?«, fragte er sanft.

Sie beschloss, so ehrlich wie möglich zu ihm zu sein, und sagte: »Ich bin noch nie beim Sex gekommen.«

»Wirklich?«, fragte er.

Taylor nickte.

»Nun, das ist wirklich schlimm. Aber ich verspreche dir, dass ich dafür sorgen werde, dass du von jetzt an sowohl vor als auch während und vielleicht sogar nach dem Sex zum Orgasmus kommst.«

»Auch nach dem Sex?«, fragte sie schläfrig.

»Ja, wer sagt denn, dass der Spaß aufhören muss, wenn wir miteinander geschlafen haben?«, fragte er.

»Nun, niemand, denke ich. Ich hatte nur noch nie einen Mann, der etwas anderes machen wollte, als zu schlafen, nachdem er zum Höhepunkt gekommen war.«

»Bitte, sprich nicht über andere Männer, mit denen du geschlafen hast, während du nackt und befriedigt in meinen Armen liegst«, bat Eagle.

Taylor nickte. »Tut mir leid. Aber du hast gefragt, ich habe geantwortet.«

»Stimmt. Wie auch immer, es könnte Zeiten geben, in denen ich zu viel Spaß habe, um die Sache zu beenden, obwohl ich bereits gekommen bin. Ich könnte dich wieder vernaschen oder einen Vibrator benutzen. Dich zum Orgasmus kommen zu sehen ist verdammt sexy, Taylor, und ich glaube, ich könnte süchtig danach werden.«

Taylor errötete. Sie spürte, wie sein Schwanz in ihr zuckte, und merkte, dass er ihn noch nicht herausgezogen hatte. Sie hob den Kopf und sagte: »Ähm ... du bist noch in mir.«

»Das bin ich«, pflichtete er ihr bei. »Und es fühlt sich wirklich fantastisch an.«

»Wie ist das möglich?«, fragte sie.

Er grinste. »Du hast vielleicht bemerkt, dass mein Schwanz ziemlich lang ist.«

Sie widerstand dem Drang, die Augen zu verdrehen und ihn zu fragen, ob er als Teenager seinen Schwanz gemessen und mit seiner Länge geprahlt hatte, und nickte einfach.

»Solange sich keiner von uns beiden bewegt, kann ich die ganze Nacht in dir bleiben, auch wenn ich keinen Steifen mehr habe«, informierte er sie.

Taylor machte große Augen.

»Das ist die Wahrheit«, versicherte Eagle ihr. »Aber leider muss ich das Kondom entsorgen.«

Sie runzelte die Stirn.

»Ich weiß. Ich will mich auch nicht bewegen. Es gibt nichts, was ich mehr möchte, als in dir einzuschlafen und genauso wieder aufzuwachen.«

Das wollte sie auch.

»Verdammt, ich habe gespürt, wie sich deine inneren Muskeln zusammengezogen haben. Der Gedanke gefällt dir, nicht wahr?«

Es wäre dumm zu lügen. Taylor nickte.

»Dann sollst du das auch bekommen. Nachdem ich mich habe testen lassen und beweisen kann, dass du mir vertrauen kannst. Du wirst verhüten müssen, wenn du nicht schwanger werden willst. Ich habe das Gefühl, wenn ich dich erst einmal ohne Kondom gehabt habe, werde ich sie überhaupt nicht mehr benutzen wollen.« Dann schob er sie langsam von seinem Oberkörper nach rechts, und beide stöhnten, als sein Schwanz schließlich aus ihrem Körper glitt.

»Ich bin gleich wieder da«, erklärte Eagle, beugte sich vor und küsste sie auf die Stirn. »Bleib genau so liegen.«

Als ob sie das könnte. Taylor blieb auf dem Rücken liegen und beobachtete, wie Eagle selbstbewusst in Richtung des angrenzenden Badezimmers schritt. Sie hörte das Wasser laufen und kurz darauf kam er wieder auf sie zu. Er war immer noch nackt und immer noch so schön wie beim ersten Mal, als sie ihn in ihrem Bett gesehen hatte.

Aber der weiße Verband an seinem Oberarm erinnerte sie eindringlich daran, wie nahe sie daran gewesen war, ihn zu verlieren.

Auf dem Weg zurück ins Bett schaltete er das Licht im Schlafzimmer aus, und als er unter die Decke kroch, drehte Taylor sich sofort zu ihm um.

»Ich habe deinen Arm vergessen. Habe ich dir wehgetan?«

»Nein«, erklärte er leichthin.

»Lügst du mich an?«, fragte sie skeptisch.

Eagle lachte leise. »Nein. Ich verspreche, dass ich nur daran gedacht habe, wie du dich auf mir, um mich und über mir anfühlst.«

Überraschenderweise fühlte Taylor sich gar nicht so müde. Noch vor einem Moment wäre sie am liebsten zusammengebrochen, aber jetzt, da sie mit dem Kopf auf Eagles Schulter in ihrem Bett lag, was sie nie für möglich gehalten hätte, wollte sie wach bleiben und alles in sich aufsaugen.

»War euer Einsatz erfolgreich?«, fragte sie.

»Ja.«

»Und den anderen geht es gut? Sie wurden nicht verletzt?«

»Nein, es geht ihnen gut. Danke, dass du mir Nachrichten geschickt hast, während ich weg war«, sagte Eagle zu ihr. »Ich kann dir gar nicht sagen, was es mir bedeutet hat, mein Handy einzuschalten und zu sehen, dass du an mich gedacht hast.«

»Das habe ich. Es war komisch, nicht jeden Tag mit dir zu reden«, gab Taylor zu. »Ich habe mich während der letzten Monate wirklich daran gewöhnt.«

»Ich auch«, stimmte Eagle zu. »Es gab so viele Male, an denen ich am liebsten zum Handy gegriffen hätte, bevor ich mich daran erinnert habe, dass ich das nicht tun durfte. Und jetzt erzähl mir von dem unheimlichen Kerl im Pflegeheim.«

Taylor seufzte. Sie hätte ihm nicht von dem Typen berichten sollen. Sie wollte nicht wirklich über ihn reden. Nicht, wenn sie und Eagle nackt in ihrem Bett lagen. Aber sie tat es trotzdem. »Er hat nicht wirklich etwas getan. Er hat nur geredet, aber ich hatte ein komisches Gefühl dabei. Und nachdem er meinen Namen gesagt hatte, obwohl ich mich ihm nicht vorgestellt hatte, war ich fertig mit ihm.«

»Das hast du mir gar nicht erzählt. Er wusste, wie du heißt?«, hakte Eagle nach.

Taylor konnte die Besorgnis in seinem Tonfall hören, und es beruhigte sie tatsächlich, dass sie mit ihrem Unbehagen nicht überreagiert hatte. Eagle hätte es sofort abtun können, aber er tat es nicht. »Ja. Ich meine, einer der Angestellten könnte ihm gesagt haben, wie ich heiße, als er das Heim betreten hat, oder einer der Bewohner könnte es ihm verraten haben, aber es kam mir einfach seltsam vor.«

»Das ist wirklich seltsam«, stimmte Eagle zu. »Und die

Angestellten haben kein Recht, anderen Leuten persönliche Informationen über dich mitzuteilen.«

»So etwas kommt vor«, erwiderte Taylor und war sich nicht sicher, warum sie versuchte, Eagle davon zu überzeugen, dass der Typ, der ihren Namen gewusst hatte, keine große Sache war, wenn sie tief im Inneren ausgesprochen beunruhigt war. »Jedenfalls bin ich gleich danach gegangen und diese Woche nicht mehr hingegangen. Ich dachte, vielleicht ... vielleicht fährst du am kommenden Wochenende mit mir zusammen hin?«

»Natürlich werde ich das«, erklärte Eagle, ohne zu zögern.

»Danke.«

»Dafür musst du mir nicht danken. Du weißt, dass ich schon eine ganze Weile mit dir dorthin gehen wollte. Ich habe darauf gewartet, dass du mich reinlässt, dass du mir genügend vertraust, damit du mich mitkommen lässt.«

»Nun, ich habe dich heute Abend auf jeden Fall ›reingelassen‹«, scherzte Taylor.

Er schnaubte. »Du weißt ganz genau, was ich meine.«

»Das tue ich«, erwiderte sie ernst. »Ich weiß nicht, warum ich mich vorher so dagegen gesträubt habe. Ich schätze, es liegt einfach daran, dass mir die Demenz ein wenig zu nahegeht. Ich weiß, was die Leute dort fühlen. Sie können ihre Gedanken nicht in Worte fassen, nicht *wirklich*, aber ich weiß es. Und das macht mir eine Heidenangst. Und viele der Bewohner haben keine Familien, die sie oft besuchen. Sie sind allein, so wie ich.«

Eagle legte seinen Arm um sie. »Du bist nicht mehr allein«, versicherte er ihr mit Nachdruck.

»Du hast keine Kristallkugel, Eagle. Du hast keine Ahnung, was die Zukunft bringt.«

»Willst du Kinder?«

Die Frage erschreckte Taylor. Sie hatte sie nicht erwartet ... und der Schmerz, den sie jedes Mal empfand, wenn sie an ihre eigene Kindheit dachte, flammte in ihrem Bauch auf. »Ich wäre eine furchtbare Mutter«, entgegnete sie.

»Du irrst dich. Und du hast meine Frage nicht beantwortet«, erwiderte Eagle ruhig.

Taylor fühlte sich alles andere als ruhig. All die guten Gefühle von den früheren Orgasmen waren jetzt verschwunden. Sie hätte doch lieber einfach einschlafen sollen. »Es spielt keine Rolle, ob ich sie will oder nicht«, erklärte sie ihm. »Tatsache ist, dass ich nicht einmal meine eigenen Kinder wiedererkennen würde. Wenn ich mit ihnen in den Park gehe, wüsste ich nicht, welches mein Kind ist. Wenn ich sie von der Schule abholen würde, müsste ich warten, bis sie zu mir kommen. Ich wäre eine furchtbare Mutter.«

»Falsch«, widersprach Eagle vehement. »Du wärst eine tolle Mutter. Im Park wüsstest du, was deine Kinder anhaben, und du hättest ein Auge auf sie. Dasselbe gilt für die Schule.«

Taylor schüttelte nur den Kopf. »Meine Kindheit war furchtbar«, erzählte sie ihm leise. »Du weißt, dass ich keine emotionale Bindung zu meiner eigenen Mutter aufbauen konnte, und sie hat mich daraufhin aufgegeben. Bei den Pflegefamilien, in denen ich war, war es genauso. Und Freundinnen? Vergiss es. Ich wurde jeden Tag gemobbt, bis zu meinem letzten Schuljahr. Und ich möchte auf keinen Fall meine Krankheit an eines meiner Kinder weitergeben.«

»Ist Prosopagnosie genetisch bedingt?«, fragte Eagle sanft.

»Es scheint in den Familien zu liegen«, sagte Taylor zu ihm. Sie spürte, wie er seine Finger unter ihr Kinn legte und ihren Kopf anhob, bis sie keine andere Wahl hatte, als ihn anzusehen.

»Ich glaube, du wärst eine außergewöhnliche Mutter ... ob dein Kind nun Prosopagnosie hat oder nicht. Du würdest lernen, dein Kind an seinen Eigenheiten zu erkennen. An der Neigung des Kopfes, an der Art, wie es geht, am Klang seiner Stimme. Du hast es selbst gesagt, dass dein Geruchssinn ebenfalls schärfer als normal ist. Ich zweifle nicht daran, dass du einen Weg finden würdest, dein Kind zu erkennen, selbst wenn es bedeutet, dass du ihm einen Irokesenschnitt verpassen oder deiner Tochter eine rosa Strähne ins Haar färben müsstest.

Und ich kann mir nichts Besseres für ein Kind mit Prosopagnosie vorstellen, als einen Elternteil zu haben, der die gleiche Krankheit hat. Er oder sie kann immer mit dir darüber reden ... denk daran, was für eine großartige Hilfe du wärst. Du würdest nämlich wirklich verstehen, was dein Kind durchmacht. Und ... du hättest natürlich auch deinen Mann an deiner Seite. Du wärst nicht allein, nicht einen Moment lang.«

Taylors Augen füllten sich mit Tränen. »Warum konnte ich dich nicht schon vor Jahren kennenlernen? Bevor ich so zynisch geworden bin?«

»Alles geschieht aus einem bestimmten Grund. Wenn du mich vor fünf Jahren kennengelernt hättest, hättest du mich vielleicht nicht gemocht. Ich war verbittert über alles, was beim Militär passiert war, und ich war ein Mistkerl. Es war vorherbestimmt, dass wir uns treffen. Daran habe ich keinen Zweifel.«

»Danke«, sagte Taylor leise.

»Du musst mir nicht dafür danken, dass ich dich ziemlich toll finde«, erklärte Eagle. »Du musst es nur selbst glauben.«

Taylor nickte, und Eagle hob den Kopf und küsste sie heftig auf die Lippen, dann ließ er ihr Kinn los.

»Was ist sonst noch passiert, während ich weg war?«, wollte er wissen.

Sie war froh, dass er das Thema gewechselt hatte, aber sie fühlte sich nach seiner Ermutigung und seinem Vertrauen in sie besser und sagte: »Eines Abends hatte ich keine Lust zu kochen, also bin ich losgezogen, um mir etwas zu essen zu holen. Und zum ersten Mal in meinem Leben hatte ich ein Erlebnis, bei dem mir die Kassiererin sagte, dass der Fahrer des Wagens vor mir schon bezahlt hatte. Das war ein tolles Gefühl, also musste ich natürlich auch für die Bestellung der Leute im Wagen hinter *mir* bezahlen.«

»Das ist toll, Tay. Was noch?«

»Ich war kurz darauf mit Skylar essen, und jemand hat für unser Mittagessen bezahlt ... was ein verrückter Zufall war, direkt nach der Drive-in-Sache. An einem anderen Tag bin ich zu *Silverstone Towing* gefahren, weil ich dich vermisst habe und mir dachte, dass ich mich dir dort näher fühlen könnte. Ich habe dir schon erzählt, dass ich deinen Rekord beim Flippern gebrochen habe – entschuldige, aber es tut mir kein bisschen leid –, und dann ist Skylar aufgetaucht. Wir haben ein bisschen geredet und uns vorgenommen, zusammen ins Einkaufszentrum zu gehen. Wir waren vor ein paar Tagen dort, und ich schwöre, ich habe mich wieder wie ein Teenager gefühlt, der durch das Einkaufszentrum streift. Skylar ist wahnsinnig witzig. Ich mag sie wirklich.«

»Ich weiß aus zuverlässiger Quelle, dass sie dich auch mag«, versicherte Eagle ihr lächelnd.

»Ich habe nie wirklich gute Erfahrungen mit Freundinnen gemacht«, gab Taylor zu. »Aber Skylar ist so bodenständig. Ich hoffe wirklich, dass es mit uns klappt.«

»Das wird es.«

»Ich habe auch eine Menge Arbeit erledigt. Das war eine gute Ablenkung davon, mir Sorgen um dich zu machen«, erklärte sie.

»Es tut mir leid, dass du dir Sorgen gemacht hast, aber weißt du was? Ich hatte noch nie jemanden, der sich solche Sorgen um mich gemacht hat.«

Taylor fuhr mit einem Finger über ein paar längst verheilte Narben auf seiner Brust. Sie hatte keine Ahnung, woher sie stammten, aber sie wusste, dass das Leben als Soldat der Spezialeinheit und die Arbeit für das *Silverstone-Team* nicht gerade mit der Arbeit in einem Büro zu vergleichen war. Es war viel gefährlicher.

Eagle fuhr fort: »Ich habe kein enges Verhältnis zu meiner Familie. Ich meine, wir kommen ganz gut miteinander aus, wir sind nur völlig unterschiedliche Menschen. Mein Bruder ist zehn Jahre älter, und ich sehe ihn nie. Meine Mutter und mein Vater meinen es gut, aber sie waren nie damit einverstanden, dass ich zum Militär gehe. Sie haben keine Ahnung, was ich jetzt mache. Und ich hatte noch nie jemanden, der auf mich gewartet hat, wenn ich von einem Einsatz nach Hause kam. Ich glaube, das gefällt mir.«

Taylor schmiegte sich an ihn und wurde damit belohnt, dass er seinen Arm um sie legte. »Weißt du, was mir gefällt?«, fragte sie.

»Was?«

»Das hier. Dass ich mit dir persönlich reden kann, bevor ich schlafen gehe, statt am Handy.« Es war ein Risiko, sich verletzlich zu machen, indem sie das zugab, aber es war zu spät, es zurückzunehmen.

»Mir gefällt es auch«, pflichtete er ihr bei.

»Morgen früh will ich aber wirklich deinen Arm sehen. Du hast mich nicht nachsehen lassen.«

Ein Lachen grollte in Eagles Brust. »Okay, Flower. Du darfst mich untersuchen und mir anschließend einen Kuss geben, damit es mir besser geht.«

»Wow, das klingt ziemlich verführerisch«, sagte sie mit einem kleinen Kopfschütteln zu ihm.

»Nun, dein Mann hat eben eine schmutzige Fantasie«, erwiderte er.

Ihr Mann. Das gefiel Taylor.

»Aber er ist auch erschöpft«, erklärte Eagle ihr. »Mein Plan war, eine Weile zu reden und es dir dann noch einmal zu besorgen, aber ich bin nicht sicher, ob ich meine Augen so lange offen halten kann.«

»Ist schon okay. Ich bin sowieso ein bisschen wund«, gab Taylor zu.

»Ich hätte dir ein Bad einlassen sollen«, bemerkte Eagle schläfrig.

Allein die Tatsache, dass er überhaupt daran gedacht hatte, brachte Taylor zum Schmelzen. »Ist schon okay.«

»Ich habe dich vermisst, Flower«, murmelte er. Es war offensichtlich, dass er fast eingeschlafen war.

»Ich habe dich auch vermisst«, erwiderte Taylor.

Dann hörte sie nur noch seine tiefen Atemzüge, als er in einen erholsamen Schlaf fiel.

Taylor atmete seinen Duft ein und schloss ebenfalls die Augen. Dieser Abend war nicht so verlaufen, wie sie es sich vorgestellt hatte ... sondern so viel besser.

KAPITEL DREIZEHN

Die letzten paar Tage waren idyllisch gewesen. Eagle war der Freund, von dem Taylor immer geträumt hatte. Er war unglaublich aufmerksam und es war ihr bis jetzt überhaupt nicht klar gewesen, was sie bisher im Bett verpasst hatte. Er sorgte immer dafür, dass sie mehrmals zum Orgasmus kam.

Aber auch außerhalb des Schlafzimmers war er fantastisch. Er drängte sich nicht auf. Er ließ sie ihre Korrekturarbeiten erledigen, während er sich um seine eigenen Angelegenheiten kümmerte, und machte ihr nie ein schlechtes Gewissen, wenn sie etwas zu erledigen hatte, anstatt Zeit mit ihm zu verbringen.

Er hatte den ganzen Tag nach seiner Rückkehr von seinem Einsatz bei *Silverstone Towing* damit verbracht, mit seinen Freunden eine Nachbesprechung abzuhalten. Und nachdem sie seinen Arm untersucht hatte, hatte Taylor festgestellt, dass es wirklich nur ein Streifschuss gewesen war. Aber das bedeutete nicht, dass sie sich jetzt keine Sorgen mehr um ihn machte, und sie fragte ihn auch weiterhin, ob er Schmerzen hatte.

Taylor war auch eines Abends mit Skylar zum Essen gegangen, und die andere Frau hatte auf einen Blick erkannt, dass Taylor und Eagle ihre Beziehung auf die nächste Stufe gebracht hatten. Es fühlte sich immer noch seltsam an, mit einer anderen Frau über ihr Liebesleben zu sprechen, aber es war beruhigend, dass Skylar die meisten der gleichen Ängste hatte, wenn es um die Sicherheit der Männer ging, wenn sie aufgrund eines Einsatzes unterwegs waren.

Es hatte keine weiteren unheimlichen Männer gegeben, die versucht hatten, mit ihr ins Gespräch zu kommen, und sogar der Ausflug mit Eagle ins Heim für Demenzkranke war ein Erfolg gewesen. Er ging erstaunlich gut mit den Bewohnern um, hielt sich zurück, wenn es offensichtlich war, dass sich jemand in seiner Gegenwart unwohl fühlte, und ließ sich auf ein dreißigminütiges Gespräch mit einem der Veteranen ein.

Alles in allem konnte Taylor sich nicht erinnern, jemals glücklicher gewesen zu sein – was sie zu Tode erschreckte. Denn jedes Mal, wenn sie das Gefühl hatte, sich gehen lassen zu können, schien ihr das Leben einen Strich durch die Rechnung zu machen.

Heute saß sie an ihrem Küchentisch und las ein neues Buch Korrektur, das ihr zugeschickt worden war. Es war ein Thriller eines *New York Times* Bestsellerautors, und es fiel ihr tatsächlich schwer, sich auf ihre Arbeit zu konzentrieren und sich nicht in der Geschichte zu verlieren, als es an ihrer Wohnungstür klopfte.

Überrascht schaute Taylor auf ihr Handy. Normalerweise schickte Eagle ihr eine Nachricht, wenn er auf dem Weg zu ihr war, aber sie hatte schon seit ein paar Stunden nichts mehr von ihm gehört. Sie spürte, wie sich die Schmetterlinge in ihrem Bauch bei dem Gedanken, es mit jemandem zu tun zu haben, den sie vielleicht kannte oder auch nicht, in Luft auflösten, und ging zu ihrer Tür. Als sie durch den Spion schaute, sah sie einen Mann dort stehen. Er hatte ein graues T-Shirt und eine blaue Latzhose an. Außerdem trug er eine Baseballkappe.

»Wer ist da?«, rief sie, da sie nicht bereit war, einem Fremden die Tür zu öffnen.

»Der Wartungsdienst, Ma'am«, erklärte der Mann und schaute zur Tür hoch.

Sie konnte sehen, dass er braune Augen hatte, und er lächelte. In der rechten Hand hielt er einen großen flachen Gegenstand und in der linken Hand ein Flugblatt hoch. »Ich bin hier, um Ihren Luftfilter zu wechseln.«

Taylor seufzte erleichtert und erinnerte sich daran, dass sie die gleichen Aushänge in der Wohnanlage gesehen hatte. Die Verwalter ließen die Bewohner immer wissen, wann jemand vorbeikommen würde, um routinemäßige Wartungsarbeiten an den Wohnungen vorzunehmen oder Ungeziefer zu beseitigen. Bis zu diesem Moment hatte sie das ganz vergessen gehabt. Sie löste die Kette und den Riegel und öffnete die Tür.

»Hallo, entschuldigen Sie bitte«, sagte sie zu ihm.

Der Mann zuckte mit den Schultern. »Heutzutage kann man nicht vorsichtig genug sein. Eine hübsche Frau wie Sie könnte in eine schlimme Situation geraten, wenn sie nicht aufpasst.« Mit diesen Worten schob sich der Mann an ihr vorbei und betrat ihre Wohnung.

Die Erleichterung, die sie empfunden hatte, verschwand sofort, und Taylor bereute es, die Tür geöffnet zu haben. Aber jetzt war es zu spät.

Dann fiel ihr etwas anderes auf. Als der Handwerker vorbeigegangen war, war ihr sein starker Geruch in die Nase gestiegen.

Bleichmittel, Antiseptika und Urin.

Er roch genauso wie das Heim für Demenzkranke ... und der Mann, den sie dort getroffen hatte.

Taylor zermarterte sich das Hirn und versuchte, sich an irgendetwas über den Mann zu erinnern, der ihr in der letzten Woche bei ihrem ehrenamtlichen Dienst Angst eingejagt hatte, aber natürlich fiel ihr nichts ein. Sie erinnerte sich daran, was er getragen hatte, aber das half ihr im Moment nicht weiter.

Als sie merkte, dass sie immer noch wie erstarrt war, ging Taylor ein Stück weiter in ihre Wohnung, schloss die Tür aber nicht. Sie brauchte vielleicht einen schnellen Fluchtweg, und wenn sie sich die Zeit nehmen musste, ihre Tür zu öffnen, konnte er sie vielleicht daran hindern zu verschwinden. Da es mitten am Tag war, waren die meisten ihrer Nachbarn nicht da, sondern bei der Arbeit. Wahrscheinlich gab es niemanden, der ihre Hilferufe hören würde.

Sie hasste es, jemandem gegenüber so misstrauisch zu sein, aber sie hatte keine Ahnung, warum der Mann vom Wartungsdienst wie die Bewohner des Pflegeheims riechen sollte. Es ergab keinen Sinn, und vielleicht hatte die Zeit mit

Eagle sie noch paranoider gemacht ... aber irgendetwas stimmte hier nicht.

Erst jetzt bemerkte Taylor, dass sie immer noch ihr Telefon in der Hand hielt. Gott sei Dank.

Als sie aufblickte, um zu sehen, wo der Mann war, bemerkte sie, dass er im Flur kniete und sich an dem Gitter zu schaffen machte, das den Filter ihrer Klimaanlage abdeckte. Als spürte er ihre Blicke auf sich, schaute er hoch.

»Also ... die meisten Bewohner sind um diese Tageszeit nicht daheim. Arbeiten Sie von zu Hause?«

Da sie keine Lust auf Small Talk hatte und ihre Intuition ihr riet, sich von dem Mann zu entfernen, klickte sie auf Eagles Namen und hielt ihr Handy ans Ohr.

»Hey, Tay, was gibt's?«

»Hi, Kellan. Ich habe deine Nachricht bekommen. Bist du schon auf dem Weg zu mir?« Sie hoffte, dass sie Eagle durch die Verwendung seines Vornamens sofort zu verstehen geben konnte, dass etwas nicht stimmte. Das und die Tatsache, dass er ihr keine Nachricht geschrieben hatte und ganz sicher nicht auf dem Weg zu ihrer Wohnung war.

»Was ist los?«, knurrte Eagle.

»Großartig. Der Wartungstechniker ist hier und wechselt meinen Filter aus, aber wir können losfahren, sobald er fertig ist.«

»Jemand ist da? In deiner Wohnung? Ist alles in Ordnung mit dir?«

»Ja, er ist gerade gekommen. Aber ich bin sicher, es wird nicht lange dauern, oder?«, fragte Taylor den Mann, der immer noch in ihrem Flur kniete. Sie konnte sich nicht entscheiden, ob sie sich einbildete, dass er jetzt gereizt aussah, oder ob sie einfach in Panik geriet.

»Richtig«, murmelte er und wandte die Aufmerksamkeit wieder dem Filter zu.

»Ich bin auf dem Weg«, versicherte Eagle ihr, und Taylor konnte hören, wie der Motor seines Wagens ansprang. »Bleib in der Nähe der Tür.«

»Alles klar, mache ich«, versicherte sie ihm.

»Und wenn er irgendetwas tut, was dich nervös macht, dann verschwinde einfach. Es ist mir egal, dass du ihn in deiner Wohnung zurücklässt – *nichts* ist wichtiger als deine Sicherheit.«

»Okay«, erwiderte sie. »Ich glaube, ich habe Lust auf Nudeln zum Mittagessen.«

»Du machst das großartig«, erklärte Eagle ihr. »Sprich weiter. Ich werde nicht auflegen, bis er weg ist oder ich bei dir bin.«

»Gut«, entgegnete Taylor erleichtert. Sie führte ein einseitiges Gespräch über nichts Bestimmtes, während sie den Handwerker im Auge behielt. Eagle ermutigte sie immer wieder und teilte ihr mit, wo er war und wann er ankommen würde.

»Das war's auch schon«, erklärte der Mann, als er aufstand. »So gut wie neu.«

»Danke«, entgegnete Taylor und nahm das Telefon nicht von ihrem Ohr weg. Sie war sich bewusst, dass es unhöflich war, und wenn es sich wirklich um einen Handwerker handelte, würde sie später ein verdammt schlechtes Gewissen haben, weil sie an ihm gezweifelt hatte ... aber sie bekam diesen Geruch einfach nicht aus der Nase.

Er kam auf sie zu, und Taylor konnte nur mit Mühe verhindern, dass sie zurückwich, als er sich ihr näherte.

»Er geht?«, fragte Eagle an ihrem Ohr.

»Ja.«

»Es war schön, Sie zu sehen«, verabschiedete sich der Mann. »Einen schönen Tag noch.« Dann nickte er ihr zu und ging auf ihre offene Tür zu.

Nachdem er durch die Tür verschwunden war, ließ Taylor ihm noch zehn Sekunden Zeit, um sich zu vergewissern, dass er weit genug im Flur war. Natürlich konnte er auch vor der Tür auf der Lauer liegen, aber sie hoffte, dass die Tatsache, dass sie gerade mit jemandem telefonierte, ihn davon abhalten würde, etwas Verrücktes zu tun ... wenn das überhaupt seine Absicht war.

Erst als die Tür geschlossen war und sie den Riegel vorgeschoben hatte, wagte sie zu atmen.

»Ist er weg?«, fragte Eagle.

»Ja«, entgegnete Taylor mit zittriger Stimme.

»Es war schön, Sie zu *sehen*? Was zum Teufel sollte das?«, knurrte Eagle.

Taylor hatte diesen Teil nicht einmal mitbekommen. Würden die meisten Leute nicht sagen, dass es schön war, jemanden *kennengelernt* zu haben? Verdammt, jetzt war sie *wirklich* in Panik.

»Was hatte er an?«, bellte Eagle. »Ich bin fast da. Ich werde versuchen, ihn auf dem Parkplatz abzupassen und mit ihm zu reden.«

»Graues Hemd, Latzhose, Baseballkappe«, beschrieb Taylor ihn. Sie war erleichtert, dass er sie nicht gefragt hatte, wie der Mann aussah. Die meisten Leute hätten nicht zweimal über ihre Frage nachgedacht, aber es war offensichtlich, dass Eagle es besser wusste.

»Ich glaube, er hatte braunes Haar«, fiel ihr ein. »Ich konnte wegen der Kappe nicht viel sehen. Und er hatte weiße Tennisschuhe an.«

»Okay, mein Schatz. Ich biege gleich auf den Parkplatz ein.«

»Er hat merkwürdig gerochen«, flüsterte sie.

»Was?«

»Sein Geruch. Ich habe ihn erkannt. Es war der gleiche wie im Heim für Demenzkranke. Ich dachte sofort an den unheimlichen Kerl, der sich im Garten neben mich gesetzt hat ... aber das kann ja nicht sein, oder?«

Aber anstatt sie zu beruhigen, sagte Eagle: »Ich lege jetzt auf. Ich bin hier und werde mich erst einmal umsehen, bevor ich hochkomme. Ich schreibe dir eine Nachricht, kurz bevor ich klopfe, damit du weißt, dass ich es bin, okay?«

»Okay. Sei vorsichtig.«

»Das bin ich immer«, versicherte er ihr, wie sie es bereits gewusst hatte, und legte dann auf.

Taylor wich von der Tür zurück und hielt sich das Handy an die Brust. Ihr Herz raste.

Warum sollte der Mann aus dem Heim hierherkommen? Woher wusste er, wo sie wohnte? Gab es da überhaupt eine Verbindung? Vielleicht arbeitete der Mann *wirklich* für den Wartungsdienst ...

Nichts ergab einen Sinn – und das machte Taylor eine Heidenangst.

Sie starrte auf die Tür in ihrer Wohnung und betete, dass Eagle sich beeilte.

Eagle war nicht glücklich darüber, dass Taylor so nervös geworden war. Als er sie an diesem Morgen verlassen hatte, war sie schläfrig und befriedigt gewesen. Sie hatte kein Problem mit ihrem Gedächtnis, aber er war mehr als bereit, sie jeden Tag daran zu erinnern, dass *er* der Mann in ihrem Bett war. Jeden Morgen, sobald sie beide wach waren, sagte er sofort: »Guten Morgen, Flower«, und die Erleichterung und Liebe in ihren Augen brachte ihn fast um.

Er wusste, dass es Liebe war. Denn er fühlte genau dasselbe. Keiner von beiden hatte bisher die Worte ausgesprochen, aber er konnte nicht leugnen, dass das Gefühl da war.

Als er hörte, dass sie ihn bei seinem Vornamen nannte, hatte ihn die gute Laune, in der er sich den ganzen Morgen befunden hatte, mit einem Schlag verlassen. Sie nannte ihn nie Kellan, und er hatte sofort gewusst, dass etwas nicht stimmte. Es gefiel ihm ganz und gar nicht, wie ihre Stimme gezittert hatte; er hatte sich in Bewegung gesetzt, bevor er überhaupt darüber nachgedacht hatte.

Der Rest der Jungs war bei der Arbeit, also hatte er sie nicht als Verstärkung. Sein einziger Gedanke war, zu Taylor zu gelangen. Aber jetzt, da sie wieder hinter ihrer Tür eingeschlossen und für den Moment relativ sicher war, nahm er sich die Zeit, Gramps anzurufen, während er langsam über den Parkplatz fuhr und nach jemandem Ausschau hielt, auf den die Beschreibung passte, die Taylor ihm gegeben hatte.

»Hey, Eagle. Was gibt's?«, sagte Gramps, als er ans Handy ging.

»Ich brauche deine Hilfe. Und die der anderen Jungs auch.«

»Warum? Was ist los?«

»Ich weiß es nicht. Vielleicht nichts, aber ich bin nicht bereit, Taylors Leben zu riskieren.« Er erklärte ihm, dass Taylor ihn angerufen und sie das Gefühl hatte, dass der Mann, der behauptet hatte, für den Wartungsdienst tätig zu sein, derselbe war, der ihr bei ihrem Besuch im Heim für Demenzkranke eine Heidenangst eingejagt hatte.

»Ich bin auf dem Parkplatz«, sagte Eagle zu seinem Teamkameraden. »Ich sehe mich um, aber ich könnte etwas Verstärkung gebrauchen.«

»Geht klar. Ich rufe Bull und Smoke an«, versprach Gramps, ohne zu zögern. »Ich beende gerade noch einen Auftrag, aber ich komme, so schnell ich kann. Kommst du bis dahin zurecht?«

»Ja. Taylor ist in ihrer Wohnung, also ist sie im Moment einigermaßen in Sicherheit. Danke, Gramps.«

»Du musst dich nicht bei mir bedanken«, versicherte Gramps ihm. »Bis gleich.« Dann legte er auf.

Eagle hatte niemanden gesehen, der dem Mitarbeiter eines Wartungsdienstes auch nur im Entferntesten ähnelte, was an sich schon ein Hinweis war. Wenn er wirklich ein Angestellter des Wohnhauses gewesen war, musste er sich irgendwo in der Nähe aufhalten. Er würde bei einem Nachbarn an die Tür klopfen, weiteres Wartungsmaterial aus seinem Wagen oder einem Lagerraum holen, oder so was in der Art. Aber die einzigen Leute, die er herumlaufen sah, waren offensichtlich Bewohner des Wohnhauses.

Allerdings wusste Eagle auch, dass der Mann sich umgezogen haben könnte, um nicht aufzufallen. Da Taylor ihn nicht anhand seiner Gesichtszüge identifizieren konnte, war Eagle eindeutig im Nachteil. Das war eine Situation, in der er sich nicht sehr oft befand, und sie gefiel ihm nicht. Ganz und gar nicht.

Er schickte eine kurze Nachricht an Taylor.

Eagle: Es ist alles in Ordnung. Ich warte auf den Rest des Teams, damit sie mir helfen. Ist bei dir alles in Ordnung?

Ihre Antwort kam sofort.

Taylor: Ja. Alles in Ordnung. Ich komme mir irgendwie albern vor, um ehrlich zu sein. Wahrscheinlich war er wirklich einfach nur ein Wartungstechniker. Es tut mir leid, dass ich dich umsonst hierhergerufen habe.

Eagle hatte eigentlich vor, auf den Rest des Teams zu warten und dann das gesamte Wohnhaus und die umliegende Umgebung auf der Suche nach dem Typen umzukrempeln, aber erst wollte er sich kurz Zeit nehmen, um direkt mit Taylor zu sprechen.

Eagle: Ich komme jetzt zu dir hoch. In einer Minute bin ich da.

Dann ging er die Treppe hinauf, nahm dabei immer zwei Stufen auf einmal, und war innerhalb von fünfundvierzig Sekunden vor Taylors Wohnung. Bevor er klopfte, holte er tief Luft und versuchte, sich zu beherrschen. Ihr panischer Anruf hatte ihn mehr erschüttert, als er zugeben wollte.

Er hatte es schon mit Terroristen, Mördern und Menschen zu tun gehabt, deren einziges Lebensziel darin bestand, andere zu töten ... aber Eagle glaubte nicht, dass er jemals so viel Angst gehabt hatte wie in dem Moment, in dem ihm klar geworden war, dass Taylor allein in ihrer

Wohnung war, mit jemandem, der ihr vielleicht etwas antun wollte oder auch nicht. Er hatte keine Ahnung, wer seiner Taylor etwas Böses wollte – falls das der Fall war –, aber er würde alles in seiner Macht Stehende tun, um sie zu beschützen.

Er war ein ehemaliger Soldat der Spezialeinheit. Er und sein Team besaßen die Ausbildung und die Fähigkeit, alles zu tun, was nötig war, um dafür zu sorgen, dass ihr niemand etwas antat, aber ... wie bekämpfte man einen Geist? Taylor konnte den Mann nicht beschreiben, und ihn anhand seines Geruchs zu identifizieren würde bei einer Menschenjagd nicht gerade funktionieren.

Eagle klopfte dreimal an Taylors Wohnungstür. »Tay? Ich bin's, Eagle. Mach die Tür auf, Flower.«

Kaum hatte er ihr Codewort gesagt, hörte er, wie sie aufschloss. Dann lag sie in seinen Armen. Eagle ging mit ihr rückwärts, ohne sie loszulassen, und trat ihre Tür zu. Er sah sich um und entdeckte nichts, was ungewöhnlich erschien. Er atmete erleichtert aus und vergrub sein Gesicht für einen Moment in ihrem Haar.

Wie immer waren ihre Locken durcheinander, und einen Moment lang stellte Eagle sich vor, wie sie verletzt und regungslos auf dem Boden lag und diese schönen Locken ihren Kopf wie eine Art makabrer Heiligenschein umgaben.

Eagle schüttelte den Kopf und weigerte sich, daran zu denken, dass Taylors Leben ausgelöscht worden sein könnte. Nein, er hatte sie gerade erst gefunden. Er wollte sie jetzt nicht verlieren.

Er zog sich zurück und legte seine Hände an ihre Wangen. Sie blickte zu ihm auf und hielt seine Handgelenke fest umklammert. »Geht es dir gut?«, fragte er, weil er es sich wünschte.

Sie nickte.

»Erzähl mir, was passiert ist. Von Anfang an.«

»Es hat an der Tür geklopft. Ich wusste, dass du es nicht sein konntest, weil du mir immer sagst, wenn du kommst, und ich konnte mir nicht vorstellen, wer es sonst sein könnte. Ich schaute durch den Spion und fragte, wer es sei. Der Typ sagte, er sei vom Wartungsdienst und wolle meinen Luftfilter wechseln. Also habe ich ihn hereingelassen. Er sah genauso aus wie ein Arbeiter vom Wartungsdienst, Eagle. Und er hatte eines der Flugblätter dabei, die in letzter Zeit überall aushängen, um uns mitzuteilen, dass jemand vorbeikommen würde. Ich hätte die Tür nicht aufgemacht, wenn ich geglaubt hätte, dass er nicht der ist, für den er sich ausgibt.«

»Ich weiß, sprich weiter«, bat Eagle.

»Er hatte also einen Luftfilter in der Hand, und als er an mir vorbeiging, nachdem ich die Tür geöffnet hatte, habe ich ihn gerochen. Ich bin nicht verrückt«, bemerkte Taylor mit Nachdruck. »Ein Handwerker sollte auf keinen Fall so riechen wie er. Nach Bleiche, Desinfektionsmittel und Urin. Ich bin oft genug im Heim für Demenzkranke gewesen, um diesen Geruch zu kennen.«

»Ich glaube dir«, versicherte Eagle ihr.

Diese drei Worte schienen sie zu beruhigen.

»Der Geruch hat mich erschreckt. Er erinnerte mich an den Kerl aus dem Heim, der sich zu dicht neben mich gesetzt hatte – er roch auch so. Also habe ich die Tür offen gelassen, falls ich fliehen musste, und dich dann angerufen.

Ich wollte ihm eigentlich nicht zeigen, dass seine Anwesenheit mich nervös macht, aber ich glaube, er wusste es trotzdem. Während ich mit dir sprach, wechselte er den Filter aus und ging dann. Er hat eigentlich nicht viel gesagt.«

»Das hast du gut gemacht«, beruhigte Eagle sie.

»Was ist hier los, Eagle?«, wollte Taylor wissen.

Er beugte sich hinunter und küsste sie ehrfürchtig auf die Stirn. »Ich weiß es nicht. Aber ich werde mein Bestes geben, um es herauszufinden.«

»Okay.«

Ein Wort hatte noch nie so viel bedeutet. Taylor vertraute ihm, glaubte ihm, dass er dafür sorgen würde, dass sie in Sicherheit war. Dass er herausfand, ob dieser Typ derselbe war wie der aus dem Heim. Dass er herausfand, was zum Teufel sein Problem war. Er würde sie nicht enttäuschen.

»Ich habe die Jungs angerufen. Sie sind auf dem Weg hierher. Wir werden uns mal umsehen. Kommst du hier oben eine Weile allein zurecht?«

»Natürlich. Jetzt, da du hier bist, weiß ich, dass der Kerl nicht mehr zurückkommen wird.«

Eagle wollte ihr sagen, dass er sie liebte, aber das war weder der richtige Zeitpunkt noch der richtige Ort. Er würde jedoch nicht mehr lange schweigen können. Alles in ihm bettelte darum, ihr zu sagen, wie viel sie ihm bedeutete. Dass er sie nicht gehen lassen würde. Niemals.

Aber ... zuerst musste er dieses Rätsel lösen.

Brett schaute finster drein, als er sich daran erinnerte, wie der Mann, mit dem Taylor zusammen war, auf der Suche nach ihm über den Parkplatz gegangen war. Die dumme Schlampe hatte ihm den Spaß verdorben, indem sie den Kerl angerufen hatte. Er hatte keine Ahnung, wie sie auf die Idee gekommen war, dass er nicht der war, für den er sich ausgab. Sie hätte überhaupt nicht beunruhigt sein dürfen. Er wusste, dass sie ihn nicht erkennen würde. Irgendetwas musste ihn verraten haben.

Aber auch wenn er heute nicht in der Lage gewesen war, mit ihrer Psyche zu spielen, hatte es ihm gefallen, wie ihre Stimme gezittert hatte, als sie am Handy gesprochen hatte. Er war zu ihr durchgedrungen – und es war genauso aufregend gewesen, wie er es sich vorgestellt hatte.

Brett konnte nicht umhin, sich vorzustellen, wie verängstigt sie sein würde, wenn er sie in seinen Keller brachte und sie dort festband. Vollkommen seiner Gnade ausgeliefert. Es würde niemanden geben, den sie anrufen könnte, um sie zu retten.

Es war fast an der Zeit, seinen Plan in die Tat umzusetzen. Er war ihr schon seit Monaten auf den Fersen, und je mehr er seine Taylor kennenlernte, desto aufgeregter wurde er. Aber er hatte noch ein persönliches Treffen mit ihr geplant ...

Brett hatte sie am Telefon belauscht, als er ihr vor ein paar Tagen durch einen Lebensmittelladen gefolgt war. Aus dem unerträglichen Geplänkel ging klar hervor, dass sie mit ihrem Freund sprach ... und sie hatte ihn Eagle genannt.

Das war perfekt für seine letzte Überraschung. Den Spitznamen des Mannes zu benutzen würde sie dazu bringen, ihm zu vertrauen – und sie dann völlig verrückt werden zu lassen, wenn sie seine »Lieferung« sah.

Um sie sich zu schnappen, musste er immer noch den richtigen Moment abpassen. Es musste ein Zeitpunkt sein, an dem es keine Augenzeugen gab, die ihn der Polizei beschreiben konnten. Wenn sie beide allein waren.

Wenn er sie überwältigen und nach Hause bringen konnte.

»Donald?«, hörte er seine Mutter von oben in sein Kellerversteck rufen, und er seufzte frustriert.

»Ich habe mir wieder in die Hose gemacht. Ich brauche Hilfe«, sagte sie mit einer Stimme, die vor Angst zitterte.

»Verdammt«, fluchte Brett. Es machte ihm nichts aus, wenn seine Mädchen sich vor Angst anpinkelten. Das war amüsant und aufregend. Aber die Exkremente seiner Mutter wegzumachen war kein Spaß.

Brett beschloss, dass sie noch ein bisschen länger in ihrer eigenen Kacke sitzen bleiben konnte, und machte sich wieder daran, seine letzte Begegnung mit Taylor zu planen. Sie wusste jetzt, dass etwas nicht stimmte, was die Sache komplizierter machte, aber dass er jetzt den Namen des Dreckskerls kannte, mit dem sie zusammen war, würde es leichter machen, ihr Vertrauen zu gewinnen. Sie würde herausfinden, dass sie hätte vorsichtiger sein müssen, aber erst, wenn es zu spät war.

Ja, es machte zwar Spaß, sie langsam verrückt zu machen, aber es war fast an der Zeit. Es wurde Zeit, dass der *richtige* Spaß begann.

KAPITEL VIERZEHN

Eagle sah zu Taylor hinüber und konnte sich ein Lächeln nicht verkneifen. Sie hingen im Keller von *Silverstone Towing* ab, und sie hatte die Stirn in Falten gelegt, während sie sich auf das Manuskript konzentrierte, das sie gerade las. Er hätte nie gedacht, dass er einmal in das Aussehen einer Frau verliebt sein würde, die gerade las.

Er und die Jungs hatten weder auf dem Parkplatz ihres Wohnhauses noch in dessen Umgebung etwas gefunden. Er hatte mit dem Hausverwalter gesprochen und sich vergewissert, dass Wartungsarbeiten geplant waren, aber in den Wohnungen auf Taylors Etage sollten die Filter erst morgen ausgetauscht werden. Eagle wollte nicht daran denken, was hätte passieren können, wenn sie nicht die Geistesgegenwart gehabt hätte, ihn anzurufen, während der Mann in ihrer Wohnung gewesen war.

Taylor war auch sehr hart zu sich selbst gewesen, sauer darüber, dass sie den Mann überhaupt in ihre Wohnung

271

gelassen hatte. Er hatte versucht, ihr zu versichern, dass sie nichts Falsches getan hatte ... aber das bedeutete nicht, dass sie beide nicht mehr Vorsichtsmaßnahmen für ihre Sicherheit treffen mussten.

Seit dem Vorfall mit dem Wartungstechniker, wie sie es nannten, hatte sie die Nacht in seiner Wohnung verbracht. Eagle war ein wenig besorgt gewesen, dass er sich eingeengt fühlen könnte, dass es ihm unangenehm sein würde, sie rund um die Uhr in seiner Wohnung zu haben. Aber in Wirklichkeit fand er es toll. Es gefiel ihm wirklich, sie dort zu haben. Ihnen schien nie der Gesprächsstoff auszugehen, und sie war gleichermaßen zufrieden, neben ihm zu sitzen, ohne ein Wort zu sagen. Es war erfrischend und es bestärkte ihn in seinem Entschluss, alles zu tun, damit sie für immer mit ihm zusammen sein wollte.

Tagsüber fuhren sie zu *Silverstone Towing*, um dort Zeit zu verbringen. Sie arbeitete, während er ein paar Fahrten übernahm. Er und das Team besprachen, wohin ihr nächster Einsatz sie führen würde ... es sah nach Afrika aus, um sich mit dem Anführer von Boko Haram auseinanderzusetzen, der kürzlich eine weitere Mädchenschule angegriffen und weitere Geiseln genommen hatte. Sie hatten erfahren, dass bei dem jüngsten Vorfall neben den Mädchen auch eine Amerikanerin entführt worden war. Niemand hatte etwas von ihr oder den anderen Entführten gehört. Es war ein einziges Durcheinander, und der Anführer musste gestoppt werden.

Neben der Beobachtung des Weltgeschehens tat das Team auch alles, um herauszufinden, wer der Mann war, der in Taylors Wohnung gewesen war. Sie hatten nicht viel

Glück. Das Heim für Demenzkranke hatte keine Informationen über den Mann, und auf den Überwachungsvideos, die sie von dem Heim und ihrem Wohnhaus erhalten hatten, hielt der Mann den Kopf gesenkt, und sie hatten keine Möglichkeit, ihn zu identifizieren.

Es war etwa zur Mittagszeit, als Taylors Handy klingelte. Eagle hörte sich das Gespräch auf ihrer Seite an.

»Hallo? Ja, ich bin dran. Oh ... hi. Ja, ich erinnere mich. Natürlich erinnere ich mich, ich habe die Geschichte geliebt. Ja, wirklich? Wow, das ist fantastisch. Das würde sie? Ähm ... ja, ich bin interessiert – wann wäre das?«

Taylors Blick traf auf Eagles, als sie sagte: »Ich muss in meinem Kalender nachsehen und mich bei Ihnen melden. Ja, natürlich. Ich verstehe das, und ich fühle mich geschmeichelt, dass sie überhaupt an mich gedacht hat. Eine Korrekturleserin steht normalerweise nicht auf der Gästeliste der meisten Preisverleihungen. Ich weiß ... aber trotzdem. Ich melde mich bei Ihnen, sobald ich kann. Wahrscheinlich irgendwann heute im Laufe des Tages. Vielen Dank für Ihren Anruf. Okay, auf Wiedersehen.«

»Worum ging es da?«, fragte Eagle, sobald sie aufgelegt hatte.

»Das war die Agentin einer meiner Autorinnen. Ich habe letztes Jahr ein Buch Korrektur gelesen, das ein paar Wochen hintereinander auf der Bestsellerliste stand. Die Autorin lebt in Bloomington und arbeitet an der Universität von Indiana. Die Uni veranstaltet eine besondere Preisverleihung für sie, und sie wollte alle einladen, die mitgeholfen haben, das Buch zu einem Erfolg zu machen. Ihre Agentin, die Lektoren und mich, die Korrekturleserin.«

»Das ist großartig, Tay«, entgegnete Eagle und freute sich, dass sie für ihre harte Arbeit Anerkennung bekam. »Und wann soll das sein?«

Sie biss sich auf die Lippe. »Nächstes Wochenende. Ich weiß, dass es sehr kurzfristig ist, und die Agentin hat sich entschuldigt, aber sie dachte, da ich in der Nähe wohne, könnte ich problemlos hinfahren. Aber bei all dem, was los ist, bin ich mir nicht sicher ...«

»Nimm die Einladung an«, unterbrach Eagle sie.

»Aber ...«

Er ging zu ihr hinüber. »Du solltest hingehen. Du arbeitest wirklich hart, und es wird schön sein, eine Weile aus Indianapolis herauszukommen. Den ganzen Stress hinter dir zu lassen.«

»Bist du sicher?«

»Ich bin mir sicher.«

Sie blickte verunsichert zu ihm auf. »Ähm ... ich kann einen Gast mitbringen. Ich bin mir nicht sicher, ob das wirklich dein Ding ist, aber ich würde dich gern dabeihaben. Ich kann Skylar fragen, wenn du nicht mitkommen willst, aber es ist nur ...«

»Natürlich will ich mitkommen«, entgegnete Eagle, verwundert darüber, dass sie auch nur einen Moment lang denken könnte, er wolle nicht an ihrer Seite sein.

»Oh, okay.«

»Taylor«, entgegnete Eagle leise, »ich weiß nicht, was deiner Meinung nach zwischen uns läuft, aber mir ist es sehr ernst mit unserer Beziehung. Ich hatte schon vor, mich selbst einzuladen, dich zu begleiten, aber ich wollte nicht anmaßend sein. Ich bin verdammt stolz auf dich, und ich möchte deine Karriere auf jede erdenkliche Weise unterstützen. Und dass du zu einer Preisverleihung für eine deiner Kundinnen eingeladen wirst ist definitiv etwas, an dem ich teilhaben möchte.«

»Aber der Preis wird ja nicht *mir* verliehen«, erklärte sie trocken.

»Das macht nichts«, erwiderte Eagle. »Du bist eingeladen, weil du zum Erfolg des Buches beigetragen hast. Das ist großartig.«

Sie starrte ihn einen Moment lang an und sagte dann: »Manchmal liege ich nachts wach und frage mich, warum in aller Welt du mit mir zusammen bist. Es ergibt keinen Sinn. Ich bin das Mädchen, das nie eine Familie hatte, das nie einen wahren Freund hatte, und jetzt hast du mir beides gegeben. Deine Freunde sind wie eine Familie, und sie haben mich, ohne zu zögern, in ihrer Welt willkommen geheißen. Es ist verrückt.«

»Das liegt daran, dass du wie für mich gemacht bist«, erklärte Eagle ernst. »Wir gleichen uns gegenseitig aus. Ich kann jeden erkennen, und du kannst niemanden erkennen. Zusammen sind wir das perfekte Paar.«

Er sah, wie sie schwer schluckte und sich auf die Lippe biss. Er hasste es, sie weinen zu sehen, selbst wenn es Tränen des Glücks waren, also fragte Eagle schnell: »Kannst du eine Liste der Leute besorgen, die dort sein werden? Ich kann sie mir ansehen, Fotos von den wichtigen Leuten finden und dich vorwarnen, wenn wir bei der Feier sind.«

Sie blinzelte ihn an. »Das würdest du tun?«

»Flower, ich würde alles für dich tun«, erklärte Eagle ihr, ohne zu zögern.

»Ich kann die Agentin fragen, wer dort sein wird, und dir ihre Fotos zeigen, wenn wir zu Hause sind.«

Zu Hause. Das hörte sich gut an. »Großartig.«

Taylor warf sich in seine Arme, und Eagle lachte und drückte sie fest an sich. »Bist du glücklich?«, fragte er.

»Ja. So sehr, dass ich Angst habe, alles geht in Rauch auf, wenn ich es zugebe.«

»Nichts geht in Rauch auf«, entgegnete Eagle mit Nachdruck.

Taylor zog sich ein wenig zurück. »Aber was ist mit diesem Wartungstypen? Wir wissen nichts über ihn oder was er vorhat.«

»Wir werden ihn finden«, erklärte Eagle zuversichtlich.

»Und wie?«

»Wenn er wirklich von dir besessen ist, wird er sich bestimmt erneut bei dir melden. Er will Kontakt aufnehmen. Du nimmst die Menschen um dich herum jetzt viel bewusster wahr und bist vorsichtiger. Wenn irgendetwas Ungewöhnliches passiert, würde das auffallen.«

»Ich verstehe aber nicht *warum*«, entgegnete Taylor. »Ich bin ein Niemand. Ich bin einfach nur ich!«

»Du bist kein Niemand«, entgegnete Eagle. »Du bist Taylor Cardin, und du bist unglaublich.«

Sie lächelte. »Danke.«

»Gern geschehen. Bist du an einem guten Punkt, um eine Pause einzulegen? Sollen wir hochgehen und etwas essen?«

Taylor fummelte an dem Namensschild an seiner Brust herum, das er sofort angelegt hatte, als er *Silverstone Towing* betreten hatte. Keinem der Angestellten hatte es etwas ausgemacht, das Namensschild zu tragen, und die meisten waren sogar sehr daran interessiert, mehr über Prosopagnosie zu erfahren.

»Ja, und ja. Ich werde die Agentin später zurückrufen. Ich will nicht übereifrig aussehen und sie zwei Minuten nach dem Auflegen zurückrufen.«

Eagle lachte. »Dann komm, besorgen wir dir etwas zu essen.«

»Mir etwas zu essen besorgen? Du bist doch derjenige, der unbedingt wissen will, was Shawn heute zum Mittagessen zubereitet hat.«

»Stimmt. Du hast mich erwischt.«

Als er die Treppe hinaufging, Taylors Hand in der seinen, schwor Eagle sich wieder einmal, alles zu tun, damit sie sich sicher fühlte, selbst wenn das bedeutete, dass Taylor irgendwann in ihre eigene Wohnung zurückkehren wollte. Er liebte es, sie in seiner Wohnung zu haben, aber er würde sie nicht drängen, dort einzuziehen. Ihm wäre es lieber, sie wäre dort, weil sie beide beschlossen hatten, dass sie das wollten, und nicht, weil sie Angst hatte und sich fühlte, als hätte sie keine andere Wahl.

Taylor konnte die Augen nicht mehr offen halten. Nach einem großen, köstlichen Mittagessen und nachdem sie die Agentin zurückgerufen hatte, um ihr mitzuteilen, dass sie am folgenden Wochenende mit Eagle zu Gast in Bloomington sein würde, und nachdem sie denselben Absatz im Manuskript dreimal gelesen und kein einziges Wort davon verstanden hatte, wurde ihr klar, dass sie eine Pause brauchte.

Sie könnte nach oben in eines der Zimmer mit einem Bett gehen und ein Nickerchen halten, aber sie wollte wirklich etwas Zeit für sich haben. Taylor war ein introvertierter Mensch. Sie war gern allein. Im Laufe der Jahre hatte sie gelernt, dass sie sich mit ihrem Einzelgängerdasein wohlfühlte. Und während der letzten Woche hatte sie nur sehr wenig Zeit für sich selbst gehabt.

Sie liebte es, mit Eagle zusammen zu sein. Der Mann war der Inbegriff eines freundlichen Gastgebers. Aber sie wollte einfach nur still dasitzen und einen Moment lang allein sein.

Aber sie wollte nicht in ihre Wohnung zurückkehren. Sie fühlte sich dort nicht mehr sicher, und das war schrecklich.

»Eagle?«

»Ja?«, fragte er und blickte von seinem Computer auf, an dem er seit dem Mittagessen saß. Taylor wusste, dass er und seine Freunde ihr Bestes taten, um herauszufinden, wer der geheimnisvolle Mann in ihrer Wohnung war, und dass sie sich mit den Nachforschungen beschäftigten, die sie für das *Silverstone-Team* anstellten. Eagle hatte fleißig weitergeklickt und auf seinen Bildschirm gestarrt, während sie gearbeitet hatte.

»Ich glaube, ich möchte zu dir nach Hause zurückkehren.«

Ohne zu zögern, klappte Eagle seinen Laptop zu und stand auf.

»Nein ... ich meine ... ich würde mich freuen, wenn du

mich hinbringst, aber ich brauche etwas Zeit für mich allein.«

Er starrte sie eindringlich an.

»Es ist nicht so, dass ich nicht gern mit dir zusammen bin. Natürlich bin ich das. Ich bin nur ... ich bin es gewohnt, viel allein zu sein. Und obwohl die letzte Woche wunderbar war, könnte ich ein paar Stunden für mich allein gebrauchen. Ich werde nirgendwo hingehen, versprochen. Vielleicht mache ich ein kurzes Nickerchen, dann koche ich mir eine Kanne Kaffee und arbeite noch ein bisschen.«

Eagle ging zu ihr an den kleinen Tisch, beugte sich hinunter und küsste sie auf den Kopf. »Du musst dich nicht rechtfertigen, Taylor. Ich kann das verstehen.«

»Wirklich?«

»Ja, natürlich. Ich habe lange allein gelebt. Ich liebe es, dich bei mir zu haben, aber ich weiß, dass ich ziemlich heftig sein kann, und es ist kein Problem, wenn du eine Pause brauchst.«

»Es liegt nicht an dir«, versuchte sie zu erklären. »Es liegt einfach an der Situation ganz allgemein. Ich bin gern hier bei *Silverstone*. Ich fühle mich hier sicher. Aber manchmal ... brauche ich einfach etwas Zeit für mich allein. Ich kann es nicht erklären.«

»Kein Problem. Fühlst du dich in meiner Wohnung auch allein sicher?«

»Ja«, entgegnete sie sofort. »Das hört sich vielleicht albern an, aber ... es riecht überall nach dir. Und dein Duft beruhigt mich. Er gibt mir das Gefühl, als wärst du bei mir. Vielleicht klaue ich sogar eins deiner T-Shirts und schlafe darin.«

Eagle grinste. »Du kannst jederzeit meine Sachen klauen, wann immer du willst. Es würde mir gefallen, dich in meinem Hemd in meiner Wohnung herumlaufen zu sehen.«

Taylor verdrehte die Augen. »Das ist wieder so typisch Mann.«

»Allerdings. Schuldig im Sinne der Anklage«, entgegnete Eagle. Dann zog er sie hoch, sodass sie neben ihm stand. »Ich werde dir alles geben, was du brauchst, Tay. Wenn du allein sein willst, dann kannst du es sein. Mein Wohnhaus ist sicher.«

»Danke. Und ich bin vielleicht kein Supersoldat, aber das gilt auch für dich. Ich will dich nie bedrängen oder dir das Gefühl geben, dass du zu etwas gezwungen wirst. Ich weiß, dass ich in der letzten Woche irgendwie bei dir eingezogen bin, aber ich kann zurück in meine Wohnung gehen, wenn du das möchtest. Ich will es nicht übertreiben.«

»Du übertreibst gar nichts«, versicherte Eagle ihr. »Ich liebe es, dich in meiner Wohnung zu haben. Dich jede Nacht im Arm zu halten ist auch keine schlechte Sache. Also mach dir darüber keine Gedanken.«

»Okay.«

»Okay. Pack deine Sachen zusammen, dann bringe ich dich zu mir nach Hause. Soll ich dir etwas zum Abendessen mitbringen?«

»Also ... ja, wenn es dir nichts ausmacht. Ich könnte kochen, aber ich bin mir nicht sicher, was wir dahaben. Und das Kochen könnte mich von meinem Mittagsschlaf abhalten.« Sie grinste.

»Perfekt. Ich lasse mir dann etwas einfallen. Taylor?«

»Ja?«

Er starrte sie so lange an, dass sie begann, nervös zu werden. Dann sagte er: »Nichts. Ich bin nur so froh, dass wir den Schritt gewagt und zugegeben haben, dass wir beide mehr als nur Freundschaft wollen.«

»Ich auch«, entgegnete Taylor.

Drei Stunden später fühlte Taylor sich viel besser. Eagle hatte sie zu seiner Wohnung begleitet, sie geküsst und sie dann allein gelassen. Sie hatte eines seiner T-Shirts angezogen, ein fünfundvierzigminütiges Nickerchen gemacht, noch ein bisschen an ihrem aktuellen Manuskript gearbeitet und lag jetzt auf dem Sofa und sah sich eine Kochsendung im Fernsehen an.

Sie hatte Hunger, wusste aber, dass Eagle bald von *Silverstone Towing* zurückkommen und etwas zum Abendessen mit nach Hause bringen würde.

Taylor hatte keine Ahnung, wann sie angefangen hatte, Eagles Wohnung als ihr Zuhause zu betrachten, aber es störte sie nicht. So ziemlich jeder Ort, an dem Eagle war, kam ihr wie ein Zuhause vor. Als Kind war sie so oft von Pflegefamilie zu Pflegefamilie gezogen, dass sie nie das Gefühl hatte, wirklich irgendwo hinzugehören. Und ihre Wohnung war gut zum Schlafen und Arbeiten, aber sie hatte sich nie wirklich wie ein richtiges Zuhause angefühlt.

Hier gab es überall, wo sie hinsah, etwas, das sie an Eagle erinnerte. Ganz zu schweigen von seinem Geruch, der jeden Winkel durchdrang.

Ein plötzliches Klopfen an der Tür ließ Taylor erstarren. Verdammt, nicht schon wieder!

Sie schaute auf ihr Handy und hoffte, dass sie eine Nachricht von Eagle verpasst hatte, aber er hatte ihr keine SMS geschickt. Es war höchste Zeit für ihn, nach Hause zu kommen, aber warum sollte er an die Tür klopfen? Er hatte doch einen Schlüssel.

Sie schlich auf Zehenspitzen zur Tür, um nicht zu riskieren, dass jemand erfuhr, dass sie da war, und schaute durch den Spion. Ein Mann in einem rot-blauen Hemd stand da und hielt einen großen, flachen Karton in der Hand, den sie sofort erkannte. Pizza.

»Wer ist da?«, fragte sie.

»Pizzalieferung«, antwortete der Mann.

Taylor schloss die Augen und versuchte zu entscheiden, ob sie die Stimme des Mannes erkannte. Es war unmöglich zu sagen. »Ich habe keine Pizza bestellt.«

»Richtig. Der Typ, der sie bestellt hat, hat mich gebeten, Ihnen zu sagen, dass Eagle sie geordert hat.«

Die Angst in Taylors Bauch löste sich auf, als sie Eagles Namen hörte.

»Er hat sie auch schon bezahlt«, fügte der Lieferant hinzu.

»Stellen Sie den Karton einfach vor der Tür ab«, erklärte Taylor, ohne die Tür zu öffnen. Sie hatte ihre Lektion mit dem Wartungstechniker gelernt. Es war zwar wahrscheinlich, dass Eagle die Pizza bestellt hatte, da der Lieferant seinen Namen kannte, aber sie wollte kein Risiko eingehen.

»Klar, kein Problem«, erklärte der Mann.

Taylor beobachtete durch den Spion, wie er sich bückte

und die Schachtel offensichtlich auf den Boden stellte, und sie wartete ein paar Augenblicke, nachdem er gegangen war, bevor sie vorsichtig die Tür öffnete.

Sie schnappte sich die köstlich duftende Pizza und schloss die Tür hinter sich, bevor sie in die Küche ging. Am liebsten hätte sie sich gleich darauf gestürzt, aber das wäre unhöflich gewesen. Da er eine Pizza bestellt hatte, bedeutete das, dass Eagle bald zu Hause sein würde. Also öffnete sie den Backofen, stellte ihn auf niedrige Stufe und stellte die Schachtel hinein, in der Hoffnung, dass sie so warm bleiben würde, bis Eagle kam.

Zwanzig Minuten später surrte Taylors Telefon mit einer Nachricht.

Eagle: Ich bin auf dem Weg nach oben.

Taylor freute sich darüber, wie rücksichtsvoll er war, und wartete ungeduldig darauf, dass er nach Hause kam. Sie hatte schon einmal die Tür aufgeschlossen und mit offener Tür auf ihn gewartet, aber er hatte mit ihr geschimpft und gesagt, dass es ihm lieber wäre, wenn sie drinnen einge-schlossen bliebe, bis er kam. Es wäre nämlich möglich, sie innerhalb von zehn Sekunden zu überwältigen, und das wollte er nicht zulassen.

Taylor hatte sofort zugestimmt. Es fühlte sich unhöflich an, ihn mit seinem Schlüssel herumfummeln zu lassen, um die Tür aufzusperren und zu öffnen, aber sie tat, was er verlangt hatte.

Innerhalb von zwei Minuten hörte sie das vertraute Geräusch des sich lösenden Schlosses, als Eagle die Tür öffnete. »Hey, Flower«, begrüßte er sie.

»Hi!«, erwiderte sie und ging auf ihn zu. Sie stellte sich auf die Zehenspitzen und küsste ihn lange und intensiv.

Als sie sich schließlich voneinander lösten, grinste Eagle und bemerkte: »Wenn ich so eine Begrüßung bekomme, nachdem du ein bisschen Zeit für dich allein hattest, dann muss ich darauf bestehen, dass du jeden Tag Zeit für dich allein hast.«

Sie lächelte ihn an. Vorhin in seinem Bett zu liegen, umgeben von seinem Duft, hatte Taylor sehr erregt. Sie hatte sich nicht selbst befriedigt, aber sie hatte an all die erstaunlichen Dinge gedacht, die er mit ihr in diesem Bett gemacht hatte. Sie war bereit für ihn und konnte es kaum erwarten, ihm später zu zeigen, wie sehr sie jede Kleinigkeit zu schätzen wusste, die er in letzter Zeit für sie getan hatte.

Ein wunderbarer Geruch stieg ihr in die Nase und sie blickte nach unten. Eagle trug zwei Papiertüten mit dem Logo des chinesischen Restaurants, bei dem sie gern bestellten. Verwirrt zog sie die Augenbrauen hoch. »Du hast Chinesisch mitgebracht?«

»Ja, ich habe dir doch gesagt, dass ich das Abendessen mit nach Hause bringen werde.«

»Aber du hast Pizza bestellt.«

»Was?«, fragte Eagle.

»Pizza«, wiederholte Taylor. »Ich habe sie in den Ofen gestellt, damit sie warm bleibt. Der Lieferant hat behauptet, du hättest sie bestellt.«

»Ich persönlich?«, fragte Eagle, jetzt ganz sachlich. Er ging in die Küche und Taylor folgte ihm.

»Ja. Er hat deinen Namen gesagt. Er sagte …«, sie schloss

die Augen, um sich genau zu erinnern, was der Mann gesagt hatte, »dass Eagle sie bestellt hat.«

»Verdammt!«, fluchte Eagle. »Das habe ich nicht, Taylor. Ich hätte dir Bescheid gesagt, wenn ich das getan hätte. Außerdem hätte ich sie selbst abgeholt und nach Hause gebracht, damit nicht ein Fremder an der Tür auftaucht und dich verängstigt.«

»Du meine Güte ... ich bin wirklich so dämlich«, flüsterte Taylor.

Eagle zog sie in seine Arme, aber sie entspannte sich nicht und erwiderte die Umarmung auch nicht.

»Es ist okay. Es ist nichts passiert.«

Sie schüttelte den Kopf. »Wenigstens habe ich diesmal die Tür nicht aufgemacht. Ich habe ihm gesagt, er soll den Karton einfach draußen hinstellen.«

»Das war klug«, versicherte Eagle ihr.

Taylor sah zu ihm auf. »Woher kannte er deinen Namen?«

»Ich weiß es nicht.«

Das beruhigte sie nicht im Geringsten. Sie standen noch ein oder zwei Minuten zusammen, bevor Eagle sich von ihr löste. Er wandte sich von ihr ab und öffnete die Ofentür. Beim Anblick der Pizza, die vorhin so gut gerochen hatte, drehte sich ihr der Magen um.

Eagle nahm einen Topflappen und holte den Karton heraus. Er stellte ihn auf den Tresen und schaute auf die Informationen auf der Quittung am Rand des Kartons ... und runzelte die Stirn.

»Was?«, fragte Taylor. »Was steht da?«

»Die Rechnung läuft auf Thanatos«, erklärte Eagle grimmig.

Die Härchen auf Taylors Armen richteten sich auf. »Bist du sicher?«

»Ja.«

»Das war der Name von dem Kerl, der mir hinten draufgefahren ist«, entgegnete Taylor unnötigerweise. Es war offensichtlich, dass Eagle den Namen erkannte.

»Es steht auch deine Adresse drauf, nicht meine«, informierte er sie. Dann klappte er die Schachtel auf – und fluchte erneut.

Taylor trat neben ihn und starrte auf die Pizza hinunter. Sie sah käsig und klebrig aus, belegt mit Peperoni, Wurst und gehackten Oliven ... aber die Oliven waren so angeordnet, dass sie ein Wort bildeten.

Bald.

Taylor erschauderte.

»Ich rufe die Polizei«, sagte Eagle und griff nach seinem Telefon.

Taylor packte ihn am Arm. »Und was willst du den Beamten sagen? Dass ich jemanden in meine Wohnung gelassen habe, der meinen Luftfilter gewechselt hat und dann gegangen ist? Dass der Mann, der in meinen Wagen gefahren ist, versprochen hat, sich um den Schaden zu kümmern, es aber nicht getan hat? Dass wir eine Pizza bekommen haben, die wir nicht bestellt haben? Sie werden das nicht ernst nehmen, vor allem wenn ich den Mann nicht beschreiben kann. Ja, ich kann ihnen sagen, was er anhatte – einen Overall, die Uniform einer Pizzeria –, aber das war's. Wir haben keine Beweise für irgendetwas!«

Als sie zu Ende gesprochen hatte, war sie fast hysterisch.

»Ich werde dich beschützen«, versicherte er ihr.

Taylor schüttelte den Kopf. »Das kannst du nicht. Er versucht nur, mich verrückt zu machen. Er hätte mich neulich in meiner Wohnung leicht verletzen können, weil ich ihm dummerweise die Tür geöffnet habe. Jetzt lässt er mich wissen, dass er jederzeit an mich herankommen kann. Sogar hier! Aber aus irgendeinem Grund wartet er auf etwas. Er spielt mit mir.«

»Hör mir zu«, bat Eagle sie, aber sie konnte nicht. Alles schien über ihr zusammenzubrechen.

»Er kennt deinen Namen. Was kommt als Nächstes? Wird er hinter *dir* her sein? Wir wissen nicht einmal, wer der Kerl ist und warum er es auf mich abgesehen hat.«

»Ich hoffe, er ist hinter mir her«, erklärte Eagle.

»Nein! Ich will nicht, dass jemand hinter dir her ist. Oder mir. Das ergibt doch keinen Sinn. Womit habe ich das verdient? Ich will nur, dass das alles aufhört!«

»Das wird es.«

»Wann, Eagle? *Wann* wird es aufhören?«

»Ich weiß es nicht, aber ...«

»Das weiß niemand. Vielleicht hört es *nie* auf. Ich könnte achtzig Jahre alt werden, und dieser Kerl könnte immer noch versuchen, mich in ein psychisches Wrack zu verwandeln.«

»Das wird er nicht. Er wird einen Fehler machen und ...«

Taylor war schon zu nervös, um auf seine Beschwichtigungsversuche zu hören. »Ich muss weg. Umziehen. Irgendwohin gehen, wo niemand weiß, wer ich bin oder woher ich komme, vielleicht kann ich dann ...«

Diesmal war es Eagle, der sie den Satz nicht beenden ließ. Er zog sie an sich, eine Hand hinter ihrem Kopf und den anderen Arm um ihre Taille geschlungen.

Taylor versuchte, sich aus seinem Griff zu befreien, aber er ließ sie nicht los.

»Ich liebe dich«, platzte Eagle fast wütend heraus.

Taylor erstarrte.

»Ich *liebe* dich«, wiederholte er etwas leiser. »Ich werde nicht zulassen, dass dich jemand in die Finger bekommt. Ich habe noch nie für jemanden so viel empfunden wie für dich, Taylor, und ich werde nicht zulassen, dass jemand das kaputt macht, was wir haben.«

Taylor hob den Kopf und Eagle ließ seine Hand in ihr Haar wandern. »Du liebst mich?«, wiederholte sie leise.

»Ja«, entgegnete er schlicht und ohne Umschweife.

Taylor war buchstäblich um Worte verlegen. In ihrem ganzen Leben hatte ihr noch nie jemand gesagt, dass er sie liebte. Zumindest konnte sie sich nicht daran erinnern.

»Tay? Sag etwas«, flehte Eagle.

Und zum ersten Mal sah sie die Angst in seinem Blick. Vielleicht hatte er nicht mit seinen Gefühlen herausplatzen wollen, und sie wollte auf keinen Fall, dass er es bedauerte. Nicht mal einen Moment lang.

»Ich liebe dich auch«, erklärte sie ihm mit brüchiger Stimme. »Du hast mein Leben auf so viele Arten besser gemacht, dass ich sie gar nicht alle aufzählen kann.« Dann gestand sie ihm ihr tiefstes Geheimnis, für das sie sich am meisten schämte. »Noch *nie* hat mich jemand geliebt.«

»Deren Pech«, erwiderte Eagle sofort. »Du bist der

liebenswerteste Mensch, der mir je begegnet ist«, versicherte er ihr.

Sie starrten einander einen Moment lang an, bevor Taylor fragte: »Was machen wir nun mit diesem Typen, Eagle?«

»*Wir* werden gar nichts tun. Ich werde mich darum kümmern. Das *Silverstone-Team* und ich. Wir werden diesen Dreckskerl finden, und du wirst in der Zwischenzeit dein Leben, so gut es geht, weiterleben. Das bedeutet allerdings, dass du in nächster Zeit wahrscheinlich nicht viel Zeit für dich allein haben wirst, bis wir ihn festgenagelt haben.«

»Das macht mir überhaupt nichts aus«, stimmte Taylor, ohne zu zögern, zu.

»Du wirst dich daran gewöhnen müssen, dass ich ständig um dich herum bin«, warnte Eagle.

»Okay«, erwiderte sie. Dann fragte sie: »Soll ich das etwa schlimm finden? Denn das ist es wirklich nicht.«

Sie konnte nicht glauben, dass sie ihn bereits nach ein paar Sekunden nach einem kleinen Zusammenbruch aufzog. Wenn sie früher tyrannisiert worden war, war es ihren Pflegefamilien völlig egal gewesen. Niemand hatte irgendetwas dagegen unternommen. Und jetzt war sie hier, mit einem ehemaligen Delta-Force-Soldaten, der stinksauer und entschlossen war, denjenigen zu finden, der sie verfolgte, damit er aufhörte. Ehrlich gesagt hatte sie sich in ihrem Leben noch nie sicherer gefühlt.

»Eagle?«, fragte sie.

»Ja?«

»Weißt du noch, als du mir gestern Abend gesagt hast, du würdest mir beibringen, wie ich dir einen blasen kann?«

Eagles Augen wurden groß, und Taylor konnte sehen, wie seine Pupillen sich weiteten. »Ja ...«

»Daran habe ich den ganzen Nachmittag gedacht. Ich bin bereit. Ich möchte dich so verwöhnen, wie du mich verwöhnst. Hilf mir, das alles zu vergessen, besonders diesen Mistkerl ... nur für eine Weile. Bitte?«

Er bewegte sich schnell, drehte sich um und schloss den Deckel der Pizzaschachtel. Er schnappte sich das chinesische Gericht und stellte es in den Kühlschrank. Dann ergriff er ihre Hand und zog sie praktisch den Flur entlang in Richtung Schlafzimmer.

»Wir essen hinterher, und ich rufe Bull und die anderen später an, um ihnen von der verdammten Pizza zu erzählen.«

Taylor konnte sich ein Lächeln nicht verkneifen, während sie auf Eagles Hinterkopf starrte. Wahrscheinlich sollte sie sich immer noch darüber aufregen, dass jemand es anscheinend genoss, sie zu Tode zu ängstigen, aber in diesem Moment konnte sie nur daran denken, Eagles Schwanz in die Finger – und in den Mund – zu bekommen. Bisher hatte er sie nicht viel spielen lassen, weil er meinte, dass er zu schnell zum Orgasmus kommen würde, wenn sie das tat. Aber heute Abend war alles möglich. Sie gehörte ihm, und er gehörte ihr. »Das hört sich gut an. Ich liebe dich, Eagle.«

»Ich liebe dich auch, Flower.«

Brett konnte nicht aufhören, darüber zu fantasieren, wie verängstigt seine Taylor gewesen sein musste, als sie den Pizzakarton geöffnet und die Nachricht gefunden hatte, die er für sie hinterlassen hatte. Er hatte keine Ahnung, ob sie den Namen gelesen hatte, den er auf das Etikett geschrieben hatte, aber das war auch egal. Er war bereit, das einzufordern, was ihm gehörte.

Damit er sie brechen konnte.

Damit er sie foltern konnte.

Damit er sie töten konnte.

Den Namen ihres Freundes zu benutzen war genial gewesen. Er hatte die Erleichterung in ihrer Stimme gehört, als er ihn benutzt hatte. Dadurch, dass er sie ausspioniert und ihr nachgestellt hatte, hatte er die perfekten Informationen erhalten, um sie noch mehr zu quälen. Vor der Wohnung ihres Freundes aufzutauchen war ein Risiko, aber es war es wert, es einzugehen.

Er musste jetzt jederzeit bereit sein. Ihr folgen und auf den richtigen Moment warten, um sie zu entführen. Brett zweifelte nicht daran, dass er erfolgreich sein würde. Bisher war er noch nicht erwischt worden, weil er klug und vorsichtig war.

Taylor Cardin würde ihm bald vollständig ausgeliefert sein. Er brauchte nur den richtigen Moment, und dann würde sie ihm gehören. Keiner würde sich ihm in den Weg stellen. Nicht einmal ihr verdammter Freund mit dem lächerlichen Namen.

Und wenn der Mann sterben musste, damit Brett bekam, worauf er monatelang gewartet hatte ... dann würde er ihn eben töten.

KAPITEL FÜNFZEHN

»Dieser Typ ist ein Geist«, bemerkte Bull frustriert. »Das kotzt mich an.«

»Er hat bis jetzt einfach Glück gehabt«, stimmte Gramps ihm zu.

»Glück gehabt?«, beschwerte sich Smoke. »Es ist ihm gelungen, jeder Überwachungskamera auszuweichen, die wir bisher gefunden haben. Wir haben buchstäblich nichts außer seiner ungefähren Größe und der Tatsache, dass er braunes Haar hat. Irgendwie hat er es geschafft, die Kameras bei ihr *und* bei Eagle zu umgehen. Er ist offensichtlich sehr gut darin, unter dem Radar zu bleiben, fast so, als hätte er viel Übung darin.«

Eagle saß am Tisch im Schutzraum und hörte zu, wie seine Freunde über Taylors Stalker diskutierten. Sie waren ihm nicht näher auf der Spur als vor fünf Tagen, als der Typ die verdammte Pizza vor Eagles Wohnung abgeliefert hatte. Der Mann wusste, wo sie beide wohnten. Und er wäre jede

Wette eingegangen, dass der Kerl auch über *Silverstone Towing* Bescheid wusste. Und irgendwie hatte er Eagles Namen herausgefunden – was alles zu der Tatsache beitrug, dass er Taylor für Eagles Geschmack wiederholt viel zu nahe gekommen war.

Aber Taylors bester Schutz war, dass Eagle diesen Dreckskerl von jetzt an nicht mehr in die Nähe seiner Frau lassen würde.

Er und Taylor waren praktisch bei *Silverstone Towing* eingezogen. Bei all den Sicherheitsvorkehrungen, die sie dort hatten, war es unmöglich, dass jemand zu ihnen durchkam. Und auch wenn Taylor es nicht gerade toll fand, sie war nie allein.

Seit dem Vorfall mit der Pizza hatte Eagle keine Abschleppaufträge mehr angenommen, und er verbrachte so viel Zeit wie möglich damit, den mysteriösen Mann aufzuspüren. Aber leider erfolglos.

Der Mann war wirklich ein Geist, und das war verdammt frustrierend.

Überraschenderweise hatte Taylor alles gelassen hingenommen. Sie hatte sich nicht darüber beschwert, dass sie praktisch bei *Silverstone Towing* eingesperrt war. Bull, Smoke und Gramps waren ebenfalls von ihrer stoischen Haltung beeindruckt. Als Eagle sie gestern Abend gefragt hatte, ob sie mit allem zurechtkam, hatte sie gelacht. Richtiggehend gelacht. Dann hatte sie erwidert: »Eagle, wenn ich irgendwo eingeschlossen sein muss, dann hier. Es gibt einen Schutzraum, ich habe einen persönlichen Koch, so viele Flipper, mit denen ich spielen kann, und du bist immer nur ein paar Schritte entfernt. Worüber soll ich mich beschweren?«

Wenn sie es so ausdrückte, musste Eagle zustimmen. Aber trotzdem. Er wusste, dass das für sie nicht einfach war. Zu wissen, dass jemand sie verfolgte, und nicht zu wissen warum, war wirklich schlimm.

Aber in einer Stunde oder so würden sie nach Bloomington fahren. Eagle hatte mit ihr darüber gesprochen, und sie hatten beschlossen, heute hinzufahren, dort zu übernachten, den Tag in Bloomington zu verbringen, morgen Abend zur Preisverleihung zu gehen, eine weitere Nacht dortzubleiben und dann am Sonntag nach Indianapolis zurückzukehren. Das würde ihnen beiden ein Wochenende geben, an dem sie sich amüsieren konnten und etwas mehr Privatsphäre hatten, als es in letzter Zeit der Fall gewesen war, und es würde seinem Team die Chance geben, hoffentlich herauszufinden, wer es auf sie abgesehen hatte. Es war eine Win-win-Situation.

Aber Eagle wurde das Gefühl des bevorstehenden Unheils nicht los, das sich in seinem Bauch breitgemacht hatte.

»Wann wollt ihr denn los?«, fragte Gramps und riss Eagle aus seinen Gedanken.

»In etwa einer Stunde oder so. Wir müssen bei unseren beiden Wohnungen vorbeifahren und ein paar Sachen holen. Ich brauche meinen Smoking, und Taylor muss ihr Kleid und ein paar andere Sachen holen.«

»Wie fahrt ihr dorthin?«, fragte Smoke.

»Ich denke, wir werden die 37 runter nach Martinsville nehmen. Ich habe mir überlegt, von dort aus die Panoramastraße zu nehmen, aber es wäre vielleicht keine gute Idee, von der Hauptstraße abzuweichen, nur für den Fall.«

Bull und Smoke nickten, aber Gramps sagte: »Obwohl es schwieriger sein könnte, euch zu folgen, wenn ihr nicht die Hauptstraße nach Bloomington nehmt.«

»Daran habe ich auch schon gedacht«, erwiderte Eagle. »Ich werde es nach Gefühl machen. Wenn ich ein ungutes Gefühl habe, bleibe ich wahrscheinlich auf der stärker befahrenen Straße.«

»Wenn du uns brauchst, melde dich einfach«, erklärte Bull.

»Ihr wisst, dass ich das tun werde«, versicherte Eagle ihnen. »Ich hoffe, dass dies ein stressfreies Wochenende für Taylor sein wird. Auch wenn sie alles gut gemeistert hat, weiß ich, dass sie nervös ist, wenn sie *Silverstone Towing* verlässt.«

»Das ist wirklich schlimm«, erklärte Smoke voller Mitgefühl.

»Wie geht es deinem Arm?«, wollte Gramps wissen. »Kannst du ihn wieder voll bewegen?«

»Ja, er funktioniert wieder einwandfrei«, versicherte Eagle ihm. »Eine Zeit lang war er steif, aber jetzt juckt die Wunde nur noch, und es tut nicht mal mehr weh, wenn ich Liegestütze mache.«

»Gut.«

»Hey, Eagle«, sagte Bull.

»Ja?«

»Freut mich für dich«, erklärte sein Freund. »Es ist offensichtlich, dass die Dinge zwischen dir und Taylor über die Freundschaftsphase hinaus sind. Du siehst glücklich aus.«

»Das bin ich«, entgegnete Eagle, dem es nicht im Geringsten peinlich war, das zuzugeben. »Die Dinge haben sich einfach ergeben, als ich zurückkam. Ich war verletzt und habe darüber nachgedacht, was ich hätte verpassen können, wenn die Kugel mich ein paar Zentimeter weiter rechts getroffen hätte, und als sie sah, dass ich verwundet worden war, hat sie auch irgendwie den Kopf verloren.«

»Wir alle mögen sie«, fügte Smoke hinzu. »Sie bringt dich zum Lachen, das ist toll.«

»Das Problem wird sein, jemanden für Gramps zu finden, der ihn zum Lachen bringt«, bemerkte Bull lachend.

»Du kannst mich mal«, erklärte Gramps mit einem kleinen Kopfschütteln. »Ich lache oft.«

»Das stimmt nicht, und wenn du mal lachst, dann meistens auf unsere Kosten«, warf Smoke ein.

»Jetzt fängst du auch noch an«, knurrte Gramps Smoke an. »Ich dachte, du wärst auf meiner Seite, weil du Single bist und so.«

»Pass mal auf ... ich weiß, als Eagle uns das erste Mal von Taylor erzählt hat, war ich nicht gerade begeistert von Beziehungen. Aber sie ist mir ans Herz gewachsen. Ich hatte die Gelegenheit, sie besser kennenzulernen, und ich mag sie wirklich. Und Skylar. Beide Frauen sind gut für Bull und Eagle.« Smoke zuckte mit den Schultern. »Wenn ich jemanden finde, der so toll ist wie die beiden, hätte ich vielleicht nichts dagegen, ebenfalls sesshaft zu werden. Jemanden, dem es egal ist, wie viel Geld auf meinem Konto ist, und der mich um meiner selbst willen mag. Aber ich rechne nicht damit.«

»Es wird schwer sein, hier eine Frau zu finden, die nicht weiß, dass du einen Haufen Geld von deinem Onkel geerbt hast«, gab Eagle zu bedenken.

»Ich weiß«, seufzte Smoke. »Aber verdammt, wenn es Bull und Eagle gelingt, Frauen zu finden, dann muss es doch auch für einen hoffnungslosen Fall wie mich Hoffnung geben. Ich muss nur mehr Abschleppdienste machen, um eine nette Jungfrau in Not zu treffen.« Er grinste.

Bull, Eagle und Gramps verdrehten alle gleichzeitig die Augen. »Du willst keine Jungfrau in Not«, sagte Bull zu ihm. »Du willst eine Frau, die sich behaupten kann, wenn es hart auf hart kommt. Die in einer stressigen Situation nicht zusammenbricht. Jemand, der an deiner Seite genauso gut kämpfen kann wie in deiner Abwesenheit.«

»Gibt es so eine Frau?«, fragte Smoke.

»Ja«, sagten Bull und Eagle wie aus einem Mund und lächelten einander an.

»Natürlich seid ihr dieser Meinung«, brummte Smoke. »Ihr habt eure Frauen ja schon gefunden.«

»Gramps? Du bist so still da drüben«, bemerkte Bull mit einem Grinsen.

»Ich werde mir keine Gedanken über die Liebe machen. Ich habe keine Ahnung, ob es da draußen jemanden für mich gibt. Wenn es sie gibt, werde ich sie genau so nehmen, wie sie ist. Klein, groß, dick, dünn, bissig, süß, schüchtern ... oder eine Frau, die sich nicht scheut, ihre Meinung zu sagen. Solange sie es mit mir aushält, bin ich mit allem einverstanden.«

»So schwer bist du nun auch wieder nicht zu ertragen«, bemerkte Eagle.

»Ich bin fünfundvierzig und war noch nie verheiratet. Was sagt dir das?«

»Ich denke, du bist wählerisch ... so wie du es sein solltest«, entgegnete Bull. »Gib dich nicht mit der Erstbesten zufrieden. Glaub mir, wenn du die Richtige findest, ist sie all die einsamen Jahre wert, die ihr vorausgegangen sind.«

Für einen Moment war es ganz still im Team.

»Und in diesem Zusammenhang muss ich sagen, dass mir schon der Schädel brummt von der Anstrengung, herauszufinden, wer dieser Mistkerl ist, der Taylor nachstellt«, bemerkte Eagle. »Ich werde euch jetzt allein lassen und von hier verschwinden. Wenn ihr mich braucht oder etwas herausfindet, sagt mir bitte Bescheid. Ich nehme mir vielleicht das Wochenende frei, aber ... eigentlich nicht wirklich. Für den Fall, dass uns der Kerl nach Bloomington folgt, muss ich auf der Hut sein.«

»Meinst du, er wird es tun?«, fragte Gramps.

»Das ist das Problem. Wir wissen nicht, *was* dieser Kerl tun wird. Er muss ihr irgendwann zu mir nach Hause gefolgt sein. Er hat ihr noch nichts getan, aber er ist trotzdem bedrohlich. Solange wir ihn nicht finden und sein Motiv nicht kennen, haben wir keine Ahnung, was er vorhat. Er könnte beschließen, uns zu folgen, oder er könnte beschließen, dass er die Gegend um Indianapolis nicht verlassen will, um sein Spielchen zu spielen. Aber ich werde kein Risiko eingehen.«

»Du rufst an, wenn etwas passiert?«, fragte Smoke.

»Natürlich«, entgegnete Eagle. »Wenn ich euch brauche, werde ich sofort anrufen.«

»Lass dein Handy immer an«, bat Gramps unnötigerweise. »Wir können es orten, wenn etwas schiefgeht. Wenn es nötig ist, kann ich unsere Kontaktmänner bei der örtlichen Polizei anrufen und sie über die Situation informieren.«

»Wenn du das tust, werden sie wissen wollen, warum wir nicht schon früher zu ihnen gekommen sind«, gab Eagle zu bedenken.

»Ich weiß. Und ich werde es ihnen erklären. Aber wenn du wirklich so besorgt über den Mistkerl bist, wie es der Fall zu sein scheint, gibt es genügend Grund zur Sorge, auch wenn Taylor ihn nicht beschreiben kann oder er noch nichts Illegales getan hat.«

»Ich kann nicht erklären, warum sich das so mies anfühlt«, begann Eagle, aber Gramps hielt eine Hand hoch und stoppte ihn.

»Das musst du auch nicht«, versicherte er ihm, »wir sind schon lange genug deine Teamkameraden, um zu wissen, dass eine Situation, die sich verdächtig anfühlt, auch verdächtig ist. Ich werde dafür sorgen, dass die Polizei weiß, dass es eine ernste Sache ist.«

»Das weiß ich zu schätzen«, entgegnete Eagle und war zum millionsten Mal dankbar, dass er so tolle Freunde hatte.

»Versucht, ein bisschen Spaß zu haben«, bemerkte Gramps. »Ich weiß, ihr seid beide nervös, aber Taylor sollte stolz auf das sein, was sie erreicht hat.«

»Das werden wir, und das ist sie auch. Danke«, erklärte Eagle, während er aufstand. »Ich wünsche euch ein schönes Wochenende.«

Seine Freunde verabschiedeten sich alle und Eagle verließ den Schutzraum. Er lächelte, weil der erste Mensch, den er sah, Taylor war. Sie stand am Flipperautomaten und versuchte, Christine Ratschläge zu geben, während sie spielte.

»Da, schau mal, ob du das triffst – das gibt doppelte Punkte.«

»Wird mein Ball dadurch nicht blockiert?«, fragte Christine.

»Ja, aber das ist auch gut so. Denn wenn du zwei weitere Bälle erwischst, hier und hier, dann wirft er sie alle gleichzeitig ab, und alles, was du triffst, ist doppelt so viel wert. Es ist hektisch, aber die Punkte, die man bekommt, sind der Wahnsinn.«

»Was mache ich, wenn – oh Mist«, sagte Christine, als der Ball anscheinend zwischen den Flipperhebeln hindurchrollte.

»Ach. Ist schon okay, übe einfach weiter«, sagte Taylor zu ihr.

»Werde nur nicht so gut, dass du meine Taylor schlägst, dann ist es schon in Ordnung«, neckte Eagle sie.

Taylor drehte den Kopf und lächelte. »Eagle! Bist du fertig?«

»Ja«, entgegnete er. »Bist du aufbruchbereit?«

»Wenn du sicher bist, dass du früher gehen kannst.«

»Nimm ihn mit«, flehte Christine, deren Blick wieder auf das Flipperfeld gerichtet war. »Wenn er bleibt, steht er nur herum und geht mir auf die Nerven.«

»Du liebst es, wenn ich dir auf die Nerven gehe«, erklärte Eagle seiner Angestellten.

»Oh ja, bilde dir das nur immer wieder ein«, gab sie frech zurück.

Eagle lachte, dann fragte er ernst: »Alles in Ordnung bei dir, Christine? Du bist zu früh für deine Schicht.«

»Ja, alles in Ordnung, danke«, erklärte sie geistesabwesend. »Die Kinder sind bei ihren Großeltern und Bob ist über Nacht weg. Also habe ich beschlossen, statt für mich zu kochen, entkomme ich aus dem einsamen Haus und esse eine von Shawns fantastischen Mahlzeiten. Und spiele ein bisschen Flipper.«

»Großartig. Nun, dann nur zu. Solange alles in Ordnung ist.«

Christine sah auf und Eagle hörte, wie die Kugel erneut zwischen die Flipperhebel rollte, aber diesmal schien es ihr nichts auszumachen. »Danke, dass du nachfragst«, erklärte sie aufrichtig.

»Gern«, erwiderte Eagle, dann reichte er Taylor die Hand. »Komm, meine Diva, lass uns deine Sachen holen, und dann machen wir uns auf den Weg zum Ball.«

Taylor lachte. »Ich bin mir nicht sicher, ob ich jemals eine Diva sein werde, aber danke für den Vertrauensbeweis«, scherzte sie.

Eagle zog sie an sich und kraulte die Haut hinter ihrem Ohr. Ihre Locken schienen sofort mit seinen Fingern verschmelzen zu wollen, als er ihr die Strähnen über die Schulter strich. »Du bist *meine* Diva«, sagte er sanft zu ihr und genoss es, wie sie bei dem Gefühl seines warmen Atems an ihrem Ohr erschauerte. »Ich kann es kaum erwarten, heute Nacht mit dir an einem Ort zu schlafen, wo wir beide so laut sein können, wie wir wollen.«

»Wie stellst du dir das vor? Ich meine, wir sind in einem

Hotel«, gab sie schüchtern zu bedenken, als er sie in Richtung Treppe und weg von Christine lenkte.

»Genau, und es ist mir verdammt egal, ob Fremde dich stöhnen hören. Aber ich weiß, dass es dir peinlich wäre, wenn die *Silverstone*-Angestellten uns hören würden.«

»Stimmt«, entgegnete Taylor mit einem kleinen Lächeln.

»Keine Einwände?«, fragte er, als sie die Treppe hinaufgingen.

»Dagegen, dass du es mit mir treibst und mich so heftig zum Orgasmus bringst, dass ich meine Lust herausschreien will? Ähm ... nein. Keine Einwände. Und ... ich wollte nur sagen, dass du neulich, als ich dir einen geblasen habe, als wir bei deiner Wohnung angehalten haben, damit du dir etwas zum Umziehen holen konntest, von dem ich *wusste*, dass du es eigentlich gar nicht brauchst ... da warst du auch nicht gerade leise.«

Eagle konnte nicht anders, als in lautes Gelächter auszubrechen. Sie hatte ihn ertappt. Obwohl er gewusst hatte, dass sie sich nicht in seiner Wohnung aufhalten sollten, hatte er gedacht, da es mitten am Tag und er mit Taylor zusammen war, wäre es kein Problem. Er musste sie allein für sich haben. Und als sie auf die Knie ging, sobald die Tür hinter ihnen geschlossen und verriegelt war, wurde ihm klar, dass sie genauso sehr mit ihm allein sein wollte.

Sie hatten bei *Silverstone Towing* miteinander geschlafen, und es war süß und simpel gewesen. Der Sex in seiner Wohnung war hektisch, leidenschaftlich und unkontrolliert gewesen. Eagle genoss beide Arten von Sex, aber am meisten gefiel es ihm zu sehen, wie Taylor all ihre Hemmungen verlor.

»Stimmt«, entgegnete Eagle ruhig, während er Taylor am oberen Ende der Treppe die Tür aufhielt.

Sie lächelte ihn an und Eagle versuchte, sich den Moment einzuprägen. Das hatte er in letzter Zeit oft getan. Er speicherte Erinnerungen an seine Taylor, um sie hervorzuholen, wenn er nicht bei ihr sein konnte.

»Meinst du, Shawn hätte etwas dagegen, wenn wir einen Snack mitnehmen würden?«, fragte Taylor.

Eagle stieß einen Atemzug aus. »Muss ich mir Sorgen machen, dass du mich abservierst, um stattdessen unseren Chefkoch zu heiraten?«

Anstatt sich zu ärgern, lächelte sie breiter und schmiegte sich an ihn, wobei sie ihre Arme um seine Taille legte. »Eifersüchtig?«, fragte sie.

»Ich werde nie in der Lage sein, dir eine köstliche, selbst gekochte Mahlzeit zu machen«, gab Eagle zu.

»Ich erwarte sicher nicht von dir, dass du für mich kochst«, bemerkte Taylor ernst. »Ich will dich genau so, wie du bist. Du hast keine Ahnung, wie glücklich du mich machst, indem du einfach du selbst bist. Du bist der einzige Mensch, der über meinen Zustand hinweggesehen hat, um mich als normalen Menschen zu betrachten. Es wäre heuchlerisch, sich darüber aufzuregen, dass du nicht kochen kannst. Ich liebe dich, Eagle. Ich habe es genossen, Shawn besser kennenzulernen, und ich liebe vielleicht das Essen, das er kocht, aber ich liebe nicht *ihn*.«

»Das ist auch gut so«, erklärte Eagle mit einem kleinen Lächeln. »Denn ich fände es schlimm, wenn ich ihn verprügeln müsste.«

Taylor verdrehte die Augen. »Wie auch immer. Du

würdest ihn nicht verprügeln, weil du seine Gerichte genauso sehr magst wie ich.«

»Stimmt. Ich liebe dich, Flower. So sehr.«

Sie strahlte ihn an. »Danke, dass du mit mir nach Bloomington fährst. Ich hätte wahrscheinlich abgelehnt, wenn du nicht mitgekommen wärst. Und nicht wegen des Typen, der mich zu verfolgen scheint. Ich mag solche Veranstaltungen nicht. Ich fühle mich immer unwohl.«

»Das ist Vergangenheit«, erklärte Eagle. »Ich habe es dir schon einmal gesagt, und ich sage es dir noch mal: Ich stehe hinter dir. Jetzt und für immer. Du hast mir die Liste gezeigt, die du von deiner Agentin bekommen hast, mit den Leuten, die auf der Party sein werden. Ich habe sie alle online überprüft, wenn sie dich also ansprechen, flüstere ich dir einfach zu, um wen es sich handelt.«

Ihre Augen leuchteten vor Liebe auf. »Das ist buchstäblich das Netteste, was je jemand für mich getan hat.«

»Du bist mit einem Mann zusammen, der sich an jeden einzelnen Menschen erinnert, den er je kennengelernt hat«, bemerkte Eagle leichthin. »Ich denke, wir sind ein ziemlich gutes Paar.«

Taylor verdrehte die Augen. »Wahrscheinlich habe ich das bessere Ende der Fahnenstange erwischt.«

Eagle schaute sich um, und als er sah, dass sie allein waren, ließ er seine Hände zu ihrem Hintern wandern und drückte zu. Seine Finger waren nur noch wenige Zentimeter von ihrer Muschi entfernt und er musste sich zwingen, sie nicht sofort intim zu berühren.

Sie stellte sich auf ihre Zehenspitzen. »Eagle!«, schalt sie ihn.

»Du gehörst doch jetzt mir«, sagte er zu ihr. »Ich nehme das nicht auf die leichte Schulter, und du bist *gleichzeitig* die beste Freundin und die beste Frau im Bett, die ich je hatte. Ich liebe dich, und zwar so sehr, dass es mir manchmal Angst macht. Ich habe definitiv das bessere Ende der Fahnenstange bekommen.«

»Dann müssen wir uns wohl darauf einigen, dass wir uns nicht einig sind«, entgegnete Taylor und strich mit den Fingerspitzen über seinen Nacken. Er hatte nie gedacht, dass er dort empfindlich war, bis sie ihn berührt hatte. »Und ich kann nicht glauben, dass ich das sage, aber ich bin irgendwie aufgeregt wegen der Veranstaltung. Ich hatte noch nie jemanden, der mir wie du Rückendeckung gegeben hat. Ich war immer das unbeholfene Mädchen, das am Rande steht, auf die Uhr schaut und sich fragt, ob sie lange genug geblieben ist, um der Höflichkeit Genüge zu tun, und ob sie schon verschwinden kann.«

»Morgen wird das nicht der Fall sein.«

»Nein. Und ... einer der Gäste, die dort sein werden, ist eine Autorin, für die ich liebend gern Korrektur lesen würde«, gab Taylor zu. »Ich denke, wenn ich einen guten Eindruck hinterlasse, wird sie mich vielleicht engagieren.«

»Das wird sie sicher«, erklärte Eagle zuversichtlich. »Wie könnte sie auch nicht?«

»Danke, Eagle. Deine Unterstützung bedeutet mir sehr viel.«

»Mir geht es genauso«, entgegnete er. »So sehr ich mir auch wünschen würde, dass du deine Beine um meine Taille legst, damit ich dich in ein Schlafzimmer tragen und Sex mit dir haben kann, bis du schlaff wie eine Nudel bist und ich mich ebenso fühle, wir müssen jetzt los.«

Taylor holte tief Luft und nickte dann. Sie trat zurück und Eagle ließ seine Hände widerwillig sinken. Es war Wahnsinn, wie sehr er sie ständig berühren wollte. Er fragte sich, ob das Gefühl jemals nachlassen würde, und beschloss dann, dass er es nicht hoffte. Er wollte fünfundachtzig und immer noch so wahnsinnig in seine Frau verliebt sein, dass er ständig ihre Hand halten oder sie anderweitig berühren musste.

»Woran denkst du?«, fragte sie und legte fragend den Kopf schief.

»Nur daran, wie gern ich mit dir zusammen bin«, sagte Eagle zu ihr. Dann ergriff er ihre Hand und zog sie in Richtung Küche. »Sehen wir mal nach, was Archer im Kühlschrank gelassen hat. Ich werde unserem Angestellten nicht sagen, dass du etwas gestohlen hast, wenn du dich beeilst.«

Er grinste, als sie ihre Hand aus seinem Griff löste und vorauseilte, um zu sehen, was es an Leckereien gab, die sie als kleine Zwischenmahlzeit mitnehmen konnten.

Dies würde ihre erste gemeinsame Reise sein, und Eagle war gespannt darauf zu sehen, was für eine Art Reisende Taylor war. Würde sie schlafen? Würde sie reden wollen? Radio hören? Würde sie alle dreißig Minuten anhalten müssen, um zu pinkeln? Er konnte es kaum erwarten, das herauszufinden. Jede Kleinigkeit, die er über sie entdeckte, sorgte dafür, dass er sie noch mehr liebte. Bloomington war nicht so weit von Indianapolis entfernt, nur etwa eine Stunde, aber er würde mit ihr quer durchs Land fahren, wenn sie das wollte.

Eagle wusste, dass er wie ein Verrückter lächelte, aber es war ihm egal, und er legte seine Hand auf Taylors Rücken, als sie Minuten später *Silverstone Towing* verließen. Er konnte es kaum erwarten, ins Hotel zu kommen und seiner Frau zu zeigen, wie sehr er sie liebte.

KAPITEL SECHZEHN

Taylor konnte sich nicht erinnern, jemals so glücklich gewesen zu sein. Noch nie in ihrem ganzen Leben.

Was ziemlich erstaunlich war in Anbetracht der Tatsache, dass sie morgen Abend inmitten der Leute stehen würde, die sie in der Buchbranche am meisten beeindrucken wollte. Agenten, Autoren und Lektoren. In der Vergangenheit wäre sie jetzt in Panik geraten.

Stattdessen hatte Eagle ihr die Zuversicht gegeben, sich tatsächlich auf das zu freuen, was vor ihr lag. Sie hatte selbst gesehen, wie er die Fotos der Leute studiert hatte, die morgen Abend auf der Party sein würden. Sie hatte keinen Zweifel daran, dass es ihm gelingen würde, ihr heimlich mitzuteilen, wer sich ihr näherte oder mit wem sie sprach, ohne dass es komisch wirkte. Sie hatte im Laufe der letzten Monate immer wieder gesehen, wie er genau das gemacht hat.

Sie musste sich immer noch zusammenreißen, um zu

glauben, dass sie irgendwie einen Mann gefunden hatte, der sie so zu respektieren und zu schätzen schien wie Eagle. Auf den ersten Blick war ihr bewusst, dass sie zusammen ein wenig seltsam aussahen. Er war groß, muskulös und wunderschön ... zumindest hatte Skylar ihr das erzählt. Und sie kannte sehnsüchtige und bewundernde Blicke, wenn sie sie sah, und das war es, was sie in den Gesichtern vieler Frauen entdeckte, wenn sie ihren Mann ansahen. Im Gegensatz dazu definierte Taylor ihr eigenes Aussehen als eher durchschnittlich. Das Schönste an ihr war ihr lockiges Haar, aber sie war sich nicht sicher, ob das ihre durchschnittliche Größe, ihre durchschnittliche Haarfarbe und ihr durchschnittliches Gewicht wettmachte.

Aber Eagle liebte ihren Körper. Und er sagte, ihre Größe sei perfekt für ihn. Und er liebte *sie*. Taylor war es egal, wie attraktiv andere Eagle fanden; er gehörte *ihr*, und sie würde ihn nicht aufgeben.

Wenn er eines Tages beschloss, dass er sie nicht mehr liebte, könnte sie das völlig zerstören. Aber im Moment liebte er sie, und sie liebte ihn, und das Leben war schön.

Sie sah zu Eagle hinüber, der fuhr, wie er es sonst auch tat – mit Zuversicht. Er hatte eine Hand am Lenkrad und mit der anderen hielt er ihre Hand auf der Konsole zwischen ihnen. Ab und zu strich er mit dem Daumen über ihren Handrücken, was ihr eine Gänsehaut auf den Armen bescherte. Sie konnte es kaum erwarten, ins Hotel zu kommen und zu sehen, welche schmutzigen Dinge Eagle für sie beide geplant hatte.

Auf der 37 war nicht viel Verkehr, und als sie sich der Schnellstraße näherten, die sie nach Bloomington führen würde, fragte Eagle: »Willst du die landschaftlich reizvolle Strecke nehmen?«

Taylor biss sich auf die Lippe. »Ist das gefährlicher?«

»Ich glaube nicht. Ich habe die Fahrzeuge hinter uns beobachtet und nichts Verdächtiges gesehen«, erklärte er.

»Wenn das so ist, würde ich das gern«, erklärte Taylor eifrig. »Dieser Teil von Indiana ist so schön. Wann immer wir eine Nebenstraße statt der Schnellstraße nehmen können, bin ich dafür.«

»Großartig. Wir fahren bei Martinsville ab. Da gibt es eine Straße namens Low Gap, die ich schon mal gefahren bin. Sie führt direkt durch den Morgan-Monroe State Forest. Sie ist wunderschön. Wir werden etwas später im Hotel ankommen, aber ich denke, das ist es wert.«

Taylor seufzte befriedigt. »Falls ich später vergesse, es dir zu sagen, ich hatte dieses Wochenende viel Spaß.«

Er grinste. »Dito.«

Sie fuhren eine Weile, dann fragte Taylor: »Kann ich dich etwas über das *Silverstone-Team* fragen?«

Eagle nickte sofort. »Ja, aber es gibt vielleicht ein paar Dinge, die ich dir nicht sagen darf.«

»Ich weiß, ich bin nur neugierig, wie ihr die Entscheidung trefft, wohin ihr geht und welche Einsätze ihr übernehmt.«

»Manchmal hören wir einfach nur die Nachrichten. Ein anderes Mal konsultieren wir unseren FBI-Kontakt. Wir sehen uns die Listen der meistgesuchten Personen an, sowohl national als auch international. Wir haben auch Kontakte im ganzen Land, die uns vielleicht anrufen und uns bitten, einen Einsatz zu übernehmen.«

»So was wie eine Art Empfehlung?«, fragte Taylor.

»So in etwa. Aufgrund unserer Zeit beim Militär haben wir einige Kontakte zu den Spezialeinheiten. Da gibt es zum Beispiel einen Mann, der in Pennsylvania lebt – er ist ein Experte für digitale Ermittlung«, erklärte Eagle ihr.

»Was bedeutet das?«

»Sein Computer ist seine Waffe. Es gibt buchstäblich nichts, was er nicht mit seiner Tastatur machen kann. Er kann Menschen finden, egal wo sie sind, und die kleinsten Informationen aufspüren. Er kann wahre Wunder wirken, und mein Team und ich waren dankbar für seine Hilfe, als wir noch im aktiven Dienst waren. Seit wir das *Silverstone-Team* gegründet haben, hat er uns um ein paar Gefallen gebeten, und wir haben nicht gezögert, sie ihm zu erweisen.«

»Er klingt beeindruckend«, bemerkte Taylor.

»Ist er auch. Er hat uns schon das eine oder andere Mal vor Einsätzen geholfen, Informationen zu sammeln, und er hat jedes Mal richtiggelegen. Es gibt noch einen anderen Mann in Colorado, der sich auf die Suche nach vermissten Frauen und Kindern spezialisiert hat. Seine eigene Frau wurde entführt, als sie vor über einem Jahrzehnt in Las Vegas Urlaub machten. Er war frustriert über den Mangel an Informationen seitens der Behörden, also gründete er sein eigenes Team, um Menschen zu retten, die in das Sexgewerbe entführt worden waren.«

»Wow.«

»Ja, und das Beste daran ist, dass er seine Frau schließlich gefunden hat – *lebend*. Es hat zehn Jahre gedauert, aber jetzt leben sie glücklich und zufrieden in Colorado.«

Taylors Augen füllten sich mit Tränen. Sie hatte keine

Ahnung, warum sie wegen eines Paares, das sie nie kennengelernt hatte, so emotional wurde, aber das war tatsächlich der Fall. »Das ist ... ich weiß nicht, was ich sagen soll.« Sie waren jetzt auf die Panoramastraße abgebogen, und sie war so schön, wie Eagle versprochen hatte. Die dicht gedrängten Bäume auf beiden Seiten verliehen ihrem Gespräch eine zusätzliche Aura von Intimität, ebenso wie die häufigen sanften Kurven der Straße.

Eagle drückte ihre Hand. »Das *Silverstone-Team* hatte noch nie so schnell zugestimmt, als er anrief und uns bat, nach Peru zu fliegen, um sich um den Anführer des Sexhändlerrings zu kümmern, der seine Frau entführt hatte.«

»Wirklich?«, flüsterte Taylor. »Ihr habt ihn getötet?«

Eagle nickte einmal.

Daraufhin begann sie, noch stärker zu weinen.

»Tay?«, fragte Eagle besorgt. »Es tut mir leid. Ich hätte nie etwas gesagt, wenn ich gewusst hätte, dass du so emotional werden würdest.«

»Ich bin einfach so stolz auf dich«, stieß sie hervor. »Du hast wahrscheinlich unglaublich viele Menschen gerettet.«

Eagle zuckte mit den Schultern. »Leider wird jemand einspringen, um seinen Platz einzunehmen. Das passiert immer.«

»Ich weiß, aber dieser Mann und seine Frau müssen so erleichtert sein, weil sie wissen, dass ihr Peiniger nie wieder hinter ihnen her sein kann.«

»Das sind sie«, entgegnete Eagle voller Zuversicht.

»Ich liebe dich«, sagte Taylor zu ihm. »Ich weiß, ich sollte wahrscheinlich entsetzt sein und denken, dass das, was du tust, moralisch falsch ist ... aber ich kann es nicht. Ich wurde nie sexuell missbraucht, als ich klein war – was ein Wunder ist, wenn man bedenkt, in wie vielen Pflegefamilien ich aufgewachsen bin –, aber ich kannte andere Kinder, denen das passiert war. Ich werde nie verstehen, wie Erwachsene das in Ordnung finden können. Niemals. Aber zu wissen, dass es Menschen wie dich und dein Team gibt, und wie den Mann in Colorado, die für die weniger vom Glück Begünstigten kämpfen ... das finde ich irgendwie beruhigend.«

»Das freut mich.«

»Während eures letzten Einsatzes habe ich mit Skylar über das *Silverstone-Team* gesprochen und sie hat mir ein wenig über ihre Entführung erzählt. Aber was mich am meisten fasziniert hat, war die Bewertungsskala.«

»Die Skala von eins bis zehn?«, fragte Eagle.

»Ja.«

»Bull hat uns davon erzählt.«

»Jetzt, da du mir von dem Sexhändler erzählt hast, ergibt es mehr Sinn. Jeder, der eine Frau ein Jahrzehnt lang als Geisel hält, ist mit Sicherheit eine Zehn«, entgegnete Taylor mit Gefühl und wischte sich die letzten Tränen aus dem Gesicht.

»Jeder von uns hat eine andere Definition dieser Skala«, gab Eagle zu bedenken.

»Du auch?«

»Ja. Natürlich sind Terroristen wie Khatun und Mullah Zehner. Ihr einziges Ziel war es, so viele Menschen der westlichen Welt zu töten wie möglich. Und dieser dreckige Sexhändler gehörte auch dazu. Aber während Bull Ricketts, den Pädophilen, der Skylar entführt hat, für eine Drei hält ... tue ich das nicht.«

»Wie würdest du ihn einstufen?«

Eagle seufzte. »Bist du sicher, dass du darüber reden willst?«

Taylor nickte.

»Okay. Ich hätte ihn als achteinhalb eingestuft – und ich hätte kein Problem damit gehabt, ihn auszuschalten. Er war kein Serienmörder, aber er war ein Serienkinderschänder. Und in fast allen Fällen wachsen Männer wie er nicht einfach aus so etwas heraus. Je mehr sie es tun, desto mehr gefällt es ihnen. Wenn er mit Sandra davongekommen wäre, hätte er sie nicht gehen lassen. Er hätte sie missbraucht, bis sie ihm zu alt geworden wäre, und dann hätte er sich eine andere gesucht. Und der Kreislauf hätte sich fortgesetzt.

Ich spreche zu viel, aber im Grunde genommen könnte die Tatsache, auch nur einem einzigen Kind auf diese Weise die Zukunft zu stehlen, später Auswirkungen auf alle haben, mit denen es in Zukunft zu tun hat. Deshalb hätte ich auch nicht gezögert, ihm eine Kugel in den Kopf zu jagen.«

Taylor hörte fasziniert zu. So hatte sie das noch nie gesehen.

»Habe ich dir Angst gemacht?«, fragte Eagle. »Du bist so still.«

»Nein. Ich hatte das nur noch nie so gesehen.«

»Und ich sage dir noch was«, fügte Eagle hinzu.

Als er nicht sofort etwas sagte, drückte Taylor seine Hand. »Ja?«

»Jeder, der es wagt, sich mit dir anzulegen, ist für mich automatisch eine Zehn.«

Taylor machte große Augen und starrte ihn an. Eagles Aufmerksamkeit war auf die Straße gerichtet, aber sie sah, wie sich ein Muskel in seinem Kiefer anspannte. Sie war sich nicht sicher, was sie sagen sollte, aber sie brauchte nichts zu sagen, denn er fuhr fort.

»Ich meine nicht jemanden, der dich mit irgendeinem Müll beleidigt, denn dafür bringe ich niemanden um. Aber ich werde dich verteidigen, und ich werde dafür sorgen, dass alle wissen, dass sie es bereuen werden, wenn sie dich jemals wieder nicht respektieren. Ich spreche von körperlicher Gewalt gegen dich. Wenn jemand denkt, er kann dich ausrauben, in unser Haus einbrechen oder dir auf irgendeine Weise körperlichen Schaden zufügen ... werde ich ihn fertigmachen.«

Taylor zitterte. »Eagle?«

Dann sah er zu ihr hinüber. »Ja?«

»Ich wünschte wirklich, wir hätten die Schnellstraße genommen.«

»Verdammt. Was? Ist dir schlecht? Muss ich rechts ranfahren?«

Sie schüttelte den Kopf. »Nein. Mir geht's gut.«

»Warum dann?«

»Weil ich es dir wahnsinnig gern besorgen und dir genau zeigen möchte, wie viel mir das, was du gerade gesagt hast, bedeutet. Noch nie hat sich jemand für mich eingesetzt. Ich war immer das seltsame Kind, über das sich alle lustig gemacht haben. Ich wurde getreten, bespuckt und geschlagen, und niemand hat sich je darum geschert. Ich habe Gewalt noch nie gemocht, aber zu wissen, dass du sie für mich einsetzen würdest, macht mir weder Angst noch ekelt es mich an ... es gibt mir das Gefühl, dass ich nicht wertlos bin. Zugegeben, ich will nicht, dass du Leute erschießt oder verprügelst, wenn sie mir unbeabsichtigt wehtun, aber ich fühle mich doch sicherer, wenn ich weiß, dass du es tun *würdest*.«

»Ich bin nicht gerade stolz darauf, dass ich diese Art von Mann bin«, gab Eagle zu. »Aber der Gedanke, dass du verletzt werden könntest, macht mich verrückt. Es tut mir leid, dass ich dich während der letzten Woche so übertrieben beschützt habe. Aber je mehr ich darüber nachdenke, dass dieser Typ in deine Wohnung gekommen ist und was er dir angetan haben könnte, desto nervöser werde ich.«

»Und ich weiß nicht, wer er ist«, gab Taylor leise zu.

»Es ist mir verdammt egal, wer er ist«, entgegnete Eagle. »Er hat nicht das Recht, dir Angst zu machen. Wenn er vorhat, Hand an dich zu legen, wird er nicht die Gelegenheit dazu bekommen. Wir werden herausfinden, wer er ist, und dann werde ich mich mit ihm unterhalten.«

»Ich will nicht, dass du in Schwierigkeiten gerätst«, erklärte Taylor besorgt.

»Das werde ich nicht«, entgegnete Eagle. »Ich bin gut in dem, was ich tue, Flower«, fügte er leise hinzu.

Dadurch fühlte Taylor sich ein wenig besser. Sie musste einfach darauf vertrauen, dass Eagle wusste, was er tat. Er war ein Delta-Force-Soldat gewesen; er war kein hitzköpfiger Jungspund, der bei der geringsten Provokation aus der Haut fuhr.

Sie öffnete den Mund, um ihm zu sagen, dass sie ihm vertraute, aber sie kam nicht dazu.

Ein Wagen fuhr sie von hinten an. Und zwar *heftig*. Die Kurven, um die sie herumgefahren waren, hatten verhindert, dass einer von ihnen das Fahrzeug hatte sehen können, bis es tatsächlich direkt hinter ihnen war.

Eagles Wrangler begann sofort, sich zu drehen. Taylors Sicherheitsgurt rastete ein, aber ihr Kopf wurde zur Seite geschleudert und verfehlte nur knapp das Fenster neben ihr.

Sie schrie auf, als der Wagen erneut angefahren wurde. Diesmal wurde die Fahrerseite getroffen und der Jeep wurde von der Straße in einen flachen Graben geschleudert, überschlug sich einmal und landete auf dem Dach.

Mit dem Kopf nach unten hängend war Taylor benommen. Sie schaute zu Eagle hinüber und sah, dass er bewusstlos war und Blut von seinem Kopf tropfte. Sie konnte die Wunde nicht sehen, aber nach der Blutlache unter ihm zu urteilen wusste sie, dass es ziemlich schlimm sein musste.

»Eagle?«, rief sie verzweifelt.

»Miss?«, rief eine Stimme neben ihr und Taylor schrie vor Schreck auf. Sie drehte den Kopf und sah einen Mann, der neben ihrem zerbrochenen Fenster kniete.

»Tut mir leid, dass ich Sie erschreckt habe, aber wir müssen Sie da rausholen. Der Motor raucht.«

Taylor konnte den Rauch riechen, aber in ihrem Kopf drehte sich immer noch alles.

Der Mann zog ein Messer hervor und sie wich zurück.

»Ganz ruhig. Ich werde Ihren Gurt durchschneiden. Halten Sie sich fest, damit Sie nicht auf den Kopf fallen.«

Seine Stimme war leise und beruhigend, aber sie fühlte sich dadurch nicht besser. Bevor sie ihm sagen konnte, er solle sie einfach in Ruhe lassen und Eagle helfen, hatte er bereits ihren Gurt durchgeschnitten.

Mit einem Grunzen fiel sie auf die Decke des Wagens. Ihre Hände landeten auf dem zerbrochenen Glas der Seitenfenster, und sie schrie auf.

Bevor sie sich orientieren konnte, hatte der Mann sie am Oberarm gepackt. »Kommen Sie, hier entlang. Ich kümmere mich um Sie. Gut, kriechen Sie hier entlang.«

Benommen ließ Taylor sich von dem Mann aus dem auf dem Dach liegenden Wagen helfen.

»Ich bin Rettungssanitäter außer Dienst«, erklärte der Mann. »Ich bin hinter dem anderen Wagen hergefahren, als ich gesehen habe, wie der Typ Sie angefahren hat. Was für ein Dreckskerl. Ich bringe Sie zu meinem Wagen, wo Sie sich hinsetzen können. Ich habe schon die Polizei alarmiert.«

Taylor stolperte, als sie auf den Wagen des Mannes zuging. Sie drehte sich zu Eagles Wrangler um und keuchte. Die Fahrerseite war völlig zerstört.

»Eagle!«, rief sie.

»Ich werde gleich nach ihm sehen«, erklärte ihr Retter. »Jetzt kümmere ich mich erst mal um Sie. Kommen Sie.«

Taylor stolperte erneut und merkte, dass der Mann ihren Bizeps fest im Griff hatte. Er zerrte sie praktisch zu seinem Fahrzeug.

Als sie es sah, erstarrte Taylor augenblicklich innerlich. Sie versuchte, stehen zu bleiben, aber der Mann ließ sie nicht los.

»Nein, es geht mir gut. Lassen Sie mich gehen«, erklärte

sie. Ihre Stimme bebte und war nicht annähernd so stark, wie sie es sich gewünscht hätte.

»Das kannst du vergessen, Taylor«, entgegnete der Mann und verstärkte seinen Griff.

Ihr Blut war bereits voller Adrenalin, aber ihr Herz begann, noch schneller zu schlagen, als der Mann ihren Namen sagte.

Sie erkannte den Wagen, zu dem er sie zerrte. Ein dunkelbrauner Cadillac.

Derselbe, der vor einiger Zeit ihre Stoßstange angefahren hatte; sie hätte alles, was sie besaß, darauf verwettet.

Sie sah den Mann an und zermarterte sich das Hirn, um *etwas* Bekanntes an ihm zu finden. War das derselbe Mann, der sich so entschuldigt hatte, nachdem er sie angefahren hatte? Der sie nach ihren Versicherungsdaten gefragt hatte?

Taylor atmete tief ein, um ihr rasendes Herz zu beruhigen, aber dabei wurde ihre Panik nur noch größer. Sie erkannte seinen Geruch.

Desinfektionsmittel, Urin und Bleiche.

Das war derselbe Mann, der ihr im Heim für Demenzkranke eine Heidenangst eingejagt hatte. Er war der Handwerker, der ihren Luftfilter gewechselt hatte. Und sie hätte alles darauf gewettet, dass er der Typ war, der ihr eine Pizza mit Oliven, die das Wort »Bald« bildeten, geliefert hatte.

Als Taylor sich verzweifelt umsah, stellte sie fest, dass sie sich mitten im Nirgendwo befanden. In beiden Richtungen gab es keine Fahrzeuge, und sie konnte auch kein einziges Haus sehen. Sie steckte in enormen Schwierigkeiten.

Sie begann, sich gegen den Griff des Mannes zu wehren, aber er hielt sie mühelos fest. »Oh, so leicht entkommst du mir nicht«, erklärte er. »Ich habe viel zu lange gewartet und geplant, als dass ich es zulassen würde, dass du mir jetzt entwischst.« Taylor musste etwas tun. Wenn sie es nicht tat, würde niemand sie jemals wiedersehen, so viel war ihr klar.

Sie blickte zurück zum Wagen in der Hoffnung, dass Eagle herausklettern und ihr zu Hilfe kommen würde, aber Taylor wollte weinen, als sie nur ein bisschen Rauch sah, der träge aus dem Motor aufstieg.

»Eagle!«, schrie sie und kämpfte weiter.

Aber der Mann, der sie festhielt, lachte nur. »Er ist tot«, entgegnete er unverblümt. »Er kann dir nicht mehr helfen. Keiner kann das. Jetzt komm schon«, knurrte er, während er heftig an ihrem Arm zerrte.

Es tat weh, aber Taylor ignorierte den Schmerz. Bei dem Gedanken, dass Eagle tot war, hätte sie sich am liebsten auf dem Boden zusammengerollt und rückhaltlos geweint.

Plötzlich bemerkte sie, dass die Front des Cadillacs zertrümmert war. Nicht so sehr, dass das Fahrzeug nicht mehr fahrbereit war, aber seine Scheinwerfer waren kaputt und der Kühlergrill war völlig zerschmettert.

Er war derjenige, der sie angefahren hatte.

Wenn er mit ihr wegfuhr, bestand die Möglichkeit, dass ein Polizist sie wegen des Zustands seines Wagens anhielt ... aber sie durfte ihr Leben nicht riskieren. Wenn sie zuließ, dass der Mann sie in seinen Wagen brachte, war sie so gut wie tot.

Anstatt die Beifahrertür zu öffnen, ging der Mann hinten herum und griff nach dem Kofferraum.

Der Gedanke, dort hineingestopft zu werden, ließ Taylors Entschlossenheit enorm steigen. Er hatte seine

Schlüssel in der Hand, den Arm ausgestreckt, und Taylor handelte, ohne nachzudenken, und schlug ihm mit der Handkante so fest sie konnte auf den Unterarm.

Er schrie auf, wahrscheinlich mehr vor Überraschung als vor Schmerz, und ließ den Schlüsselbund fallen.

»Blöde Schlampe!«, rief der Mann und versetzte Taylor einen so heftigen Schlag mit dem Handrücken, dass sie nach hinten flog und auf dem Boden landete.

Sie ignorierte den Schmerz in ihrem Gesicht und von dem Verkehrsunfall, sprang auf und lief in Richtung der Bäume am Straßenrand. Der Mann hatte einen Fehler gemacht, als er losgelassen hatte – und sie hatte vor, diesen Fehler auszunutzen.

Taylor lief, so schnell sie konnte, und kämpfte sich ins dichte Buschwerk vor.

»Komm zurück!«, schrie der Mann, aber sie wurde nicht einmal langsamer.

Sie wich Baumstämmen aus und sprang über Gestrüpp, doch Taylor widerstand dem Drang, sich umzuschauen. Sie konnte den Mann hören, der sie verfolgte. Er fluchte und brüllte, wie sehr Taylor es bereuen würde, vor ihm wegzulaufen.

Sie blickte sich hektisch um, während sie durch den Wald lief, und versuchte herauszufinden, wohin sie sich wenden sollte. Wo sie sich verstecken konnte. Es war unwahrscheinlich, dass sie vor dem Mann davonlaufen konnte, aber vielleicht konnte sie ihn austricksen. Vielleicht würde er es leid werden, sie zu verfolgen, und zu seinem Wagen zurückkehren, und sie könnte umkehren und nach Eagle sehen.

Er konnte nicht tot sein. Das *durfte* er einfach nicht sein!

Der Gedanke, dass der Mann, den sie liebte, tot sein könnte, war unvorstellbar.

Die Schmerzen von dem Unfall machten sich langsam bemerkbar. Ihre Rippen pochten und ihr rechter Fuß tat wirklich weh. Als sie den Blick nach unten schweifen ließ, bemerkte Taylor zum ersten Mal, dass sie nur einen Schuh trug. Sie hatte keine Ahnung, wann sie den anderen verloren hatte, aber wenigstens hatte sie ihre Socke an.

Überraschenderweise war ihr nicht nach Weinen zumute. Nicht im Geringsten. Sie hatte Angst um Eagle, aber sie war nicht hysterisch. Ihr Körper war auf Autopilot, als wüsste sie unbewusst, dass sie sich zusammenreißen musste, wenn sie überleben wollte. Unter keinen Umständen durfte sie sich von diesem Mann in seinen Kofferraum sperren lassen.

Taylor hatte keine Ahnung, wie lange sie schon gelaufen war, als sie plötzlich merkte, dass sie den Mann, der sie verfolgte, nicht mehr hören konnte und er nicht mehr schrie.

Taylor blieb stehen und versuchte, ihren schnellen Atem zu kontrollieren, um zu lauschen. Verfolgte er sie immer noch? Hatte er aufgegeben und war zu seinem Wagen zurückgegangen? Irgendwann musste doch jemand vorbeifahren und den Unfallwagen bemerken, oder?

Sie wollte sich gerade umdrehen und den Weg zurückgehen, als sie rechts von sich einen Stock knacken hörte.

Taylor drehte den Kopf und sah den Mann, der nur zehn Meter entfernt stand. Sie sahen einander in die Augen – und Taylor konnte den Wahnsinn in seinem Blick erkennen.

Er stürzte sich wortlos auf sie, und Taylor drehte sich um und rannte los.

Die Verfolgungsjagd war wieder eröffnet. Es war jetzt offensichtlich, dass der Mann nicht aufgeben würde, bis er sie erwischt hatte. Aber das wollte sie nicht zulassen.

Sie musste einen Ort finden, an dem sie sich verstecken konnte. Das würde ihre einzige Chance sein.

Taylor lief und lief, schlängelte sich zwischen den Bäumen hindurch, wobei sie Haken schlug, stürzte sich durch das Dickicht der Büsche, die unbarmherzig ihre nackte Haut zerkratzten. Je schwieriger der Weg war, den sie nahm, desto schwieriger würde es für den Mann sein, ihr zu folgen. Sie war kleiner als er – sie konnte in Bereiche vordringen, die er nicht erreichen konnte.

Allmählich vergrößerte sich der Abstand zwischen ihnen, bis die Geräusche der Verfolgung wieder verstummten.

Sie hatte keine Ahnung, wie lange sie dieses Mal gelaufen war, aber als sie in der Ferne einen ausgehöhlten Baumstamm sah, kam ihr ein Plan in den Sinn.

Als Taylor hinter sich blickte, sah sie keine Spur von ihrem Verfolger. Sie hatte keine Ahnung, wann er sie einholen würde. Aber er war irgendwo da draußen, daran hatte sie keinerlei Zweifel. Als sie den Baumstamm erreichte, den sie für das beste Versteck hielt, das sie finden konnte, ließ sie sich auf alle viere fallen und holte tief Luft, bevor sie sich hineinzwängte.

Taylor tat ihr Bestes, um ihre Spuren zu verwischen, versuchte, ihr Versteck so natürlich wie möglich aussehen zu lassen und alles zu verbergen, was sie verraten könnte. Dann konzentrierte sie sich mit schmerzenden Rippen und pochendem Herz darauf, leise durch den Mund ein- und auszuatmen.

Ihr lief die Zeit davon. Sicherlich würde der Mann jeden Moment da sein.

In der Hoffnung, dass in ihrem Versteck keine Schlangen oder giftigen Tiere lauerten, legte Taylor sich auf den Bauch und wand und drehte ihren Körper, bis sie so gut wie möglich versteckt war. Noch einmal versuchte sie, ihren Atem zu verlangsamen. Etwas kitzelte ihr Bein, aber sie ignorierte es. Wenn sie jetzt wegen einer Ameise oder Spinne ausflippte, konnte sie das buchstäblich das Leben kosten.

Keine dreißig Sekunden, nachdem sie sich in ihrem Versteck verschanzt hatte, hörte sie den Mann in der Nähe. Stöcke knackten unter seinen Füßen und Blätter raschelten, als er sich an sie heranpirschte.

Taylor schloss die Augen, damit er ihren Blick nicht spürte, und begann zu beten.

KAPITEL SIEBZEHN

Eagle wusste nicht, warum sein Kopf so sehr schmerzte. Stöhnend öffnete er die Augen, und es dauerte einen Moment, bis er begriff, was er da sah. Er hing kopfüber in seinem Wrangler und sein Kopf fühlte sich an, als würde er platzen.

Eagle konnte sich nicht erinnern, was passiert war oder wo er sich befand, aber er konnte nicht ewig kopfüber hängen, während er versuchte, sich an die Geschehnisse zu erinnern.

Er tastete nach der Gurtentriegelung, stöhnte, als er sie drückte, und fiel unkontrolliert auf die Decke seines geliebten Jeeps. Als er gegen die Tür drückte, stellte er fest, dass sie zu sehr beschädigt war, um sich öffnen zu lassen. Wahrscheinlich hätte er durch das zerbrochene Fenster gepasst, aber er beschloss, nicht zu riskieren, seinen Oberkörper an der Scheibe zu zerschneiden. Er begann, zur Beifahrertür zu kriechen, als ihm etwas ins Auge fiel.

Eine Handtasche.

Nicht irgendeine Handtasche – Taylors Handtasche.

Er erstarrte, und alles kam ihm blitzartig wieder in Erinnerung.

Er und Taylor waren auf dem Weg nach Bloomington gewesen, um an der Preisverleihung für eine ihrer Autorinnen teilzunehmen.

Taylor.

Verdammt!

Wo steckte sie? War sie verletzt? War sie aus dem Wagen ausgestiegen?

Eagle bemerkte, dass die Tür auf der Beifahrerseite geöffnet war. Er blickte nach unten und sah, dass der Sicherheitsgurt, den sie angelegt hatte, in zwei Teile zerschnitten worden war. Einen Moment lang war er erleichtert, dass sie hatte aussteigen können. Irgendjemand musste angehalten haben, um ihr zu helfen.

Aber in dem Moment, in dem er aus seinem Fahrzeugwrack stieg und sich umsah, wusste er, dass sie in Schwierigkeiten steckte.

Der braune Cadillac auf dem Seitenstreifen war offensichtlich der Wagen, der sie angefahren hatte, wie er anhand der Schäden an der Front erkennen konnte. Darüber hinaus erinnerte er sich deutlich daran, wie Taylor erwähnt hatte, dass jemand mit genau der gleichen Automarke und dem gleichen Modell sie vor einiger Zeit angefahren hatte.

Nach ihrer Beschreibung hatte der Wagen älter ausgesehen als sie selbst.

Das war kein Zufall. Und der Cadillac, der jetzt hinter ihm stand, war definitiv ein älteres Modell. Damals wurden die Fahrzeuge stabiler gebaut, was erklärte, wie der Fahrer ihn von der Straße hatte drängen können. Er hatte ein PIT-Manöver durchgeführt. Eine Verfolgungsinterventionstechnik.

Eagle hatte mit Polizeibeamten trainiert, als er der Delta Force beigetreten war, um zu lernen, wie man ein anderes Fahrzeug bei einer Verfolgung am effektivsten zum Anhalten bringt. Der Fahrer des Cadillacs war offensichtlich auch mit dieser Technik vertraut, oder er hatte Glück gehabt, als er sie angefahren hatte. Dann hatte der Mistkerl ihn zur Sicherheit noch seitlich gerammt, sodass sein Jeep in den Graben geraten war und sich auf das Dach gedreht hatte.

Aber Taylor und der Fahrer des Wagens waren nirgends zu sehen.

Hatte ihr Stalker mit jemand anderem zusammengearbeitet? Hatten sie den Cadillac stehen lassen, waren in ein anderes Fahrzeug gestiegen und hatten Taylor mitgenommen?

Eagle blinzelte, seine Sicht war verschwommen, weil ihm Blut von einer Wunde an der Stirn ins Auge lief. Verdammte Kopfwunden bluteten immer sehr stark. Er wischte sich mit dem Arm über das Gesicht und kümmerte sich im Moment nicht um seine Verletzungen. Er interessierte sich ausschließlich für Taylor.

Als er wieder sehen konnte, obwohl er wusste, dass die Wunde weiter blutete, joggte er zu dem Cadillac und ging um ihn herum, um nach Hinweisen zu suchen. Als er hinten ankam, entdeckte er einen Schlüsselbund auf dem Boden.

Bei näherer Betrachtung bemerkte Eagle Fußspuren im Dreck auf dem Seitenstreifen, die in den dichten Wald neben der Straße führten. Derselbe Wald, den er und Taylor auf ihrer Fahrt Richtung Süden bewundert hatten.

Er war so ein Idiot gewesen, die Panoramastraße zu nehmen! Er hätte es besser wissen müssen, aber er war unvorsichtig geworden. Er war davon ausgegangen, sie seien in Sicherheit, weil er niemanden gesehen hatte, der sie verfolgte.

Er würde sich später die größten Selbstvorwürfe dafür machen. Im Moment hatte er keine Zeit für irgendetwas anderes, als Taylor zu finden.

Eagle holte sein Handy heraus und wählte Smokes Nummer.

»Hey, bist du schon in Bloomington?«, fragte Smoke, als er den Anruf angenommen hatte.

»Du musst sofort ein Kennzeichen für mich überprüfen«, erklärte Eagle.

»Verdammt, was ist los?«

»Ich weiß nicht, ob das Kennzeichen aktuell ist – der Wagen sieht alt aus und die Zulassungsplakette ist vor sechs Jahren abgelaufen.«

Man musste Smoke zugutehalten, dass er keine weiteren Fragen stellte. »Gib mir das Kennzeichen durch.«

»LLC 432.«

»Verstanden. Was kann ich sonst noch für dich tun?«

»Ich brauche einen Hubschrauber. Wir wurden auf dem Weg nach Bloomington angegriffen und angefahren. Ich bin zwischen Martinsville und Bloomington, irgendwo im Morgan-Monroe State Forest. Sieht aus, als wäre Taylor abgehauen und jemand ist hinter ihr her. Ich verfolge sie, aber der Hubschrauber kann sie mithilfe der Wärmebildkamera aufspüren. Kannst du bitte mein Handy orten, um dem Piloten die Koordinaten zu geben«, bat Eagle seinen Teamkameraden.

»Wird gemacht. Wir sind auf dem Weg«, versicherte Smoke ihm.

Eagle legte auf, da er wusste, dass sein Freund sein Wort halten würde. Wenn sie den Hubschrauber mit der Infrarotkamera in die Luft bekommen konnten, bestand die Chance, dass Taylor innerhalb einer Stunde gefunden werden konnte.

Aber Eagle hatte ein ungutes Gefühl bei der Sache. Ihr blieb vielleicht keine Stunde mehr. Wenn der Mann, der sie verfolgte, der Stalker war – und darauf hätte er wetten können –, war ihr Leben in größter Gefahr.

Eagle steckte sein Handy zurück in die Tasche und wusste, dass sein Team ihn so schnell wie möglich finden würde, und er machte sich auf den Weg in den Wald.

Er musste alle paar Minuten anhalten und sich das Blut aus den Augen wischen, aber nichts hätte ihn davon abgehalten, seine Frau zu finden. Nicht das Schwindelgefühl in seinem Kopf. Nicht das Blut, das aus der Wunde an seiner Stirn lief.

Eagle war darauf trainiert worden, Zielpersonen zu verfolgen, und er war im Moment mehr als dankbar für alles, was er gelernt hatte. Er konnte erkennen, wann Taylor gelaufen war und wann sie für einen Moment angehalten hatte. Sie hatte allerdings den Mann, der sie verfolgte, nicht abgeschüttelt. Eagle hatte gehofft, dass er sich vielleicht im Wald verirrt hatte.

Selbst wenn der Mann sich verlaufen hatte, würde

Eagle ihm nicht nachgehen. Nein, ihm ging es nur um Taylor. Er musste sich davon überzeugen, dass sie sicher und unverletzt war. Sie war mit ihm in dem Jeep gewesen. Vielleicht hatte sie sich bei dem Unfall einen Bruch zugezogen, oder der Mann hatte sie verletzt, bevor sie geflohen war.

Im Wald war es unnatürlich still. Nicht einmal die Vögel zwitscherten und er konnte keine Geräusche einer Verfolgung hören. Seine eigenen Schritte waren fast lautlos, da er es vermied, auf irgendetwas zu treten, das Taylors Stalker seine Anwesenheit verraten könnte.

Er folgte Taylors Spur immer tiefer in den Wald hinein. Er war beeindruckt von ihren eindeutigen Versuchen, den Mann abzuschütteln. Sie hielt sich von den einfachen, offensichtlichen Pfaden fern und schlug sich stattdessen durch Dornengestrüpp und dichte Baumgruppen. Und Eagle tat gut daran, sich ruhig und konzentriert zu verhalten – bis er Blut am Stamm eines Baumes sah.

Er hatte das Gefühl, dass es von Taylor stammte. Der Baum stand direkt hinter einer besonders großen Gruppe von Brombeersträuchern. Er erinnerte sich an das kurzärmelige T-Shirt, das sie auf dem Weg nach Bloomington getragen hatte, und konnte sich nur zu gut vorstellen, wie zerkratzt ihre Arme sein mussten, während sie sich durch die dornigen Sträucher kämpfte.

Zähneknirschend wischte Eagle sich noch einmal über sein Gesicht, genervt von dem Blut, das nicht aufhören wollte, aus seiner Wunde zu sickern. Er hielt einen Moment lang inne, schloss die Augen und versuchte, etwas zu hören. Irgendetwas.

Erstaunlicherweise hatte er das Gefühl, er hätte nicht allzu weit vor sich einen Schrei gehört.

Er hatte keine Ahnung, wie groß der Vorsprung von Taylor und ihrem Stalker war, und er freute sich darüber, auch nur den geringsten Hinweis darauf zu erhalten, dass er sich ihnen vielleicht näherte.

Er öffnete die Augen und begann, in die Richtung des Geräusches zu laufen, wobei er nicht mehr so sehr auf die Spuren zu seinen Füßen achtete. Die Schreie konnten nur von einer von zwei Personen stammen, und sein Instinkt sagte ihm, dass Taylor und ihr Stalker aufeinandergetroffen sein mussten.

Je schneller er lief, desto deutlicher konnte er die Stimme irgendwo vor sich hören. Wenn es im Wald zuvor still gewesen war, war es das jetzt nicht mehr.

Es war eindeutig die Stimme eines Mannes, die Eagle hörte, und die Worte ließen ihm das Blut in den Adern gefrieren.

»Du kannst dich nicht vor mir verstecken, Taylor!«, rief der Mann. »Ich werde dich finden, egal wo du dich zu verstecken versuchst. Und weißt du warum? Weil du perfekt bist! Du wirst mich nie erkennen können. Sobald ich dich im Keller angekettet habe, werde ich dir zeigen, wie sich Hilflosigkeit *wirklich* anfühlt!«

Eagle lief schneller und blieb dabei lautlos. Er musste nahe dran sein, aber er konnte nicht genau sagen, wo der Mann war, denn seine Stimme schien von überall her zu kommen. Es half auch nicht, dass ihm immer noch schwindelig war, weil er sich den Kopf angeschlagen hatte.

»Ich kann es kaum erwarten, meine Hände um deinen

Hals zu legen und zuzusehen, wie du aufhörst zu atmen. Aber mach dir keine Sorgen. Ich werde dich wiederbeleben, damit wir das Ganze noch einmal machen können. Und das Beste daran ist, dass du nicht wissen wirst, ob es derselbe Mann ist, der dich würgt, oder jedes Mal ein anderer. Deshalb bist du ja so verdammt perfekt!«

Eagle bedauerte, dass er sich bei Verlassen seines Wagens nicht seine Schusswaffe geschnappt hatte. Er trug sie immer bei sich, aber er war verwirrt gewesen und hatte nicht klar denken können, als er aus dem Unfallwagen geklettert war.

Aber er brauchte keine Waffe, um diesen Dreckskerl zu töten.

Er konnte es genauso gut mit seinen bloßen Händen tun.

Er hatte keine Ahnung, wie viel Zeit vergangen war, seit er sich auf die Suche nach Taylor gemacht hatte, aber es war offensichtlich noch nicht genug, um einen Hubschrauber zu ihnen zu schicken. Er war auf sich allein gestellt, und das war auch in Ordnung so.

Als die Stimme des Mannes lauter wurde, verlangsamte Eagle seine Schritte und spähte durch eine dichte Wand aus Bäumen, als er nur noch wenige Meter von dem Verfolger entfernt war, um sich einen Überblick über das Gelände zu verschaffen und einen Plan zu erstellen.

Ein Mann, der Anfang vierzig zu sein schien, stand auf einer kleinen Lichtung. Er war etwas kleiner als Eagle. Er hatte braunes Haar und war etwas zu dick. Aus seinem jetzigen Blickwinkel sah der Mann vollkommen gewöhnlich aus. Es gab nichts Auffallendes an ihm. Selbst wenn Taylor nicht an Prosopagnosie litt, hätte sie ihn den Polizisten nicht so beschreiben können, dass eine Phantomzeichnung von großem Wert gewesen wäre.

In der Nähe lag ein großer Baumstamm auf der Seite, um den herum Ranken und Unkraut wuchsen. Der Mann hatte ein Messer in der einen Hand und wühlte mit der anderen an einem Ende des Stammes herum, während er mit Taylor sprach, als wüsste er, dass sie sich in dem ausgehöhlten Baum versteckte.

»Du kannst genauso gut gleich rauskommen, Taylor. Es wird nur ein Ergebnis geben. Du kommst mit mir nach Hause ... und wir werden spielen.«

Ohne ein Wort und in völligem Schweigen schlich Eagle sich hinter den Mann.

Nur wenige Meter von ihm entfernt trat er auf einen kleinen Ast – und er knickte ab.

Er verfluchte seinen Fehler und wünschte sich, Smoke wäre hier – dann hätte er sich dem Mann nähern können, ohne einen Laut von sich zu geben –, und machte sich bereit, als der Mann sich umdrehte.

Das Grinsen auf seinem Gesicht verblasste und wurde durch Unglauben und Wut ersetzt, und Eagle erkannte das Böse, wenn er es sah. Er hatte schon mehr als seinen Anteil an reiner Bösartigkeit gesehen, und dieser Mann stand ganz oben auf der Liste mit dem Schlimmsten der Menschheit.

Eagle hatte keine Ahnung, wie er hieß oder was er in der Vergangenheit getan hatte, aber es gab keinen Zweifel daran, dass Taylor nicht sein erstes Opfer war. Er hatte das schon einmal getan. Frauen gestalkt und entführt, um sie zu foltern.

Schneller, als sein Ziel reagieren konnte, schlug Eagle ihm so fest ins Gesicht, wie er konnte.

Der Mann taumelte, aber er fiel nicht um. Er knurrte und stürzte sich mit dem Messer auf Eagle.

Eagle wich aus, als der Mann näher kam, und schlug ihn erneut. Diesmal ging er in die Knie, ließ das Messer fallen und griff instinktiv nach seiner gebrochenen Nase.

Bevor der Mann aufstehen konnte, war Eagle schon bei ihm. Er stellte sich hinter den Mann und nahm ihn in den Schwitzkasten, wobei er einen Arm fest um seinen Hals legte. Beide waren auf den Knien, und der Mann strampelte und bockte in seinem Griff, versuchte, um sich zu schlagen und sich zu befreien, aber ohne Erfolg.

Keiner von beiden sprach ein Wort, beide konzentrierten sich zu sehr darauf, diesen Kampf zu gewinnen. Es ging um Leben und Tod, und beide wussten das.

Eagle drückte fester zu und verspürte kein bisschen Reue, als der Mann nicht mehr versuchte, ihn zu verletzen, sondern sich an den Arm um seine Kehle krallte, in dem Versuch, ihn zu lockern. Eagle erinnerte sich daran, was der Mann gesagt hatte, als er versucht hatte, an Taylor heranzukommen – dass er sie immer und immer wieder erwürgen wollte. Wie er sich daran ergötzt hatte, dass sie nicht einmal wissen würde, ob es derselbe Mann war, der sie würgte, oder ob sie von mehreren Männern gequält wurde.

Der Gedanke an seine Taylor in dieser Situation, in einer *beliebigen* Situation, in der jemand sie psychisch und physisch quälte, um seine eigenen kranken Gelüste zu befriedigen, sorgte dafür, dass Eagle seinen Arm noch fester anspannte.

Aber es würde zu lange dauern, ihn auf diese Weise zu töten. So sehr er sich auch wünschte, dass der Mann das gleiche Leid erfuhr, das er offensichtlich für Taylor geplant hatte, musste Eagle die Sache hinter sich bringen. Er musste seine Frau finden und sich vergewissern, dass es ihr gut ging.

Der Mann gab gurgelnde Laute von sich, als er versuchte, Luft in seine Lunge zu bekommen. Mit einer schnellen Bewegung ließ Eagle ihn los. Wie er gehofft hatte, war der Mann zu erleichtert, endlich atmen zu können, um es erneut auf einen Kampf anzulegen. Das Geräusch des Mannes, der nach Luft rang, hallte nach, aber Eagle nahm es kaum wahr. Er konzentrierte sich zu sehr auf das, was er zu tun hatte.

Ohne zu zögern, ohne auch nur ein einziges Wort zu sagen, packte Eagle den Kopf des Mannes und riss ihn mit aller Kraft zur Seite.

Das Knacken war laut in dem stillen Wald, aber Eagle empfand keinerlei Reue dabei. Der Mann hatte Taylor bedroht. Er hatte mit den schrecklichen Dingen geprahlt, die er mit ihr vorhatte. Die Welt war ohne ihn ein besserer Ort – und mehr als das, Taylor war sicherer, wenn er nicht mehr am Leben war.

Eagle ließ den Mann mit dem Gesicht nach unten auf den Boden fallen und stand auf. Jetzt, da er die Bedrohung beseitigt hatte, konzentrierte er sich ganz darauf, Taylor zu finden. Er wischte sich noch einmal über die Augen und rief ihren Namen.

»Taylor?«

Es kam keine Antwort.

Eagle kniete neben dem toten Mann auf dem Boden,

durchbrach die Ranken und schaute in den ausgehöhlten Stamm.

Er war leer. Sie war nicht da.

Verwirrt stand Eagle auf. Warum hatte der Mann auf den Baumstamm geschaut, wenn Taylor sich dort nicht versteckte?

Angst keimte in ihm auf und er sah sich hektisch um. Verzweifelt suchte er mit seinen Blicken jeden Zentimeter der kleinen Lichtung ab, um ein Zeichen von Taylor zu entdecken.

Das Geräusch eines Hubschraubers hoch oben hallte plötzlich durch den Wald, aber Eagle war nicht erleichtert, dass die Verstärkung eingetroffen war. Lag Taylor irgendwo verletzt, unfähig, sich zu bewegen oder zu reagieren?

Zum ersten Mal in seinem Leben geriet Eagle in Panik. War er zu spät gekommen?

Nein, das würde er nicht akzeptieren.

»Taylor!«, schrie er, so laut er konnte. »Wo bist du?«

Auf seinen verzweifelten Ruf bekam er keine Antwort, außer das Geräusch der rotierenden Hubschrauberblätter über ihm.

Taylor wagte kaum zu atmen. Ihr Herz klopfte so heftig, dass es schwierig war, etwas zu hören, außer diese Geräusche in ihrem Kopf. Es war so laut, dass sie ihren Stalker zwar reden hörte, aber das meiste von dem, was er sagte, nicht verstehen konnte.

Sie hatte ihr Versteck sorgfältig ausgesucht und gebetet,

dass der nahe Baumstamm und die Ranken ihren Entführer glauben machen würden, dass sie sich dort versteckt hielt.

Aber das war nur ein Köder.

Taylor hoffte, dass er annehmen würde, dass sie immer noch auf der Flucht war, sollte er sie dort nicht finden, und dann in die Richtung abhauen würde, in der er sie vermutete. So konnte sie zurück zu Eagles Wagen laufen, wo sie hoffentlich ihr oder Eagles Telefon finden und um Hilfe rufen konnte.

Sie weigerte sich zu glauben, dass der Mann, den sie liebte, tot war. Ihr Stalker musste gelogen haben, um sie in Panik zu versetzen. Zumindest hoffte sie, dass er das getan hatte.

An der Seite der winzigen Lichtung befand sich ein weiterer großer Brombeerbusch. Ohne zu zögern, war Taylor auf Hände und Knie gegangen und hatte sich mit dem Rücken darin vergraben, wobei sie Erde, Stöcke und Blätter benutzt hatte, um sich weiter zu verstecken. Sie hatte keine Ahnung, ob sie ihre Kleidung und ihr Haar vollständig bedeckt hatte, aber sie versuchte, ihre Atmung zu kontrollieren und sich keinen Zentimeter zu bewegen.

Taylor zuckte zusammen, als sie hörte, wie ihr Name laut in den Wald gerufen wurde, und tat ihr Bestes, um nicht vor Angst zu wimmern. Wenn der Stalker sie fand, würde er sie umbringen.

Das nächste Geräusch, das sie hörte, war das Klingeln eines Telefons.

Es war so merkwürdig, das mitten im Wald zu hören. Taylor hatte keine Ahnung, mit wem ihr Stalker sprach – das

Pochen ihres Herzens hinderte sie daran, das leise Gespräch zu verstehen.

Gerade als sie dachte, dass sie Glück gehabt hatte, dass der Mann die Lichtung verlassen hatte, um woanders nach ihr zu suchen, raschelten die Blätter über ihr.

Das Spiel war aus. Der Mann hatte sie gefunden – und sie würde sterben.

»Flower?«, rief ein Mann.

Aber es klang nicht wie Eagle. Dieser Mann klang unsicher, verängstigt.

Hin- und hergerissen zwischen dem Wunsch, sich dem Mann zu offenbaren, der Eagles Codewort benutzt hatte, und dem Wunsch, in der Erde zu versinken, blieb Taylor wie erstarrt.

Ihr Stalker könnte das Codewort herausgefunden haben. Er kannte Eagles Spitznamen, und er hatte sie heute auf der Straße gefunden. Er könnte versuchen, sie auszutricksen, um sie dazu zu bringen, ihre Position zu verraten.

»Oh mein Gott, Flower!«, sagte der Mann erneut.

Diesmal spürte Taylor, wie Blätter und Stöcke beiseitegeschoben wurden.

Taylor wusste, wenn sie etwas unternehmen wollte, um zu fliehen, musste sie es jetzt tun, und sie hob den Kopf.

In dem Moment, in dem sie das tat, sah sie ein Paar blaue Augen, das sie schockiert anblickte.

An dem Mann, der neben ihr auf dem Boden kniete, war nichts zu erkennen. Aus einer hässlichen Wunde an seiner Stirn tropfte Blut, das er sich irgendwie über das ganze Gesicht und die Haare geschmiert hatte. Aber etwas in seinem Blick ließ ihr verzweifeltes Herz höherschlagen …

»Flower, bist du verletzt?«

Ohne die Blätter und andere Dinge, die sie benutzt hatte, um sich zu verstecken und die Ohren zu bedecken, oder das heftige Pochen ihres Herzens in ihrer Brust, das alles andere übertönte, konnte sie den Mann endlich deutlich verstehen.

In dem Moment, in dem er ihren Namen erneut sagte, wusste Taylor, dass es Eagle war.

Taylor stürmte aus dem Gebüsch, schleuderte Schmutz und Stöcke umher und warf sich Eagle an den Hals. Er fing sie auf und fiel auf seinen Hintern, schaffte es aber irgendwie, sich festzuhalten. Die Brombeerdornen hatten sich in ihren Haaren verfangen und ihre bereits blutenden Arme zerkratzt, als sie sich aus ihrem Versteck gestürzt hatte, aber das war Taylor egal.

Eagle war am Leben – und er hatte sie gefunden.

Sie wusste ohne jeden Zweifel, dass dies der Mann war, den sie liebte. Ihr Verfolger hätte Eagles Codewort irgendwie herausfinden können, aber Taylors Gefühl sagte ihr, dass er es nicht getan hatte.

Und sie erkannte Eagle an seinem Geruch. An der Art, wie sie zusammenpassten. Daran, wie sich seine Arme um sie anfühlten.

»Eagle!«, rief sie.

»*Verdammt*«, fluchte Eagle in einem gequälten Ton.

Sie hielten sich eine Weile fest, bevor Taylor versuchte, sich panisch von ihm zu lösen. »Wir müssen von hier verschwinden. Er wird uns finden!«

»Er ist tot«, entgegnete Eagle und ließ sie nicht los.

»Was?«

»Tot. Ich habe ihn umgebracht«, erklärte Eagle und machte mit dem Kopf eine Bewegung hinter sich.

Als Taylor über seine Schulter blickte, sah sie die Leiche eines Mannes auf dem Boden liegen, in der Nähe des Baumstammes, in dem sie sich zuerst versteckt hatte.

Das Geräusch eines Hubschraubers ertönte und sie blickte auf, konnte ihn aber durch das dichte Laub der Bäume nicht sehen. Dennoch geriet sie erneut in Panik und versuchte, sich aus Eagles Armen zu befreien.

»Wir müssen los! Wir sagen ihnen, dass der Typ abgehauen ist und wir nicht wissen, was mit ihm passiert ist. Dann können wir vielleicht später zurückkommen und ihn begraben oder so!«

»Taylor, es ist in Ordnung.«

»Nein, ist es *nicht*! Du darfst nicht ins Gefängnis gehen. Das würde ich nie überleben!« Sie war hysterisch, aber sie konnte nicht anders.

»Ich gehe nicht ins Gefängnis«, erwiderte er ganz ruhig.

»Doch, das wirst du! Du hast ihn *umgebracht*, und ich kann ihn nicht als den Mann identifizieren, der mir nachgestellt hat. Ich meine, ich wusste, dass er es war, weil er so gerochen hat, aber niemand wird mir glauben. Der Staatsanwalt wird jedes Argument der Selbstverteidigung zerpflücken!«

»War sein Geruch immer noch so stark?«, fragte Eagle.

»Wie kannst du nur so ruhig sein?«, schrie Taylor beinahe. »Ja! Er hat gesagt, er sei Sanitäter, und er wollte, dass ich mich in seinen Wagen setze, während er nach dir sieht, aber ich erkannte sein verdammtes Fahrzeug von neulich, als er mich angefahren hat. Das, und wie er roch. Er wollte mich in seinen Kofferraum zerren, aber ich habe ihm auf den Arm geschlagen, sodass er seinen Schlüsselbund fallen gelassen hat. Dann hat er mich geschlagen und ich bin weggelaufen.«

»Er hat dich geschlagen?«, knurrte Eagle und schob ihr mit einer Hand sanft die Haare aus dem Gesicht, damit er sie untersuchen konnte.

»Eagle, bitte!«, flehte Taylor und zappelte in seinen Armen.

»So sehr ich auch zu schätzen weiß, dass du mich beschützen willst, es ist nicht nötig«, versicherte Eagle ihr, seine Stimme war wieder ruhig, auch wenn er seinen Griff verstärkte und ihren geschwollenen Wangenknochen untersuchte. »Mein Team wird in wenigen Minuten hier sein, und alles wird gut werden.«

»Dein Team?«, fragte Taylor verwirrt. »Wir sind fast eine Stunde von *Silverstone Towing* entfernt.«

»Sie waren im Hubschrauber. Nachdem sie uns mithilfe der Wärmebildkamera gefunden hatten, haben sie sich abgeseilt und sind jetzt auf dem schnellsten Weg zu uns.«

Taylor schwirrte der Kopf. »*Was?*«

»Hier kommt niemand ins Gefängnis«, versicherte er ihr.

Taylor hätte ihm gern geglaubt und schüttelte, immer noch benommen, den Kopf. »Du blutest«, bemerkte sie.

»Ich weiß«, erwiderte er. »Ich habe auch eine Gehirnerschütterung. Und was ist mit dir? Hat er dich auf andere Weise verletzt als durch Schläge?«

»Nein. Aber meine Rippen tun weh, ich habe einen Schuh verloren und mein Fuß tut weh, und ich bin von den vielen Dornen in diesem Wald ziemlich zerkratzt.«

Eagle schloss die Augen und zog sie noch fester an sich.

Taylor verstand. Sie wollte ihn auch nicht mehr loslassen. Alles war so schnell gegangen, und sie waren beide dem Tod nahe gewesen.

Zwei Minuten später fanden Bull, Smoke und Gramps sie so vor. Sie saßen auf dem Boden, Taylor auf Eagles Schoß, und hielten sich aneinander fest, als wollten sie sich nie wieder loslassen.

KAPITEL ACHTZEHN

Taylor saß in einem Verhörraum auf dem Polizeirevier in der Nähe von *Silverstone Towing*. Es waren zwei Tage vergangen, nachdem ihr Stalker absichtlich in Eagles Wrangler gefahren war und versucht hatte, sie zu entführen. Sie hatten die Preisverleihung in Bloomington verpasst, aber nach allem, was passiert war, schien das nicht mehr so wichtig zu sein. Sie und Eagle fühlten sich immer noch etwas unwohl, aber sie wollte dieses Treffen nicht noch einen Tag länger hinauszögern. Sie brauchte Antworten, und sie wusste, dass es Eagle genauso ging.

Bull, Smoke und Gramps hatten ebenfalls darum gebeten, an dem Treffen teilzunehmen. Da sie die Männer kannten, erlaubte die Polizei dies, und Taylor hatte auch kein Problem damit. Sie verdankte den Männern alles. Sie hatten sie und Eagle schneller erreicht, als sie es sich hätte vorstellen können. Sie waren wie die Brüder, die sie nie gehabt hatte. Sie wollte ihnen nicht vorenthalten, in was sie sie da hineingezogen hatte.

Taylor sah zu Eagle hinüber. Er hatte sich heute geweigert, ein Pflaster über der großen Wunde an seiner Stirn zu tragen, weil es juckte und er die Fäden lieber an der Luft lassen wollte. Sie konnte sich nicht entscheiden, ob er mit oder ohne das Pflaster besser aussah. Im Moment war die Wunde rot und leicht entzündet, und die schwarzen Fäden sahen aus wie die Antennen von Käfern, die versuchten, aus seiner Stirn herauszukriechen, also tendierte sie dazu, dass er mit dem Pflaster besser aussah.

Eagle bemerkte, dass sie ihn beobachtete, und er griff nach ihrer Hand. Er rückte mit seinem Stuhl näher heran und legte dann ihre ineinander verschränkten Hände auf seinen Oberschenkel. »Was haben Sie herausgefunden?«, fragte er die Polizisten.

Anstatt Eagle zu antworten, sahen der Mann und die Frau, die den Auftrag hatten, sie über die Ermittlungen auf dem Laufenden zu halten, Taylor an. Sie hatten ähnliche mitleidige Blicke auf ihren Gesichtern.

Taylor verspannte sich.

»Zunächst einmal, falls Sie sich Sorgen gemacht haben: Es wird keine Anklage gegen Mr. Trowbridge erhoben«, erklärte Detective Allen. Sie trug eine Jeans und ein schwarzes Polohemd mit dem Logo der Polizeibehörde.

Es dauerte einen Moment, bis Taylor sich daran erinnerte, dass Mr. Trowbridge Eagle war. Sie nickte.

»Der Mann, der den Unfall verursacht hat, war Brett Williams. Er war dreiundvierzig Jahre alt, und wir haben

Beweise, die darauf hindeuten, dass er ein Serienmörder war.«

Taylor starrte die Polizeibeamtin schockiert an. »Was?«

»Wir sind sicher, dass er für den Tod von fast einem Dutzend junger Frauen im Laufe der letzten drei Jahre verantwortlich ist«, erklärte der andere Beamte. Er hatte sich bereits als James Wolfe vorgestellt.

»Woher wissen Sie das?«, fragte Eagle.

Das war auch gut so, denn Taylor war buchstäblich sprachlos. Ihr fiel nichts ein, was sie fragen konnte; sie war zu entsetzt.

»Er hatte Fotos von seinen Opfern«, entgegnete Detective Wolfe. »Polaroids. Sie sehen aus, als wären sie aufgenommen worden, nachdem er die Frauen getötet hatte. Alle Frauen waren als vermisst gemeldet worden, aber es gab nie Hinweise auf ihren Verbleib.«

»Er lebte bei seiner Mutter, die an Alzheimer erkrankt ist. Als wir zu ihrem Haus kamen, war sie in einem Schlafzimmer eingeschlossen. Sie hatte sich in die Hose gemacht und litt an Dehydration. Sie war völlig verwirrt und fragte immer wieder, wo ihr Mann Donald und ihr kleiner Junge Brett seien«, erklärte Detective Allen.

Taylor tat die Frau wahnsinnig leid. Die Art und Weise, wie Brett gerochen hatte, machte jetzt mehr Sinn.

»Warum hatte Brett sich auf Taylor fixiert?«, fragte Eagle. »Wo haben sie sich kennengelernt?«

Detective Wolfe öffnete einen Ordner vor sich und studierte einen Bericht. »Bei der Durchsuchung des Kellers, in dem er anscheinend die meiste Zeit verbracht hat, wurde eine Art Tagebuch gefunden. Es bringt ihn eindeutig mit dem Tod der Frauen in Verbindung, die wir auf den Fotos gesehen haben. Er schrieb ausführlich darüber, wie er sich gefühlt hat, während er sie folterte. Er beschrieb auch detailliert, wie er sie strangulierte, bis sie bewusstlos oder tot waren. Dann beatmete er sie, wenn nötig, um sie wieder zum Leben zu erwecken. Offenbar erregte ihn das. Soweit wir seinem Tagebuch entnehmen können, behielt er jede Frau zwischen ein paar Tagen und zwei Wochen lang in seiner Gewalt.«

Taylor schluckte schwer und zuckte überrascht zusammen, als sie Eagles Finger an ihrer Wange spürte. Ihr waren die Tränen gekommen und sie hatte es nicht einmal gemerkt.

»Ich weiß, dass Sie an diese Art von Fall gewöhnt sind«, sagte Eagle in einem rauen Ton zu den Beamten, »aber könnten Sie sich bitte mit den Details zurückhalten? Meine Freundin wäre beinahe selbst zu einem seiner Opfer geworden.«

Beide Polizeibeamten sahen zerknirscht aus.

»Tut mir leid«, entschuldigte Detective Wolfe sich.

»Um Ihre Frage zu beantworten«, fuhr Detective Allen fort, »anhand des Tagebuchs sieht es so aus, als hätte er Miss Cardin nach einem Vorfall vor einem Lebensmittelgeschäft zum ersten Mal getroffen. Er war ein Zeuge und wurde von den Polizeibeamten am Tatort befragt. Natürlich gab es nichts, was an ihm auffällig gewesen wäre, also wurde er nicht festgenommen oder auch nur zweimal angeschaut.«

Taylor lehnte sich in ihrem Sitz nach vorn. »War das, als sich die beiden Kerle wegen eines Parkplatzes gestritten haben?«, fragte sie.

Die Polizistin blickte auf die Notizen vor sich und nickte. »Ja.«

»Ich erinnere mich, dass eine Reihe von Leuten befragt wurde«, erklärte Taylor. »Ich kann mich aber nicht daran erinnern, dass jemand unheimlich war oder so.«

»Nun, Mr. Williams schrieb in sein Tagebuch, dass er an diesem Tag sein nächstes ›Spielzeug‹ gefunden hätte. Er sprach immer wieder davon, wie perfekt Sie seien und dass er Sie psychisch fertigmachen könne, da Sie ihn nicht erkennen würden. Er hatte vor, sich als verschiedene Leute auszugeben, sobald er Sie in seinem Keller hätte.«

Taylor wurde schlecht. Sie wollte behaupten, dass Bretts Plan nicht funktioniert hätte, dass sie gewusst hätte, dass sie von ein und derselben Person gefoltert wurde. Aber ganz ehrlich, Taylor war sich nicht sicher, *wie* sie reagiert hätte oder *was* sie gedacht hätte. Hätte er die Kleidung gewechselt, vielleicht einen Hut getragen, hätte sie nicht gewusst, dass sie von einem einzigen Mann gequält wurde, wieder und wieder.

Sie schloss die Augen vor Demütigung.

Als wüsste Eagle, was sie dachte, drückte er ihre Hand und erzählte den Polizisten: »Taylor wusste, dass er der Mann war, der ihr nachgestellt hatte. Sie hat sich deshalb geweigert, in seinen Wagen zu steigen.«

»Und woher?«, fragte Detective Wolfe.

Taylor öffnete die Augen und sah den Mann auf der anderen Seite des Tisches an. Sie entdeckte nur Interesse in seinem Blick.

»Die Art, wie er roch«, gab sie zu. »Ich habe es bemerkt, nachdem er sich im Heim für Demenzkranke neben mich gesetzt hatte. Und jetzt ergibt es einen Sinn, denn er hat seine Mutter zu Hause gepflegt. Bleichmittel, Desinfektionsmittel und Urin«, erklärte sie. »Außerdem habe ich seinen Wagen wiedererkannt, von neulich, als er mir hinten drauf gefahren ist. Ich schätze, er dachte, da ich mir keine Gesichter merken kann, würde ich mich auch nicht an seinen Wagen erinnern, aber dieser alte Cadillac war nicht gerade unauffällig.«

»Ich bin beeindruckt«, entgegnete der Beamte. Er warf einen kurzen Blick auf seine Partnerin und dann wieder auf Taylor. »Und Sie sagten, Sie glauben, dass er sich als Handwerker ausgegeben hat, um in Ihre Wohnung zu gelangen, und dass er auch eine Pizza geliefert hat, richtig?«

Taylor nickte.

»Sie hatten wirklich großes Glück«, bemerkte Detective Allen. »Er hat über beide Vorfälle in seinem Tagebuch geschrieben. Er hatte vor, Sie zu packen, wenn Sie ihn in Ihre Wohnung lassen, aber Ihr Freund war schon unterwegs.«

»Was hat er noch getan?«, fragte Taylor, die es eigentlich nicht wissen wollte, die Sache aber auch nicht auf sich beruhen lassen konnte.

Detective Allen schaute auf ihre Notizen. »Sieht so aus, als wäre er Ihnen eine Zeit lang gefolgt, nachdem er Sie kennengelernt hatte. Er hat viel darüber fantasiert, was er tun würde, wenn er Sie endlich in seinem Keller hätte. Mal sehen ... er hat auf der Post mit Ihnen geredet, in der Bücherei ... und Sie erinnern sich ja noch an den Unfall mit dem Blechschaden. Er hat für Ihre Mahlzeit bezahlt, als Sie durch einen Drive-in gefahren sind. Er war tatsächlich in

dem Laden und hat dort bezahlt, hat die Kassiererin allerdings gebeten, Ihnen zu sagen, es sei der Wagen vor Ihnen
gewesen. Es sieht so aus, als hätte er auch gesehen, wie Sie
und eine Freundin in einem Restaurant zu Mittag gegessen
haben, und er hat auch für diese Mahlzeit bezahlt.

Es gibt eine ganze Reihe von Anspielungen auf Ihren
Freund und wie sehr er sich darüber ärgerte, dass Sie angefangen hatten, sich öfter mit ihm zu treffen und Nächte
außerhalb Ihrer Wohnung zu verbringen. Er beschwerte
sich, dass er so lange brauchte, um herauszufinden, wo er
wohnt. Es scheint klar zu sein, dass die Beziehung zu Mr.
Trowbridge ihm die Sache schwerer gemacht hat. Er wollte
nicht, dass jemand sieht, wie er mit Ihnen Kontakt hat, und
sich möglicherweise an ihn erinnert.«

Taylor konnte nicht glauben, dass es Brett gewesen war,
als sie geglaubt hatte, dass die Fremden einfach nur *nett*
gewesen waren. Dass er ... was *hatte* er getan? Er hatte sie
damit nicht wirklich verrückt gemacht, denn sie hatte nicht
gewusst, dass er derjenige war, der hinter den Gesten
steckte. Sie nahm an, dass er einfach nur den Nervenkitzel
der Verfolgung genossen und sich an der Tatsache aufgegeilt
hatte, dass sie keine Ahnung hatte, dass er sie beobachtete.

»Wie ich schon sagte«, fuhr die Beamtin fort, »Sie hatten
großes Glück. Aber Sie haben alles richtig gemacht, als er
sich schließlich entschloss, den Versuch zu unternehmen,
Sie zu entführen. Sie haben sich nicht in seinen Wagen
gesetzt. Manchmal ist es am besten, sich ruhig zu verhalten
und einem Entführer das Gefühl zu geben, dass er die
Kontrolle hat, und auf den richtigen Zeitpunkt zu warten,
um wegzulaufen, aber in diesem Fall war es absolut richtig,

sich zu wehren. Sie haben Ihrem Freund Zeit verschafft, sich von dem Unfall zu erholen und Sie zu verfolgen.«

»Ich habe nicht einmal gesehen, dass er hinter uns gefahren ist«, bemerkte Eagle. »Im einen Moment waren wir die Einzigen auf der Straße und im nächsten ist er in uns hineingerast. Ich habe wegen der Kurven auf der Straße nicht gesehen, dass er uns gefolgt ist.«

Taylor wusste, dass er sich deswegen immer noch schuldig fühlte. Er war derjenige gewesen, der vorge-schlagen hatte, die landschaftlich reizvolle Strecke zu nehmen, was die Sache für Brett so viel einfacher gemacht hatte. Er hätte irgendwann im Laufe des Wochenendes sowieso zugeschlagen – daran bestand kein Zweifel –, aber die wenig befahrene Straße durch den Wald zu nehmen hatte ihm die Möglichkeit gegeben, ihren Wagen zu demo-lieren und zu versuchen, Taylor zu entführen.

»Wir vermuten, dass er seine Überwachungsfähigkeiten soweit verfeinert hat, dass er sehr gut im Verfolgen war«, entgegnete Detective Wolfe sachlich.

Jetzt war Taylor an der Reihe und drückte Eagles Hand. Er machte sich Vorwürfe, weil er bewusstlos gewesen war und Brett nicht daran hindern konnte, Taylor aus dem Wagen zu zerren. Aber die Beamten am Unfallort hatten gesagt, wenn Eagle nicht so gut gefahren wäre, wären sie beide höchstwahrscheinlich bei dem Unfall ums Leben gekommen.

»Wie auch immer, ich weiß, dass Sie das bereits wissen«, bemerkte Detective Allen, »aber es wird keine Anklage wegen Williams' Tod geben. Es war offensichtlich Selbstver-teidigung und«, ihre Stimme wurde leiser, »Sie haben der

Stadt und dem Staat eine Menge Geld gespart, weil wir ihn jetzt nicht vor Gericht stellen müssen. Die Familien seiner anderen Opfer werden endlich etwas Frieden bekommen. Williams hat in seinem Tagebuch ausführlich notiert, wo er jede Frau begraben hat – wir glauben, damit er dort hingehen und alles, was er ihnen angetan hat, noch einmal durchleben kann. Es wird lange dauern, bis die Familien verarbeiten können, was passiert ist, aber dank Ihnen beiden können sie ihre Angehörigen endlich zur Ruhe betten.«

Taylor war sich nicht sicher, ob sich jemand besser fühlte, wenn er erfuhr, dass seine Frau, Schwester oder Tochter von einem Serienmörder umgebracht worden war, aber sie nahm an, dass es besser war, als überhaupt nichts darüber zu wissen, wohin sie verschwunden war oder was mit ihr geschehen war.

Detective Wolfe fuhr fort: »Williams ist offenbar mitten in der Nacht losgezogen und hat seine Opfer in verschiedenen Waldgebieten um die Stadt herum vergraben. Und er hat sie tief vergraben; es hätte Jahre gedauert, bis man sie gefunden hätte, wenn man sie überhaupt je gefunden hätte.«

»Was wird mit seiner Mutter geschehen?«, fragte Gramps, der an die Wand gelehnt dastand.

Taylor zuckte zusammen. Sie hatte völlig vergessen, dass die anderen drei Männer hinter ihr waren.

»Wir haben noch keine weiteren Verwandten gefunden«, erklärte Detective Wolfe. »Im Moment ist sie noch im Krankenhaus, aber sie wird bald verlegt werden müssen. Es gibt eine Einrichtung im Westen der Stadt, die bedürftige

Menschen aufnimmt, die wenig Geld und niemanden haben, der sich um sie kümmert.«

Schon an seinem Tonfall konnte Taylor erkennen, dass das Heim wahrscheinlich nicht sehr gut war. Auch wenn sie Brett Williams mit jeder Zelle ihres Körpers hasste, hatte seine Mutter nicht gewusst, was er getan hatte, und sie war letztendlich auch eines seiner Opfer.

»Ich bezahle dafür, dass sie in einer Spezialklinik untergebracht wird«, entgegnete Smoke.

Taylor drehte sich um und starrte ihn an.

Er wandte den Blick nicht von den Polizeibeamten ab. »Ich habe das Geld. Ich erkundige mich nach den Details, wo sie ist, und kümmere mich darum. Die Frau hat nicht verdient, was mit ihr passiert ist.«

Taylor kamen erneut die Tränen, aber sie konnte einfach nicht anders. Sie hatte keine Ahnung, wie sie so großzügige und mitfühlende Freunde gefunden hatte, aber sie schwor sich, sie nie als selbstverständlich anzusehen.

»Das ist sehr großzügig von Ihnen«, erklärte der Beamte. »Ich werde mich mit Ihnen in Verbindung setzen und Ihnen den Namen ihres Arztes mitteilen.«

Smoke nickte. »Das ist sehr nett.«

»Hat sonst noch jemand Fragen?«, wollte Detective Allen wissen.

Taylors Gedanken wirbelten durcheinander, als die *Silverstone*-Männer noch mehr Fragen stellten. Sie konnte nur daran denken, wie nahe sie daran gewesen war, genau wie die elf Frauen vor ihr zu verschwinden. Sie hatte großes Glück gehabt. Ein Serienmörder hatte sie eine ganze Weile verfolgt, und sie hatte nichts geahnt.

Nicht nur das, sie hatte auch Eagle in Gefahr gebracht. Und Skylar. Und alle bei *Silverstone Towing*. Was, wenn Brett Skylar gesehen und beschlossen hätte, dass sie auch nicht schlecht sei? Oder die kleine Sandra? Oder Christine oder Leigh? Er hätte seinen eigenen Wagen sabotieren und einen Abschleppdienst anfordern können. Hätten die anderen auch so viel Glück gehabt?

Taylors Kopf pochte, und je länger sie in dem kleinen Raum saß, desto klaustrophobischer fühlte sie sich.

Aber wie immer bemerkte Eagle, dass etwas mit ihr nicht stimmte. »Ich glaube, das reicht für heute«, verkündete er, und Taylor hob den Kopf, um ihn anzusehen.

»Wenn wir noch weitere Fragen haben, werden wir uns melden«, fuhr er fort, schob seinen Stuhl zurück und stand auf. Da er ihre Hand nicht losgelassen hatte, hatte Taylor keine andere Wahl, als ebenfalls aufzustehen. Sobald sie auf den Beinen war, ließ Eagle ihre Hand los und schlang einen Arm um ihre Taille, um sie an seine Seite zu ziehen. Sie hätte zwar gegen seine grobe Behandlung protestieren können, aber sie war mehr als froh, aus dem Polizeirevier herauszukommen.

Eagle schüttelte beiden Polizisten die Hand, dann tat Taylor dasselbe, bevor Eagle sie aus dem Raum und den Flur entlangführte. Sie fühlte sich wie betäubt und ließ sich nach draußen führen, wo sie, sobald sie auf dem Parkplatz waren, tief Luft holte.

Eagle drehte sie dann zu sich um, legte einen Arm um ihre Taille und hob mit der anderen Hand ihr Kinn an, damit sie ihn ansehen musste. »Geht es dir gut?«

Taylor nickte, sagte aber: »Nicht wirklich.«

Ihr gefiel der besorgte Blick nicht, mit dem er sie ansah.

»Wie fühlen sich deine Rippen an?«

»Nicht allzu schlecht«, erklärte sie ihm.

»Und dein Fuß?«

Irgendwann während ihrer Flucht vor Williams war sie auf eine Glasscherbe getreten, die sich in ihrem Fußgewölbe festgesetzt hatte. Die Wunde war entzündet, aber der Arzt sagte, dass sie ansonsten gesund sei und die Wunde mit den Antibiotika, die sie nahm, schnell abheilen würde.

»Es tut weh, ist aber nicht so schlimm.«

Ihre Arme juckten an den Stellen, an denen sie von den vielen Dornen im Wald zerkratzt worden war, aber sie wollte sich nicht beschweren. Sie hatte großes Glück gehabt; ein paar Schrammen waren im Moment nicht mehr als eine Unannehmlichkeit.

»Komm her«, bat Eagle und schlang beide Arme um sie.

Taylor schmiegte sich sofort an ihn und klammerte sich an ihn, als würde sie ihn nie wieder loslassen wollen. Sie legte ihren Kopf an seine Schulter und atmete seinen sauberen Duft ein.

»Mein Gott«, murmelte er. »Ich kann nicht glauben, wie nahe ich daran war, dich zu verlieren. Fürs Protokoll«, bemerkte er, ohne sie loszulassen, »ich hätte nie aufgehört, nach dir zu suchen. Und ich hätte dich gefunden und dich auch gerettet.«

Sie war sich nicht sicher, ob sie das glaubte, aber ihr gefiel der Gedanke, dass er nicht aufgegeben hätte.

Wie lange sie Arm in Arm auf dem Parkplatz standen, wusste sie nicht, aber schließlich kam Bull zu ihnen und fragte, ob sie bereit seien, nach Hause zurückzukehren.

Eagle nickte und öffnete die Hintertür von Bulls Wagen. Der andere Mann hatte sie zur Polizeistation gefahren, da Eagle seinen Jeep noch nicht ersetzt hatte.

Auf der Rückfahrt zu *Silverstone Towing* wurde nicht viel gesprochen, bis Bull parkte. Er drehte sich um und sah sie und Eagle auf dem Rücksitz an.

»Also, nur damit ihr es wisst, das war nicht meine Idee. Ich habe sogar versucht, es Skylar auszureden, aber sie hat darauf bestanden.«

»Worauf?«, fragte Eagle müde.

Taylor war eigentlich nicht in der Stimmung, etwas anderes zu tun, als sich hinzulegen, aber sie musste zugeben, dass sie neugierig war, was Skylar getan hatte.

»Alle warten drinnen auf euch«, erklärte Bull.

»Wirklich alle?«, fragte Eagle.

»Ja. Alle Angestellten von *Silverstone Towing*. Archer hat einen Haufen Gerichte zubereitet und es gibt eine Riesenparty.«

»Bring uns zu meiner Wohnung«, befahl Eagle.

Taylor legte ihre Hand auf seinen Arm. »Es ist okay.«

»Es ist nicht okay. Du bist total gestresst und ich auch. Keiner von uns beiden ist in der Stimmung, so zu tun, als wäre er glücklich darüber. Ich will ihre Gefühle nicht verletzen, indem ich kurz angebunden und mürrisch bin, und ich weiß, dass du das auch nicht willst.«

Das tat sie nicht. Und es war ein gutes Gefühl, Eagle so fest auf ihrer Seite zu haben. Sie hatte noch nie jemanden gehabt, der sich für sie eingesetzt hatte, und für sie würde es sich immer unglaublich anfühlen.

»Ich glaube, es wäre gut für uns«, erklärte sie leise. »Ich

will mich nicht mit dem beschäftigen, was wir heute erfahren haben. Ich will nicht daran denken, wie nahe ich dem Tod durch diesen verrückten Dreckskerl gekommen bin. Es hat noch nie jemand eine Überraschungsparty für mich gemacht, ich hatte noch nie Freunde, denen so viel daran lag, so etwas für mich zu tun. Und ... Shawn hat verschiedene Gerichte zubereitet ... ich bin mir nicht sicher, ob du irgendetwas Essbares in deiner Wohnung hast, und mir ist nicht nach kochen zumute. Außerdem bin ich am Verhungern.«

Eagle musterte sie. »Das sagst du nicht nur so, oder?«

»Nein.«

»Okay. Aber sobald es dir zu viel wird, sag mir Bescheid, und ich hole dich da raus.«

Taylor nickte. »Mache ich.«

»Skylar hat es nicht böse gemeint«, versicherte Bull ihnen. »Sie weiß aus erster Hand, wie es sich anfühlt, dem Tod entkommen zu sein. Sie wollte nur helfen.«

»Ich weiß«, beschwichtigte Taylor ihn. »Ich kann mich glücklich schätzen, eine Freundin wie sie zu haben.«

»Komm schon, lass uns alle von ihrem Elend befreien. Ich bin sicher, sie sitzen alle vor der Überwachungskamera und fragen sich, worüber zum Teufel wir hier draußen reden«, bemerkte Eagle und langte nach dem Türgriff.

Taylor rutschte auf dem Autositz hinter Eagle her und stieg ebenfalls aus. Sie hätte auf ihrer Seite aussteigen können, aber sie war noch nicht bereit, seine Hand loszulassen. Sie fühlte sich etwas seltsam, dass sie den Körperkontakt mit ihm aufrechterhalten musste, aber es schien ihm nichts auszumachen.

Die drei betraten *Silverstone Towing*, legten ihre Namensschilder an – es waren die letzten drei, die an der Metalltafel neben der Tür befestigt waren – und gingen in den großen Aufenthaltsraum.

Bull hatte nicht gelogen; jeder einzelne Angestellte von *Silverstone Towing* war da – zumindest diejenigen, die nicht arbeiten mussten. Jeder rief einen Gruß, als sie eintraten, und Taylor konnte nicht anders, als in Tränen auszubrechen. Sie wusste nicht, wie sie von einer einsamen Existenz zu diesem Leben gekommen war ... aber sie wusste, dass sie alles tun würde, um es zu behalten.

Skylar eilte auf sie zu und umarmte Taylor lange und herzlich. Als sie sich zurückzog, fragte sie: »Alles in Ordnung?«

»Jetzt schon«, entgegnete Taylor mit einem Lächeln, und das entsprach der Wahrheit. Gerade war sie sich, egal was sie Eagle und Bull im Wagen erzählt hatte, nicht sicher gewesen, ob sie mit jemand anderem als Eagle zusammen sein wollte. Aber jetzt, da sie hier war, und nachdem sie gesehen hatte, wie erleichtert und glücklich alle waren, dass es ihr gut ging, wollte Taylor nirgendwo lieber sein.

Als sie und Eagle durch den Raum gingen und jeden begrüßten, wurde Taylor wieder einmal daran erinnert, wie schön es war, am Leben zu sein. Alle trugen ihre Namensschilder, sodass sie nicht nach den Namen fragen musste. Sie erkannte zwar nicht alle Gesichter, aber sie wusste eine Menge über jeden von ihnen. Robert hasste Flipper, war aber ein Meister im Tischfußball. Jose war ein absoluter Softie. Christine schimpfte darüber, wie unordentlich alle waren, obwohl sie selbst eine heimliche

Schlamperin war. Sie wusste über die Kinder und die Lieblingsschicht jedes Einzelnen bei *Silverstone Towing* Bescheid.

Taylor war zwar keine Angestellte, aber sie hatte genügend Zeit dort verbracht, um alle gut kennenzulernen ... und im Gegenzug hatten sie sie kennengelernt.

Das war genau das, was sie brauchte. Von Freunden umgeben zu sein.

Dann kam Shawn auf sie zu und Taylor hätte fast wieder geweint, weil sie im Moment wegen allem zu emotional war. Er sagte nichts, sondern schlang einfach seine riesigen Arme um sie. Sie umarmten sich einen Moment lang, bevor er sich zurückzog und ihr tief in die Augen sah. Dann nickte er. »Du bist soweit in Ordnung«, erklärte er.

»Das bin ich«, stimmte Taylor zu.

Dann beugte Shawn sich zu ihr hinunter und flüsterte ihr ins Ohr: »Wenn du Hunger hast, ich habe einen Karamell-Erdnussbutter-Kuchen für dich gebacken. Ich habe ihn in der Gemüsefachschublade des zweiten Kühlschranks versteckt. Er ist mit Alufolie bedeckt und ich habe darauf geschrieben: ›Wenn jemand das hier anfasst, mache ich nie wieder ein Dessert.‹ Niemand hat es gewagt, auch nur einen Blick unter die Folie zu werfen, um zu sehen, was es ist. Der Kuchen gehört ganz allein dir.«

Taylor lächelte, stellte sich auf die Zehenspitzen und küsste ihn auf die Wange. »Danke.«

»Gern geschehen.« Dann drehte er sich um und ging zurück in die Küche, um Robert und Shane aus seinem Bereich zu verscheuchen.

»Was sollte das denn?«, fragte Eagle. Er hatte sich nicht

weiter als eine Armlänge von ihr entfernt, als sie auf der Party die Runde gemacht hatte.

Taylor legte ihren Arm um seine Taille. »Nichts. Du hast ein paar ziemlich tolle Freunde.«

»*Wir* haben tolle Freunde«, korrigierte er sie.

Taylor strahlte. »Ja, die haben wir wirklich.«

Es war ein Uhr nachts, bevor der letzte Gast *Silverstone Towing* verließ und Eagle Taylor für sich hatte. Er fand es toll, wie gut sie mit allen auskam, aber er brauchte sie dringend für sich allein. Nachdem er erfahren hatte, was dieser Mistkerl Williams im Laufe der letzten Monate getan hatte, konnte er an nichts anderes denken, als sie in den Arm zu nehmen.

Sie hatten ein leeres Zimmer bei *Silverstone Towing* belegt, damit sich niemand die Mühe machen musste, sie zu seiner Wohnung zu bringen. Er hätte jemanden gebeten, sie nach Hause zu fahren, wenn er auch nur das geringste Anzeichen dafür bemerkt hätte, dass Taylor gehen wollte, aber sie schien damit zufrieden zu sein, in eines der großen Betten der Firma zu steigen.

Kaum war er unter der Decke, kuschelte sie sich an ihn und hielt sich an ihm fest, als wollte sie ihn nie wieder loslassen. Sie waren Haut an Haut, nichts war zwischen ihnen, und ihre Wärme, die an seine Seite drang, trug viel dazu bei, dass er sich besser fühlte.

Er war auch erleichtert, dass er nicht wegen Mordes an Williams angeklagt werden würde, aber selbst wenn er jetzt in einer Gefängniszelle säße, hätte er nichts anders gemacht. Er hatte Taylor gesagt, dass er jeden töten würde, der ihr wehtat, und er hatte nicht gelogen. Der Gedanke, dass sie in den Fängen dieses Verrückten sein könnte, reichte aus, um ihn paranoid genug werden zu lassen, sie niemals wieder aus den Augen zu lassen.

»Mir geht es gut«, sagte Taylor leise, die offensichtlich sein Unbehagen bemerkt hatte.

Eagle versuchte, seine Muskeln zu entspannen. Es war alles in Ordnung mit ihr. Sie lag sicher in seinen Armen.

»Ich liebe dich«, sagte er.

»Ich liebe dich auch.«

Sie sah zu ihm auf und er bemerkte, wie ihr Blick auf die Wunde an seiner Stirn fiel.

»Das wird heilen«, erklärte er schnell. »Verglichen mit all den anderen Wunden, die ich mir im Laufe der Jahre zugezogen habe, ist diese hier nichts.«

»Als ich dich gesehen habe, warst du buchstäblich blutüberströmt«, entgegnete Taylor leise.

»Kopfwunden bluten sehr stark«, erklärte er. »Ich musste mir ständig das Blut aus den Augen wischen, damit ich sehen konnte.«

Taylor nickte. Dann führte sie eine Hand zu seinem Gesicht und berührte seine Wunde mit einer kaum merklichen Liebkosung. »Es wird eine Narbe zurückbleiben.«

»Wahrscheinlich«, bemerkte Eagle achselzuckend. »Stört dich das?«

Taylor warf ihm einen seltsamen Blick zu, den er nicht deuten konnte. Dann stützte sie sich auf einen Ellbogen und beugte sich über ihn. »Ich finde es schrecklich, dass du meinetwegen verletzt wurdest, aber ...«

»Ich wurde nicht deinetwegen verletzt«, unterbrach Eagle, dem es nicht gefiel, dass sie auch nur einen Moment lang so etwas dachte. »Ich wurde verletzt, weil Brett Williams ein kranker Irrer war, der beschlossen hatte, sich etwas zu nehmen, das ihm nicht gehört.«

Taylor schenkte ihm ein kleines Lächeln. »Du hast mich nicht ausreden lassen«, schimpfte sie.

»Das liegt daran, dass du Unsinn geredet hast«, erwiderte er.

»Du bist rechthaberisch«, informierte sie ihn.

»Allerdings«, stimmte Eagle zu.

Sie lächelte und er genoss, wie entspannt sie in seiner Nähe war.

»Jedenfalls wollte ich damit sagen, dass ich es zwar schade finde, dass du verletzt wurdest, aber ich bin auch irgendwie froh darüber.«

Eagle wusste nicht, worauf sie mit diesem Gedankengang hinauswollte, aber er nahm es ihr nicht übel. Er wusste, dass sie ein gutes Argument haben würde – er musste nur darauf warten, dass sie es aussprach.

Sie hob ihre freie Hand und fuhr erneut über die Wunde auf seiner Stirn. »Du wirst eine Narbe haben. In deinem Gesicht ... wo du sie nicht verstecken kannst.« Ihr Blick suchte den seinen, und er konnte sehen, wie sich Tränen in ihren Augen bildeten. Er öffnete den Mund, um sie zu trösten, um ihr noch einmal zu versichern, dass es ihm verdammt egal war, wie er aussah, solange sie ihn liebte. Aber sie sprach zuerst.

»Ich werde dich immer erkennen können.«

Bei diesen Worten schnürte sich Eagle vor Rührung die Kehle zu.

»Ich werde auf den ersten Blick erkennen können, wer du bist. Dass du mein Mann bist. Ich werde nicht darauf warten müssen, dass du mich Flower nennst oder mir einen anderen Hinweis gibst. Ich kann wie jede andere normale Frau sein und sofort wissen, dass du mir gehörst.«

»Verdammt«, flüsterte Eagle, der nicht wusste, was er sonst darauf erwidern sollte.

»Ich weiß, dass das komisch ist, und wenn du zu einem Schönheitschirurgen gehen willst, um die Narbe wegmachen zu lassen, ist das okay.«

»Auf keinen Fall«, entgegnete Eagle sofort. »Ich werde diese Narbe mit Stolz tragen.«

Taylor lächelte erneut und legte ihren Kopf wieder auf seine Schulter. »Weißt du noch, als wir über Kinder gesprochen haben und ich gesagt habe, dass ich keine will?«

»Das hast du nicht gesagt«, erklärte Eagle ihr. »Du hast gesagt, du glaubst nicht, dass du eine gute Mutter wärst.«

»Unglaublich, dass du dich genau daran erinnerst, was ich gesagt habe«, keuchte sie.

Eagle lächelte. »Ich erinnere mich an jeden, den ich jemals getroffen oder von dem ich ein Bild gesehen habe. Warum sollte ich mir nicht merken, was du sagst?«

»Stimmt. Punkt für dich. Aber es ist lästig. Wenn du mich immer genau an meine Worte erinnerst, könnte das in Zukunft nicht gut für unsere Beziehung sein.«

»Verstanden«, entgegnete Eagle und grinste. Er konnte

sehen, dass sie nicht wirklich sauer auf ihn war. Sie war irgendwie süß, wenn sie verärgert war. »Sprich weiter.«

»Na gut ... ich habe viel darüber nachgedacht«, entgegnete Taylor.

»Und wie hast du dich entschieden?« Eagles Herz schlug schneller, und er war sich nicht sicher warum. Wieder einmal wusste er nicht, worauf Taylor mit diesem Gespräch hinauswollte, aber er hatte das Gefühl, dass das, was sie als Nächstes sagte, sein Leben verändern würde.

Sie hob wieder den Kopf. »Ich will doch Kinder. Zumindest mit dir. Du hast mir geholfen zu erkennen, dass ich selbst ein Teil meines Problems war, als ich jung war. Ich hätte offener und ehrlicher zu meinen Freunden und Pflegefamilien sein sollen. Ich hätte mehr kommunizieren sollen. Ich habe ihre Verunsicherung über meinen Zustand so gedeutet, dass sie mich nicht mochten. Ich glaube, wenn ich einfach mit ihnen geredet und versucht hätte, ihnen klarer zu erklären, wie mein Gehirn funktioniert, wären die Dinge vielleicht anders gelaufen.«

Eagle rollte sie herum, sodass Taylor unter ihm lag. »Sag es noch einmal«, befahl er, wobei die Emotion in seiner Stimme deutlich zu hören war.

Sie errötete, zuckte aber mit den Schultern. »Ich könnte mir vorstellen, Kinder zu haben ... solange du der Vater bist.«

»Ja!«, sagte er ein wenig heftiger, als er es beabsichtigt hatte.

Sie grinste.

»Willst du mich heiraten?«, platzte er heraus.

Taylor blinzelte überrascht. »Das habe ich nicht gesagt,

um dich zu einem Antrag zu bewegen«, protestierte sie. »Ich wollte dir nur sagen, dass ich darüber nachgedacht habe und dass du recht hast. Selbst wenn meine Kinder Prosopagnosie haben, werde ich sie nie aufgeben. Ich werde ihnen beibringen, was es bedeutet, und ihnen Tricks beibringen, die ihnen das Leben leichter machen.«

»*Unsere* Kinder«, korrigierte Eagle sie. »Selbst wenn *unsere* Kinder Prosopagnosie haben.«

Taylor leckte sich über die Lippen und starrte zu ihm auf.

»Ich kann mir ein Leben ohne dich nicht mehr vorstellen, und als ich die Polizisten darüber reden hörte, was Williams mit dir vorhatte, wurde mir das kristallklar. Ich möchte jeden Tag für den Rest meines Lebens mit dir verbringen. Taylor Cardin, willst du mich heiraten? Kinder mit mir haben? Mich beim Flippern schlagen und mich für den Rest unseres Lebens auf Zack halten?«

»Ja.« Taylor nickte. »Ja! Natürlich will ich das!«

Eagle senkte den Kopf und küsste sie so heftig wie bei ihrem ersten Mal. Er konnte nicht genug von ihr bekommen. Wollte ihr zeigen, wie sehr er sie liebte. »Ich habe kein Kondom«, flüsterte er und wollte unbedingt in sie eindringen und seinen Samen in ihren Schoß pflanzen. Aber sie hatte nicht gesagt, dass sie in diesem Moment bereit für Kinder war, sondern nur, dass sie sich vorstellen konnte, irgendwann in Zukunft welche zu haben.

»Das ist mir egal«, keuchte sie, spreizte die Beine und öffnete sich für ihn.

»Du nimmst keine Verhütungsmittel«, erinnerte Eagle sie.

»Ich weiß.«

Nur um seine Absichten glasklar zu machen, beugte Eagle sich zu ihr hinunter und küsste sie, dann hob er den Kopf um ein paar Zentimeter an. Seine Lippen berührten fast ihre, als er sprach. »Wenn ich jetzt mit dir schlafe, werde ich es ohne Kondom tun. Ich habe keine Ahnung, wo du dich in deinem Zyklus befindest, aber es könnte sein, dass du schwanger wirst.«

Taylor hob die Hände und berührte sein Gesicht. »Ich *weiß*«, wiederholte sie.

»Verdammt«, knurrte Eagle und seine Erregung steigerte sich um das Tausendfache. Er stützte sich auf eine Hand und schaute zwischen ihnen hinunter. Ihre Beine waren weit gespreizt und sie hatte sie um seine Hüften gelegt, und sein Schwanz war so steif, wie er es noch nie erlebt hatte.

Er nahm ihn in die Hand und strich mit der Spitze seines Schwanzes, aus dem bereits die Lusttropfen drangen, über ihre Muschi.

Taylor stöhnte auf. »Bitte, ich brauche dich.«

Er konnte seiner Liebsten nichts verweigern. Langsam, immer darauf bedacht, dass sie wirklich bereit für ihn war, drang Eagle in ihre einladende Muschi ein.

Als er bis zum Anschlag in ihr steckte, hakte sie ihre Knöchel hinter seinem Hintern umeinander und hob ihre Hüften an.

»Halt dich fest«, knurrte er.

Er wartete, bis Taylor nickte, dann fuhr er fort, ihr zu zeigen, wie viel sie ihm bedeutete. Wie sehr er sie liebte. Wie dankbar er war, dass sie in seinem Leben war.

Und jedes Mal, wenn er bis zum Anschlag in sie

eindrang, dachte Eagle daran, dass er sie möglicherweise schwängern könnte. Genau hier, genau jetzt.

Er hatte nie viel über Kinder nachgedacht, aber plötzlich konnte er an nichts anderes mehr denken. Er wollte ein kleines Mädchen mit den gleichen wilden Locken wie seine Mutter. Einen kleinen Jungen mit ihren schönen braunen Augen.

Die Erregung übermannte ihn fast und Eagle wusste, dass er schneller kommen würde, als er wollte. Der Gedanke, dass sein Sperma sie füllen würde, erregte ihn noch mehr. Das Gefühl ihrer heißen, feuchten Muschi, die sich um seinen nackten Schwanz zusammenzog, war etwas, das er noch nie zuvor gespürt hatte, und es war himmlisch.

»Ich werde gleich zum Orgasmus kommen«, warnte er und bedauerte, dass er sich nicht vergewissert hatte, dass sie genauso erregt war wie er.

»Tu es«, ermutigte sie ihn, dann zog sie ihre inneren Muskeln fest um ihn zusammen.

Und damit war es um ihn geschehen. Eagle stieß einen Schrei aus, von dem er sicher war, dass jeder im gesamten Gebäude ihn hören konnte, und dann kam er. Er entleerte das, was ihm wie eine riesige Menge Sperma vorkam, in seine Frau.

Sobald er sich erholt hatte, setzte Eagle sich auf, ohne die Verbindung zu unterbrechen, und zog Taylors Hüften auf seine Oberschenkel.

»Eagle!«, rief sie überrascht aus.

»Du hattest keinen Orgasmus«, informierte er sie, obwohl er sich sicher war, dass sie es wusste.

»Ist schon gut«, beruhigte sie ihn.

»Nein, ist es nicht«, sagte Eagle zu ihr. »Lehn dich einfach zurück und entspann dich.«

Sein Schwanz war immer noch in ihrem Körper, auch wenn er schon nicht mehr ganz steif war. Sie fühlte sich noch heißer und feuchter an als zuvor, und er wusste, das lag daran, dass sie voll mit seinem Sperma war. Er betete, dass eines seiner Spermien die Reise in ihre Gebärmutter schaffte, denn er konnte es nicht erwarten zu wissen, dass sie von ihm schwanger war.

Er hielt sich mit einer Hand an ihrer Hüfte fest und drückte den Daumen der anderen auf ihre Klitoris. Sie stöhnte auf, als er begann, mit ihr zu spielen.

»So ist es gut«, ermutigte er sie. »Lass dich gehen, lass es zu, dass ich dir ein Hochgefühl verschaffe.«

Taylor hatte die Augen geschlossen und ihr Mund war geöffnet, während sie keuchte. Sie war so verdammt schön, Eagle hatte keine Ahnung, wie er so viel Glück gehabt hatte.

Es dauerte nicht lange, bis er sie so weit hatte. Als ihr Orgasmus näher rückte, versuchte sie, ihre Beine zu schließen, aber es gelang ihr nicht. Auch ließ Eagle nicht von seinen Liebkosungen ab. »Komm für mich zum Orgasmus, Flower«, forderte er sie auf.

Innerhalb kürzester Zeit spannte sie alle ihre Muskeln an und kam zum Höhepunkt. Eagle spürte, wie etwas von ihren gemeinsamen Säften aus ihr herauslief und auf seine Schenkel tropfte. Das steigerte seine Lust in diesem Moment nur noch mehr.

Schweiß stand ihr in kleinen Perlen auf den Schläfen, während sie sich in seinem Griff wand, und Eagle gab schließlich nach, nahm seinen Daumen von ihrer Klitoris und hielt ihre Hüften an sich, wobei er darauf achtete, dass sein Schwanz nicht aus ihrem Inneren herausrutschte.

»Heiliger Strohsack«, murmelte sie, und Eagle lächelte. Vorsichtig, um nicht aus ihr herauszurutschen, manövrierte er sie so, dass sie wieder flach auf dem Bett lagen.

»Du bist immer noch in mir«, stöhnte sie.

»Ja«, stimmte Eagle zu. »Ich habe das noch nie tun können. Ich musste meinen Schwanz bisher immer rausziehen, um das Kondom zu entsorgen. Ich liebe es, in dir zu sein.«

»Ich liebe es, wenn du in mir bist«, gab sie zu.

»Du wirst mich doch bald heiraten, oder?«, fragte Eagle.

»Was ist mit deinen Eltern und deinem Bruder?«, fragte Taylor, öffnete die Augen und sah zu ihm auf.

»Sie werden sich für mich freuen, aber ehrlich gesagt sind sie nicht wirklich ein Teil meines Lebens. Meine Familie ist hier.«

»Also können wir es vielleicht hier machen? Bei *Silverstone Towing*?«, fragte Taylor unsicher.

»Ja«, entgegnete Eagle sofort. »Ich kann mir keinen besseren Ort vorstellen, um dich offiziell zu meiner Frau zu machen.«

»Mich hat noch nie jemand gewollt«, bemerkte Taylor leise.

»Ich will dich nicht nur, ich *brauche* dich«, entgegnete Eagle. »Und ich weiß, ich habe nicht richtig gefragt, mit einem Ring und so, aber ich werde dir bald einen besorgen.«

»Das ist okay. Übertreibe es nur nicht.«

Eagle grinste.

»Im Ernst. Ich kann nicht tippen, wenn ich einen

riesigen Ring am Finger habe. Außerdem würde etwas Großes Aufmerksamkeit erregen, und du willst doch nicht, dass ich ausgeraubt werde, oder?«

»Ach du meine Güte«, bemerkte Eagle, »daran habe ich gar nicht gedacht.«

Taylor kicherte und er spürte, wie sein Schwanz schließlich aus ihrem Körper glitt.

Sie seufzten beide über den Verlust.

Eagle brachte sie in eine bequemere Position, sodass Taylor auf ihrer Seite vor ihm lag. Er legte seinen Arm um sie und zog sie mit dem Rücken an sich. Sein Schwanz schmiegte sich an ihren Rücken und er konnte sich nicht erinnern, jemals zufriedener gewesen zu sein.

»Ich verspreche dir, Flower, dass ich dich und unsere Kinder so sehr lieben werde, dass du dich über meine ständige Anwesenheit und meine Überfürsorglichkeit ärgern wirst.«

»Darüber werde ich mich nie ärgern, vor allem nicht, weil ich das noch nie hatte.«

»Danke, dass du stark bist. Dass du dich von diesem Mistkerl nicht in seinen Wagen hast locken lassen.«

»Danke, dass du immer auf mich aufpasst.«

»Immer. Ich werde immer für dich da sein«, schwor Eagle.

Während er seine Verlobte im Arm hielt und hörte, wie ihre Atemzüge gleichmäßig und tief wurden und ihr Körper sich völlig entspannte, als sie einschlief, atmete Eagle lange und langsam aus. Es war fast beängstigend, wie sehr er die Frau in seinen Armen liebte. Niemand würde sie ihm jemals wegnehmen. Sie gehörte ihm, so wie er ihr gehörte.

Endlich verstand er, wie Bull für Skylar alles aufs Spiel setzen konnte. Er würde *alles* für Taylor tun. Absolut alles.

Seine Gedanken wanderten zu Smoke und Gramps. Er wollte, dass sie ihre eigenen Frauen fanden, die sie lieben konnten. Er war dankbar, dass sie Taylor mochten und dass sie sie mit ihrem Leben beschützen würden, aber er wollte, dass seine Freunde genauso glücklich waren wie er in diesem Moment. Irgendwo da draußen gab es Frauen, die ihr Leben so wundervoll gestalten konnten wie es seins jetzt war ... sie mussten sie nur finden.

EPILOG

Nur einen Monat später, nachdem Eagle und Taylor geheiratet und bekannt gegeben hatten, dass Taylor schwanger war, traf das Team die Entscheidung, sich ins Ausland zu begeben und sich um eine Situation zu kümmern, die sie schon seit einiger Zeit mit Sorge verfolgt hatten. Jeder wusste, dass es Eagle schwerfiel, seine schwangere Frau zu verlassen, aber diese Mission war wichtig und sie brauchten jeden Mann.

Obwohl Smoke sich für Eagle und Taylor freute, brannte er darauf, nach Afrika zu kommen. Er hatte die Situation mit der Extremistengruppe Boko Haram genau beobachtet.

Im Jahr 2014 hatten sie zweihundertsechsundsiebzig Mädchen aus einer Schule entführt und in das Konduga-Gebiet im Sambisa-Wald verschleppt. Sie hatten die nicht-muslimischen Mädchen gezwungen, zum Islam zu konvertieren. Viele der Gefangenen wurden in Ehen mit Mitgliedern von Boko Haram gezwungen. Andere waren in den

Tschad und nach Kamerun verschleppt worden. Einige der Mädchen, denen kurzzeitig die Flucht gelungen war, wurden zu ihren Entführern zurückgebracht und ausgepeitscht.

Die ganze Situation drehte Smoke den Magen um. Er hasste jegliche Form der Unterdrückung dieser jungen Mädchen. Sie hatten ihr ganzes Leben noch vor sich, und während sie versuchten, ihr Leben zu verbessern und alles zu lernen, was sie konnten, wurden sie von Erwachsenen, die ihre Erfolge hätten feiern sollen, entführt und unterdrückt.

Bis heute waren über hundert der Mädchen, die bei dem ursprünglichen Angriff entführt worden waren, noch nicht wiedergefunden worden, was Smoke sehr bedrückte. Er hasste den Gedanken, dass diese jungen Frauen ein Leben führten, das ihnen aufgezwungen wurde. Vielleicht konnten sie diese Mädchen nicht retten ... aber es gab immer noch eine Chance, zu verhindern, dass einer weiteren Gruppe von Unschuldigen dasselbe Schicksal widerfuhr.

Vor ein paar Wochen hatten sie Berichte erhalten, dass Boko Haram eine weitere Schule überfallen hatte. Diesmal in Askira, einer Stadt südlich von Chibok, wo die erste Gruppe verschleppt worden war. Diesmal wurden zweiundsiebzig Mädchen entführt und in den nigerianischen Wald gebracht. Das waren zwar viel weniger als beim letzten Angriff, aber für Smoke waren das zweiundsiebzig Mädchen zu viel.

Die Boko-Haram-Gruppe war nicht annähernd so stark wie damals, als sie die Chibok-Mädchen entführt hatte, aber ihre Anhängerschaft war offensichtlich groß genug, um wieder einmal unschuldige Kinder ihrem Zuhause und ihren Eltern zu entreißen.

Und diesmal befand sich auch eine Amerikanerin unter den Vermissten. Niemand hatte etwas von ihr oder den entführten Schülern gehört. Zunächst hatte man gehofft, dass sie in den Wald geflohen war, um sich zu verstecken, als die Schule, die sie besucht hatte, angegriffen wurde. Aber nach ein oder zwei Tagen war klar geworden, dass sie mit den anderen Mädchen verschwunden war.

Smoke war bereit abzureisen. Er wollte Abubakar Shekau, den Anführer von Boko Haram, finden und ihn ein für alle Mal aus dem Weg räumen. Es ging nicht nur darum, dass er zu weit gegangen war und eine Amerikanerin entführt hatte, sondern auch darum, dass er es gewagt hatte, ein zweites Mal unschuldige Schulmädchen zu verschleppen. Es war abscheulich, und alle im *Silverstone-Team* waren sich einig, dass er aufgehalten werden musste. Der Mann war mehrmals für tot erklärt worden, doch schien er immer wieder in Propagandavideos aufzutauchen und sein Bestes zu tun, um seine Anhänger anzustacheln. Es wurde angenommen, dass er sich mithilfe von Doppelgängern schützen wollte, aber Smoke und seine Kameraden des *Silverstone-Teams* wussten, dass sie ihn finden und töten konnten.

Und hoffentlich würden sie währenddessen auch die vermissten Mädchen finden. Und Molly Smith, falls sie noch am Leben war.

Dieser Einsatz würde nicht so schnell vonstattengehen wie viele ihrer vorherigen. Es konnte sein, dass sie monatelang weg waren; einen einzelnen Mann im afrikanischen Dschungel zu finden war nicht gerade einfach, selbst wenn sie Informationen über den Aufenthaltsort von Boko Haram hatten. Smoke verstand also, warum Bull und Eagle den Einsatz aufgeschoben hatten. Sie wollten ihre Frauen nicht verlassen, und Smoke konnte es ihnen nicht verdenken.

Aber er konnte nicht umhin, sich das Gesicht von Molly Smith vorzustellen. Sie war zierlich, etwa einen Meter sechzig groß, und es hätte ihn überrascht, wenn sie mehr als fünfzig Kilo wog. Sie hatte sowohl ihren Bachelor- als auch ihren Master-Abschluss an der Northwestern Universität gemacht. Sie war klug und hoffentlich einfallsreich. Ihre Großeltern hatten sie großgezogen, nachdem ihre Eltern eines Tages auf dem Heimweg von ihrer Arbeit in der Stadt bei einem ungewöhnlichen Zugunglück ums Leben gekommen waren.

Auf einem neueren Foto hatte Molly schulterlanges schwarzes Haar und braune Augen, in denen viel mehr Schmerz zu liegen schien als in denen eines Durchschnittsmenschen. Smoke konnte den Gedanken nicht ertragen, dass sie gegen ihren Willen festgehalten wurde.

Die Frau hatte es ihm angetan. Smoke verstand nicht warum, aber er konnte es nicht abschütteln. Letzte Nacht hatte er sogar einen Albtraum über sie gehabt.

Sie war in einem Käfig gewesen, der auf magische Weise in der Luft schwebte, irgendwo im afrikanischen Dschungel, und jedes Mal, wenn sie versucht hatte herauszuspringen, waren Löwen und Tiger unter ihr aufgetaucht und hatten sie an der Flucht gehindert. Dann war jemand aus dem Nichts hinter Molly in dem Käfig aufgetaucht und hatte sie in Richtung der Öffnung in den Gittern geschubst.

Der Schrei, der aus ihrem Mund gekommen war, als sie

auf die gefräßigen Tiere zustürzte, hatte ihn wachgerüttelt, und er hatte nicht wieder einschlafen können.

Heute Morgen wartete er im Schutzraum im Keller von *Silverstone Towing* auf die Ankunft seiner Teamkameraden, mit denen er die Einzelheiten ihrer Reise besprechen würde. Er war früher da, weil er nicht hatte schlafen können.

Einer nach dem anderen trafen Bull, Eagle und Gramps schließlich ein, und Smoke konnte sich nur schwer beherrschen, nicht sofort mit der Boko-Haram-Situation zu beginnen. Nach einigem Small Talk kamen sie schließlich zur Sache.

»Was halten wir von unserem Nigeria-Einsatz?«, fragte Gramps. »Es wird ein langer und harter Einsatz werden und es gibt keine Garantie, dass wir Shekau finden.«

»Haben wir neue Informationen über die Mädchen?«, fragte Eagle.

»Nichts Konkretes«, erwiderte Gramps.

»Und Molly Smith?«, fragte Smoke.

Gramps schüttelte den Kopf.

»Ich bin dabei«, erklärte Smoke eifrig.

»Ich auch«, stimmte Gramps zu.

Sie sahen Bull und Eagle an.

»Ich bin nicht begeistert davon, dass wir nicht wissen, wie lange wir wegbleiben«, gab Bull zu.

»Ich auch nicht. Wie wäre es, wenn wir uns ein Zeitlimit setzen?«, fragte Eagle.

Smoke hasste es, dem zustimmen zu müssen. Sein schlimmster Albtraum wäre es, aufzugeben und später herauszufinden, dass sie nur einen Tag davon entfernt gewesen waren, die entführten Mädchen oder Shekau zu finden.

»Und an was hast du dabei gedacht?«, wollte Gramps wissen.

»Zwei Monate?«, schlug Bull vor.

Smoke atmete erleichtert auf. Das war mehr als fair. »Einverstanden«, entgegnete er schnell.

»Ich auch«, versicherte Gramps.

Eagle holte tief Luft, nickte aber schließlich. »Ich lasse Taylor nur ungern so lange allein, aber sie ist hier in guten Händen.«

Das *Silverstone-Team* hatte sich ein wenig verändert, da sowohl Bull als auch Eagle eine Frau gefunden hatten. Und jetzt, da Eagle verheiratet war und ein Kind erwartete, war jedem klar, dass sich die Dinge noch weiter ändern würden. Es war nicht so, dass sie aufhören wollten, die schlimmsten Verbrecher der Menschheit zu jagen, aber es stand mehr auf dem Spiel, wenn sie versagten. Smoke verstand das, und Gramps auch. Sie warfen ihren Freunden nichts vor und würden sie jetzt noch stärker beschützen.

»Ich werde mich mit Willis vom FBI in Verbindung setzen und sehen, welche Informationen er uns geben und welche Kontakte er uns in Nigeria vermitteln kann. Ich denke, wir machen uns in einer Woche auf den Weg. Ist das für alle akzeptabel?«

Die Männer am Tisch nickten alle. Smoke hätte es vorgezogen, sofort aufzubrechen, aber er fühlte sich besser, weil er wusste, dass sie bald auf dem Weg sein würden.

Eine Woche war eine Ewigkeit, wenn man ein Entführungsopfer war, aber wenn man sich von der Frau, die man liebte, verabschieden musste, war sie nicht annähernd lang genug. Er konnte geduldig sein ... er hoffte nur, dass die vermissten Kinder und Molly Smith lange genug durchhielten, damit sie sie finden konnten.

———

Molly hatte eine Todesangst. Sie hatte keine Ahnung, wo sie sich befand, nur dass sie irgendwo in der afrikanischen Wildnis auf dem Grund eines Loches lag. Sie war zur falschen Zeit am falschen Ort gewesen. Das war die Geschichte ihres Lebens.

Als sie klein war, hatte man ihr den Spitznamen Folly Molly gegeben, weil das Pech sie überallhin zu verfolgen schien.

Jemand ließ ein Essenstablett fallen, direkt nachdem sie an ihm vorbeigegangen war.

Der Bus, in dem sie fuhr, hatte einen Platten.

Einmal hatte sie einem Jungen gesagt, dass sie ihn mochte, und am nächsten Tag bekam er die Windpocken.

Die Liste der Dinge, die passiert waren, als sie noch klein war, ließe sich beliebig fortsetzen. Aber das war noch nicht das Ende ihres Pechs. Als sie älter wurde, war es nur noch schlimmer geworden.

Überraschungstests in der Schule, ihr Fahrrad, das gestohlen wurde – und dann, als sie in der Mittelstufe war, waren ihre Eltern ums Leben gekommen. Sie waren bis spät abends bei der Arbeit in der Innenstadt von Chicago geblieben, weil sie sich beide am nächsten Tag freigenommen hatten, um sich mit Molly ein Musical anzusehen, das sie unbedingt sehen wollte. Sie hatten den späteren Zug genommen, um zu ihrem Haus in der Vorstadt zu gelangen, und dieser war entgleist.

Die einzigen beiden Todesopfer waren ihre Eltern.

Molly war zu ihren Großeltern väterlicherseits gezogen und sie war jeden Tag dankbar, dass sie sie aufgenommen hatten.

Die Eltern ihrer Mutter hatten nichts mit ihr zu tun haben wollen und ihr ins Gesicht gesagt, dass sie nichts als Pech bringe.

Molly wusste, dass sie ohne ihre Großeltern weder die Schulzeit überlebt noch ihren College-Abschluss gemacht hätte. Vor Kurzem war sie wieder bei ihnen eingezogen, nachdem ein Mann, mit dem sie eine Zeit lang zusammen war, gewalttätig geworden war, als sie versucht hatte, die Beziehung zu beenden. Er hatte sie weiter belästigt und verfolgt, also hatte Molly einen Job bei einer Gruppe von Wissenschaftlern angenommen, die auf dem Weg nach Afrika waren.

Nana hatte versucht, ihr das auszureden, aber Molly hatte gedacht, wenn sie aus dem Land und aus Prestons Reichweite herauskäme, würde er sie vielleicht in Ruhe lassen.

Die Dinge liefen gut in Afrika. Molly hatte gedacht, dass vielleicht, nur vielleicht, der Fluch ihres Unglücks endlich zu Ende sei.

Bis zu dem Tag, an dem sie als Gastrednerin in die Schule in Askira gegangen war. Um über die Bedeutung der Wissenschaft und ihre Forschungsarbeit in Afrika zu sprechen. Sie war erleichtert, dass Englisch die offizielle Sprache

Nigerias war, auch wenn viele Menschen Hausa, eine tschadische Sprache, sprachen, denn so konnte sie ihr Wissen über ihre Arbeit weitergeben, ohne sich um einen Übersetzer kümmern zu müssen.

Sie saß im hinteren Teil des Klassenzimmers und wartete darauf, dass sie das Wort ergreifen durfte, als Männer mit Gewehren und Macheten hereingestürmt waren und die Mädchen und Jungen getrennt hatten. Sie zwangen alle Mädchen, zu Lastwagen zu laufen, die ein paar Kilometer von der Kleinstadt entfernt geparkt waren.

Alle hatten geweint und waren hysterisch gewesen. Molly hatte versucht, ihre Entführer dazu zu bringen, sie gehen zu lassen, indem sie ihnen sagte, dass sie eine amerikanische Wissenschaftlerin sei, aber sie wurde zusammen mit den anderen Mädchen fortgeschickt. Sie waren stundenlang gefahren, bevor sie gezwungen worden waren, durch den Dschungel zu marschieren.

Als sie das Lager erreichten, das die Männer errichtet hatten, waren sie in kleine Hütten gepfercht worden und schliefen praktisch übereinander. Die jungen Mädchen hatten sich nicht mit Molly angefreundet. Sie mieden sie und sprachen in ihrer Muttersprache, sodass sie sie nicht verstehen konnte. Zu diesem Zeitpunkt hatte sie keine Ahnung, was mit den Mädchen geschehen sollte.

Molly hatte auch keine Ahnung, wie viel Zeit vergangen war, aber sie schätzte, dass es mindestens ein paar Wochen gewesen waren. Sie hatte zweimal versucht zu fliehen, und nach dem zweiten Mal war sie gezwungen worden, eine wackelige Leiter in eine Grube im Boden hinunterzuklettern. Mit einer Körpergröße von nur knapp einem Meter sechzig konnte sie die Spitze des Loches nicht ohne Hilfe erreichen. Das Loch war nur etwas über zwei Meter tief, aber es hätte genauso gut einen Kilometer tief sein können. Es gab keine Möglichkeit, ohne die Leiter hinaufzuklettern und wieder herauszukommen, und die meiste Zeit über wurde sie von ihren Entführern ignoriert.

Jeden zweiten Tag oder so warf ihr jemand ein Stück altes Brot hinunter, aber mehr Interesse schienen sie an ihr nicht zu haben. Zum Glück hatte sie es geschafft, in ihrem Gefängnis ein wenig weiter zu graben und Wasser zu finden. Es war nicht viel, gerade genügend, um sie am Leben zu erhalten. Sie nahm an, dass ihre Entführer sich wahrscheinlich fragten, warum sie noch nicht gestorben war.

Molly fragte sich das irgendwie auch. Vielleicht wäre die Welt ohne sie besser dran. Sie hatte mehr als einmal gehört, dass sie gar kein Schicksal haben würde, wenn sie kein Pech hätte.

Folly Molly.

Es war ein kindischer Name, aber während sie in einem Loch mitten im afrikanischen Dschungel dahinsiechte, konnte Molly nicht umhin zu denken, dass er trotzdem gut zu ihr passte.

Molly saß mit ihrem Hintern im Dreck, achtete darauf, ihr kostbares Wasserloch nicht zu zerstören, und legte den Kopf auf ihre Knie. Sie war sehr schmutzig und hungrig und hatte keine Ahnung, was auf sie zukam.

Sie nahm an, dass ihre Entführer sie irgendwann dazu bringen würden, aus dem Loch zu klettern, und dass sie versuchen würden, ein Lösegeld für sie zu bekommen oder sie an jemanden zu verkaufen. Soweit sie es beurteilen konnte, brauchte die Gruppe dringend Geld. Es war ein zusammengewürfelter Haufen von Männern, die keinen wirklichen Plan für die entführten Mädchen zu haben schienen. Irgendjemand musste das Sagen haben, aber sie wusste nicht, wer das war.

Sobald sich ihr die Gelegenheit bot, würde Molly alles tun, um wieder zu entkommen. Vielleicht würde sie sich im Dschungel verirren, aber das war besser, als den Terroristen ausgeliefert zu sein. Oder in einem Loch festzusitzen und aus Mangel an Nahrung und Wasser zu sterben.

Als sie aufblickte, konnte sie gerade noch ein paar Sterne am Nachthimmel erkennen. Sie fragte sich, ob es irgendwo auf der Welt noch jemanden gab, der in diesem Moment zu denselben Sternen hinaufschaute. Dadurch fühlte sie sich nicht so allein.

Molly wollte nicht sterben. Ihre Großeltern würden sich immer fragen, was mit ihr geschehen war. Preston würde wahrscheinlich lachen und sagen, sie hätte es verdient. Zum Teufel mit ihm. Sie würde hier rauskommen, egal wie. Aber sie konnte nicht leugnen, dass sie etwas Hilfe gebrauchen könnte.

Eine Sternschnuppe blitzte plötzlich am Himmel auf, und Molly schloss die Augen und wünschte sich etwas. Ihre Großmutter hatte ihr immer gesagt, dass es Glück bringt, sich etwas zu wünschen, wenn man eine Sternschnuppe gesehen hatte.

»Ich wünsche mir, dass jemand, irgendjemand, mich findet und mich hier rausholt«, flüsterte sie.

Ein Teil von ihr wusste, dass sie sich lächerlich machte. Sie war ein Niemand. Eine Wissenschaftlerin mit einer

Familie, die es sich nicht leisten konnte, einen namhaften Privatdetektiv zu engagieren. Sie war auf sich allein gestellt. Sobald sie aus diesem Loch heraus war, würde sie in den Dschungel laufen und sich verstecken. Dann würde sie wochenlang weiterlaufen, wenn es sein musste.

Aber ein anderer Teil von ihr betete um ein Wunder.

Sie legte den Kopf wieder auf ihre Knie und weinte. Sie war zu dehydriert, als dass ihr Körper Tränen hätte produzieren können. Molly wusste, dass ihre Zeit zu Ende ging, aber sie weigerte sich trotzdem aufzugeben.

Sie hatte ihren Wunsch in die Welt entlassen, und jetzt musste sie nur noch darauf warten, dass er den richtigen Menschen erreichte.

**

Für Molly ist es wichtig, dass ihre Pechsträhne ein Ende hat, doch hat sie keine Ahnung, dass Smoke schon auf dem Weg ist. Laden Sie sich *Vertrauen in Molly*, das nächste Buch der Reihe *Die Männer von Silverstone*, herunter, um herauszufinden, wie Smoke und sein Silverstone-Team Molly und den Rest der entführten Kinder retten.

BÜCHER VON SUSAN STOKER

Zuflucht für Alaska

Zuflucht für Henley

Zuflucht für Reese

Zuflucht für Cora

Zuflucht für Lara

Zuflucht für Maisy (1 Okt)

Zuflucht für Ryleigh (7 Jan)

Das Bergungsteam vom Eagle Point

Ein Retter für Lilly

Ein Retter für Elsie

Ein Retter für Bristol

Ein Retter für Caryn

Ein Retter für Finley

Ein Retter für Heather

Ein Retter für Khloe

SEALs of Protection: Legacy

Ein Beschützer für Caite

Ein Beschützer für Brenae

Ein Beschützer für Sidney

Ein Beschützer für Piper

Ein Beschützer für Zoey

Ein Beschützer für Avery

Ein Beschützer für Kalee

Ein Beschützer für Jane

Die SEALs von Hawaii:

Die Suche nach Elodie

Die Suche nach Lexie
Die Suche nach Kenna
Die Suche nach Monica
Die Suche nach Carly
Die Suche nach Ashlyn
Die Suche nach Jodelle

Delta Team Zwei
Ein Held für Gillian
Ein Held für Kinley
Ein Held für Aspen
Ein Held für Jayme
Ein Held für Riley
Ein Held für Devyn
Ein Held für Ember
Ein Held für Sierra

Mountain Mercenaries:
Die Befreiung von Allye
Die Befreiung von Chloe
Die Befreiung von Morgan
Die Befreiung von Harlow
Die Befreiung von Everly
Die Befreiung von Zara
Die Befreiung von Raven

Ace Security Reihe:
Anspruch auf Grace
Anspruch auf Alexis

Anspruch auf Bailey
Anspruch auf Felicity
Anspruch auf Sarah

Die Delta Force Heroes:

Die Rettung von Rayne
Die Rettung von Emily
Die Rettung von Harley
Die Hochzeit von Emily
Die Rettung von Kassie
Die Rettung von Bryn
Die Rettung von Casey
Die Rettung von Wendy
Die Rettung von Sadie
Die Rettung von Mary
Die Rettung von Macie
Die Rettung von Annie

SEALs of Protection:

Schutz für Caroline
Schutz für Alabama
Schutz für Fiona
Die Hochzeit von Caroline
Schutz für Summer
Schutz für Cheyenne
Schutz für Jessyka
Schutz für Julie
Schutz für Melody
Schutz für die Zukunft

Schutz für Kiera
Schutz für Alabamas Kinder
Schutz für Dakota

Eine Sammlung von Kurzgeschichten
Ein langer kurzer Augenblick

BIOGRAFIE

Susan Stoker ist die New York Times, USA Today und Wall Street Journal Bestsellerautorin der Buchreihen »Badge of Honor: Texas Heroes«, »SEAL of Protection«, »Die Delta Force Heroes« und einigen mehr. Stoker ist mit einem pensionierten Unteroffizier der US-Armee verheiratet und hat in ihrem Leben schon überall in den Vereinigten Staaten gelebt – von Missouri über Kalifornien bis hin zu Colorado. Zurzeit nennt sie die Region unter dem großen Himmel von Tennessee ihr Zuhause. Sie glaubt ganz und gar an Happy Ends und hat großen Spaß daran, Geschichten zu schreiben, in denen Romantik zu Liebe wird.

Besuchen Sie Susan im Netz!
www.stokeraces.com
facebook.com/authorsusanstoker

twitter.com/Susan_Stoker
bookbub.com/authors/susan-stoker
instagram.com/authorsusanstoker
Email: Susan@StokerAces.com